VENGANZA DE HIELO

VENGANZA DE HIELO

MELINDA LEIGH

Traducción de Ana Alcaina

AMAZON **CROSSING**

Título original: *See Her Die*
Publicado originalmente por Montlake, Estados Unidos, 2020

Edición en español publicada por:
Amazon Crossing, Amazon Media EU Sàrl
38, avenue John F. Kennedy, L-1855 Luxembourg
Marzo, 2022

Impreso por: Ver última página

Primera edición digital 2022

ISBN Edición tapa blanda: 9782496708547

www.apub.com

SOBRE LA AUTORA

Melinda Leigh, reconocida autora superventas, número uno en las listas del *Wall Street Journal* y de Amazon, es una exbanquera reconvertida en escritora. Amante de la lectura desde siempre, empezó a escribir para no perder la cordura mientras criaba a sus hijos. En los siguientes años, se hizo miembro de la asociación Romance Writers of America, aprendió un par de cosillas sobre cómo se construye una novela y se dio cuenta de que escribir era mucho más divertido que hacer análisis financieros. Debutó con *She Can Run*, que fue nominada al premio a la Mejor Primera Novela por la asociación International Thriller Writers. También ha sido finalista del premio RITA y ha obtenido tres nominaciones al premio Daphne du Maurier, además de los galardones Silver Falchion y Golden Leaf. *Venganza de hielo* es el segundo libro de la serie Bree Taggert, tras *Promesa de sangre*. *Tiempos difíciles* fue su primer título traducido al castellano, también en Amazon Crossing. Además, Melinda es cinturón negro en kárate, ha dado clases de defensa personal a mujeres y vive en una casa desordenada con su marido, dos adolescentes, un par de perros y dos gatos. Para más información, visita www.melindaleigh.com.

Para Charlie, Annie y Tom

Capítulo 1

El alarido se extinguió poco a poco, con el sonido amortiguándose a través de las paredes de la cabaña. Alyssa parpadeó en la oscuridad. Fuera, el viento de marzo silbaba entre los árboles. En el interior, el silencio que flotaba en el aire era casi tan áspero como el frío punzante. Los latidos de su corazón le martilleaban en los oídos.

¿Sería un búho?

Su instinto le decía que no. Por el tono, no se parecía en nada al ululato de un búho.

No podían encender las luces. El suministro eléctrico y el agua corriente de la cabaña estaban cortados. Pero es que se habían colado en los terrenos de un camping que estaba cerrado, fuera ya de temporada, así que no podía quejarse de que allí no funcionara nada.

—Harper —susurró—. ¿Has oído eso?

No obtuvo respuesta.

Miró de reojo, buscando el otro saco de dormir frente a la chimenea, donde se suponía que su amiga debía estar durmiendo, a unos palmos de ella. Durante la noche, el fuego había quedado reducido a unos rescoldos humeantes, y los ojos de Alyssa tardaron unos segundos en adaptarse a la penumbra que preludiaba el amanecer. No había nada en el suelo: el saco de dormir de Harper no estaba. Tampoco su mochila.

Se le aceleró el pulso, un pulso que le recorría las venas como un ratoncillo asustado correteando hacia su agujero. Se levantó de golpe y el saco de dormir se le resbaló de los hombros. El frío y una descarga de adrenalina le borraron el aturdimiento de inmediato, como una jarra de agua helada. Conteniendo la respiración, miró el espacio vacío en el suelo y aguzó el oído. Lo más probable era que Harper hubiese salido a hacer pis a la parte de atrás. Tal vez había asustado a un animal. O un animal la había asustado a ella.

No.

Le dieron ganas de soltar un bufido por pensar semejante tontería: Harper no se habría llevado su saco de dormir ni su mochila para salir a hacer pis.

Se había ido.

Pero ¿por qué? ¿Y cómo se había ido? Harper no tenía vehículo.

«¡Mierda!».

Alyssa cogió su propia mochila, que estaba en el suelo, a sus pies. Abrió la cremallera del compartimento delantero y metió la mano. Su cartera había desaparecido. Rebuscó a conciencia en el interior, pero no estaba allí. Tampoco las llaves. La cartera contenía su carnet de conducir y sus últimos cuarenta y tres dólares, que debían durarle hasta el viernes. Todavía era lunes. ¿Cómo iba a comprar comida? ¿Cómo iba a llegar al trabajo sin medio de transporte?

Sintió que se le encogía el estómago. La habían engañado. Harper se había hecho amiga de ella con la única intención de robarle el dinero y la camioneta. Cuarenta y tres dólares alcanzaban para llenar el depósito de gasolina, así que podría llegar muy lejos. Alyssa recordó la noche anterior, el momento en que recogió a Harper del trabajo. Habían parado en un supermercado. Harper dijo que le habían dado una generosa propina y compró todos los ingredientes para hacer *s'mores*: las galletas integrales, el malvavisco y el chocolate. Tostaron los malvaviscos en la fogata y se comieron hasta el último bocado.

¿Había sido esa celebración la manera de despedirse de Harper? Alyssa salió del saco de dormir y recogió su parka del suelo. Una vez de pie, empezó a tiritar mientras se abrochaba la cremallera del abrigo y metía los pies en las botas. Se había puesto el gorro de lana para dormir.

Había confiado en Harper, pero lo cierto es que apenas se conocían; solo desde el mes anterior, cuando se encontraron en el albergue para personas sin hogar. ¿Qué sabía realmente Alyssa sobre ella? «Solo lo que ella misma te contó. Y tú la creíste. Porque eres una ingenua y una estúpida».

Alyssa corrió hacia la puerta principal y la abrió de golpe. Se sacó una linterna del bolsillo y enfocó con ella hacia los árboles. Dio un respingo cuando vio su viejo 4Runner aparcado justo donde lo había dejado... Harper no se había llevado su todoterreno. Alyssa se apoyó en el marco de la puerta. La noche anterior, mientras ella estaba en el trabajo, había nevado, y delante de la cabaña no había más pisadas que las suyas. Harper no había salido por la puerta principal. Alyssa cerró la puerta y se dio media vuelta.

Entonces ¿dónde estaba Harper? ¿Y dónde estaban la cartera y las llaves?

Volvió a registrar su mochila. Tal vez las había metido en otro bolsillo. Estaba muy cansada cuando salió del trabajo. Examinó todos y cada uno de los compartimentos y luego miró en los bolsillos del abrigo. No había rastro de las llaves. Ni de la cartera. Sacó su teléfono móvil y lo encendió. Solo podía cargarlo en el trabajo o en su coche, y siempre intentaba ahorrar batería. Además, solo lo utilizaba para contactar con el trabajo o enviar mensajes de texto a Harper. Cuando estaban juntas, no había razón para tener el teléfono encendido. El aparato cobró vida, pero Alyssa no vio ningún mensaje de texto ni ninguna llamada perdida.

Se metió el teléfono en el bolsillo. No quería creer que Harper la hubiese engañado. De hecho, la idea de vivir las dos juntas había sido de ella, con el objetivo de cubrirse las espaldas mutuamente. No le parecía bien que se hubiera marchado sin decir una palabra. Alyssa volvió a reproducir su última conversación en su cabeza. Harper no había dado ninguna señal de que quisiera irse; de hecho había dicho que aquella cabaña era el mejor lugar donde había dormido en todo el invierno, y además había recogido leña suficiente para varios días. Pese a todo, allí no había nadie más que pudiera haber cogido las cosas de Alyssa.

Con los ojos llenos de lágrimas, recogió todo de nuevo. Necesitaba las llaves del coche, o se quedaría allí tirada. ¿Para qué habría cogido Harper las llaves del coche si no iba a llevárselo?

¿Qué narices estaba pasando allí?

No tenía sentido. Harper era espabilada y sabía desenvolverse, viviendo como vivía en la calle. No se le podía haber ocurrido un plan tan absurdo. Aunque tal vez no se trataba de ese plan. Tal vez no se había ido todavía. Quizás Alyssa estuviera a tiempo de alcanzarla.

Soltó la mochila y se acercó a la ventana que daba al jardín trasero. Quince metros de terreno separaban la cabaña del bosque circundante. Alyssa entrecerró los ojos para desentrañar en la oscuridad la zona que habían asignado como letrina, detrás de un conjunto de abetos. Una figura se movió en la linde del bosque.

¿Harper?

La ira le nubló la vista. Alyssa corrió hacia la puerta trasera de la cabaña.

«¿Crees que puedes robarme mis cosas? Pues estás muy equivocada».

Abrió la puerta sin hacer ruido, salió deslizándose al exterior y avanzó corriendo por la nieve hasta el bosque. Se asomó por el tronco de un árbol, tratando de distinguir aquella figura de nuevo. Vio como la silueta oscura emergía de entre los árboles, cerca del lago.

La figura no llevaba ninguna mochila. ¿La habría escondido Harper en algún sitio? ¿Qué estaría tramando? Alyssa la siguió, manteniéndose a cierta distancia pero sin perderla de vista. Llevaba recorridos unos treinta metros cuando la silueta se volvió hacia ella. No se parecía en nada a la de Harper. Su amiga era delgada, mientras que aquella figura era demasiado grande, demasiado voluminosa... más masculina.

El pánico se apoderó de Alyssa.

¿Podía ser Phil, el propietario del camping? Tal vez alguien había visto humo saliendo de la chimenea de la cabaña y lo había llamado. El camping estaba cerrado, allí no tenía que haber nadie. Sí, podía tratarse de Phil, que se acercaba para echarlas de la cabaña. Esa podría ser la razón por la que Harper había salido huyendo.

Sintió un regusto amargo en la garganta. Si eso era así, entonces Harper se había largado para salvar el pellejo y había dejado a Alyssa sola para que se enfrentara a Phil. Y encima le había robado sus cosas.

Menuda hija de puta.

¿Y ahora qué?

Si era Phil... Estaba en buena forma, pero era un hombre mayor. Seguramente ella corría más rápido que él.

El hombre volvió sobre sus pasos, yendo directamente hacia ella.

¿Phil?

El lenguaje corporal del hombre no transmitía irritación ni enfado. Se movía con determinación.

Alyssa se agachó detrás del árbol y esperó, conteniendo la respiración. Un sonido casi inaudible reverberó en lo más profundo de su garganta, como si algo se hubiera roto de golpe. Aplastando la espalda contra el tronco, rezó para que él no lo hubiera oído. El viento soplaba entre los árboles, levantando polvo de nieve. «¿Dónde está?», pensó. Muy despacio, se asomó por detrás del árbol y se quedó paralizada. El hombre estaba a diez metros escasos de distancia.

Se escondió de nuevo tras el tronco. Las lágrimas le resbalaban por las mejillas, y era como si se le congelasen en el rostro.

«Por favor, que no me encuentre…».

Se oyó el crujido de una pisada en la nieve. ¿Estaba más cerca? Alyssa se arriesgó a echar otro vistazo desde detrás del tronco. Dos disparos resonaron en la nieve… y el miedo la dejó paralizada. Abrió la boca. Se la tapó con la mano y sofocó el grito antes de que le saliera.

Durante unos preciosos segundos, fue como si tuviera los pies pegados al suelo; luego salió de su estupor, se volvió y echó a correr.

Capítulo 2

La sheriff Bree Taggert alargó la mano hacia la mesita de noche y silenció el timbre del teléfono. Levantó la pantalla para mirarla. La llamada era de la central. Miró a su sobrina de ocho años, Kayla, acurrucada a su lado, pero la niña ni se había inmutado. Ladybug, una mezcla de pointer de gran tamaño, con manchas blancas y negras, levantó la cabeza desde donde estaba tumbada, en los tobillos de Bree. Vader, el gato negro, ocupaba la segunda almohada, lo más lejos posible de la perra. La niña despatarrada y los animales apenas dejaban a Bree unos veinte centímetros de colchón. Tratando de no despertar a Kayla, Bree se levantó de la cama, deslizándose y cayéndose a medias. Cogió su teléfono y corrió hacia el baño antes de que sonara de nuevo.

Cerró la puerta y respondió en voz baja.

—Aquí la sheriff Taggert.

—Hemos recibido una llamada al número de Emergencias informando de múltiples disparos en el camping de Grey Lake. — Acto seguido, el operador le dio la dirección.

La adrenalina borró de un plumazo el aturdimiento de la cabeza de Bree. Unos disparos en el bosque no eran motivo suficiente para despertar a la sheriff en plena madrugada.

—¿Ha habido víctimas mortales?

—Hay una víctima confirmada, una mujer. La persona que llamó a Emergencias, también una mujer, hablaba en susurros y no se la oía muy bien.

—¿Sigue al teléfono?

Bree sabía por experiencia propia que los operadores del número de Emergencias trataban de mantener a la espera a las personas que llamaban hasta que llegasen los agentes de policía. Reprimió aquel recuerdo para que no interfiriera con su concentración. Su capacidad para compartimentar se había visto muy mermada desde el asesinato de su hermana, el mes de enero anterior.

—Negativo —dijo el operador—. Tenía miedo de que el autor de los disparos la oyese y colgó.

El recuerdo reprimido volvió a aflorar a la superficie y revolvió el estómago vacío de Bree.

—¿Cuántas unidades van a acudir a la llamada?

—Tres. El tiempo estimado de llegada del coche patrulla más próximo es de doce minutos.

Demasiado tiempo. Debían de estar en el otro extremo del condado.

En la oficina del sheriff del norte del estado de Nueva York de la que Bree había sido nombrada jefa apenas tres semanas antes, el turno de noche andaba escaso de personal. El turno de día no contaba con muchos más agentes. Todos ellos estaban repartidos por la enorme extensión del condado de Randolph, mayoritariamente rural.

—Voy de camino.

Bree colgó el teléfono, tomó un sorbo de enjuague bucal directamente del bote, escupió y salió del baño. Abrió el armario. La perra la observó mientras Bree se cambiaba el pijama de franela por unos pantalones militares de color marrón oscuro, una camiseta de tirantes y la camisa de color arena del uniforme. Después de ponerse unos calcetines de lana, abrió el armero con dispositivo biométrico de seguridad que había instalado en el estante superior. Se sujetó su Glock más pequeña en el tobillo, pasó el cinturón de seguridad por las trabillas del pantalón y metió su Glock 19 en la funda.

Cuando era inspectora de homicidios de Filadelfia, solo llevaba una pistola y una placa. Ahora, siendo sheriff, la mayoría de los días no necesitaba los veinticinco kilos de equipo estándar para patrullar, pues ni siquiera salía de su oficina. Sin embargo, además de su pistola, llevaba algún material adicional esencial: esposas, espray de pimienta, una porra extensible y un torniquete de combate.

Dos meses antes había sido testigo de lo rápido que alguien podía morir desangrado.

Cuando Bree se dirigió a la puerta, la perra se bajó de la cama de un salto. El colchón se movió y las placas de identificación canina tintinearon. Bree contuvo la respiración, pero su sobrina siguió roncando. Ladybug la siguió por las escaleras hacia la planta de abajo. Faltaba una hora para que amaneciese, pero había luz en la cocina. Entrando a toda prisa en la habitación, Bree percibió el olor a café recién hecho mientras intentaba no tropezar con la perra, que era demasiado grande para andar correteando por el reducido espacio.

Dana Romano, la antigua compañera de Bree en la policía de Filadelfia, ya jubilada, estaba sentada a la mesa leyendo un libro de cocina y tomando café. Le gustaba madrugar, así que ya estaba vestida y llevaba el pelo rubio, corto y canoso, elegantemente despeinado. Dejó la taza en la mesa.

—¿Qué pasa?

—Ha habido un tiroteo. —Bree se calzó un par de botas que estaban en el felpudo de goma, junto a la puerta trasera. Ladybug se restregó contra sus piernas y estuvo a punto de hacerle doblar las rodillas—. Podrías dejarme un poco de espacio —le dijo al animal.

—Está muy apegada a ti —dijo Dana, poniéndose de pie.

—Pero ¿por qué?

Dos meses después de que, víctima del exquisito arte de la manipulación, Bree adoptase a la perra, la sheriff aún seguía desconcertada por la presencia del animal. Sin embargo, se alegraba de que su fobia a los perros se hubiese mitigado. Ladybug no se parecía en nada a los perros de su padre; aquella perra regordeta sería incapaz de hacer daño a un niño. Al rememorar lo ocurrido treinta años atrás, las cicatrices del tobillo y el hombro de Bree volvieron a manifestarse en todo su dolor: pensar en su padre y los perros la llevó automáticamente a la noche en que su padre mató a su madre de un tiro y luego se suicidó, mientras Bree escondía a sus dos hermanos pequeños bajo el porche. Hizo un esfuerzo para ahuyentar el recuerdo de su mente. Tenía que detener a un asesino. No podía permitirse el lujo de distraerse.

—Tal vez sabe que la necesitas. —Dana se acercó a la elegante cafetera que había traído de su apartamento en Filadelfia. La mejor amiga de Bree había dejado atrás toda su vida para mudarse a Grey's Hollow y ayudarla a criar a sus sobrinos huérfanos.

—No tengo tiempo para tomar café.

Bree se puso su chaqueta de invierno.

Como siempre, Dana la ignoró. Le sirvió el café en un termo para llevar.

—Kayla está en mi cama. Si se despierta sola...

Dana enroscó la tapa y sacó una barrita energética de un cajón.

—Iré con ella.

—Gracias.

Le dio a Bree el termo y la barrita y agarró el collar de la perra.

—Ten cuidado.

—Lo tendré.

Bree salió por la puerta trasera. Oyó relinchar a un caballo en el establo mientras echaba a correr por el camino —despejado de nieve con las palas— hasta su todoterreno, propiedad del condado. En el norte del estado de Nueva York, los primeros días de marzo eran todavía invernales. Se sentó en el asiento del conductor, depositó el termo del café y su barrita energética en los portavasos y arrancó el motor. Condujo hasta la carretera principal e introdujo la dirección en el GPS. El tiempo estimado de llegada era de siete minutos. El camping no estaba lejos de su casa. Habían pasado cinco desde que recibió la llamada. Accionó las luces de emergencia, pisó el acelerador y redujo el trayecto de siete a seis minutos.

Bree redujo la velocidad a medida que fue acercándose a la entrada del camping de Grey Lake. Salió de la carretera principal y entró en la pista cubierta de nieve que conducía al recinto. Las luces giroscópicas de su coche giraban proyectando el rojo, el blanco y el azul sobre el suelo nevado. Más allá, el bosque estaba oscuro. No vio señales de que hubiera otros vehículos del departamento del sheriff.

Bree había sido la primera en llegar al lugar de los hechos.

Cogió su radio.

—Aquí la sheriff Taggert, código once.

—Recibido —respondió la central—. El tiempo estimado de llegada de la patrulla Doce es de un minuto. Dos unidades adicionales la siguen a cuatro minutos.

—Recibido —dijo Bree y soltó el aliento que había estado conteniendo. Los refuerzos estaban a punto de llegar, aunque lo cierto es que no pensaba esperarlos. Había que detener a un posible tirador activo lo antes posible.

Sus faros iluminaron las huellas de los neumáticos de la angosta pista. ¿Serían del vehículo del autor de los disparos?

Se le erizó el vello de la nuca y una descarga de adrenalina hizo que se le acelerara el pulso. Al coger una curva, el todoterreno patinó y empezó a derrapar. Bree retuvo el control del vehículo, y en cuanto los neumáticos ganaron tracción volvió a pisar el acelerador.

Unos carteles de madera clavados en los árboles dirigían a los visitantes a las cabañas numeradas. Siguió las señales durante unos minutos más, adentrándose en el bosque, hasta que vio un cartel que decía CABAÑA 20. Detuvo su todoterreno al final del camino y escudriñó el claro en busca del tirador o de la víctima.

No vio a nadie. Buscó detrás de su asiento el chaleco de kevlar con la inscripción SHERIFF. Se quitó la chaqueta y se puso el chaleco encima de la camisa del uniforme. Sin apartar la vista del otro lado del parabrisas, Bree volvió a ponerse la chaqueta sin cerrarse la cremallera para poder acceder a su arma fácilmente.

Una cabaña ocupaba el centro de un claro del tamaño de un campo de béisbol. Siguió con la mirada unas huellas de neumáticos. A unos doce metros de la cabaña, el parachoques trasero de un Toyota 4Runner gris asomaba por detrás de una arboleda. Unas huellas de pisadas iban desde el 4Runner hasta la puerta de la cabaña. No había pisadas de vuelta al vehículo. Alguien había entrado en la edificación.

¿Sería la víctima? ¿La persona que había llamado a Emergencias? ¿El autor de los disparos?

Cuando extendía la mano hacia el tirador de su puerta, vio parpadear unas luces de emergencia en el espejo retrovisor. Miró atrás. Las luces de un coche patrulla perforaban la penumbra que precedía al amanecer. Segundos después, el vehículo aparcó junto a su todoterreno y de él salió el ayudante del sheriff Jim Rogers.

Bree se bajó del coche, adentrándose en el frío, y se reunió con él detrás del vehículo. El aliento de ambos formaba nubes de vaho en la mañana gris claro. A pesar de las bajas temperaturas, Bree sintió acumularse el sudor bajo la camisa y el chaleco.

Sacó su arma.

Rogers hizo lo mismo.

—¿Vamos a entrar?

—Así es. —Bree controlaba perfectamente el lado norte de la cabaña, pero no podía ver el lado sur ni la parte de atrás—. ¿Has estado alguna vez dentro de estas cabañas?

—Sí. —Rogers entrecerró los ojos mirando hacia al edificio—. Esa de ahí parece de un solo dormitorio. —Cogió un palo, dibujó un rectángulo en la nieve y utilizó el palo como puntero—. El salón. Dormitorio. Baño.

—Vamos primero a la parte de atrás.

Bree lideró el camino hacia la esquina delantera de la cabaña. Ambos caminaban pegados al edificio. Bree se detuvo bajo una ventana demasiado alta para que alguno de los dos pudiera ver el interior. Le hizo una seña a Rogers para que la aupara. Él juntó las manos y Bree se encaramó sobre ellas y se asomó al alféizar de la ventana, preparada para agacharse si alguien le apuntaba a la cara con un arma.

El tirador podría estar en cualquier parte.

Vio el salón, una zona que combinaba la cocina con la sala de estar. Alguien había apartado de la chimenea un sofá de madera y una silla para hacer sitio para un saco de dormir. En la chimenea, las ascuas relumbraban con un brillo anaranjado y tenue bajo una gruesa capa de ceniza negra grisácea. Había una mochila cerca, preparada y con la cremallera cerrada.

Bree se bajó, sacudió la cabeza y susurró:

—No hay nadie, pero alguien ha estado durmiendo dentro; parecen *okupas*.

—No es la primera vez —dijo Rogers.

Continuaron avanzando por la parte trasera de la cabaña. Varias series de huellas iban y venían desde el porche trasero cubierto, atravesando unos quince metros de terreno a campo abierto, hasta el bosque. Sin embargo, no vieron ningún cadáver, ni restos de sangre, ni a ningún sospechoso.

Bree dobló la siguiente esquina. La orilla del lago Grey Lake quedaba a unos treinta metros al sur de la cabaña, y la sheriff vio la superficie lisa y opaca del agua congelada a través de los árboles sin hojas del paisaje invernal.

Se detuvieron junto a otra ventana y repitieron el procedimiento de aupar a Bree. El dormitorio también parecía vacío.

La sheriff se bajó y dijo en un susurro:

—Hay dos puertas cerradas.

Rogers asintió y puntualizó:

—El armario ropero y el baño.

Se oyó el chillido de un pájaro, pero el bosque estaba en silencio. Bree guio el camino de vuelta hacia la parte delantera de la cabaña.

Se detuvo junto a los escalones del porche y escudriñó el bosque alrededor.

—¿Dónde están?

Rogers encogió unos hombros tensos.

—Tal vez la llamada a Emergencias ha sido una broma pesada.

—Esto no me gusta. —Bree sintió que se le ponía la carne de gallina. Todo su instinto le decía a gritos que allí pasaba algo raro. En sus primeros años como policía, ella y su compañera habían respondido a una llamada un tanto extraña: una pandilla les había tendido una trampa y tuvieron suerte de escapar por los pelos, sin recibir ninguna bala. En ese momento, por su cabeza desfilaron posibles escenarios en los que podía tratarse de una emboscada en toda regla—. Podría ser una trampa.

Con expresión serena, Rogers le dio la razón encogiéndose de hombros de nuevo. A pesar del peligro, estaban decididos a entrar. Subieron al porche y flanquearon la puerta. Bree intentó girar el pomo. Este cedió y la puerta se abrió con un chirrido de las bisagras oxidadas.

Bree cruzó el umbral primero y torció hacia la izquierda. Rogers se dirigió a la derecha. Bree barrió con su arma el espacio de una esquina a otra. Había motas de polvo suspendidas en la tenue luz que se colaba por la ventana. Su lado de la habitación estaba vacío.

No había muebles grandes ni puertas tras las que alguien pudiera esconderse.

—Despejado —anunció Bree.

—Despejado —repitió Rogers.

Volvió al lado de su compañero y se encaminaron juntos a la puerta entreabierta del dormitorio. Estaba vacío. Bree cruzó el suelo tosco de tablones de madera hasta una de las dos puertas cerradas. Se sacó una linterna del bolsillo. Se apartó a un lado, abrió la puerta y alumbró el interior. Tampoco había nadie en el pequeño cuarto de baño.

—Despejado —dijo.

Rogers se agachó para mirar debajo de la cama.

—Despejado.

Quedaba la puerta cerrada del armario.

Rogers estaba más cerca de ella. Abrió la puerta de golpe y apuntó dentro con su arma. Un grito desgarró el aire.

A Bree le dio un vuelco el corazón. Apuntó con su linterna al interior del armario. Al fondo del reducido espacio había una adolescente de pie, sujetando un hacha corta con una mano y un teléfono móvil con la otra. Estaba acurrucada en el rincón y parecía intentar hacerse lo más pequeña posible. Bajo la luz inquietante, tenía la cara tan blanca como la nieve del exterior, y las lágrimas le rodaban por las mejillas.

—¡Suelta el hacha! —le gritó Rogers.

Sollozando, la chica abrió los dedos y levantó las manos poniéndolas delante de la cara. Se encogió. El hacha y el teléfono cayeron al suelo.

—¡Aparta el hacha de ti! —le ordenó.

La chica obedeció y apartó el hacha de ella con un puntapié. Fuera, las sirenas anunciaron la llegada de más agentes de policía.

Rogers retrocedió.

—¡Sal muy despacio! Y pon las manos donde pueda verlas.

La chica salió del reducido espacio con paso tembloroso e irregular. Era alta, debía de tener unos dieciocho o diecinueve años, e iba vestida con unos vaqueros gastados, unas botas y una parka sucia. El pelo largo y oscuro le caía en una espesa maraña bajo un gorro de punto, y parecía que hacía tiempo que no se duchaba. Se acercó hacia ellos.

—T… tenéis que ayudarla. Él le ha disparado. Ha disparado a Harper.

—¡Párate ahí!

Rogers se movió y la apuntó directamente con el arma. La chica parpadeó mirando a Rogers y luego a Bree.

—¿Han encontrado a Harper?

—¿Quién es Harper? —preguntó Bree.

—Mi amiga.

La chica se secó los ojos.

—¡Pon esas manos donde yo las vea! —volvió a gritar Rogers.

La chica las levantó por encima de la cabeza.

—No. No lo entienden. —Subió la voz y se le quebró—. Un hombre ha disparado a Harper.

Rogers se precipitó hacia delante. Enfundó su arma, luego juntó las manos de la joven a su espalda y la esposó. La hizo volverse tan rápido que casi se cae.

—¿Dónde está el hombre que ha disparado? ¿Dónde está la víctima?

—¡No lo sé! —gritó la chica—. Pero a Harper le han disparado. ¿Por qué no la están buscando? ¿Por qué me detienen a mí?

—Porque llevabas un hacha —contestó Rogers.

La chica negó con la cabeza.

—Era lo único que tenía para protegerme.

—¿De quién? —preguntó Bree.

—Del hombre que disparó a Harper… —exclamó ella con evidente frustración.

—¿Tu amiga Harper estaba durmiendo aquí contigo? —preguntó Bree.

—Sí —dijo la chica. Por ser la agente femenina de la pareja de policías y por el trato tan brusco que Rogers le había dispensado a la joven, que no le había gustado nada, Bree se dispuso a registrarle los bolsillos y a cachearla. Encontró una pequeña multiherramienta plegable, pero ningún arma. Por el momento guardó la herramienta, el hacha y el teléfono de la chica como pruebas.

Al abrir el teléfono, Bree constató que había sido ella la que había llamado al número de Emergencias.

—¿Cómo te llamas?

—Alyssa Vincent —respondió. Contrajo el rostro en una mueca de confusión y miedo.

—¿Y el nombre de tu amiga? —preguntó Bree.

—Harper. Harper Scott.

Rogers la empujó hacia la puerta y la joven se resistió. El agente tiró de ella con más fuerza y la punta de la bota de la chica se quedó enganchada en un tablón levantado del suelo, de modo que tropezó y se precipitó hacia delante. Como no podía usar las manos para amortiguar la caída, cayó de bruces al suelo.

Bree miró a Rogers. Este respiraba con dificultad. Tenía la cara enrojecida y el sudor le humedecía la frente. ¿Un exceso de adrenalina? ¿No sabía desenvolverse en situaciones de estrés? El policía era un cazador experto, pero los ciervos no te devolvían los disparos. La chica iba desarmada, estaba esposada y era evidente que ya no suponía ninguna amenaza, pero él no parecía tener eso en cuenta. ¿Le pasaba algo? Se comportaba de forma rara. Bree solo llevaba unas semanas trabajando con él; no lo conocía lo suficiente en el plano personal como para poder juzgar su comportamiento.

Bree hizo una seña a Rogers para que se apartara y luego ayudó a la chica a ponerse de pie.

—¿Dónde tuvo lugar el tiroteo?

La chica los condujo de nuevo al salón de la cabaña. Unas luces estroboscópicas rojas y azules se colaban por la ventana.

—Ahí fuera. —Alyssa se volvió hacia la ventana de la parte de atrás y la señaló con la cabeza—. En el hielo. Detrás de la cabaña de al lado. Me despertó un grito; Harper no estaba, así que salí fuera a buscarla. Fue entonces cuando lo vi disparar. Ella cayó al suelo... —Las palabras de la joven se apelotonaban unas sobre otras—. Y ya no se levantó. El hombre me vio y salí corriendo.

—¿Cuántas veces disparó el arma? —preguntó Bree.

—Dos —contestó Alyssa sin dudar.

—Descríbelo —le pidió Bree.

Alyssa cerró los ojos, como tratando de visualizarlo en su mente.

—Alto, pantalones oscuros, botas, abrigo oscuro. Llevaba un gorro.

—¿Viste de qué color tenía el pelo o los ojos?

La chica negó con la cabeza.

—El gorro le cubría el pelo y estaba demasiado oscuro para verle los ojos.

Dos agentes entraron por la puerta principal; uno de ellos era el segundo al mando de Bree, el jefe adjunto Todd Harvey. Bree dejó a la joven a su cargo.

—Métela en tu vehículo y vigílala.

Le hizo una señal a Rogers.

—Vamos a ver el lago.

—De acuerdo —dijo Rogers con palabras entrecortadas.

Bree escudriñó la nieve. En algún lugar del bosque, había una víctima desangrándose.

Y un asesino andaba suelto.

Capítulo 3

—¡Vamos, Greta!

Matt Flynn agitó una mano, dirigiendo a la perra pastor alemán negra hacia el siguiente obstáculo del circuito casero de agilidad. El amanecer inminente iluminaba el horizonte. Las salpicaduras de nieve saltaban disparadas bajo las patas del animal.

Greta puso las orejas tiesas y corrió hacia el túnel de plástico. Tenía un cuerpo delgado y estilizado. Atravesó el túnel a toda velocidad, salió por el otro lado y miró a Matt, lista para recibir su siguiente orden.

El hombre se dirigió al segundo obstáculo, un cajón situado frente a una sección de metro y medio de altura de la valla de madera. Matt le indicó a Greta con una seña que pasara por encima. Esta saltó sobre la caja y escaló la valla con un solo movimiento suave. Matt la llamó y la perra repitió el salto desde el otro lado. Matt le ofreció su juguete elástico, al que se aferró rápidamente.

—¡Buena chica! —Matt la hizo girar en un círculo con el juguete. Ella se sujetó con fuerza y luego aterrizó en el suelo moviendo la cola, encantada con aquel juego, su favorito últimamente.

—No me puedo creer cómo ha cambiado —dijo una voz familiar. Matt se volvió hacia la voz.

Su hermana, Cady, estaba de pie en la orilla del patio, con las manos apoyadas en las caderas. El foco de la parte trasera de la casa de Matt le iluminaba el pelo, recogido en una cola de caballo pelirroja.

—Estoy alucinada con lo que has hecho con ella. La devolvieron nada menos que dos familias.

Cady dirigía una protectora que ofrecía perros en adopción. Como antiguo adiestrador de la unidad canina del departamento del sheriff, Matt estaba especialmente capacitado para encargarse de los perros más difíciles, incluida Greta.

—La gente compra cachorros porque son muy monos sin conocer las características de la raza. Los perros pastores están acostumbrados a trabajar. Se aburren fácilmente. —Matt ordenó al animal que soltara el juguete. Cuando la perra lo hizo, él se lo metió en el bolsillo de la pernera—. Es muy inteligente.

«Probablemente más inteligente que la gente que la devolvió a la perrera».

—¿Crees que se volverá más tranquila? —le preguntó Cady.

—Sinceramente, no lo sé. Tiene solo un año y todavía da mucha guerra. —Matt miró a la perra. Greta estaba atenta, con las enormes orejas negras aún tiesas, centrando en él toda su atención. Estaba lista para el siguiente juego—. Yo no la llamaría nerviosa, sino «impulsiva», un término tal vez más apropiado para describirla. Y no estoy del todo seguro de que sea un rasgo que se vaya a suavizar con el paso del tiempo.

De pronto se hizo un raro silencio, y los sentidos de Matt se pusieron en alerta. Su hermana nunca estaba callada.

—Necesito pedirte un favor —le dijo Cady.

—La última vez que dijiste eso, te hiciste con el control de mi perrera.

Matt y su compañero canino, Brody, habían resultado heridos en un fuego cruzado durante un tiroteo entre el departamento del sheriff y un traficante de drogas. Las lesiones habían acabado con la carrera de ambos. Con la indemnización que le había dado el condado, Matt había comprado la propiedad y construido una perrera para entrenar a perros policía. Su intención era importar perros de Alemania, pero Cady había llenado «temporalmente» la perrera con los animales procedentes de su protectora. Tres años después, la perrera aún estaba llena de animales sin hogar y Matt seguía sin hacer ningún avance con la puesta en marcha de su negocio.

Cady levantó las palmas de las manos como amago de disculpa.

Matt enganchó la correa al collar de Greta.

—¿Qué necesitas?

Ella señaló hacia la perrera. Matt reconoció a la mujer mayor que había junto al monovolumen de Cady. Ya entrada en la setentena, con una cabeza de rizos blancos y esponjosos y un audífono, la señora Whitney acogía perros añosos de la protectora de Cady. Como la mayoría de los animales que acogía no solían encontrar hogar a causa de su avanzada edad y de las enfermedades, Cady se refería a la casa de la mujer como un hospital para enfermos perrunos terminales. Normalmente era muy enérgica para su edad, pero ese día estaba rígida y se retorcía las manos sin cesar.

—¿Qué le pasa a la señora Whitney? —preguntó Matt.

—Ha denunciado la desaparición de su nieto.

—¿Eli? —Matt no lo conocía, pero la señora Whitney hablaba de él a todas horas, y en su casa había mil fotos del joven universitario.

—Sí. —Cady arrugó el ceño—. Está muy preocupada. ¿Podrías averiguar qué pasa con el caso? La mujer no oye bien y se confunde.

—Ya no trabajo para el departamento del sheriff.

Cady frunció los labios.

—Pero aún debes de tener amigos allí.

«¿Amigos?».

Matt reprimió una risotada.

—Te acuerdas de que resulté herido a consecuencia del fuego «amigo», ¿verdad?

Oficialmente, el suceso había sido calificado de accidente, pero la relación de Matt con el departamento era tensa.

—Pero te llevas bien con la nueva sheriff, ¿no? —sugirió Cady.

—No la he visto desde que la nombraron.

Matt y Bree iban a quedar para cenar unas semanas atrás, pero ella había cancelado la cita. Matt esperaba que fuese simplemente porque estaba muy ocupada.

Cady lo miraba con expresión de súplica.

—Por favor, tú solo escucha a la señora Whitney.

Matt suspiró.

—Ya sabes que lo haré.

Se acercaron a la mujer.

Se levantó viento en el patio y la señora Whitney sintió un escalofrío.

—Muchas gracias por ayudarme.

Matt levantó una mano.

—Venga, entre en casa. Todavía no me he tomado el café.

Por las mañanas, Greta necesitaba hacer ejercicio inmediatamente después de salir de su jaula; de lo contrario se ponía muy pesada con Brody. Matt le ordenó en alemán que los acompañara y se encaminaron hacia la casa. La perra se puso a su lado, mirando a Matt cada pocas zancadas esperando una nueva orden.

Fueron a la cocina. Brody suspiró desde su cama para perros, en el rincón. Greta se fue directa hacia él, apoyó la parte superior del torso en el suelo y movió el trasero en el aire. Cuando Brody la ignoró, le dio un mordisco.

Matt le ordenó que lo dejara en paz.

Greta se detuvo y se volvió a mirar a Matt, como para comprobar si hablaba en serio. Él la miró fijamente a los ojos. Greta bajó la cola, dirigió a Brody una última mirada —como llamándolo «aguafiestas»— y luego se dirigió al bebedero. Cuando terminó de beber, sacó un juguete negro para cachorros de una caja de madera que había en un rincón y lo lanzó al aire.

Matt preparó el café.

Cady sacó una silla para la señora Whitney y luego se sentó. Brody se puso en pie, se estiró y se acercó a saludar a Cady. Ella le frotó por detrás de las orejas.

—Ese es mi chico. ¿Te molesta esa jovencita?

Brody movió la cola. Era el clásico pastor alemán negro y pardo, con unos enormes ojos marrones, y un experto en poner cara de pena. En ese momento, apoyó la cabeza en el regazo de Cady y le dirigió una mirada de «soy el ser más desgraciado del mundo» digna de un Oscar.

—Brody ha cambiado las sesiones de entrenamiento de primera hora de la mañana por las siestas después del desayuno —explicó Matt.

Brody se apartó de Cady para saludar a la señora Whitney, sentándose y levantando una pata para hacer alarde de sus mejores modales. La mujer pareció calmarse mientras acariciaba la cabeza del perro.

Matt llevó tres tazas a la mesa y se sentó frente a la anciana.

—Gracias por escucharme —dijo—. No sé a quién más recurrir. Estoy muy preocupada por Eli.

—¿Cuándo desapareció?

Matt apoyó los antebrazos en la mesa de la cocina y prestó toda su atención a la señora Whitney. Esta sacó un pañuelo del bolso y se lo apretó contra el rostro lleno de manchas de edad.

—Anoche tenía que venir a casa a cenar, como todos los domingos. Cuando no apareció, llamé a sus amigos.

Matt se aclaró la garganta.

—No quiero ser... mmm, indiscreto, pero... quizá se ha quedado a dormir con alguien. ¿Tiene novia?

Las mejillas de color pergamino de la señora Whitney se tiñeron de rojo.

—No. Ahora mismo no tiene ninguna novia, y soy muy consciente de que cualquier joven preferiría pasar un fin de semana con una chica en lugar de tener que ir a ver a su abuela. —Exhaló un fuerte suspiro por las fosas nasales—. Pero si, por el motivo que sea, Eli no hubiese podido venir a cenar, me habría llamado para avisarme. Podría haberme puesto cualquier excusa, por ridícula que fuera, pero me habría llamado. Él sabe que me preocupo. Le llamé al móvil. Le envié un mensaje de texto, pero no me ha respondido. Eso tampoco es propio de él.

—¿Qué hay del resto de la familia? —preguntó Matt—. Hermanos, hermanas…

—No hay nadie más. —La señora Whitney bajó la voz hasta hablar casi en un susurro—. Eli es hijo único. Mi hijo y su mujer murieron en un accidente de coche cuando él tenía dieciséis años. En los últimos seis años, hemos sido solo nosotros dos.

—Lo siento mucho.

Matt se tragó un nudo de empatía del tamaño de una pelota de baloncesto.

La mujer asintió con la cabeza.

—Sus amigos dicen que fue a una fiesta el sábado por la noche. Preguntaron por ahí, y alguien que estaba en la fiesta se fijó en que Eli salía alrededor de la una de la madrugada, pero nadie más lo ha visto desde entonces. Anoche mismo llamé a la policía. Un agente vino a casa e hizo un parte, pero me dijo lo mismo que tú: que lo más probable era que Eli se hubiera «enrollado» con alguien. —Dijo la palabra como si fuese la primera vez que la pronunciaba.

—¿Fue a esa fiesta en coche? —preguntó Matt.

—No. Siempre usa una de esas aplicaciones en las que te traen y te llevan. —La señora Whitney negó con la cabeza—. Un conductor borracho mató a sus padres. Eli nunca conduciría bebido.

—A la señora Whitney le preocupa que la policía no esté buscando activamente a su nieto. —Cady rodeó con su brazo los hombros de la mujer.

La señora Whitney inclinó la cabeza y cerró los ojos durante unos segundos. El cuero cabelludo, de color rosado, le brillaba a través del pelo cano.

Levantando la barbilla, abrió los ojos y lanzó un suspiro.

—El agente no dejaba de decir: «Es un adulto. No tiene que estar dándole explicaciones a su abuela de cada cosa que hace». —Hizo una pausa para inhalar aire profundamente—. Pero conozco a mi nieto. Le ha pasado algo. Por favor, dime que me ayudarás a encontrarlo.

—¿Dónde vive? —Matt tomó de la mesa un bloc de notas y un bolígrafo.

—En Scarlet Falls. —La mujer le dio una dirección del pueblo vecino.

Matt la anotó.

—¿Qué departamento de policía lleva el caso? Scarlet Falls está bajo jurisdicción local, del condado y del estado.

—No lo sé. —La señora Whitney entrecerró los ojos. Hizo una pausa, sofocando las lágrimas con su pañuelo.

—¿Sabe el nombre del agente que le tomó declaración? —preguntó Matt.

—No —dijo la señora Whitney—. Lo siento. No oigo todo lo que me dicen. Me dio una tarjeta, pero la he perdido. —Se palpó los bolsillos de la chaqueta—. Estoy muy preocupada. No puedo concentrarme.

—No pasa nada. Llamaré y averiguaré quién está al frente del caso.

Matt no podía dar la espalda a aquella anciana que, a pesar de sus propios achaques, nunca decía que no a un animal que la necesitase.

—No he pegado ojo en toda la noche. Esta mañana puse las noticias y vi que... —Inhaló una bocanada de aire, con la respiración agitada—. Han dicho en televisión que esta mañana la policía ha organizado una búsqueda en la orilla del río. Tratan de hallar a un estudiante universitario desaparecido. —Ahogó un sollozo—. Tiene que ser Eli.

—Eso no lo sabes. —Cady le tocó el antebrazo a la anciana y luego se volvió hacia Matt—. Esta mañana temprano he ido a casa de la señora Whitney a recoger a un perro para una cirugía con el veterinario. Estaba llorando.

—¿Ese agente le dijo algo más cuando le tomó declaración? —preguntó Matt.

La señora Whitney lanzó un resoplido.

—Dijo que hablaría con los amigos de Eli y que se pasaría por la zona donde se celebró la fiesta para preguntar a los vecinos. También iba a averiguar si Eli utilizó una aplicación para compartir coche después de la fiesta. Pero no he vuelto a tener noticias suyas. En ese momento, no parecía muy preocupado.

—Matt averiguará qué pasa con la investigación.

Cady miró con ojos suplicantes a su hermano.

La señora Whitney se sonó la nariz.

—Por favor, ayúdame a encontrarlo.

—Haré lo que pueda —respondió Matt.

La mayoría de las personas desaparecidas regresaban por voluntad propia al cabo de unos días. La policía no solía abrir una investigación en los casos de personas adultas a menos que hubiese indicios de criminalidad o circunstancias sospechosas.

Una lágrima de agradecimiento se deslizó por la mejilla de la señora Whitney.

—Que Dios te bendiga.

—¿Puede darme una lista de los amigos de Eli? —le pidió Matt—. Y también una foto suya.

—Te enviaré una foto —dijo la señora Whitney—. Su mejor amigo es Christian Crone. Viven con otros dos chicos en un piso compartido a las afueras del campus. —Abrió su bolso y sacó una libretita. Se la pasó a Matt por encima de la mesa—. Aquí está su dirección y todos los números de los teléfonos móviles de los muchachos. Eli quiere estar seguro de que pueda localizar a cualquiera de ellos si necesito algo y él no está disponible. Son buenos chavales. Todos han venido a mi casa a cenar algún domingo.

Una sensación de inquietud empezaba a apoderarse de Matt. Eli parecía un chico demasiado majo para dejar que su abuela se preocupara sin motivo.

Cady se puso de pie y acompañó a la señora Whitney a la puerta. Mirándolo por el lado positivo, aquel caso le daría a Matt una razón para llamar a Bree otra vez, una que no oliera a desesperación. Cogió el teléfono y miró la hora. Las seis y media. Demasiado temprano para llamar a su número personal. Buscó el mando a distancia y encendió la televisión para ver las noticias locales. Un meteorólogo estaba dando la previsión del tiempo.

Llamó al departamento del sheriff, pero Bree no estaba en su oficina. Le dejó un mensaje. Mientras intentaba decidir a quién llamar en la policía de Scarlet Falls, pensó en todas las cosas que podrían haberle ocurrido a un estudiante borracho en plena noche.

Eli podría haberse tropezado en el parque, haber caído al suelo y haberse dado un golpe en la cabeza. Podría haber caído al río y haberse ahogado. Si se trataba de un chico demasiado responsable para dar plantón a su abuela, entonces ninguno de los escenarios alternativos que se le pasaban por la cabeza a Matt tenía un buen final.

Capítulo 4

Bree examinó los árboles, pero no vio a nadie. Se volvió hacia Todd.

—Coge tu rifle y cúbrenos.

Lo primero que hizo cuando se puso al frente del departamento fue revisar los expedientes de todos sus ayudantes para hacerse una idea de cuáles eran sus puntos fuertes. Todd era el que tenía mejor puntería con las armas largas.

Para llegar al bosque tendrían que cruzar quince metros de terreno a campo abierto. Los tonos claros rosados y anaranjados habían encendido el cielo de la mañana, y varios árboles de hoja perenne se acumulaban a la orilla del bosque. El tirador podía estar escondido detrás de esa arboleda. Todd sacó su AR-15 del maletero del coche patrulla y tomó posición detrás de una roca. Se arrodilló y apuntó con el rifle por encima de la roca.

Bree y Rogers atravesaron la nieve corriendo. Cuando llegaron a la arboleda, la sheriff apoyó el hombro en un árbol y luego miró alrededor del tronco. No vio más que nieve y bosque. Miró a Rogers y trazó un círculo en el aire con el dedo. El rostro enrojecido de Rogers estaba ahora pálido y recubierto de sudor. Se separaron y rodearon los árboles desde lados opuestos.

Tras los abetos, la nieve estaba muy pisoteada, pero allí no había nadie.

Bree giró en círculo. No veía ningún otro escondite en el bosque, pero el vello de su nuca se obstinaba en seguir erizándose. Aunque, tras la muerte de sus padres, una prima se había hecho cargo de ella y se había criado en la ciudad, Bree había nacido en Grey's Hollow. Su familia había sido propietaria de una parcela de terreno rural. Había pasado los primeros ocho años de su vida correteando como una niña medio salvaje en bosques como aquel, pero esa mañana el bosque le ponía los pelos de punta.

Se volvió a mirar a Rogers, que estaba examinando el suelo. Se le formaban arrugas en las comisuras de los ojos por la concentración. Al parecer, era el mejor rastreador del departamento. A Bree le gustaba dejar que la gente hiciera lo que mejor sabía hacer. Sin apartar del todo la mirada del bosque, lo observó leer las huellas.

Rogers se aclaró la garganta y señaló el claro nevado.

—Alguien ha usado este lugar como letrina.

—Tiene sentido —dijo Bree—. En la cabaña no hay agua, y estos árboles de aquí proporcionan mucha privacidad.

De nuevo en su elemento, Rogers parecía más relajado.

—Casi todas las huellas van y vuelven de la cabaña, excepto estas de aquí. —Señaló las pisadas que se alejaban de la zona de las letrinas y seguían una pista paralela al lago.

—Lástima que la nieve no sea lo suficientemente compacta como para ver huellas de verdad.

—Ni siquiera se puede distinguir el tamaño de las botas —coincidió Rogers.

Bree y Rogers siguieron las huellas por la orilla del bosque. Detrás de la siguiente cabaña, la número diecinueve, las pisadas llevaban al porche trasero. Desde allí, las huellas giraban hacia el lago y desaparecían en el hielo.

Todd dejó su posición detrás de la roca y los siguió. Movía la cabeza de un lado a otro mientras escudriñaba el bosque al avanzar.

—El viento ha levantado varias capas de nieve del hielo —observó Rogers.

Bree se quitó un poco de nieve en polvo de la chaqueta.

—¿Alguna idea de hacia dónde puede haber ido el autor de los disparos?

—¿Estamos seguros de que realmente ha habido un tirador?

—Rogers negó con la cabeza—. Si disparó a alguien, ¿dónde está el cadáver? ¿Dónde está la sangre?

Bree fijó la mirada en el lago. Alargado y estrecho, se extendía durante kilómetros y kilómetros. Estaban a principios de marzo y seguía congelado.

Rogers se aclaró la garganta.

—También cabe la posibilidad de que la chica esté mintiendo. Quizá se haya inventado toda la historia.

—¿Y por qué iba a hacer eso?

—Para llamar la atención.

Bree levantó una ceja. Rogers continuó.

—Piénsalo. No tiene adónde ir, y hace un frío de cojones. Esa cabaña no tiene agua y la única fuente de calor es la chimenea. Sobrevivir a la intemperie es muy duro. El mero hecho de tener que recoger leña seca todos los días supone un gran esfuerzo, sobre todo para una chica.

Bree recordó la imagen de la joven agarrando el hacha. Definitivamente, no le parecía una chica indefensa.

—¿Crees que se ha inventado lo de la amiga y los disparos? —preguntó Bree—. Me parece un plan demasiado retorcido. ¿Por qué molestarse en inventarse eso?

Rogers se encogió de hombros.

—He visto a gente que ha delinquido expresamente para volver a la cárcel, sobre todo en invierno.

—¿Y cómo va a conseguirse un techo por denunciar un delito? Llamándonos a nosotros ha admitido haber entrado sin autorización en el camping y ha perdido todo acceso al lugar donde vive actualmente. —Bree veía más motivos para que Alyssa se hubiera quedado callada.

—Tal vez no quería quedarse aquí —dijo él—. Tal vez no está en sus cabales. La mayoría de los sintecho son drogadictos o tienen problemas mentales.

—Hay mucha gente que se queda sin casa por razones ajenas a su voluntad —señaló Bree.

Rogers frunció el ceño y extendió un brazo.

—A mí me cuesta creer que hayan disparado a alguien aquí, aparte del hecho de que no hemos encontrado ni una sola gota de sangre en toda esta nieve y este hielo tan blancos. Lo único que digo es que es una posibilidad. No tenemos ninguna prueba de que su amiga exista, y mucho menos de que haya un tirador.

Bree no sabía qué creer. Se le daba muy bien detectar cuándo alguien mentía. La chica le había parecido traumatizada de verdad, pero era todo muy raro, desde luego.

—Nuestro trabajo consiste en averiguar qué pasó.

Rogers contrajo la comisura de la boca, como si quisiera decir algo y le costara reprimir las palabras. Al cabo de unos segundos, ya no pudo seguir conteniéndose.

—Lo único que digo es que andamos escasos de efectivos.

—Entonces, ¿quieres olvidar la denuncia de un tiroteo por parte de una ciudadana porque estamos demasiado ocupados?

Roger trasladó el peso de su cuerpo de un pie a otro.

—La ciudadana no es muy creíble. —Apretó los labios un segundo, pero, una vez más, no logró mantenerlos cerrados—. El sheriff King no habría malgastado recursos hasta tener pruebas auténticas de que se hubiera cometido un delito.

Bree apretó los dientes. El escándalo de corrupción que había rodeado a su predecesor era de dominio público, y resultaba frustrante que todavía hubiese algunas personas que lo idolatrasen.

—No daremos carpetazo a la denuncia de un delito hasta que hayamos realizado una investigación exhaustiva, ¿queda claro, ayudante?

—Sí, jefa. —Las palabras de Rogers sonaron tan tensas como sus labios.

A pesar de lo mucho que Bree detestaba ponerlo en su lugar, si quería mantener el respeto de todas las personas que estaban bajo su mando, no tenía otra opción.

Y eran muchas personas.

Como sheriff, sus responsabilidades iban mucho más allá de la supervisión de una brigada de policía. También dirigía la cárcel del condado. En los municipios estadounidenses que no contaban con policía propia, el departamento del sheriff era el principal responsable de hacer cumplir la ley, y se ocupaba de todos los delitos, desde la tramitación de las multas de tráfico hasta la resolución de homicidios. Su oficina también emitía permisos de armas, ejecutaba las órdenes judiciales y supervisaba el transporte de presos. Joder, hasta el control de animales estaba bajo su jurisdicción. Ser sheriff era una responsabilidad enorme.

Se frotó la frente. El frío le escocía en la cara. Quería ir a algún sitio donde se estuviese calentito. Quería una taza de café, un buen desayuno y ocho horas de sueño ininterrumpido. En lugar de eso, iba a hacer una reconstrucción de los hechos.

Bree se dio media vuelta y volvió hacia la cabaña. Se detuvo para hablar con el jefe adjunto.

—Todd, vamos a fotografiar las huellas de la nieve. Luego quiero que la chica nos enseñe exactamente cómo estaban colocados el tirador y la víctima. Le haremos un segundo interrogatorio, más exhaustivo, en comisaría. Además, consigue una orden para registrar las dos cabañas.

Habían pasado de responder a una llamada a Emergencias y buscar al tirador y a la víctima a ponerse a buscar pruebas objetivas. Esto último requería una orden judicial.

—¿Qué pasa con la escena? —preguntó Todd—. ¿Quieres ampliar el perímetro?

—Protege la zona con precinto policial, pero retrasa la búsqueda a pie. Si conseguimos traer a un perro de la unidad canina, la presencia de otros agentes moviéndose por aquí podría alterar los olores. Llama a la policía estatal. Mira si podemos pedir prestada una unidad canina.

—Sí, jefa.

Todd se dio media vuelta y echó a andar hacia su vehículo.

A pesar de sus problemas personales con los perros, Bree valoraba su capacidad olfativa para detectar toda clase de rastros, desde drogas, explosivos y niños perdidos hasta posibles sospechosos.

Bree se volvió hacia Rogers. El resentimiento se había adueñado de su expresión. A ella no le gustaba que cuestionara su autoridad, pero tampoco quería perderlo. Ya andaba escasa de personal y sus habilidades como rastreador eran muy valiosas. A pesar de su actitud negativa hacia ella, su rendimiento en el trabajo durante las tres semanas anteriores había sido más que satisfactorio. Su impresión general de la aptitud de Rogers como ayudante era favorable. ¿La mala actitud que estaba exhibiendo ahora era un reflejo de su antipatía por ella o una reacción personal a aquel caso en concreto?

Lo observó durante unos segundos. Tenía unas profundas ojeras bajo sus patas de gallo. Había pasado despierto toda la noche; de forma oficial, su turno había terminado hacía un rato, y se había enfrentado a una situación potencialmente peligrosa provisto tan solo de adrenalina. Para colmo de males, cuando se fuera del lugar de los hechos tendría que volver a la comisaría y terminar los informes de la noche.

Bree se dirigió a él en voz baja:

—Escucha, Rogers, espero que tengas razón. Espero que se lo haya inventado todo. Espero que estemos perdiendo el tiempo. Porque prefiero que me mientan a que haya un asesino suelto por ahí o una víctima perdida que tal vez se esté muriendo desangrada en estos momentos. Nunca podría perdonármelo si una chica joven muriera porque no la he buscado lo suficiente. O si hubiese más víctimas porque no he intentado encontrar al asesino. O si me permitiese tener prejuicios contra una testigo porque que es una indigente y rechazase su versión de los hechos basándome en sus circunstancias personales y no en una investigación exhaustiva del caso.

Rogers contestó apretando la mandíbula.

—De acuerdo, jefa.

Sintiéndose frustrada, Bree inspiró hondo. La verdad era que, aunque llevaba muchos años en el cuerpo de policía, no tenía ninguna experiencia en materia de liderazgo. Había patrullado las calles al principio de su carrera y luego había ascendido rápidamente a inspectora. Había trabajado en colaboración con distintos equipos de personas, pero nunca había sido la jefa. Desenvolverse en su nuevo papel de líder era como atravesar un campo de boñigas de vaca con los ojos vendados. A cada paso que daba, era como si hubiese un nuevo montón de mierda que pisar.

Se dirigió a la parte delantera de la cabaña. Rogers se puso a su lado y caminaron en un incómodo silencio. Cuando llegaron al claro, ya había otros dos ayudantes allí.

La mujer se volvió hacia Rogers.

—Aquí ya hay suficientes agentes. Puedes dar por finalizado tu turno.

El hombre se dio media vuelta y se fue. A pesar de que no quería trabajar en la investigación, sus movimientos eran rígidos, como si estuviera enfadado porque le había dicho que se fuese.

Bree no podía ganar.

Por lo que había averiguado del sheriff anterior, este habría puesto de patitas en la calle en el acto a cualquiera que cuestionara su autoridad. Bree no podía permitirse el lujo de despedir a todos los que le ponían las cosas difíciles. El departamento había perdido casi un tercio de sus agentes. Cuando aceptó liderarlo, sabía que estaba sumido en una crisis muy profunda; sabía que tendría que reconstruir toda la unidad y que el proceso de transición sería doloroso. Algunas personas se resisten por naturaleza a la evolución y a los cambios.

Pero la realidad de transformar el departamento del sheriff estaba resultando más frustrante de lo que había previsto, y eso que solo llevaba tres semanas en ello.

A la mierda todo.

Bree se paró junto a su todoterreno para tomarse el café y bebió unos sorbos vigorizantes. Esa mañana no tenía tiempo ni energía para lidiar con los egos de la gente ni con sus actitudes malsanas. Había un tiroteo que investigar. Tener un caso en el que trabajar era casi un alivio.

Por ahora, dejaría de lado los problemas de su departamento y haría lo que mejor se le daba: resolver un crimen. Se dirigió al coche patrulla donde estaba su testigo.

Todd corrió hacia ella.

—¿Sheriff?

Bree se detuvo. El cargo aún le resultaba extraño.

—Las unidades caninas de la policía estatal están ocupadas buscando a un universitario que ha desaparecido este fin de semana. No van a poder enviarnos a ninguna hasta última hora de la tarde como muy pronto.

Bree levantó la vista al cielo. Al este, el amanecer teñía de rojo el cielo de la mañana, pero en el oeste unos nubarrones se cernían por el horizonte. Sacó su teléfono y consultó la previsión del tiempo.

—Va a volver a nevar. Se prevé que la nieve empiece a primera hora de la tarde.

No estaba segura de cómo afectaría la nueva nevada a la capacidad de rastreo de un perro, pero lo que estaba claro es que cubriría cualquier rastro en el suelo.

—¿Y qué hay de Matt y Brody? —le preguntó Todd.

Matt había estado relacionado con la investigación del asesinato de su hermana a través de su mejor amigo, y la había ayudado a resolver el caso. Los dos habían formado un buen equipo, pero el historial de Matt con el departamento del sheriff la hacía dudar.

—Me parece que no tengo otras opciones —dijo Bree.

—¿Hay alguna razón por la que no quieras llamar a Matt? —le preguntó Todd.

—Preferiría recurrir a alguna unidad oficial.

Bree no expresó su verdadera preocupación: uno de los ayudantes que había disparado a Matt había abandonado el departamento, y el otro… era Rogers. Las autoridades habían concluido oficialmente que se había tratado de un accidente, pero la relación de Matt con Rogers y los otros ayudantes del sheriff era, como es lógico, un tanto incómoda. Pedirle que trabajara para el departamento del sheriff le parecía una imposición.

Pero así volvería a verlo. A pesar de que no disponía de tiempo ni energías para más compromisos personales que los que tenía con su propia familia —como demostraba el hecho de que no le hubiese devuelto los mensajes en las últimas semanas—, lo cierto era que lo había echado de menos.

Bree se masajeó la sien. Contar con Matt le traería complicaciones en el departamento, pero ella confiaba en él. No podía decir lo mismo de todos los hombres que tenía bajo su mando. Sería un alivio saber que alguien la apoyaba.

—Lo llamaré.

Sacando su teléfono del bolsillo, miró a los hombres de uniforme que pululaban por la escena. Tenía plena confianza en su jefe adjunto. Todd había sido una de las personas que la habían convencido para que aceptara el cargo. La mayoría de sus ayudantes parecían contentos por tener una nueva jefa, pero a unos pocos les había sentado mal su nombramiento como sheriff.

Se alejó para asegurarse un poco de intimidad para hacer la llamada. El sol naciente se reflejaba en la superficie del lago helado en tonos de color rojo sangre. Con la excepción de Todd, Matt no confiaba plenamente en sus ayudantes.

¿Podía Bree confiar en ellos?

Capítulo 5

A Matt le vibró el teléfono.

Se lo sacó del bolsillo.

Era Bree.

Aunque tuviera treinta y cinco años, ver su nombre en la pantalla del teléfono hizo que el corazón le diera un brinco. Moderó su entusiasmo y se aclaró la garganta.

—Eh, hola, Bree. ¿Cómo estás?

—Lo siento, Matt —dijo ella. Parecía estresada—. Sé que debería haber respondido a tu mensaje hace semanas, pero últimamente mi vida ha sido una locura, tanto en el trabajo como en casa.

—¿Todo bien con los niños? —Matt se preocupaba por ellos y por Bree. La familia Taggert había sufrido una tragedia tras otra.

—La verdad es que no, pero no tengo tiempo de explicártelo ahora —contestó—. Necesito pedirte un favor. A ti y a Brody…

Matt oía el ruido de fondo de voces y del viento. Alguien llamaba a gritos al jefe adjunto. Experimentó un sentimiento de decepción: Bree estaba en la escena de un crimen. No lo llamaba por motivos personales, sino por trabajo.

—¿En qué podemos ayudarte? —preguntó.

—Es un caso un poco atípico. —Le explicó la situación, que se trataba de un tiroteo con pocas pruebas más allá del testimonio de una testigo escasamente fiable—. Necesito seguir el rastro del autor de los disparos. No me pueden enviar a la unidad canina hasta última hora de la tarde, y va a volver a nevar. Sé que es mucho pedir, pero ¿habría algún modo de que tú y Brody pudierais ayudarnos?

Matt se agachó y apoyó la mano en la cabeza del perro, que puso las orejas tiesas, como si estuviera escuchando a Bree y pudiera entender la conversación, cosa que, por otra parte, a Matt no le extrañaría ni un pelo. Brody era el animal más inteligente que había conocido en su vida. El enorme perro vibraba de pura energía y empezó a barrer las baldosas del suelo meneando la cola de un lado a otro. Matt se preguntaba a menudo cuál de los dos echaba más de menos el trabajo policial.

—Brody dice que estará encantado de ayudarte —dijo Matt—. Además, hay algo de lo que me gustaría hablar contigo igualmente.

—Teniendo en cuenta que Bree había estado evitándole, hacerle un favor podría hacerla más proclive a cooperar con él—. ¿Dónde estás?

—Gracias. —Se percibía el tono de alivio en su voz cuando le dio su ubicación.

—Estaremos allí lo antes posible.

Matt colgó el teléfono.

Brody protestó.

—Sí, tranquilo. Ya salimos —le aseguró Matt. Envió a Greta a su jaula y recogió su equipo. Brody ya lo esperaba en la puerta cuando estuvo listo y ambos se dirigieron a su Suburban. Brody iba de copiloto. Matt abrió la ventanilla y el perro apretó el morro contra la abertura. El animal estaba completamente entusiasmado.

Como si supiera que tenían una misión que cumplir.

***

Cuarenta minutos después de la llamada de Bree, Matt aparcó su Suburban en el claro, detrás de los vehículos de tres ayudantes y del todoterreno de la sheriff. Se bajó del asiento del conductor y sujetó la puerta para que saliera Brody. Después de enganchar la correa al collar del perro, este se bajó de un salto del vehículo y dio un traspié cuando sus patas delanteras tocaron el suelo.

—¿Estás bien, amigo? —Matt se arrodilló junto a su perro. Normalmente, Brody era ágil y se movía con seguridad. Matt inspeccionó el suelo, que brillaba por las placas de hielo.

«Mierda».

Brody se lanzó hacia el grupo de hombres de uniforme frente a una de las cabañas.

—Vale, allá vamos. —Matt se puso de pie y se quitó la nieve de los pantalones cargo.

El viento y la humedad le dieron en plena cara, y el aire olía a nieve. El perro tenía razón: era mejor que se pusieran en marcha cuanto antes. Abrió la puerta del maletero, sacó su mochila y se la echó al hombro. Las búsquedas podían ser imprevisibles, y a Matt le gustaba ir bien preparado. Se puso un gorro y un par de guantes.

Brody lanzó un gemido al ver al jefe adjunto Todd Harvey de pie junto a su coche patrulla, a seis metros de distancia. El perro movió la cola de lado a lado y Matt dejó que el animal tirara de él en dirección al agente.

—¡Hola, Brody! —Todd le frotó las orejas—. Eres todo un campeón. ¿Cómo te va la vida?

Matt negó con la cabeza.

—¿Y yo? ¿No me merezco un saludo efusivo?

Sin dejar de acariciar al perro, Todd levantó la vista.

—Tú eres un tío majo… pero no eres Brody.

—Eso también es verdad.

A Matt no le importaba. Él también prefería a su perro antes que a la mayoría de las personas.

Todd señaló la cabaña que estaba en medio del claro.

—La sheriff está ahí atrás, con la testigo.

—Gracias.

Matt se dio la vuelta y llamó a Brody para que se pusiera en guardia. Guio al perro por el lateral de la cabaña. Vio a dos mujeres entre los árboles. Incluso de lejos, reconoció a Bree por la forma de moverse: con determinación. No desperdiciaba ni una gota de energía; cada movimiento de su cuerpo estaba tan concentrado como su mente. En cierto modo, le recordaba a Brody: una vez que se marcaban un camino, ninguno de los dos se detenía hasta llegar al final.

Bree y la otra mujer estaban en la orilla de Grey Lake. Matt y el perro se abrieron paso a través del bosque cubierto de nieve. Bree iba abrigada, con botas y una chaqueta de uniforme de invierno, pero se encorvaba para protegerse del viento que soplaba sobre el hielo.

Este año el invierno parecía no tener fin.

Cuando Matt se acercó, Bree se volvió hacia él. Llevaba el pelo castaño hasta los hombros recogido en un gorro. No iba maquillada, pero aquel rostro limpio le sentaba bien. Era la inteligencia de sus ojos color avellana lo que le atraía de ella cada vez que la veía.

Unas sombras profundas le oscurecían la parte inferior de los ojos. Hacía apenas unas horas que aquel caso había caído en sus manos, así que la falta de sueño no podía deberse a eso. ¿Qué era lo que la preocupaba? ¿Sería la misma preocupación que le había impedido responderle al mensaje y la había llevado a cancelar su cita para cenar de hacía unas semanas? Teniendo que hacer malabarismos con dos niños, con su propio duelo por la muerte de su hermana y con un puesto de trabajo nuevo, sus niveles de estrés debían de estar por las nubes.

—Gracias por venir, Matt. —Bree le tendió una mano.

—Haremos lo que podamos. —Matt se la estrechó. El gesto le pareció extrañamente formal, teniendo en cuenta todo lo que habían pasado juntos. Entonces Bree le sostuvo la mirada y sus ojos le sonrieron durante una fracción de segundo antes de volver a dirigirse a él con el tono profesional de antes.

Matt se relajó, solo un poco.

—Te presento a Alyssa Vincent.

Bree señaló a la joven que estaba a su lado. El pelo castaño y los grandes ojos de Alyssa asomaban bajo un gorro de esquí de lana. Una parka varias tallas más grande le empequeñecía el cuerpo delgado. Por sus mejillas hundidas, Matt sospechó que, debajo de la capa de abrigo, la joven estaba desnutrida y escuálida. No dejaba de apartar la mirada a un lado, con nerviosismo, y la postura que adoptaba con el cuerpo transmitía una personalidad traumatizada y recelosa, que a Matt le recordó a los animales callejeros que ya no confiaban en los seres humanos y que tenían buenos motivos para no hacerlo.

—Encantado de conocerte, Alyssa. —Matt no le tendió la mano para que se la estrechara por miedo a asustarla.

Brody, en cambio, no tenía inhibiciones de ningún tipo. Lanzó un gemido y meneó la cola. La chica se agachó y le acarició el pelaje, momento en que se mostró más cómoda. A diferencia de Bree, la presencia del perro parecía calmar a la adolescente.

—Alyssa ha visto cómo disparaban a una amiga suya aquí esta mañana, temprano —le explicó Bree. La chica se quedó paralizada, deteniendo el movimiento de su mano sobre la cabeza de Brody durante unos segundos.

Brody le golpeó la muñeca con la nariz y ella volvió a acariciarlo.

Bree continuó.

—La amiga y el autor de los disparos están ahora desaparecidos. Pensé que Brody podría localizar su rastro. Espero que no necesite alguna prenda para el olor.

Bree había visto a Brody localizar un rastro solo una vez. No tenía ni idea de lo que el perro era capaz de hacer.

—No —dijo Matt—, no es necesario. Llevaré a Brody al lugar donde los vieron por última vez. Es capaz de detectar un olor a partir de las huellas, pero no sabremos de quién es el olor que estará siguiendo.

—Nos conformaremos con lo que sea. —Bree se metió un mechón de pelo bajo el gorro de punto. Tenía la nariz y las mejillas rojas por el frío.

—¿Sheriff Taggert? —la llamó un ayudante desde el bosque—. Hemos encontrado algo.

—Disculpadme un momento. —Bree se dirigió hacia el agente. Al cabo de un minuto, llamó a Matt y Alyssa, quienes siguieron su voz. Estaba examinando una zona con nieve aplastada—. Parece que alguien estuvo parado detrás de ese árbol durante un buen rato.

—Estaría observando la cabaña —sugirió Matt—. ¿Quieres que Brody siga el rastro desde aquí?

—Sí, vamos a intentarlo.

Ordenó a un ayudante que llevara a Alyssa a la comisaría para que esperara allí.

Matt examinó la extensión de hielo.

—¿Está listo? —preguntó la sheriff, inclinando la cabeza hacia Brody.

—Espera.

Matt se arrodilló, se quitó la mochila y la dejó en la nieve. Abrió un bolsillo lateral y sacó las botas de Brody.

—¿Tu perro lleva botas?

Cuando trabajaba con las unidades caninas, Bree se mantenía a cierta distancia, pero Matt vio de todos modos la frustración en sus ojos mientras luchaba contra su fobia. Se le daba fenomenal fingir que no pasaba nada; si no fuera porque él ya sabía que la aterrorizaban los perros, Matt no habría captado ninguna de las discretas señales.

—Sí —dijo Matt—. Las suelas de goma le proporcionan algo de agarre, lo protegen de cualquier canto afilado en el hielo e impiden que se le acumule la nieve entre las patas.

Brody dio tres pasos tambaleantes antes de calzarse las botas. No le entusiasmaban, pero se las pondría porque quería trabajar. Una vez que se concentrara en el olor, ni siquiera recordaría que las llevaba puestas.

Brody los condujo a través de cuatro metros de superficie helada. El fino hielo de la orilla crujió bajo su peso, y el sonido resonó en todo el lago.

Matt se detuvo, pero la capa de hielo aguantó. Se hacía más gruesa unos metros más adelante, pero el hielo de finales de invierno siempre le ponía nervioso. La superficie del lago congelado no era completamente lisa y las botas encontraban agarre en los salientes y en otras imperfecciones de la superficie, pero avanzaban muy despacio.

Bree señaló el hielo a sus pies.

—Alyssa dice que el autor de los disparos estaba de pie en esta zona.

Brody olfateó el suelo y Matt le aflojó la correa.

El animal siguió olfateando en círculos. Arrimó la nariz al suelo y luego levantó la cabeza para probar el aire. Al cabo de unos minutos se puso en marcha, al principio con movimientos imprecisos. Luego fue incrementando la velocidad a medida que iba dominando el olor.

Matt dio una sacudida hacia delante cuando el perro tiró de él. Irguió el cuerpo.

—Ten cuidado, Bree. El suelo resbala.

Bree los seguía unos pasos por detrás, más despacio por culpa de la superficie resbaladiza. Brody los guio por un camino paralelo a la orilla del lago, a unos seis metros de distancia de tierra firme.

—Es muy probable que el tirador caminara sobre el hielo para no dejar huellas —señaló Bree.

—A Brody no le hacen falta huellas: los seres humanos mudamos constantemente de células epidérmicas. Para el perro son casi tan útiles como unas balizas de señalización.

Matt controlaba el ritmo de avance de Brody. No quería que el perro resbalara y se hiciera daño, sobre todo después de haber tropezado al salir del todoterreno. Continuaron adelante durante veinte minutos, cubriendo solo unos cuatrocientos metros de lago helado, hasta que Brody se detuvo para dar otra vuelta. Levantando el morro en el aire, se dirigió hacia la orilla.

Empezaron a percibirse las ráfagas de viento.

—¿La nieve interferirá con su capacidad de rastreo? —preguntó Bree.

—Depende. La humedad del aire ayuda a conservar el olor cerca del suelo. Dicho esto, los entornos más fríos retienen menos el olor en general, aunque eso no tiene por qué ser malo necesariamente: al haber menos posibilidad de confusión, podría ayudar a Brody a encontrar y seguir el rastro.

—¿Pero?

—Pero si la nieve se acumula sobre el olor, puede taparlo. —Matt miró al cielo—. Aunque estas rachas de viento no deberían afectar a Brody.

—Se supone que más tarde caerán varios centímetros más.

Matt se encogió de hombros.

—No deberíamos perder el tiempo, pero Brody es muy bueno.

Como si hubiera escuchado el cumplido, Brody se adelantó, siguiendo la costa helada. Caminaron en silencio durante media hora, deteniéndose cuando el animal se paraba ocasionalmente para olfatear y dar vueltas.

—¿Te has enterado de la desaparición de ese universitario, Eli Whitney? —le preguntó Matt.

—¿El que están buscando en la orilla del río?

—Sí, ese.

Bree asintió.

—Él es la razón por la que no me han podido asignar una unidad canina esta mañana.

—¿Qué sabes del caso?

Bree lo miró.

—Solo lo que leí en la alerta de búsqueda. ¿Por qué?

Matt le explicó su conversación con la señora Whitney.

—Le prometí que la informaría.

—La orden de búsqueda ha sido emitida por la policía de Scarlet Falls.

—¿Sabes quién dirige la investigación?

Bree asintió.

—Una tal inspectora Dane.

—Gracias.

Brody empezó a hacer movimientos renqueantes.

Matt lo detuvo.

—¿Qué te pasa, campeón?

Comprobó las botas para asegurarse de que no le rozaban las patas.

—¿Está bien? —Bree se detuvo junto a él y frunció el ceño.

—No lo sé.

Matt irguió el cuerpo. No habían ido muy lejos.

Brody giró la cabeza y olfateó el aire. Siguió hacia delante, sin dejar de cojear.

—No quiere parar. —Bree parecía confusa.

—Él nunca se para voluntariamente.

Bree se protegió los ojos y observó la orilla del lago.

—El parque público y la rampa para subir y bajar las embarcaciones están justo delante.

En verano, el parque era un lugar muy popular entre la gente que salía en barca, kayaks y motos acuáticas.

Matt observó al perro dar unos cuantos pasos más, a todas luces estremecido de dolor.

—Ya está, no puede más. Lo siento.

—No lo sientas.

Incluso desde lejos, Bree veía las huellas desde la rampa hasta la zona del aparcamiento.

Matt se arrodilló y volvió a revisar la pata y las almohadillas de Brody. Cuando palpó el costado del animal, Brody se estremeció.

Bree frunció el ceño.

—¿Puede volver andando?

—Lo dejaré descansar unos minutos.

Matt observó a su perro. ¿Y si Brody se había hecho daño al bajarse de la camioneta?

La sheriff empezó a caminar hacia delante, apretando el paso, hasta que de pronto sus zancadas adquirieron una urgencia cada vez más frenética.

—Yo también veo huellas de neumáticos en la zona del aparcamiento.

El animal se movió para seguir a Bree.

—Tranquilo, chico —le dijo Matt.

Pero Brody tenía otra idea en mente. Levantó la nariz de golpe en el aire y se abalanzó sobre la correa.

—*Fuss!* —Matt le ordenó que se quedara a su lado.

Brody lo ignoró. En vez de eso, olfateó el aire y miró al frente. Se precipitó hacia allá, arrastrando a Matt hasta la orilla del lago. En lugar de resistirse, Matt se dio por vencido y dejó que Brody lo guiara. Había aprendido hacía tiempo que él iba sujeto al extremo más inútil de la correa. El perro sabía lo que se hacía.

Cojeando, Brody se detuvo junto a la rampa para las barcas. La zona alrededor del hormigón parecía un pantano congelado. Unas botellas de agua vacías y otros restos de basura se amontonaban junto a la rampa y se incrustaban en el hielo. Era evidente que aquella porción de la pendiente era un punto donde se acumulaban los desechos. Brody se sentó y ladró.

—¿Qué pasa? —Bree estaba justo detrás de él.

—No lo sé.

Matt se agachó junto al perro. El fino hielo de la orilla del lago crujió bajo su peso. El sonido resonó y las botas impermeables de Matt resquebrajaron la superficie, hundiéndose en unos pocos centímetros de agua. Apartó un poco de nieve del hielo. Había algo delgado y oscuro colgando bajo aquel pedazo helado. ¿Sería una rama?

—¿Qué ha encontrado? —Bree se inclinó por encima del hombro de Matt.

El hombre apartó más nieve con su guante. El hielo se resquebrajó aún más, rompiéndose y desplazándose sobre el agua. Lo que había debajo no era una rama.

Matt lanzó una exhalación, se irguió y miró a Bree.

Esta respiró con fuerza. Algo salió cabeceando a la superficie entre las porciones irregulares del hielo resquebrajado.

Era una mano humana.

Capítulo 6

Bree se abalanzó hacia delante. Al llegar a la orilla del lago, sus botas crujieron en el hielo y el agua se le deslizó sobre los tobillos. La mano parecía masculina. ¿Sería del tirador? En función del tiempo que el hombre hubiera permanecido bajo el agua, podía haber posibilidades de revivirlo.

Agarró el cuerpo por uno de los bíceps. Matt dio una orden a Brody. El perro se tumbó y Matt cogió el otro brazo del hombre. Juntos, él y Bree arrastraron el cuerpo hasta la orilla. Definitivamente, era un varón. Iba vestido solo con unos calzoncillos.

Ya tenía la piel de un tono gris azulado. Bree dudaba que pudieran salvarle la vida, pero había casos en que las víctimas de un ahogamiento en aguas frías habían sido reanimadas después de llevar hasta cuarenta minutos en el agua. Cuando era una simple agente novata en Filadelfia, había sacado a un niño del río Delaware. El crío había estado en el agua al menos media hora, y parecía imposible que pudiera estar aún vivo. Bien, pues no solo lo reanimaron en ese momento, sino que logró sobrevivir.

Bree empujó al hombre para colocarlo boca arriba y dio un grito ahogado: tenía la cara destrozada, pulverizada en un amasijo de huesos rotos y carne desgarrada.

Se echó hacia atrás bruscamente y lanzó una exhalación.

—Mira que hay pocas cosas que me estremezcan todavía…

El agua le empapó los guantes y le enfrió las manos durante un par de segundos en los que siguió con la respiración jadeante. Ese día no iba a haber ninguna sensación de euforia por salvar una vida.

—Me lo creo.

Matt se balanceó sobre sus talones. La suya era una imagen impresionante: un hombre de espaldas anchas, de metro ochenta de estatura, con un cadáver a sus pies, la nieve salpicándole la leve barba castaña rojiza. Parecía un guerrero vikingo en un campo de batalla invernal.

El viento azotaba el lago vacío, congelado y desolado. Bree miró el cuerpo brutalmente apaleado y tuvo un presentimiento. Aquel caso iba a ser un auténtico horror, lo notaba en los huesos. En ese momento iba armada con dos pistolas, pero a pesar de ello se alegraba de poder tener a Matt a su lado.

A unos metros, Brody lanzó un gemido.

Bree se sacudió de encima la sorpresa inicial. No era necesario tomar el pulso a la víctima. Nadie podía sobrevivir a aquellas heridas en la cara y en la cabeza. Se le veían restos de masa cerebral en distintos puntos.

Temblando, la sheriff se inclinó hacia delante para inspeccionar las manos del cadáver. Algunos animales acuáticos le habían estado mordisqueando los dedos.

—No tendría que haber sacado el cuerpo; lleva demasiado tiempo en el agua.

—Eso no había forma de saberlo hasta que lo hemos sacado y le hemos dado la vuelta.

—Eso es verdad.

—Parece una persona joven —dijo Matt—. Posiblemente un adolescente o un veinteañero.

—Sí —estuvo de acuerdo Bree. La figura delgada del cadáver sugería juventud. Llevaba el pelo muy corto, casi rapado, pero estaba demasiado húmedo para poder determinar el color. El barro le manchaba la piel. Las algas y otros restos de vegetación del lago se adherían al cuerpo—. ¿Podría ser el estudiante universitario que estabas buscando?

—Espero que no. —Pero Matt tensaba la mandíbula y tenía los ojos sombríos. No quería que fuera Eli.

—Llamaré al agente encargado de la investigación —dijo Bree— y le diré que tenemos un cadáver de la edad aproximada del desaparecido.

Dejando aparte las lesiones en la cara de la víctima, los restos no estaban en mal estado. El agua fría había retrasado la descomposición: un cadáver que llevase una semana a la intemperie en tierra se parecía a uno que hubiese estado dos semanas en agua helada.

Bree miró el rostro destrozado. Acababan de sacar el cuerpo del lago y, curiosamente, en las heridas de la víctima destacaba la ausencia de sangre.

—Tiene toda la cara destrozada. No me imagino ninguna posibilidad de que haya sido a consecuencia de algún accidente.

—Yo tampoco. Ni veo ninguna otra lesión claramente mortal. —Matt exhaló aire con fuerza—. Hay que sentir mucha rabia para hacerle eso a otro ser humano.

—Pues sí. —Bree dio un paso atrás—. Llamaré al forense.

Sacó su teléfono del bolsillo.

—Os llevaré a ti y a Brody de vuelta a la cabaña.

Ella y Matt regresaron sobre sus pasos por el lago congelado. Ella informó de la muerte a la oficina del forense, luego llamó a Todd y le dio la noticia.

—Necesitaremos un equipo forense en la rampa para las barcas. —Miró a Brody, que parecía triste—. También necesito un coche para Matt y su perro. La zona del aparcamiento forma parte de la escena del crimen. Que nadie pise ni pase por encima de las huellas previas de neumáticos.

—Sí, jefa. —Todd puso fin a la llamada.

Bree se volvió hacia Matt.

—¿Cómo está? —Señaló hacia el perro. Brody se había estirado a descansar sobre la nieve, como si supiera que su trabajo había terminado.

Matt tensó la mandíbula.

—Hoy lo llevaré al veterinario. Espero que no sea nada grave.

Bree pensó que ojalá no tuviese miedo de Brody. Su cabeza sabía perfectamente que el perro no le haría ningún daño, pero su temor era un reflejo condicionado.

Al cabo de unos minutos llegó un coche del departamento del sheriff desde la dirección opuesta y se detuvo cerca de la zona de aparcamiento.

Bree señaló el vehículo.

—Ese coche te llevará de vuelta al tuyo, Matt. Muchas gracias por tu ayuda.

—Lo ha hecho todo Brody, pero de nada.

Matt llamó al perro, que se levantó trabajosamente.

Bree vio a Brody llegar cojeando al coche patrulla y subir con cautela a la parte trasera. La preocupación por el animal la atormentaba.

Matt se subió al asiento del pasajero y se fueron. Nada más verlos marchar, Bree deseó que Matt se hubiera quedado allí con ella. No es que no pudiera soportar estar sola con un cadáver, porque eso no era ninguna una novedad, pero sí echaba de menos tener a un compañero leal a su lado, y Matt era una persona solvente y de fiar.

Otro coche del departamento del sheriff asomó en la carretera, por encima del aparcamiento. El jefe adjunto se bajó del coche patrulla y se acercó a Bree. Evitó pisar las huellas de los neumáticos que iban y venían de la zona de la rampa para embarcaciones.

Bree se volvió hacia el cadáver y Todd se situó a su lado.

Ella regresó sobre sus pasos a la orilla.

—Intenta seguir mis pisadas y las de Matt para alterar lo menos posible la escena.

—Dios santo… —Todd se detuvo en seco—. ¿Qué cojones le han hecho?

Bree sacudió la cabeza.

—Es mejor no hacer elucubraciones en una etapa tan temprana de la investigación. Esperemos al forense.

—¿Es el autor de los disparos?

—Demasiado pronto para saberlo. Tendremos que esperar a que el forense identifique el cuerpo y nos dé la hora de la muerte. Necesito que acordonéis la zona. Incluid las huellas de los neumáticos y las pisadas en la zona del aparcamiento. Da instrucciones a los vehículos de respuesta para que aparquen en el lado sur de la carretera de acceso. Prepara un área especial para la prensa. En caso de duda, añadid más distancia al perímetro de la escena del crimen. Llegado el caso, siempre se puede reducir el área; es más difícil volver a ampliarla después.

Todd sacó un pequeño cuaderno de su bolsillo y anotó allí las instrucciones.

—Sí, jefa.

—Que venga un equipo de la policía científica. —Bree señaló una serie de marcas de neumáticos—. Esas huellas de ahí parecen lo bastante buenas como para hacer un molde. Algunas de las de aquí son más nítidas que las de la cabaña, tal vez lo suficiente como para obtener una impresión. Que alguien se ocupe de eso.

—Sí, jefa.

—Asigna a un ayudante para que abra un informe de investigación de la escena del crimen lo antes posible. Voy a necesitarlo.

Todd se apresuró a volver a su coche. Mientras él protegía la escena, Bree llamó a la policía de Scarlet Falls y preguntó por la inspectora Dane. El sargento le pasó con el buzón de voz de la inspectora y Bree le dejó un breve mensaje.

La sheriff volvió junto al cadáver.

¿Podía ser aquel el autor de los disparos? Si así era, ¿cómo había acabado en el lago? Inspeccionó la superficie helada buscando un lugar por el que pudiera haber atravesado el hielo, pero no vio ningún agujero. Un cuerpo humano era ligeramente más pesado que el agua: los cuerpos se hundían y un lago no tenía mucha corriente. Las víctimas de ahogamiento solían encontrarse cerca del lugar donde se habían hundido. ¿Dónde y cuándo se había metido aquella víctima en el agua? ¿Qué le había pasado en la cara?

Bree examinó la zona. Aun en el caso de que hubieran encontrado al autor de los disparos, les faltaba localizar a la víctima.

Capítulo 7

Dos horas más tarde, Bree observó como el técnico forense agitaba un aerosol de pintura y se agachaba sobre una huella de calzado junto a los surcos del vehículo. Había colocado una cámara en un trípode sobre la pisada, y en ese momento la roció ligeramente con pintura gris para crear suficiente contraste y poder revelarla.

Las huellas de calzado sobre la nieve, blanco sobre blanco, eran difíciles de fotografiar. La pintura en espray también ayudaría a evitar que el material para fabricar el molde se deslizara entre los cristales de nieve.

El técnico hizo una foto. A continuación añadió un testigo métrico, un escalímetro en forma de ele, y lo introdujo en la nieve hasta que quedó al nivel de la marca de la suela. Tomó otra foto utilizando la regla para mostrar el tamaño de la huella.

A unos metros de ella, un segundo técnico se preparaba para el levantamiento de las rodadas de los neumáticos. Ya las había fotografiado con y sin pintura en espray.

Sujetando una bolsa de plástico de piedra dental en polvo, el técnico se puso de cuclillas junto a la huella y echó nieve en el interior de una botella de agua de acero inoxidable. Una vez que añadiese el agua a la piedra dental en polvo, la reacción química calentaría la mezcla. La nieve enfriaría el agua y ayudaría a mantener la mezcla lo más fría posible para que no derritiera la nieve antes de solidificarse. Vertió el agua en la bolsa de plástico, la cerró y fue amasando hasta que el preparado alcanzó la consistencia adecuada. A continuación, muy despacio, la vertió en la huella del neumático.

—Ahora me pondré con las pisadas.

—¿Cuánto tiempo necesitará para levantarlas? —le preguntó.

—Debería poder transportarlas dentro de una hora, pero tardarán veinticuatro en secarse por completo.

Bree se volvió cuando la furgoneta del forense rebotó sobre la hierba helada y se detuvo junto a la unidad de la policía científica. La cinta policial rodeaba toda la zona del aparcamiento. La doctora Serena Jones y su ayudante salieron de la furgoneta y abrieron la parte trasera del vehículo. Se pusieron el mono de trabajo y las botas de goma antes de dirigirse a la orilla del lago.

—Sheriff.

La doctora Jones era una mujer afroamericana de estatura alta. Llevaba un gorro de forro polar de color morado sobre el pelo muy corto.

Bree sintió que el corazón le daba un vuelco; la última vez que había visto a la médica forense había sido con el cadáver de su hermana.

La recién llegada dirigió la mirada al cadáver de la orilla.

—Un perro de apoyo policial encontró el cuerpo aproximadamente a las nueve de la mañana.

Bree se volvió y echó a andar por la orilla del lago junto a la forense.

Se detuvieron a tres metros del cadáver. La doctora Jones examinó la zona.

—¿Ha tocado alguien el cuerpo?

—Sí. —Bree describió cómo encontró el cadáver y lo sacó del agua—. Pensé que tal vez podríamos reanimarlo. Entonces le dimos la vuelta. —No hizo falta que dijera nada más.

La doctora Jones hizo una señal a su ayudante, quien se acercó con una cámara. Primero sacó unas fotos panorámicas y luego se aproximó al cuerpo para fotografiar al detalle con primeros planos. Cuando terminó, la doctora Jones se acercó y se agachó en cuclillas sobre el barro.

—Tiene algunas uñas rotas.

—Posibles lesiones defensivas —señaló Bree.

La doctora Jones inclinó la cabeza y limpió el barro de la muñeca, dejando al descubierto una línea roja.

—Teniendo en cuenta que se trata de marcas de ligaduras, yo diría que la defensa propia es una posibilidad bastante certera. —Desplazó su atención a los pies—. También hay marcas de ligaduras alrededor de los tobillos.

La forense cubrió las manos con bolsas de papel para proteger las pruebas alojadas bajo las uñas.

Bree se apartó y dejó trabajar a la especialista forense. Un escalofrío le recorrió el cuerpo. Llevaba a la intemperie desde antes del amanecer sin nada más en el estómago que unos sorbos de café. No es que tuviera hambre, simplemente empezaba a quedarse sin fuerzas.

La doctora Jones registró las temperaturas del aire y del agua. A continuación, ella y su ayudante retiraron el hielo de alrededor de las piernas y los pies, fragmento a fragmento.

—Necesitaremos muestras del agua y del barro que hay debajo y alrededor del cuerpo —dijo la doctora Jones.

Su ayudante tomó las muestras y se las llevó a la furgoneta de la unidad forense.

—Estoy lista para proceder al levantamiento del cadáver. ¿Me echa una mano, sheriff? —le pidió la doctora Jones.

—Claro.

Bree se colocó en el lado opuesto del cuerpo. Se puso otros guantes nuevos y a continuación ella y la doctora Jones tomaron cada una un brazo y arrastraron el cuerpo hasta una bolsa negra para transporte de cadáveres que había desplegada en la orilla. La forense acercó más su equipo —una caja de plástico que bien podría haber servido para guardar el aparejo de pesca— al cuerpo. Empleó un bisturí para tomar la temperatura del cadáver a través del hígado. Leyó el termómetro y luego hizo algunos cálculos en su portapapeles.

—¿Cuánto tiempo lleva muerto? —preguntó Bree.

La doctora Jones frunció el ceño mientras examinaba sus cálculos.

—El agua helada va a convertir en un reto la estimación de la hora de la muerte.

Eran las once y media. La llamada sobre el tiroteo se había realizado a las cinco y media.

—¿Puede decirme si lleva muerto más o menos de seis horas? —le preguntó Bree.

La doctora Jones miró los cálculos de su portapapeles.

—Definitivamente, más de seis horas.

Bree miró el cadáver sin rostro.

«Entonces, si no es el autor de los disparos de anoche, ¿quién es?».

—La policía de Scarlet Falls está buscando a un estudiante universitario desaparecido —explicó Bree—. La inspectora Dane dirige la investigación.

—Sí —dijo la doctora Jones—. La policía de Scarlet Falls ha llamado antes preguntando por personas no identificadas.

Bree vio a su jefe adjunto caminando hacia ella.

—Hemos inspeccionado la rampa para embarcaciones y la zona del aparcamiento —dijo Todd—. No hemos encontrado mucho más aparte de las huellas. Las de los neumáticos se dirigían directamente a la carretera principal, como esperábamos.

Bree asintió.

—Me gustaría saber cuál es el punto por donde se metió en el agua.

—Debe de estar cerca de aquí —dijo Todd.

—Estoy de acuerdo.

—¿Y ahora qué?

Bree señaló los restos de basura congelada y atrapada en el hielo.

—Tenemos que guardar en bolsas de pruebas todos esos desechos. Cuando la forense termine, habrá que registrar el lecho del lago en los alrededores de donde se encontró el cuerpo. El agua es poco profunda, así que no hace falta llamar al equipo de buzos; con que un ayudante se ponga unas botas altas será suficiente. Traza un perímetro de tres metros en cada dirección.

Bree se puso de pie y cruzó los brazos para dejar de tiritar. Hacía tiempo que no tenía tanto frío. Examinó la escena. La forense se estaba encargando del cadáver; los técnicos de la policía científica cubrían el levantamiento de las huellas de los neumáticos y del calzado; los ayudantes estaban peinando el bosque. Había dado instrucciones para procesar el resto de la escena. Allí ya no había nada más que hacer.

—Todd, tú y yo volveremos a la cabaña.

Bree vio un furgón de prensa en la carretera. Le sorprendió que solo hubiera uno. Un agente estaba dando indicaciones a la unidad móvil de noticias para que se alejara de allí. Bree se acercó. Aunque detestaba ponerse delante de una cámara, prefería hacer una declaración voluntaria y cooperar que ponerse en contra a los periodistas. A fin de cuentas, estaban haciendo su trabajo, igual que ella.

El reportero, un hombre alto y rubio con una sonrisa matadora y un micrófono, la vio en ese momento.

—¿Sheriff? ¿Me permite un momento?

—Sí —dijo Bree.

—Soy Nick West. —Le tendió la mano. Era un chico joven, de unos veinte años.

Bree se la estrechó. Un cámara enfocó su objetivo hacia ellos.

El reportero habló dirigiéndose al micrófono:

—Soy Nick West, de la cadena de noticias WSNY News, y estamos hablando con la sheriff del condado de Randolph, Bree Taggert. Sheriff, ¿es cierto que esta mañana ha sido hallado un cadáver en las aguas de Grey Lake? —Extendió el micrófono hacia ella.

—Sí.

—¿Han identificado al fallecido? —preguntó—. ¿Es el universitario desaparecido?

—No lo sabemos.

Otro operador levantó su cámara y enfocó al lago. Bree se puso delante del objetivo.

—Voy a tener que pedirle que no grabe imágenes hasta que el cadáver sea introducido en la bolsa. Es un ser querido para alguien; no permitiré que la familia se entere de su muerte por televisión. En cuanto se guarden los restos, podrá grabar.

El cámara frunció el ceño.

—Pero usted no puede…

West levantó una mano.

—Esperaremos.

El cámara bajó el aparato.

—Gracias por respetar a la víctima —dijo Bree.

West apagó el micrófono.

—¿Qué puede decirnos de forma extraoficial?

—Lo siento, señor West. No hago declaraciones extraoficiales, pero tampoco me reservo información a menos que tenga buenas razones para hacerlo.

—De acuerdo. —West volvió a encender el micrófono—. ¿Qué puede decirnos?

—Esta mañana, aproximadamente a las nueve, ha sido hallado el cuerpo sin vida de un hombre cerca de la rampa para embarcaciones del lago Grey Lake. El cadáver no llevaba ningún tipo de documento de identificación. El departamento del sheriff ayudará a la médica forense en todo lo que pueda para determinar la identidad del fallecido lo antes posible.

—¿Sabe si la víctima fue asesinada?

—Será la especialista forense quien determinará la causa de la muerte, pero estamos llevando a cabo una investigación completa. Daré una rueda de prensa en cuanto tenga más información.

El hombre retiró el micrófono.

—¿El cadáver guarda alguna relación con los disparos de esta mañana en el camping Grey Lake?

Plantó el micrófono en la cara de Bree antes de que esta pudiera pensar, pero se tomó su tiempo para elegir sus palabras con cuidado.

—En este momento, no hemos establecido oficialmente ninguna relación entre los dos incidentes.

—Pero ¿estaba investigando el tiroteo cuando encontró el cuerpo?

—Sí. —Bree mantuvo una expresión neutra, pero en su fuero interno se encendió una pequeña chispa de ira: Nick solo podía saber esa información porque algún miembro del cuerpo de policía se la había proporcionado. Reprimió su irritación. Las filtraciones en su departamento no eran culpa del periodista. Bree era la responsable del comportamiento de su equipo—. Pero, en este momento, no sabemos si los dos incidentes están relacionados o son una coincidencia.

—¿Es posible que los restos pertenezcan a la víctima del tiroteo? —preguntó West.

—No. —Bree sacudió la cabeza—. Los restos han permanecido demasiado tiempo en el lago.

—¿Es cierto que hay un testigo ocular del tiroteo de esta mañana?

Bree se quedó paralizada, y sintió que su cara de póquer empezaba a descomponerse.

—No puedo hacer comentarios sobre una investigación abierta. «¿Cómo sabe él eso?».

En su departamento había más filtraciones que en una pared llena de humedades.

—Disculpe, tengo que volver al trabajo —le dijo.

—Gracias, sheriff. —West bajó el micrófono.

Bree hizo una leve inclinación con la cabeza a modo de despedida y volvió a la escena. Encontró a Todd y se fueron de vuelta en el coche a la cabaña. Una vez allí, la sheriff paró en su todoterreno, se bebió los restos fríos de su café y después se comió la barrita energética que había dejado en el compartimento del centro. Necesitaba las calorías, pero la comida le dio náuseas. Encontró una botella de agua en el interior del coche y pasó unos minutos hidratándose.

Encontró a Todd hablando con un agente y se acercó a ellos para pedir un informe de situación sobre la escena.

El ayudante señaló hacia las cabañas diecinueve y veinte.

—Casi hemos terminado con las zonas exteriores. Ahora procesaremos el interior de las cabañas.

Con la inminencia de más nevadas, habían dado prioridad a las partes exteriores de la escena.

—Empezaremos por la número veinte.

Bree hizo una señal a Todd, se dio la vuelta y subió los escalones de la cabaña. Él la siguió hasta la sala de estar. Se pusieron los guantes. Bree sacó su cámara del bolsillo y empezó a fotografiar el saco de dormir y la mochila frente a la chimenea. Hacía tiempo que el fuego había quedado reducido a cenizas.

—Cuando la chimenea está encendida, seguramente esta habitación es muy cálida y agradable —dijo Todd.

—Se me ocurren lugares peores para dormir, tratándose de personas sin hogar —convino Bree.

Lejos de la chimenea, Bree detectó un leve olor químico. Recorrió la cocina, abriendo cajones y puertas, y comprobó que todos estaban vacíos salvo por algunos productos de limpieza general en una bolsa bajo el fregadero: papel de cocina, trapos, limpiador en espray, lejía y líquido lavavajillas. Bree cogió un trapo con un dedo, lo olió, y luego olió el limpiador en espray. El mismo olor. Los *okupas* no solían ir por ahí limpiando, precisamente.

A continuación, examinó el interior de la nevera. Nada. No tenía sentido usarla, ya que estaba apagada. A excepción de la zona de delante de la chimenea, la cabaña parecía intacta.

Bree entró en el dormitorio.

—Parece que solo usaron esa habitación.

Todd la siguió.

—Solo hay una chimenea.

—Eso es verdad.

—¿Qué estamos buscando? —preguntó Todd.

—No lo sé —admitió Bree—. Cualquier cosa que parezca fuera de lugar.

—¿Estamos seguros siquiera de que aquí se ha cometido un delito? Puede que el cadáver no guarde ninguna relación.

—Tenemos una testigo que informó de un tiroteo y hemos descubierto un cadáver a poco más de un kilómetro de la cabaña. Aquí pasó algo.

«Pero ¿el qué?».

No había pruebas de que el cuerpo estuviera relacionado con los disparos en la cabaña. Solo el sentido del olfato de Brody vinculaba ambas escenas. Tenía que mantener una mente abierta. Todd levantó el colchón y miró debajo. Bree se dirigió al otro lado de la cama, se arrodilló y miró debajo con su linterna. No había nada más que pelusas de polvo. Todd apartó la cama de la pared e inspeccionó detrás del cabecero.

Bree se dio unos golpecitos con la linterna en la palma de la mano contraria.

Todd volvió a colocar la cama en su sitio, dio un paso atrás y observó la habitación.

—Quizá no haya nada que encontrar aquí dentro.

—Tal vez no —aceptó Bree—. Esas chicas viven en la calle, son personas sin hogar. Entraron de forma ilegal en la cabaña y la ocuparon. No se pondrían a deshacer el equipaje y a ponerse cómodas. Lo lógico era que tuviesen sus cosas a mano.

—Que estuviesen listas para salir corriendo en cualquier momento.

—Exacto.

—Vamos a sacar las huellas dactilares. —Bree caminó en círculo. La cabaña era pequeña y no había mucho donde buscar—. Quizá una de las chicas esté en la base de datos del sistema.

El Sistema Automático de Identificación de Huellas Dactilares cotejaría las huellas encontradas con las ya registradas en él. Bree abrió la puerta del armario. El estrecho espacio interior estaba tan vacío como el resto de la cabaña.

Bree se dirigió a la puerta.

—Necesitamos comprobar los antecedentes de Alyssa Vincent y su amiga, Harper Scott. Comprueba también los contactos y la actividad del teléfono de Alyssa.

—Sí, jefa.

—Tendré que llamar al dueño del camping.

—Aquí está su número. —Todd se lo dio—. Se llama Phil Dunlop.

Bree tecleó el número en su teléfono, pero no contestó nadie, así que dejó un mensaje. Luego salió por la puerta principal.

Otro agente estaba inspeccionando la parte de atrás de la cabaña, buscando pruebas en el suelo. Bree había llamado a más agentes, pero se estaba quedando sin personal.

—¿Cuánto terreno habéis cubierto? —le preguntó Bree.

El hombre se metió las manos en los bolsillos de la chaqueta.

—Hemos buscado en la zona de detrás de las cabañas, pero no hemos encontrado nada más que las huellas que ya vio antes. Las hemos fotografiado y documentado. Ahora empezaremos con la cabaña diecinueve.

—Perfecto. Avisa al jefe adjunto cuando hayáis terminado.

—Sí, señora.

Bree echó a andar por detrás de las cabañas. Quería ver una vez más la escena del tiroteo a plena luz del día. Atravesó la nieve y pasó por la arboleda hasta llegar al lago congelado. El sol asomaba entre las nubes y sus rayos relumbraban en el hielo. Un momento. Allí había algo más que hielo. Bree apretó el paso. Las nubes volvieron a tapar el sol, pero no antes de que la sheriff vislumbrara algo brillante. Bree se agachó, escudriñó el hielo y distinguió dos pequeños fragmentos de latón.

Un agente se acercó trabajosamente.

—¿Qué ha encontrado?

—Casquillos de bala.

Bree sacó su teléfono y fotografió los casquillos y su ubicación exacta. Registró la ubicación GPS con su teléfono. Por último, utilizó unas pinzas para meter los casquillos en una bolsa de pruebas.

Se levantó y se metió la bolsa en el bolsillo. Tenía pruebas de que se había disparado un arma en la cabaña. Ahora lo único que le faltaba era un cadáver y un autor de los disparos.

Capítulo 8

El lunes por la tarde, Matt se limpió la nieve de los ojos mientras sacaba al perro del todoterreno.

—Tranquilo, Brody. Te has hecho un esguince en el hombro. El veterinario ha dicho que nada de bajarte de un salto de la camioneta.

Matt iba a necesitar una rampa. El animal pesaba cuarenta kilos y no le gustaba que lo cargaran en brazos. Matt lo depositó con cuidado en el camino de acceso y Brody entró cojeando en la casa.

Cuando pasaron a la cocina, Greta lanzó un gemido y arañó con la pata la puerta de su caseta. Brody se acomodó en su cama para perros, y Matt cogió una correa y soltó a Greta. La perra negra saltó sobre Matt y se abalanzó sobre Brody.

—*Fuss!* —Matt le ordenó que se quedara junto a él, pero ella estaba demasiado excitada y llena de energía para obedecerle. Le enganchó la correa al collar—. Hoy Brody no puede jugar.

Matt la llevó al dormitorio y se cambió para ponerse la ropa de salir a correr. Cuando se volvió, Greta estaba masticando algo.

—¿Qué tienes ahí? —Matt le abrió la boca y le sacó un calcetín masticado—. Vaya, qué rápida eres…

Abrió el cubo de la basura con el pedal y tiró dentro el trapo empapado de saliva. Luego cogió una chaqueta, guantes y un gorro y salió de la casa con la perra. Por suerte, la nieve aún no se había acumulado sobre el asfalto de las carreteras y una carrera de media hora tranquilizó al animal.

Por el momento.

Matt volvió a la casa, le dio a Greta un hueso para masticar y se duchó. Se vistió y pasó la siguiente media hora revisando el historial de las redes sociales de Eli. Tenía cuentas tanto en Facebook como en Twitter. La página de Facebook de Eli mostraba poca actividad: algunas fotos a la semana con amigos, selfis sonrientes y alguna que otra foto de un perro. No había mucho movimiento en aquella cuenta de Facebook.

Matt pasó a Twitter. Cuando hubo leído unos cuantos tuits, volvió a comprobar que, efectivamente, se trataba de la cuenta del Eli Whitney correcto. La foto de perfil era la misma persona, pero su cuenta de Twitter era completamente diferente. A diferencia de los tres posts semanales en Facebook, Eli publicaba en Twitter varias veces al día, más que suficiente para dar una idea de sus actividades diarias. Matt se desplazó por las fotos. Estaba claro que a Eli le gustaba salir de fiesta. Matt suspiró al ver una foto de Eli bebiendo de un *bong* de cerveza.

¿No sabía Eli que cualquier persona que lo entrevistase para un futuro trabajo miraría aquellas fotos?

Matt fue bajando por el *timeline* hasta la actividad de Eli del fin de semana anterior. Se metía con una chica que tenía los dientes torcidos y había publicado la foto de un tipo con los pantalones caídos agachándose para recoger su mochila en una parada de autobús del campus. Eli había titulado la foto como «Otro guarro enseñando la hucha». En otra foto, Eli se burlaba de un indigente que dormía en un portal.

En resumen, Eli era un buen nieto, pero también era un poco infantil y podía ser un gilipollas. El sábado por la noche había publicado una foto de sí mismo tomando chupitos, preparándose para una fiesta en una dirección de Oak Street. Cualquiera que lo siguiera en Twitter sabía dónde había estado Eli el sábado por la noche. Matt tomó nota de que tenía que verificar la ubicación. Eli había publicado incluso cuándo había pedido compartir trayecto en coche. A nadie le hacía falta espiar ni seguir a Eli: este hacía pública prácticamente toda su agenda de actividades sociales.

En ese momento le sonó el teléfono. En la pantalla apareció el nombre DEPARTAMENTO DE POLICÍA DE SCARLET FALLS. Respondió a la llamada.

—Al habla Matt Flynn.

—Soy la inspectora Stella Dane, para devolverle su llamada.

Matt le había dejado un mensaje antes.

—Gracias. Quería hablar con usted sobre Eli Whitney.

—¿De qué conoce a Eli? —preguntó la mujer con recelo.

—Su abuela es una amiga de la familia. Me pidió que investigara el caso —dijo Matt—. Soy un antiguo ayudante del sheriff del condado de Randolph.

Los cuerpos de policía locales colaboraban a menudo en las investigaciones, pero Matt no recordaba haber trabajado nunca con la inspectora Dane.

—Ahora mismo estoy en la comisaría, por si quiere pasarse —le dijo ella—. Estaré aquí una hora.

—La veré allí en quince minutos.

Matt devolvió a la cansada Greta a su caseta. Brody estaba dormido en su cama; era evidente que los fármacos para aliviar el dolor estaban surtiendo efecto.

—Volveré pronto —les dijo a los perros al salir—. Portaos bien.

En la comisaría de Scarlet Falls, el sargento de la recepción reconoció a Matt de sus tiempos en el departamento del sheriff. Matt le enseñó su tarjeta de identificación, pero el sargento le hizo un gesto para que se la guardara.

—Pasa.

Matt pasó por delante de varios cubículos vacíos. Cuando se acercó a ella, la inspectora Dane levantó la vista de su ordenador. Era alta, con el pelo negro y mirada de policía. A pesar de su grueso jersey, parecía tener frío. Rodeaba una taza humeante con ambas manos. Tenía delante un plato con un sándwich a medio terminar.

Él le tendió la mano y se presentó.

—Llámame Matt. Gracias por acceder a hablar conmigo.

—Stella. —Se levantó a medias para estrecharle la mano—. He preguntado por ahí. Eres de fiar. —Se sentó y señaló su plato con la mano—. Discúlpame por estar comiendo.

—Por favor, ningún problema. ¿Un día largo?

La mujer suspiró.

—Sí. Cuando me llegó el caso Whitney, estaba trabajando sin parar en una oleada de robos en domicilios.

—¿Cómo ha ido la búsqueda de esta mañana?

En lugar de responder, la inspectora le formuló una pregunta:

—¿Qué sabes de la desaparición de Eli? —Dio un mordisco a su sándwich y esperó a que él respondiera.

Matt se arrellanó en la silla junto a su escritorio.

—Que se fue de una fiesta el sábado por la noche y nunca llegó a casa, y que utilizó una aplicación para compartir el trayecto en coche.

Ella tragó saliva.

—El conductor al que llamó después de la fiesta dijo no se presentó en el punto de recogida.

—¿La fiesta fue en Oak Street?

—Sí. —La inspectora le dijo el número de la casa, que coincidía con la dirección que Eli había dado en Twitter—. La fiesta era lo bastante multitudinaria como para que la calle estuviera a tope de tráfico. Cuando Eli se fue, llamó al coche para compartir trayecto desde una manzana más allá, según el GPS de la aplicación. —Se limpió las manos con una servilleta, cogió su teléfono y le enseñó un mapa—. Aquí está la casa. —Se desplazó ligeramente por la pantalla—. Aquí es donde solicitó el trayecto en coche. —Desplazó la pantalla dos manzanas más—. Y aquí es donde anoche se encontró su teléfono móvil, a orillas del río Scarlet.

—Por eso sacaste a la unidad canina esta mañana. —Matt se recostó hacia atrás.

—Sí. —La inspectora tomó un sorbo de café—. El lago está congelado, pero el río solo se ha helado parcialmente. Si se cayó al agua…

«Entonces lo más probable es que esté muerto».

—¿Sabes que hoy han hallado un cadáver en Grey Lake? —preguntó Matt.

—Sí, pero la forense levantó el cadáver de allí antes de que yo pudiera llegar. —Stella amplió el mapa—. La ubicación del cuerpo está a bastante distancia de la orilla del río donde se encontró el móvil. No entiendo cómo la corriente puede haber transportado el cuerpo tan lejos. El caso es que no encontramos nada en absoluto. Tenía tres perros con la búsqueda. Si hubiera habido algún rastro, lo habrían localizado. Tal vez el chico nunca estuvo en la orilla del río. Tal vez le robaron el teléfono o se le cayó allí.

—Fue mi perro el que encontró el cuerpo de Grey Lake.

Stella levantó la mirada de su teléfono.

—Pero tú ya no eres agente de policía…

—Es cierto. Solo estaba ayudando.

Stella asimiló esa información arqueando levemente una ceja.

—Entonces ya sabes que no se ha podido realizar una identificación visual del cadáver.

—Sí. Tiene la cara destrozada. ¿La abuela de Eli está al corriente del hallazgo de ese cadáver?

Matt no quería ni pensar en la posibilidad de que la señora Whitney recibiera la noticia de que su nieto había muerto, y mucho menos que se enterara de lo que le habían hecho al cuerpo.

—No lo sé —dijo Stella—. Me hice cargo del caso anoche, después de que apareciera el teléfono móvil. Intenté localizar a la señora Whitney esta mañana temprano, cuando empezamos la búsqueda, pero no contestaba al teléfono. Pienso ir a su casa en cuanto tenga noticias de la forense. El médico de cabecera de Eli está aquí, en la ciudad, así que la doctora Jones tendrá su historial clínico.

—Si es Eli, por favor, déjame asegurarme de que haya alguien allí cuando se lo digas a la señora Whitney. Él es su única familia.

—Lo haré. Gracias.

—¿Qué otras pistas has encontrado? —Matt entendía que la inspectora llevaba menos de veinticuatro horas al frente del caso, pero el primer día de la investigación era crucial.

—Ninguna. Hemos hecho averiguaciones por el barrio donde se celebró la fiesta. Nadie recuerda haberlo visto. Eli vive en un apartamento del campus norte de la universidad. Dos de sus compañeros de piso estaban en casa cuando fui allí. El mejor amigo de Eli, Christian Crone, estaba en cama enfermo durante la fiesta. No tiene coartada. Dustin Lock pasó toda la noche con su novia. Esta corroboró su versión, pero vive sola y nadie los vio en la casa, así que habrá que coger eso con pinzas. No me dio la sensación de que Christian, Dustin o la novia de este estuvieran mintiendo, pero nunca se sabe. El tercer compañero de piso, Brian O'Neil, está de viaje, visitando a su madre. Lleva toda la semana fuera. Anoche le llamé al móvil y le dejé un mensaje. No ha respondido todavía.

—¿Qué te han parecido los compañeros de piso? —le preguntó Matt.

—Ninguno tiene antecedentes penales. —La inspectora frunció los labios—. Todos son guapos, atléticos, populares. Les gustan más las chicas y las fiestas que ir a clase.

—Acabas de describir a una cuarta parte de la población universitaria.

La inspectora resopló.

—Probablemente tengas razón.

—¿Has examinado el móvil de Eli?

—Sí. He revisado todas sus llamadas y sus mensajes de texto más recientes. No he visto nada fuera de lo normal. Ninguna amenaza ni conflictos de ninguna clase. Es un chico fiestero y su sentido del humor es de muy mal gusto, pero parece un nieto muy atento y pendiente de su abuela.

—Nadie es perfecto —dijo Matt.

—¿Has echado un vistazo a sus cuentas de las redes sociales?

—¿Te refieres a Twitter? —preguntó Matt.

—Sí. —La inspectora frunció el ceño.

Matt se encogió de hombros.

—Está claro que Eli puede ser un gilipollas, pero ahí no hay indicios de ninguna conducta violenta. Sospecho que él se cree el chaval más gracioso del mundo.

Stella asintió.

—Se envía mensajes de texto sobre todo con sus compañeros de piso. También hay alguna comunicación con una chica que se llama Sariah Scott. Por sus mensajes con Eli, ella no parece estar tan colgada de él como él de ella. Se refería a él como «un chico mono, pero inmaduro». Eli la invitó a ir a la fiesta con él, pero ella le dijo que no.

Stella se terminó su sándwich y lo acompañó con los últimos restos de café.

—¿Cómo crees que acabó su teléfono en la orilla del río?

—No lo sé. —Stella negó con la cabeza—. Pero no he encontrado nada sospechoso. Y he oído a varias personas decir que una vez que Eli empieza a beber, no sabe cuándo parar. Casi me preocupa más que se haya quedado inconsciente en algún sitio, a la intemperie, muerto de frío, o que se haya caído al río.

Fuera como fuese, Matt creía que había muchas posibilidades de que el cadáver que había encontrado Brody fuese el de Eli.

Capítulo 9

Eran las tres de la tarde cuando Bree regresó a la comisaría. Accionó el limpiaparabrisas para quitar los copos de nieve que caían sobre el cristal. Tenía preguntas para Alyssa. Muchas. Preparó el interrogatorio mentalmente, pero tenía la cabeza demasiado embotada. Al no haber almorzado y haber estado demasiadas horas pasando frío, había quemado todas las calorías de su barrita energética. El trayecto de veinte minutos se le hizo aún más largo. Aparcó detrás de la comisaría y entró. Su secretaria administrativa, Marge, apareció en la puerta de su despacho antes de que Bree se quitara la chaqueta.

Marge rondaba los sesenta años y tenía el pelo castaño teñido y las cejas dibujadas. Con sus rebecas de punto y sus zapatos cómodos, parecía la típica abuelita, una apariencia bastante engañosa. Puede que fuese blanda por fuera, pero por dentro era puro titanio.

Marge llevaba un cuenco humeante en las manos.

—Supongo que no habrás comido.

—Supones bien.

Bree se quitó la chaqueta y el chaleco de kevlar y los colgó en una percha.

—Siéntate. —Marge dejó el cuenco en su escritorio. Levantó una mano—. Ya sé que tienes mucha prisa por interrogar a esa chica, pero lo harás mucho mejor si te paras diez minutitos a comer.

—Nada que objetar. —Bree se sentó tras su escritorio—. Me muero de hambre. Gracias.

—De nada. —Marge se metió la mano en el bolsillo de la rebeca y sacó tres paquetitos de galletas saladas. Se los dio—. ¿Quieres café, agua o ambas cosas?

—Las dos cosas estaría genial.

Bree cogió la cuchara y empezó a tomarse la sopa, que era de carne y verduras. Encendió el ordenador y comió mientras este cobraba vida.

Luego abrió un paquete de galletas y las desmenuzó en la sopa.

—¿Dónde está Alyssa?

—Sala de interrogatorios número dos —dijo Marge.

—¿Ha comido?

Bree se preocupaba por la chica. Parecía desnutrida. ¿Tenía razón Rogers? ¿Sería drogadicta? No mostraba ninguna de las señales físicas habituales: marcas en la piel, dientes picados, tics nerviosos…. Pero las personas sin hogar y las drogas solían ir de la mano.

Marge levantó una ceja, ofendida.

—Pues claro que le he dado de comer. Una sopa y un sándwich. También le vendría bien una ducha y ropa limpia, pero no tenemos vestuario para mujeres en este edificio.

—Eso hay que solucionarlo —dijo Bree entre cucharadas. Señaló una pila de carpetas con solicitudes de empleo en la esquina del escritorio—. Algunos de los ayudantes que pienso contratar serán mujeres.

Marge sonrió.

—No sé cómo vas a meter otro vestuario en este edificio tan pequeño. Ya estamos a tope.

Era cierto. En el vestuario de hombres ni siquiera había sitio para todos. Nadie había hecho nada por mejorar las instalaciones desde que la moqueta color aguacate estaba de moda. La comisaría parecía el plató de una serie policiaca de los años setenta, todo madera gastada, linóleo lleno de grietas y archivadores ladeados.

Marge adoptó un aire pensativo.

—Tal vez así consigamos hacer reformas en el edificio.

Bree abrió un segundo paquete de galletas.

—No te sigo. —El cerebro de Bree estaba totalmente ocupado con su nuevo caso.

—No podemos discriminar a las candidatas, y tampoco podemos negarles la igualdad de acceso a las instalaciones.

—Marge, eres un genio. ¿Cómo lo hacemos realidad? —Bree no se hacía ilusiones; su secretaria sabía mucho más de política local que ella.

—Tienes que dar más ruedas de prensa, sobre todo cuando lleves un caso importante entre manos. Los votantes necesitan verte.

—Odio la política casi tanto como salir por televisión.

—Eso es parte de lo que te hace una buena sheriff. —La mirada de Marge se endureció—. Pero este condado aún sigue siendo un mundo de hombres, y ellos siempre harán piña. Necesitas a la opinión pública de tu lado para igualar la dinámica del poder. Dices que no te gusta la política, pero ten en cuenta que trabajas para la ciudadanía. Se merecen oír la verdad de tus labios antes de que los rumores propaguen la desinformación por todas partes.

—Gracias por recordármelo.

—De nada. También recopilaré una lista de personas a las que tienes que convencer para que renueven el edificio.

Bree lanzó un gemido y Marge se rio al salir del despacho. Cuando regresó al cabo de unos minutos, Bree ya se había zampado todo el plato de sopa.

Marge le dejó una taza de café y una botella de agua.

—¿Qué vas a hacer con la chica después de interrogarla?

—No lo sé. ¿Se te ocurre algo?

Bree sacó la bandeja del teclado. Con el ordenador de sobremesa accedió a los expedientes de tráfico de Alyssa Vincent. La foto de su carnet de conducir coincidía con su imagen, y su historial de conducción estaba limpio. Nunca le habían puesto ni una sola multa. Había un viejo 4Runner registrado a su nombre.

Marge negó con la cabeza.

—No tenemos ningún albergue para indigentes por aquí cerca.

—Hay uno en Scarlet Falls.

Bree se levantó y estiró la espalda. Ahora que había comido, ya tenía la cabeza más despejada.

—¿Quieres que llame para ver si tienen sitio?

—No. —Bree quería tener vigilada a la chica. Alyssa era una testigo, pero también podía ser una sospechosa—. Todavía no sé lo que quiero hacer con ella. Gracias por la comida.

Bree se terminó el agua y se llevó su café. Caminó por el pasillo de paredes forradas de madera hacia las salas de reuniones e interrogatorios. Se detuvo en la de descanso y compró dos paquetes de M&M y una Coca-Cola en la máquina expendedora. Con ellos en la mano, abrió la puerta de la segunda sala y entró.

Alyssa estaba sentada a la mesa, con la cabeza apoyada en los brazos. Tenía la parka colgada del respaldo de la silla. Levantó la cabeza y parpadeó bajo la luz del techo. Una arruga le surcaba un lado de la cara.

—No me puedo creer que me haya quedado dormida. —Se frotó los ojos—. Estaba temblando y, cuando me quise dar cuenta, me quedé frita en un momento.

—El cuerpo libera hormonas del estrés durante un acontecimiento traumático. Te mantienen activa el tiempo suficiente para superar el episodio, pero cuando se acaba, y se agotan, caes redonda.

En lugar de sentarse al otro lado de la mesa, Bree se sentó a su lado y la miró de frente, para poder leer mejor su lenguaje corporal. Dejó su café y puso la Coca-Cola en la mesa, delante de Alyssa.

—¿Prefieres agua, o café o té?

—No, la Coca-Cola está bien. Gracias. —Alyssa abrió la lata.

Bree sacó los M&M de su bolsillo. Le pasó una bolsa a Alyssa y abrió la otra. Estuvieron unos minutos comiendo las pastillas de chocolate. Bree se tomó su tiempo para empezar el interrogatorio. Alyssa tenía ganas de hablar. Bree presentía que estaba a punto de soltar algo importante.

Alyssa hizo girar el paquete de M&M sobre la mesa en un lento círculo.

—Esta conversación va a ser grabada; así podré volver a verla para fijarme en los detalles que pueda haber pasado por alto.

Alyssa se sorbió la nariz e inclinó la cabeza en un breve movimiento afirmativo.

Bree se echó hacia atrás y pulsó un interruptor cerca de la puerta.

—Soy la sheriff Bree Taggert y estoy interrogando a Alyssa Vincent.

En el vídeo aparecería la indicación de la fecha y la hora.

—¿Cuánto tiempo llevas viviendo en la calle, Alyssa? —le preguntó Bree.

—Como un año. —Jugueteó con el borde del paquete de pastillas de chocolate—. Nos iba bien, a mi padre y a mí. Pero luego enfermó de cáncer. —Suspiró con todo el cuerpo—. Tenía un tumor en el cerebro. —Hizo una pausa para pensar—. Empezó la quimioterapia. Los médicos querían atacar con fuerza el tumor. El tratamiento le sentó fatal y no hizo ningún efecto en el cáncer. Un día estaba bien y, al día siguiente, se estaba muriendo.

Sus ojos se llenaron de lágrimas y estas empezaron a resbalarle por las mejillas.

—Lo siento mucho. —Bree se levantó, salió de la habitación y cogió una caja de pañuelos del armario—. ¿Dónde está tu madre?

—Murió cuando yo era un bebé. No me acuerdo de ella. —Alyssa sacó un pañuelo de la caja y se secó los ojos—. El dinero para que yo fuera a la universidad y todos los ahorros de papá se gastaron en pagar sus facturas médicas. Teníamos un seguro, pero no lo cubría todo. Cuando murió, ya nos estaban desahuciando de nuestro piso.

—Así que has perdido a tu padre y tu casa.

Alyssa asintió.

—Estuve durmiendo en casas de otra gente durante unos meses, pero todos mis amigos se fueron a la universidad y sus padres se cansaron de que me quedara en sus sofás. Cuando llegó la primavera, alquilé parcelas en campings. Mi padre y yo solíamos ir a menudo de camping. Tenía el 4Runner, todo el equipo de acampada, una tienda de campaña muy chula y todo eso. Pero luego, al llegar el invierno, todos los campings cerraron.

—¿Cuándo te fuiste a vivir a la cabaña?

—Hace tres o cuatro semanas. No me acuerdo exactamente. — Alyssa dio un sorbo a su Coca-Cola—. Había estado durmiendo en el 4Runner, pero tenía que despertarme para arrancar el motor cada dos horas por culpa del frío. No dormía mucho y la gasolina era cada vez más cara. Trabajo a tiempo parcial en una lavandería, pero el sueldo no me llega para alquilar algo más grande que una parcela de camping. He intentado conseguir un trabajo a tiempo completo. Sin suerte hasta ahora.

—¿Cómo conociste a Harper?

—Fue aquella semana de febrero que hizo tanto frío. No podía soportarlo. Acudí a un albergue de Scarlet Falls que dirige una iglesia. Allí conocí a Harper. Fue la primera vez en un mes que dormí toda la noche del tirón. —Su boca formó una línea recta—. Era justo después del día de cobro, y alguien me robó todo el dinero mientras dormía. No volveré nunca jamás a un albergue.

—Qué horror…

—Fue entonces cuando Harper dijo que era mejor que estuviéramos juntas y que nos mantuviéramos lejos de los albergues.

Le había contado que había pasado acampada todo el verano. Fue idea suya entrar en una de las cabañas. Dijo que nadie se enteraría. —Alyssa se rascó el brazo, arañándose la piel. La manga del jersey se le subió un centímetro, dejando al descubierto dos cicatrices rosadas que discurrían en paralelo a sus venas—. No es nada del otro mundo, pero con el fuego encendido, no pasamos frío. Yo tengo mi trabajo y Harper limpia oficinas un par de noches a la semana. Ella gana más dinero que yo. Yo la llevo en coche y ella comparte su comida conmigo. El arreglo nos funciona… nos funcionaba.

—¿Dónde trabaja Harper?

—En distintas oficinas por toda la ciudad —dijo Alyssa.

—¿Alguna vez la dejas o la recoges del trabajo?

—Sí. La oficina principal está en ese complejo industrial en la esquina de la Ruta 51 y Evergreen Road.

Bree anotó la dirección.

—¿Puedes describirme a Harper?

—Mide uno setenta o uno setenta y dos. Es delgada y tiene el pelo largo y castaño.

«Una descripción que también encaja con Alyssa», pensó Bree.

—Había productos de limpieza en la cabaña. ¿Harper los trajo del trabajo?

—No. —Alyssa negó con la cabeza—. Los compró. Si los hubiera cogido del trabajo, la habrían despedido.

—Tienes razón—dijo Bree—. ¿Limpiabais las dos la cabaña?

—Sobre todo Harper. Ella es un poco particular. Tal vez tenga un poco de TOC.

—¿Qué pasó esta mañana?

Alyssa ya le había hablado a Bree de los disparos en la cabaña, pero la sheriff le iba a hacer contar la historia varias veces más para comprobar si había incoherencias. Mentir era difícil.

—Me desperté creyendo haber oído un grito. —Alyssa respiró profundamente para tranquilizarse—. Todavía estaba oscuro. No sabía qué hora era, pero vi que Harper había desaparecido y que todas sus cosas también. —Su tono de voz cambió, adquiriendo un deje de enfado—. No sabía dónde podía haberse metido. No tiene coche y eligió una de las cabañas más alejadas de la oficina del camping por si alguien asomaba por allí durante el invierno. Nadie nos vería. —Alyssa tensó la mirada—. Examiné mi mochila. Me habían desaparecido las llaves y la cartera, con todo mi dinero dentro. No era mucho, pero era lo único que tenía hasta el día de cobro. El caso es que pensé que también me había robado la camioneta, pero seguía aparcada en la puerta. Miré por la ventana al patio trasero y vi una sombra. Así que salí a buscar a Harper.

Hizo una pausa para respirar, pero Bree permaneció en silencio. No quería interrumpir la historia de la chica ahora que había cogido carrerilla.

—Vi a alguien entre los árboles. Pensé que era Harper y la seguí. No era ella. Era un hombre. Luego vi que Harper también estaba allí. El hombre sacó una pistola y le disparó.

Alyssa tragó saliva y su rostro se tiñó de un gris ceniciento. Se rascó el brazo con más fuerza, clavándose las uñas sucias en la piel y dejando unas marcas rosadas. Si apretaba más, acabaría haciéndose sangre, pero no parecía notar el dolor.

Bree empujó la Coca-Cola hacia ella con la esperanza de que la chica dejara de hacerse daño.

—¿Pudiste ver bien al hombre?

Alyssa dio un sorbo a su refresco.

—Estaba a unos diez metros de él, pero todo estaba oscuro. —Desvió la mirada—. Ya hemos hablado de esto.

—Esperaba que te acordaras de algún detalle más —dijo Bree—. ¿Qué edad podría tener?

—Ya le dije que estaba oscuro —se quejó Alyssa, con una enorme frustración en la voz. Dejó la lata de refresco y volvió a rascarse el interior del antebrazo con las uñas. ¿Necesitaría un examen psiquiátrico?

Bree volvió a mirar las cicatrices paralelas y sintió un nudo en el estómago. ¿Sería aquel el resultado de un intento de suicidio?

—¿Lo reconocerías si lo volvieras a ver?

Alyssa se apartó el pelo de la cara. Tenía la mirada atormentada y se negaba a mirarla a los ojos.

—No lo creo.

«Está mintiendo».

—¿Recuerdas algún detalle más de él? ¿Cojeaba tal vez? ¿Alguna postura particular? ¿Viste el color de su piel?

—Era blanco. —Alyssa arrugó la cara para concentrarse—. No llevaba ningún guante en la mano con que sujetaba la pistola, y la luna la iluminaba. Le vi una marca en la mano, una marca grande y con una forma rara.

—¿Rara?

—Sí, no sé. Rara.

—Vale. —Bree tomó nota de aquello—. ¿Como una marca de nacimiento o un tatuaje?

Alyssa asintió.

—Algo así.

—¿En la mano derecha o en la izquierda?

Alyssa cerró los ojos.

—La derecha.

—¿Y qué hay de las cosas de Harper? ¿Las tenía con ella cuando le dispararon?

—Guardaba todas sus cosas en una mochila, como yo. —Alyssa ladeó la cabeza mientras pensaba en la pregunta—. No estaba en la cabaña, así que debió de cogerla. —Bajó las cejas—. Pero no la llevaba cuando él le disparó, así que no sé dónde puede estar.

Bree anotó: «Falta mochila».

—¿Puedes describir la mochila de Harper?

—Es de color gris.

—¿Sabes de qué marca?

—Osprey —respondió Alyssa.

—¿Qué pasó después de que el hombre disparara a Harper?

—No lo sé. No lo vi. —Se le aceleró la respiración y se puso muy roja—. Me entró el pánico y corrí a la cabaña y llamé a Emergencias. Luego cogí el hacha y me escondí en el armario.

—¿Y él te vio? —preguntó Bree.

—Me miró directamente. —Alyssa se estremeció.

—¿Te siguió?

—No lo sé. Creo que sí. No miré atrás.

¿Por qué no la había perseguido y la había matado? ¿Por qué dejar una testigo? Tal vez no había visto hacia dónde había corrido la chica.

Alyssa se arañó la piel del interior de la muñeca.

Bree alargó el brazo y detuvo el movimiento de su mano con la suya propia.

—¿Te has autolesionado antes?

La chica levantó la vista. Una expresión de humillación, luego de miedo y después de resignación atravesaron su rostro.

Bree señaló las cicatrices del interior de su muñeca. Alyssa se bajó la manga para tapárselas. Dirigió la mirada a la mesa.

—Cuando mi padre se puso enfermo, empecé a hacerme cortes.

—Debió de ser horrible para ti.

Alyssa exhaló aire con la respiración temblorosa.

—No sabía qué hacer.

—No podías hacer nada.

—Sí. —Los ojos de Alyssa se humedecieron, pero parpadeó para ahuyentar las lágrimas—. Ese era el problema.

—Yo también perdí a mi padre y a mi madre cuando era pequeña.

Con el pasado de Bree, era fácil imaginar cómo se sentía alguien abrumado por la impotencia y la vulnerabilidad, sin tener además la madurez emocional necesaria para afrontar el trauma.

Alyssa miró a Bree a los ojos un instante antes de apartar la vista.

—El dolor... —Se dio unos golpes en el pecho—. Cuando mi padre murió, pensé que yo también iba a morir, como si se me fuese a parar el corazón. Me dolía muchísimo.

Bree sintió un nudo de empatía y de pena detrás del esternón, y la presión fue en aumento hasta que sintió que no podía respirar.

—Duele mucho, sí. —Bree había tenido hermanos que habían experimentado el mismo trauma. Alyssa había estado sola.

—¿Qué edad tenías? —preguntó Alyssa.

—Ocho años. —Incluso a los treinta y cinco años, el recuerdo inundó a Bree de un dolor hueco. Se llevó el puño al corazón—. Aún me duele.

Por un momento, se sintió cohibida por la cámara en funcionamiento. Su jefe adjunto, otros agentes y tal vez el fiscal y/o los abogados de la defensa podrían llegar a ver aquel interrogatorio, pero Bree no había dicho nada que no fuera público. Todo el mundo conocía el asesinato-suicidio de sus padres.

Y que Bree y sus hermanos habían estado allí cuando ocurrió.

Un breve escalofrío le recorrió el cuerpo, una reacción involuntaria ante el recuerdo.

A veces, establecer una conexión con un testigo o un sospechoso exigía un sacrificio. Bree no tenía problemas para inventarse una historia de su pasado con el fin de lograr esa conexión, pero esta vez no era necesario. La verdad surtiría efecto, aunque ese interrogatorio la dejaría en carne viva.

Alyssa se levantó la manga de la camisa. Unas diminutas cicatrices de color rosa surcaban la carne suave y pálida de la parte inferior de su antebrazo.

—La mayoría de los cortes eran muy superficiales. —Señaló los dos más largos cerca de las venas—. Menos estos dos. —Tragó saliva—. Me los hice el día que murió. No quería dejarlo en el hospital, pero me obligaron a irme. Tampoco quería estar sola en casa. —Siguió el trazó de una cicatriz sobre su vena—. Sangraron un montón. Ese día, yo también quería morirme.

—¿Fuiste a Urgencias? —preguntó Bree con delicadeza.

—No, me vendé el brazo y al final la hemorragia se detuvo. Los cortes no eran tan profundos como para provocarme la muerte. —La voz de Alyssa estaba impregnada de arrepentimiento—. Ni siquiera eso supe hacerlo bien.

La chica no había recibido ayuda después de la muerte de su padre y, desde luego, se había planteado el suicidio. ¿Tendría Rogers razón con respecto a eso también? ¿Se habría inventado Alyssa toda la historia para llamar la atención? ¿Era el hallazgo del cadáver en la rampa para embarcaciones una coincidencia, sin relación alguna con aquello?

Pero ¿cómo explicar entonces las huellas de botas, de neumáticos y los casquillos de bala?

«No se puede sacar conclusiones».

Las pruebas guiarían su investigación.

—¿Cuándo me darán mi camioneta? —preguntó Alyssa—. Y mis otras cosas. Necesito urgentemente que me devuelvan el teléfono. Tengo que llamar al trabajo. Tengo que ir a trabajar.

La grúa se había llevado el vehículo de Alyssa al garaje municipal.

—Puedes usar el teléfono de aquí. Le diré a Marge que te consiga una línea exterior. Te devolverán todas tus cosas tan pronto como los técnicos de la científica las hayan procesado —dijo Bree—. ¿Cuándo tienes que ir a trabajar otra vez?

—El miércoles, desde el mediodía hasta las ocho.

—Bien. Deberías poder recuperar tu 4Runner dentro de un par de días.

Bree no mencionó que Alyssa no llevaría el permiso de conducir. Había dicho que Harper le había robado la cartera, pero le iba a ser imposible conseguir un duplicado del permiso sin una prueba de identidad y residencia. Como Alyssa no tenía domicilio, no le expedirían un nuevo permiso. Pero no era el momento de sacar ese tema, no cuando Bree necesitaba su colaboración.

Bree no tenía ninguna prisa por devolverle el coche. Sospechaba que en cuanto Alyssa lo recuperase, desaparecería. Mientras le retuviesen el vehículo, la ropa y el teléfono, lo más probable era que la chica permaneciese allí.

—Pero no tengo dónde dormir. —Alyssa subió el tono de voz—. Ni ropa que ponerme.

—Entiendo que todo esto es muy incómodo para ti. ¿Qué te parece si te reservo un motel para esta noche y vemos cuánto han avanzado los técnicos por la mañana?

—No lo sé. —Alyssa se hurgó el antebrazo.

—Solo será por una noche o así.

Bree no podía retener a la chica contra su voluntad, pero tampoco quería perder el contacto con su único testigo de un tiroteo, sobre todo sin saber si el caso de Alyssa estaba relacionado con el cadáver de la rampa del lago.

—De acuerdo, supongo —dijo Alyssa con tono reticente.

—Perfecto. —Bree también pensó que a la chica le vendría bien una ducha y una cama calentita y con sábanas limpias. No soportaba imaginarla de vuelta en la calle.

—Hablando de tu teléfono, ¿podrías darme tu código de acceso?

—¿Por qué? Apenas lo uso.

—Tiene GPS, ¿verdad?

—Sí —dijo Alyssa—. Pero lo uso lo menos posible.

—¿A quién sueles llamar?

—Sobre todo a la gente del trabajo. Últimamente, también a Harper. Eso es todo. La verdad es que no tengo a nadie más a quien llamar.

—Dijiste que Harper tenía dinero.

—Sí. De su trabajo. —Pero ahora Alyssa hablaba con menos seguridad en su voz. ¿Estaría pensando en aspectos del comportamiento de Harper que no le cuadraban?—. Es culpa mía que Harper haya desaparecido.

—¿Por qué piensas eso?

—Porque no la ayudé. —La chica se removió en su asiento, como si fuera incapaz de sentirse cómoda, ni con su cuerpo ni con sus actos—. Vi que aquel hombre le disparaba y salí huyendo. Como una cobarde.

Tal vez salió corriendo antes de que la viera el tirador. Tal vez no quería admitir que había abandonado a su amiga tan rápidamente.

—Llamaste a Emergencias —dijo Bree.

—Pero debería haber hecho algo.

Inhaló una prolongada bocanada de aire con aire tembloroso.

—¿Como qué?

Alyssa frunció las cejas en una expresión de preocupación.

—No lo sé.

—¿Qué crees que habría pasado si el hombre que disparó a Harper te hubiese atrapado?

—Que también me habría disparado a mí.

—Y entonces, ¿quién habría pedido ayuda? —señaló Bree.

—Nadie.

La voz de Alyssa se hizo tan pequeña como la de Kayla.

—Eso es. Y en ese caso, ahora mismo nadie estaría buscando a Harper. Tú y ella habríais desaparecido sin más.

Pero Alyssa no parecía estar segura de haber hecho lo correcto.

Bree lo entendía. Sabía lo que era sentirse culpable por haber sobrevivido, porque ella se sentía así cada día. La sheriff ni siquiera había estado allí cuando murió su hermana, pero debería haber estado. Ahora Bree estaba viva, y su hermana no.

Rezó en silencio para que Harper no hubiera corrido la misma suerte y para que Alyssa tuviera la oportunidad de aliviar su culpa con una larga conversación con su amiga.

—Tengo otras noticias para ti —anunció Bree.

Alyssa arrugó la frente.

—¿Recuerdas que recurrimos a una unidad canina para seguir el rastro del autor de los disparos?

La chica asintió.

Bree prosiguió.

—Hemos encontramos un cuerpo. No es el de Harper. Es el cadáver de un hombre.

—¿Del hombre que le disparó? —preguntó Alyssa, con los ojos muy abiertos.

—No. Este hombre estaba muerto antes de que llamaras a Emergencias por los disparos.

Alyssa frunció el ceño.

—Entonces, ¿quién es?

—No lo sabemos…, todavía. —Bree la observó atentamente, pero no vio signos de que estuviera engañándola. La confusión de la joven parecía genuina—. ¿No sabes nada de otro hombre que pueda haber desaparecido?

Alyssa negó con la cabeza.

—Está bien. No tengo más preguntas por ahora. Voy a dejarte aquí mientras te busco una habitación en un motel y termino el papeleo. ¿Tienes hambre?

—No. Pero ¿por qué eres tan amable conmigo? —La expresión de la chica se volvió recelosa.

Bree apostó por decirle la verdad.

—Quiero que estés disponible para responder a más preguntas. A medida que avance nuestra investigación, voy a requerir tu ayuda.

Bree esperaba encontrar a Harper con vida, pero, si no era así, podría necesitar a la chica para identificar al tirador.

—De acuerdo.

En los ojos de Alyssa crecía la preocupación, como si hubiera visto al autor de los disparos con más claridad de lo que había admitido.

Era la única testigo de un asesinato y, gracias al reportero Nick West, todo el mundo lo sabía, lo que convertía a Alyssa en un posible objetivo.

Capítulo 10

Cuando Matt entró en la comisaría, era casi la hora de la cena.

—Hola, Marge.

Marge se levantó de su escritorio y se acercó al mostrador de recepción.

—¿Dónde está Brody?

—En casa.

—He oído que hoy cojeaba un poco.

—Sí. —Matt no se había dado cuenta de lo acostumbrado que estaba a llevar con él al enorme perro casi todo el tiempo—. No se ha roto nada. Está tomando analgésicos y, de momento, descansa plácidamente. —Pero seguía preocupado. Brody era una parte muy importante de su vida—. Aunque el veterinario está preocupado por la artritis en el hombro donde recibió la bala.

—Pobrecillo. —La mirada de Marge se volvió más tierna—. Le haré unas galletas caseras. Es un héroe.

—Lo es —convino Matt—. He venido a ver a la sheriff.

Bree le había dejado un mensaje pidiéndole que se pasara por allí lo antes posible.

—Entra. Te está esperando.

Marge dio un paso atrás y le hizo pasar por la puerta que separaba el vestíbulo del resto de la comisaría. Como todo lo demás en aquel departamento, la seguridad del edificio era antediluviana. Si alguien realmente quería entrar, lo único que tenía que hacer era saltar por encima del mostrador.

Atravesó la sala principal, donde Jim Rogers trabajaba delante de un ordenador. Este entrecerró los ojos al verlo aproximarse. Antes de que llegara a su mesa, se levantó y se fue, dirigiéndose a la salida de la parte de atrás.

«Gilipollas».

Cualquiera pensaría que había sido Matt quien disparó a Rogers, y no al revés.

Matt llamó a la puerta del despacho de Bree.

—¿Sí? —respondió ella.

Abrió la puerta y la sheriff apartó la mirada del ordenador.

—Matt, gracias por venir.

Tomó asiento en una silla frente a su enorme escritorio.

—¿Cómo está Brody? —preguntó Bree.

—Bien. Descansando en casa.

—Pero pareces preocupado.

—Es que con cada día que pasa no está más joven, precisamente —admitió Matt tanto para sí mismo como para Bree.

—Lo siento.

—¿La forense ya ha identificado el cuerpo? —Se recostó en el cojín de la silla. Una parte de él quería oír la respuesta a su pregunta, pero la otra, definitivamente, no. Le aterraba la idea de decirle a la señora Whitney que su nieto estaba muerto. Quería encontrar vivo al chaval. Pero Bree no le había pedido que fuera a la comisaría para charlar sin más, por mucho que él deseara que lo hiciera.

—No. Todavía estoy esperando que me llame.

Matt lanzó un suspiro de alivio, pero sabía que la tregua era pasajera. En el historial médico de Eli figuraría algún rasgo para identificar el cuerpo. Apartó aquel pensamiento de su mente. No tenía sentido obsesionarse con algo que aún no había ocurrido.

—No has respondido a la pregunta que te hice esta mañana. ¿Va todo bien en casa?

Bree suspiró.

—Los niños están teniendo problemas para adaptarse a la vida sin su madre. También siento mucho haber cancelado nuestra cena.

—Lo entiendo. Los niños son lo primero. Si puedo ayudar de alguna manera, sabes que puedes contar conmigo.

Matt sabía que la verdadera razón por la que Bree se había mudado a Grey's Hollow era para criar a los hijos de su hermana. Hacía unos meses le había dejado claro que no tenía tiempo para nada más que una relación informal. Había sido Matt quien la había presionado. Él respetaba sus prioridades, pero no estaba seguro de poder mantener una relación informal…, no con ella.

Bree apoyó los codos en el escritorio y se frotó las sienes.

—Necesito clonarme. —Levantó la vista y su expresión se dulcificó—. Tenía muchas ganas de ir a cenar contigo.

La miró fijamente a los ojos. El verde de sus pupilas se hizo más intenso, y un ardiente fogonazo destelló entre ellos.

Sintiendo un calor repentino, Matt se bajó la cremallera de la chaqueta.

—Podemos volver a quedar cuando todo esto termine.

—Eso me gustaría. —Un amago de sonrisa afloró a sus labios, pero entonces miró su escritorio desordenado. Su expresión se volvió más sobria—. Lo que de verdad necesito son diez ayudantes más y uno o dos investigadores con experiencia.

—¿Pero?

—¿Sabes qué ocurrió con el presupuesto del departamento cuando el sheriff King no sustituyó al personal que había perdido después de que pasaran varios ciclos presupuestarios? Pues que la asignación de fondos para los sueldos desapareció así, sin más. Puf. Ahora, la junta de supervisores del condado está convencida de que el departamento del sheriff no necesita esos ayudantes ni ningún investigador. En este momento me hacen falta una docena de agentes, pero solo tengo financiación para sustituir a los cinco que renunciaron durante el último ejercicio fiscal. Esos sueldos figuran en el presupuesto actual. Si quiero ampliarlo para contratar más personal, tengo que hacer la solicitud para el próximo ciclo presupuestario, pero el supervisor del presupuesto del condado dice que no me moleste, que cualquier ampliación va a ser denegada. El condado está en déficit. Tengo que contratar a cinco ayudantes antes de que se aprueben los próximos presupuestos o lo más probable es que pierda esos fondos también.

—Menuda mierda —dijo Matt.

—Pues sí.

—El antiguo sheriff ahorraba tiempo investigando únicamente los delitos que consideraba importantes, y no le importaba detener a la gente y presionarla para arrancarle una confesión en lugar de llevar a cabo una investigación completa.

—¿Ya fuesen culpables o no?

—No creo que él lo viera de esa manera. Se creía infalible.

Matt había visto al viejo sheriff cometer abusos de poder… y lo habían destituido como investigador para nombrarlo agente de la unidad canina. Luego, estando de servicio, le habían disparado cuando el sheriff le dio instrucciones para que entrara por la puerta por la que no debería haber entrado. ¿Una coincidencia? Matt recordó que el ayudante Jim Rogers había salido de la sala de la comisaría en cuanto había entrado él. Siempre se había preguntado si Jim habría participado en el plan del viejo sheriff. Se comportaba de forma extraña cada vez que Matt lo veía.

—El sheriff King siempre imponía su voluntad en las reuniones presupuestarias. Si no se salía con la suya, sus hombres dejaban de patrullar por los barrios de los funcionarios del condado y los tiempos de respuesta en esas zonas eran más lentos. Si la junta de supervisores quería que la oficina del sheriff atendiese sus necesidades en materia de seguridad, hacían lo que King decía.

Bree negó con la cabeza.

—No, gracias. No tengo ganas de jugar sucio. No importa lo buenas que sean tus intenciones ni que trates de ir con cuidado: al final la suciedad siempre acaba por contagiarse. —Bree bajó la mano hacia el único espacio libre del protector de cuero de su escritorio—. Yo no voy a trabajar así.

Matt la había visto interrogar a testigos y sospechosos. Se le daba muy bien hacer que la gente hablara con ella, conseguir lo que quería de ellos. Nunca permitía que su ego se impusiera. Encontraría la manera de trabajar dentro del sistema.

—No puedo contratar a un investigador a tiempo completo. —Se le iluminó la mirada—. Pero creo que tengo una solución… Bueno, en realidad, ha sido Marge quien ha encontrado el hueco por donde colarlo, porque ella lo sabe todo.

Matt levantó una ceja.

—Al sheriff King le gustaba contratar asesores —dijo Bree.

—Le gustaba canalizar el dinero hacia sus amigos —la corrigió Matt.

—La cuestión es que hay dinero en el presupuesto para eso, y quiero contratarte.

Matt se quedó paralizado. Aquello lo había cogido por sorpresa. ¿La había oído bien?

—¿Quieres contratarme?

—Sí. Si no utilizo los fondos asignados para los consultores, también perderé ese dinero. —Levantó una mano con un gesto para interrumpir la conversación—. No sería una ocupación a tiempo completo. Te llamaría únicamente cuando hubiera un caso importante, y tú seguirías teniendo tiempo para trabajar con tus perros. —Frunció el ceño—. No pareces muy entusiasmado.

—Si te digo la verdad, no sé cómo me siento. Estaba convencido de que esa parte de mi vida había terminado. —Definitivamente, Matt tenía sentimientos encontrados por varios motivos.

Los dos primeros años después de recibir aquel fatídico disparo, hizo todo lo posible por recuperar la movilidad completa de la mano derecha, pero la lesión nerviosa era permanente. Había necesitado mucho tiempo para aceptar que no volvería a trabajar en el cuerpo de policía. Si aquel arreglo con Bree no funcionaba, ¿tendría que volver a pasar por eso? Pero le había encantado ser investigador, y su oferta le parecía una forma legítima de volver a trabajar.

Matt levantó la mano mala, flexionó los dedos y sintió el tirón familiar del tejido cicatricial. Podía disparar a muy corta distancia con aquella mano, pero su puntería con un arma de fuego nunca sería la de antes y, por tanto, nunca podría volver a ser un verdadero agente de la ley. No era lo bastante fiable.

Bree dirigió la mirada a la mano levantada.

—Te he visto disparar con la izquierda. Eres increíblemente bueno con las armas largas, y tu precisión con la pistola es mejor de lo que crees. Creo que podrías ser perfectamente apto para llevarla.

Según la ley federal, los expolicías que cumplían ciertos requisitos podían llevar pistola si superaban una prueba.

—Ser apto no es el problema; disparar en un campo de tiro es muy distinto a usar tu arma en una situación de conflicto activo y de mucho estrés. —Levantó la mano izquierda con frustración—. Tendría que manejar la pistola con naturalidad en la mano, y no es así.

—Lo entiendo. Serías un civil. No estarías obligado a llevar un arma. —La sheriff se recostó hacia atrás. El hecho de que Matt no hubiese aceptado inmediatamente pareció tomarla por sorpresa—. Te agradezco que hayas colaborado extraoficialmente esta mañana, pero sería mejor que tuvieras credenciales.

—Eso ayudaría, sí —admitió.

Bree giró la silla un cuarto y estudió su rostro durante unos segundos. La intensidad de su mirada era como una emanación de calor que le irradiaba directamente en la cara.

—¿Va todo bien? ¿Estás sufriendo alguna secuela del tiroteo de enero?

Dos meses antes, Matt la había ayudado a detener a un tirador activo. Había sido la primera vez que se sometía a esa situación desde el tiroteo en el que él mismo había resultado herido. Había sufrido algunas pesadillas, pero había ido a ver a su antiguo psicólogo algunas veces. Estaba trabajándose sus problemas.

—No. No es eso —dijo Matt.

—¿Justin? —sugirió ella.

—Tampoco. Todavía está en rehabilitación.

El mejor amigo de Matt, que había estado casado con la hermana de Bree, estaba luchando contra la depresión y la adicción a las drogas.

—Siento oír eso. —Los ojos de Bree se empañaron—. El asesinato de Erin ha hecho mella en todas las personas que la queríamos.

Y eso era quedarse muy muy corta. El daño emocional de un asesinato se extiende desde la víctima hacia círculos cada vez más amplios de familiares y amigos, como las ondas concéntricas de agua que se expanden a partir de una sola gota de lluvia. Justin sufría una depresión y había estado luchando contra su drogadicción antes del asesinato de su esposa, de la que estaba separado. Su muerte lo había dejado completamente destrozado. Después, su espiral descendente se aceleró hasta caer en picado.

—Así es. —Matt suspiró.

—Ya me dirás si hay algo que pueda hacer.

—Gracias —dijo Matt—, pero tú ya tienes bastante con lo tuyo, y no se puede hacer nada mientras esté ingresado. —Bajó la voz—. ¿Crees que alguno de tus ayudantes tendría algún problema para trabajar conmigo?

—¿Te refieres a Jim Rogers? —preguntó Bree. Ella nunca se andaba con tapujos; iba directamente al grano.

Matt asintió.

—No lo sé. —Se quedó callada unos segundos—. Solo llevo unas pocas semanas en el puesto. Todavía no conozco muy bien a ninguno de ellos, excepto a Todd.

Matt supo leer entre líneas: Bree no confiaba en sus hombres.

—¿Problemas?

—La mayoría de los ayudantes están dispuestos a rehacer de arriba abajo el departamento.

—Pero ¿algunos se resisten al cambio? —preguntó. La vieja guardia se aferraba al pasado con uñas y dientes.

—Aunque se resistan, no tendrán más remedio que adaptarse. Pero es injusto por mi parte pedirte que trabajes aquí.

Matt había ayudado a Bree cuando investigaba por su cuenta. Ahora, la investigación de sus nuevos casos venía con todo el bagaje del Departamento del Sheriff del Condado de Randolph. Matt no les debía ningún favor y ya le había prometido a la abuela de Eli que encontraría a su nieto.

El ayudante del sheriff Jim Rogers había sido el autor de los disparos que acabaron con la carrera de Matt y que podrían haberle costado la vida. Y lo que es peor, Rogers había disparado a Brody. Matt no quería pensar que Rogers hubiese estado conchabado con el antiguo sheriff, pero el comportamiento de aquel le inspiraba recelos. ¿Cómo iba a trabajar con un hombre en el que no podía confiar?

Aunque, por otra parte, ¿cómo podría no hacerlo?

Si le decía que no, dejaría a Bree a merced de la persona que había estado a punto de matarle —una persona que no era de fiar, precisamente—, sin que él pudiera cubrirle las espaldas.

Si cualquier otro sheriff le hubiera pedido que volviera al departamento, su respuesta habría sido un no rotundo. Pero la mujer que tenía delante no era cualquier sheriff: era Bree.

A la mierda con todo aquello, y a la mierda con Rogers también. Si este tenía un problema con Matt, debería dar un paso adelante y decirlo como un hombre. Matt no pensaba dejar colgada a Bree por su culpa, de eso nada.

Tampoco podía dejar que un incidente del pasado afectase al resto de su vida. Se puso de pie.

—Mira, le prometí a la señora Whitney que buscaría a Eli, así que tendré que hacer malabares con los casos. Le di mi palabra; no puedo desdecirme ahora. Pero dejando eso aparte, cuenta conmigo. ¿Dónde hay que firmar?

—Genial. Marge tiene todos los papeles. —Bree sonrió. Era una expresión que no veía muy a menudo en su cara, y le hacía absurdamente feliz que fuera él quien le hubiera arrancado esa sonrisa.

Tal vez así podría averiguar si el disparo que había acabado con su carrera había sido accidental o intencionado. Tal vez aquella sería la manera de hacer al fin las paces con su pasado.

Capítulo 11

Bree agarró el volante con fuerza. Sentía un gran alivio por contar con Matt para aquel caso, pero deseó poder tenerlo a tiempo completo ese día. Respetaba su insistencia por cumplir con la palabra dada a aquella señora mayor, no podía reprocharle su integridad. Era una de las razones por las que lo quería a su lado.

¿Cómo respondería Rogers? Estaba claro que tener a Matt en el equipo iba a revolucionar un poco las cosas. Pensó en el extraño comportamiento de Rogers, en su insubordinación. Tal vez precisamente lo que el agente necesitaba era una buena sacudida.

Entró en el aparcamiento de los almacenes Walmart. No recordaba haber estado tan cansada en toda su vida, ni siquiera después de trabajar en un caso cuarenta y ocho horas seguidas. Era un cansancio que le llegaba a lo más profundo de su alma y que tenía su origen en dos meses de estrés y de falta de sueño, en el dolor y la desesperación, y en tener que batallar por criar a dos huérfanos sin saber en ningún momento con certeza si estaba haciendo lo correcto.

Eran más de las seis. Ya debería estar en casa, cenando con los niños, pero allí estaba, en Walmart.

—¿Por qué nos paramos aquí? —preguntó Alyssa desde el asiento trasero del todoterreno.

—El laboratorio no ha terminado de analizar tu mochila. Necesitas ropa.

—¿Vas a comprármela? —El tono de sorpresa hizo que Alyssa alzara la voz.

—Creo que es lo menos que puedo hacer. Esta mañana podrías haber huido del lugar de los hechos, pero no lo hiciste. Te quedaste por tu amiga. Mientras colabores con mi investigación, yo haré lo mismo por ti.

Alyssa arrugó la frente.

—Vale —dijo, con voz vacilante, como si hubiera pasado mucho tiempo desde la última vez que alguien había sido sincero con ella. Si lo que contaba era cierto, incluso su «amiga» Harper le había robado el dinero y las llaves antes de que le dispararan. Su padre podría haber sido la última persona que la trató bien, y llevaba muerto un año.

Bree se bajó del todoterreno y abrió la puerta trasera a Alyssa. Dentro de la tienda, la dejó elegir dos pares de vaqueros, unos pantalones de chándal, dos sudaderas, ropa interior, calcetines y un pijama.

—En el motel habrá artículos básicos de aseo. ¿Necesitas algo más?

—Un cepillo para el pelo —dijo Alyssa.

Bree la guio hacia la parte delantera de la tienda.

—Coge un cepillo de dientes y dentífrico. Si necesitas productos de higiene femenina, cógelos también.

Empujó el carrito mientras la chica metía los productos básicos en la cesta.

—Necesito desodorante y una cuchilla de afeitar.

Casi con entusiasmo, Alyssa abandonó el carrito y se lanzó por el pasillo abajo. Dobló la esquina y desapareció. Bree cogió el carrito y la siguió. Antes de poder darle alcance, un grito retumbó por la tienda, seguido del ruido de objetos cayendo al suelo.

—¡Sheriff! —gritó Alyssa.

—¡Alyssa!

Bree soltó el carro y corrió hacia la esquina. Se chocó con Alyssa. Bree cayó hacia atrás y se estrelló contra un expositor. Un calambre de dolor le recorrió el hombro y los desodorantes salieron rodando por el suelo como si fueran canicas. Se apoyó sobre las manos para ponerse de rodillas y luego, con el corazón acelerado, se levantó.

A unos metros de distancia, Alyssa estaba tirada encima de un expositor de cartón roto que contenía productos de afeitado; estos estaban desperdigados a su alrededor y la chica tenía la cara muy pálida bajo la luz fluorescente.

—¿Qué ha pasado? —Bree miró arriba y abajo en el pasillo. No vio a nadie.

—Lo he visto —exclamó Alyssa con voz jadeante.

—¿A quién?

Bree ayudó a la chica a levantarse.

—A él. —Alyssa tenía los ojos abiertos como platos—. Al hombre que disparó a Harper.

Bree corrió al final del pasillo y miró hacia el pasillo central, el que llevaba a las cajas registradoras. A las únicas personas a las que vio fue a una pareja de ancianos y a una madre joven que empujaba un cochecito. No había ningún hombre.

Sacó precipitadamente a la chica del pasillo y se dirigió a la entrada de la tienda. Mientras se apresuraban a salir, usó su móvil para llamar a un agente. Quería comprobar las salidas y el aparcamiento, pero no podía perseguir al hombre y proteger a Alyssa al mismo tiempo.

Localizó al encargado de la tienda y fueron a la sala de vigilancia y seguridad. Una vez en su interior, se puso delante de la consola de monitores, mostró su placa y explicó la situación.

—Enséñenme las imágenes de las salidas y del aparcamiento. —Bree observó las pantallas—. Alyssa, ¿lo ves?

Alyssa examinó los monitores.

—No.

—Retroceda cinco minutos —dijo Bree.

El guardia de seguridad manipuló el teclado y reprodujo el vídeo.

—Ahí está. —Alyssa señaló el último monitor—. El hombre de la gorra de béisbol.

Un hombre con pantalones vaqueros y un abrigo negro cruzó el aparcamiento. Llevaba una gorra de béisbol con la visera baja. Iba con el cuello de la chaqueta levantado, los hombros encorvados y la cabeza inclinada.

—Maldita sea. No se le ve la cara. —Bree se inclinó para acercarse—. Conseguiremos su matrícula cuando se suba a su coche.

Pero el hombre salió del aparcamiento, dobló la esquina y desapareció por la calle lateral.

Bree se dirigió al guardia de seguridad.

—¿Puede seguir sus movimientos por la tienda? Tiene que haber enseñado la cara en algún momento.

—Sí, señora. —El guardia se volvió hacia su ordenador. Un minuto después, señaló un monitor—. Entró en la tienda por aquí, recorrió los pasillos principales una vez y luego se detuvo en la sección de salud y belleza.

Bree vio al hombre entrar en el pasillo donde estaba Alyssa. Ella gritó y él se dio media vuelta y se alejó a toda prisa. Tenía la cabeza inclinada hacia abajo y la visera de la gorra de béisbol le protegía la cara del objetivo de las cámaras.

—Pare ahí. —Bree entrecerró los ojos para escudriñar la pantalla. El hombre se alejaba corriendo de la sección de productos de higiene personal—. Aquí se le ve la parte inferior de la cara.

—Sí, señora. —El guardia de seguridad pulsó unas teclas.

—¿Puede rebobinar esa imagen? —le pidió ella.

—Sí —contestó.

El vídeo se reprodujo en la pantalla.

—¿Dónde estamos nosotras en este momento? —Bree señaló el monitor mientras el hombre se acercaba al pasillo de los desodorantes.

—Aquí. —El guardia de seguridad mostró otras imágenes en un monitor diferente—. En el pasillo contiguo.

Bree enderezó la espalda. El hombre giraba la cabeza al pasar por cada pasillo. ¿Buscaba algún producto en concreto?

¿O buscaba a Alyssa?

En la pantalla, la joven vio al hombre y se asustó. Dio un salto hacia atrás, se volvió y chocó con Bree. En la imagen ambas cayeron al suelo mientras el hombre se alejaba a toda prisa.

¿Por qué había echado a correr? ¿Porque Alyssa había gritado «sheriff»?

Bree iba vestida con la camisa de su uniforme y llevaba su pistola. ¿Las había estado siguiendo? ¿Por qué?

Durante todo el tiempo, el hombre se había estado tapando la cara con la visera de su gorra de béisbol. La posición de la cabeza no resultaba muy natural. No podía ser una coincidencia. ¿O sí?

Alyssa podía haberse equivocado. Podía tener los nervios a flor de piel después de presenciar el episodio de violencia de la noche anterior. Aquel hombre podía ser un ciudadano normal y corriente que había salido corriendo asustado por los gritos de una adolescente histérica.

Pero ¿cuántos clientes de Walmart no dejaban el coche en el aparcamiento?

—Un momento. —Bree señaló el segundo monitor. El hombre llevaba una marca en el dorso de la mano—. ¿Es eso un tatuaje? —Entrecerró los ojos para ver mejor la imagen—. ¿Puede ampliarla?

El guardia de seguridad enfocó el dorso de la mano del hombre. Los bordes de la marca eran irregulares.

—No creo que sea un tatuaje.

La mancha oscura tenía, a grandes rasgos, la forma del estado de Texas.

—Es una cicatriz o una marca de nacimiento. —Bree se inclinó hacia delante—. ¿Podría copiar todos los vídeos en los que aparece ese hombre, el fragmento en que se produce el encuentro —Bree señaló una pantalla— y las imágenes del aparcamiento de los treinta minutos anteriores y posteriores?

En ese momento llegó uno de los ayudantes de la sheriff. Esta le ordenó que esperara los vídeos mientras Bree y Alyssa recuperaban el carrito de la compra. Después de pagar en la caja, Bree llevó a la testigo al motel Evergreen. Ya había anochecido cuando aparcó allí y llamó a otro ayudante.

—Espera aquí.

Bree encerró a Alyssa en la parte trasera del vehículo mientras la registraba en una habitación del segundo piso. A continuación, condujo para aparcar en una plaza delante de la habitación. El ayudante Rogers detuvo su coche junto al todoterreno de ella. La sheriff se bajó de su vehículo y se acercó a la ventanilla de él.

—¿Has dormido algo? —preguntó.

—Sí, jefa. —Los ojos de Rogers seguían mostrando ojeras, pero llevaba doce horas fuera de servicio. No era su primera opción, pero daría órdenes para que todos los ayudantes rotasen los turnos de vigilancia durante la noche para que se mantuviesen atentos. La vigilancia en solitario era una tarea muy aburrida. Era demasiado fácil perder la concentración o quedarse dormido.

—Un hombre sospechoso estaba siguiendo a Alyssa por el interior de Walmart. Necesito que te mantengas alerta.

—Sí, señora. —Rogers tensó la mandíbula y se ruborizó.

—También necesito saber que la vas a tratar con respeto y delicadeza.

El agente parpadeó y desvió la mirada.

—Siento lo ocurrido. Me pasé de la raya.

¿Estaba siendo sincero? No la miraba a la cara.

—De acuerdo, entonces. —Bree examinó el aparcamiento vacío—. Está en la primera habitación del segundo piso. Hay suficientes habitaciones libres, así que el encargado ha accedido a no asignar a nadie las contiguas. Haré que otro ayudante te releve en el turno dentro de un par de horas.

—Sí, jefa.

Bree examinó el aparcamiento y luego condujo a Alyssa al interior. La habitación no era lujosa, pero estaba limpia. Dos camas dobles ocupaban la mayor parte del espacio, y un amplio ventanal daba al aparcamiento. La sheriff miró en el armario, debajo de la cama y en el baño. Había un pequeño ventanuco en el baño por el que no podía colarse ningún hombre adulto. Volvió al salón y miró por la ventana. El ayudante de la sheriff podía ver perfectamente la puerta y las escaleras de cemento que conducían al segundo piso. No había manera de acercarse a la habitación de Alyssa sin ser visto; aquello era lo máximo que podía hacer Bree.

—Solo tienes que mirar por esas cortinas y verás a un agente ahí fuera. —Bree cerró las cortinas.

—¿Y si se va?

—Entonces otro ocupará su lugar.

—¿Y si me asomo y no hay nadie?

Bree sacó una tarjeta de su cartera.

—Aquí está mi número de móvil. Llámame cuando quieras.

Alyssa estaba de pie en mitad de la habitación, sujetando sus bolsas de Walmart y con la mirada perdida.

—Hace tiempo que no duermo en una cama de verdad y no recuerdo la última vez que me alojé en un motel.

—¿Por qué no te das una ducha de agua caliente? ¿Tienes hambre?

Alyssa no respondió. No parecía interesada en la comida.

—¿Qué tal una pizza? —A Bree no le gustaba perderse la cena con los niños, pero la joven parecía demasiado nerviosa para dejarla sola.

Se sentó en la silla del escritorio y pidió una pizza por teléfono. Alyssa entró en el baño. Se oyó el ruido del agua en las tuberías al abrirse la ducha. La pizza llegó antes de que saliera. Limpia y vestida con el pijama de franela a cuadros que habían comprado en Walmart, parecía mucho más joven que los diecinueve años que tenía.

Bree había pedido agua mineral y Coca-Cola con la pizza.

—No sabía qué querías beber.

Alyssa cogió la Coca-Cola y se comió un trozo de pizza.

—Hay un minibar en el armario. —Bree abrió la puerta y guardó el agua dentro—. Intenta dormir un poco. Te veré mañana por la mañana.

Alyssa la agarró del brazo.

—Pero ¿y si vuelve?

—Para eso está ahí fuera el ayudante Rogers.

—No le caigo bien. —Alyssa se abrazó a sí misma.

—Él te protegerá. —Bree se planteó quedarse, pero, como sheriff, tenía que delegar tareas. Su propia familia tenía que ser lo primero—. Cierra la puerta cuando me vaya. Estarás bien.

Pero Alyssa parecía una niña cuando Bree salió de la habitación. Bree pasó por delante del coche patrulla de Rogers con el corazón encogido.

A Alyssa no le pasaría nada; estaría vigilada toda la noche.

Bree se subió a su todoterreno. El sentimiento de culpa no la abandonó durante todo el camino a casa. Mientras conducía, repasó el caso en su cabeza. ¿Corría Alyssa verdadero peligro? ¿Había presenciado un asesinato? O Alyssa mentía, o era una enferma mental, o un asesino la había estado siguiendo.

Habían hallado a un joven muerto, y la historia de Alyssa la había llevado hasta su cadáver. Puede que esas dos cosas no estuvieran relacionadas, pero a Bree no le gustaban las coincidencias; prefería la lógica.

Aparcó junto a la casa. Parecía que habían pasado días desde que había salido aquella mañana. Eran más de las ocho cuando entró deslizándose por la puerta trasera.

Kayla y Ladybug la estaban esperando. La perra se fue directa a las rodillas de Bree. Esta la detuvo y la rascó a desgana por detrás de las orejas. A pesar de la incomodidad de Bree, la perra quería su atención.

La niña llevaba su cerdito de peluche bajo el brazo.

—Llegas muy tarde.

Bree la besó en la coronilla.

—Lo sé. Lo siento.

Colgó la chaqueta y se quitó las botas. No sabía si quería comer o ducharse primero.

—Dana te ha dejado la cena en el horno.

Kayla estaba tan cerca de ella como la perra, y Bree empujó a ambas con delicadeza para poder moverse.

—¿Qué ha hecho de cena?

Colgó su bolso en un gancho junto a la puerta. Entró en la cocina y dejó el teléfono en la isla. Después de lavarse las manos, abrió el horno. El olor a pollo hizo que el estómago le rugiera como nunca.

—Pollo *marsala*. —Kayla pronunció la palabra muy despacio, como si la hubiera ensayado—. Yo la he ayudado a hacerlo.

Bree cogió unas agarraderas para cacerolas y las utilizó para llevar el plato a la mesa. La perra se echó en el suelo y apoyó la cabeza en sus patas, pero sus ojos siguieron el plato de comida. Kayla sentó a su cerdito en una silla, luego llenó un vaso con agua y se lo llevó a Bree, junto con los cubiertos.

—Gracias. —Bree cortó un trozo de pollo—. Esto está muy rico.

Kayla soltó una risita mientras se sentaba delante de Bree y apoyaba los codos en la mesa.

—Lleva vino.

—El alcohol se evapora.

—Eso es lo que dijo Dana. —Kayla parecía decepcionada.

Hablaba sin parar mientras Bree se comía el pollo con patatas. La niña seguía sufriendo pesadillas y un poco de ansiedad, pero durante las últimas semanas también había tenido momentos de felicidad. Bree estaba agradecida por todos y cada uno de ellos. Para cuando terminó de cenar, ya sabía todos los detalles del día de Kayla, hasta la ropa que había llevado su profesora.

—Me alegro de que hayas tenido un buen día. —Bree apartó su plato. La compañía de la niña le había calmado sus nervios.

—¿Podemos leer otro capítulo de Harry Potter esta noche?

Kayla se acercó el cerdito a su regazo y le acarició la cabeza.

—Pues claro. Ve a lavarte los dientes y métete en la cama. Estaré ahí en cinco minutos.

Kayla se levantó de la silla y salió de la habitación.

Dana entró en la cocina envuelta en una gruesa bata azul.

—¿Un té?

—Ahora no, pero gracias.

—Ah, ¿te toca el cuento para dormir?

—Sí.

—Me alegro de que hayas llegado a casa a tiempo. —Dana llenó una taza con agua y la metió en el microondas.

—Lo intento —dijo Bree—. Parece que Kayla ha tenido un buen día. ¿Cómo está Luke?

Dana suspiró.

—No lo sé. Lleva haciendo los deberes desde que llegó a casa del entrenamiento de béisbol. Es una locura que estén empezando ya a entrenar. Todavía estamos en invierno.

—Entrenan dentro hasta que llega el buen tiempo.

Bree tenía la misma edad que Kayla cuando perdió a sus padres. Recordaba exactamente cómo se había sentido: la confusión y la soledad apabullantes, la sensación de estar completamente sola, incluso en una clase llena de otros niños… No quería que Luke ni Kayla se sintieran así. Quería estar ahí a su lado, apoyándolos, pero Luke se mostraba reacio.

Se puso de pie.

—Al menos Kayla se comunica conmigo. Con Luke, es como hablar con una pared.

Dana asintió.

—A mí me pasa igual.

—Charlaré con él después de leerle el cuento a Kayla.

Bree subió las escaleras. La puerta de Luke estaba cerrada.

Kayla estaba en su cama. Había preparado a sus animales de peluche formando sendas filas a ambos lados para la hora del cuento. Tenía el cerdito en su regazo; siempre ocupaba el mejor sitio. Bree se sentó en el borde de la cama y abrió el libro. Ya iban por la mitad. Al principio, a Bree le preocupaba que la historia de Harry Potter fuera demasiado sombría, pero a Kayla le encantaba. Tal vez lo que necesitaba era precisamente que le leyeran sobre otro huérfano como ella cuya vida estuviera tan llena de oscuridad como la suya.

—¿Crees que a mamá le habría gustado Harry Potter? —le preguntó Kayla.

La pregunta pilló a Bree por sorpresa. La pena le atenazó la garganta y los ojos se le llenaron de lágrimas. Erin debería estar viva para compartir estos momentos con su hija.

—Creo que a tu mamá le habría encantado.

—Yo también. —Kayla sonrió.

Bree estuvo leyendo durante media hora, hasta que a la niña se le cerraron los ojos y su respiración se hizo más regular. Dejó las luces encendidas al salir de la habitación. Llamó con cuidado a la puerta de Luke, pero este no respondió. La luz se filtraba por la rendija bajo la puerta. Solo eran las nueve. ¿Estaba durmiendo?

Acercó la mano y la detuvo a escasos centímetros del pomo de la puerta, con aire vacilante. ¿Debía abrirla o no? Luke tenía dieciséis años. La intimidad era importante para él, y ella lo respetaba, pero también quería estar al tanto de lo que hacía.

Le vino a la cabeza la imagen de las cicatrices de las muñecas de Alyssa. Después de la muerte de su padre, esta no había tenido a nadie que se ocupara de ella, y su dolor y su soledad la habían llevado a plantearse el suicidio…, puede que incluso a intentarlo a medias. Bree no quería ver las similitudes entre Alyssa y Luke, pero no podía evitarlo.

Llamó a la puerta una vez más.

Sintió un gran alivio al oír que Luke le respondía, somnoliento:

—Sí.

Abrió la puerta unos centímetros. Estaba tumbado de lado, escribiendo en un cuaderno de espiral. El pelo castaño y despeinado le caía sobre la frente.

Bree entró en la habitación, dio la vuelta a la silla de su escritorio y se sentó frente a él.

—¿Qué tal te ha ido el día?

—Bien.

Era un chico delgado por naturaleza, pero en ese momento le parecía que tenía los pómulos aún más marcados. ¿Había perdido peso?

Bree señaló su cuaderno.

—¿En qué estás trabajando?

—Mañana tengo un examen de álgebra bastante importante.

Lo que Bree recordaba del álgebra cabía en un sello de correos.

—¿Ha pasado algo especial hoy?

—La verdad es que no. —Luke dio unos golpecitos en su cuaderno—. De verdad, necesito terminar de repasar estos problemas e irme a dormir.

—¿Tienes entrenamiento de béisbol mañana otra vez?

—Sí.

—Si estás cansado, mañana puedo ocuparme yo de dar de comer a los caballos —se ofreció Bree.

El chico negó con la cabeza.

—Me gusta hacerlo yo.

—Vale. —Frustrada, Bree se levantó y empujó la silla para meterla bajo el escritorio—. Bueno, pues te dejo que termines. No te preocupes por los caballos esta noche. Yo echaré el último vistazo al establo.

—Gracias. —Volvió a concentrarse en su problema de matemáticas.

Abajo, Bree preparó una taza de té y se sentó frente a Dana.

—Últimamente se acuesta muy temprano. ¿Es eso normal?

—Se levanta al amanecer para dar de comer a los caballos, pasa el día entero en clase y luego va al entrenamiento de béisbol. Cuando vuelve a casa, limpia el establo y hace los deberes. —Dana se levantó y fue a la despensa—. Tiene muchas razones para estar cansado.

Dana llevó a la mesa una caja de cartón de la panadería. Al abrir la tapa, dejó al descubierto unos cruasanes de chocolate.

—Iba a guardarlos para el desayuno, pero creo que no te vendría mal comerte uno ahora.

—Desde luego. —Bree cogió una servilleta del centro de la mesa y escogió uno de los cruasanes—. Le gusta estar ocupado.

—Y así evitar tener que lidiar con sus problemas. No sé a quién me recuerda…

Dana había sido su compañera durante años. Nadie conocía mejor a Bree.

—*Mea culpa* —admitió Bree —. ¿Cómo consigo que hable conmigo?

—No lo sé. Yo no he tenido mucho éxito.

—Quizá necesite hablar con otro hombre. —Bree dio un mordisco al cruasán—. Mañana llamaré a Adam. Por desgracia, con este caso nuevo que me ha caído en las manos voy a tener que hacer horas extras.

El hermano de Bree vivía cerca, pero era un pintor que tenía tendencia a evadirse y perderse en su trabajo durante largos períodos de tiempo.

Dana se limpió las manos en una servilleta.

—Si no quiere hablar con Adam, tal vez podría ir a ver a un psicólogo. Puede que le resulte más fácil hablar con un extraño.

—Puede ser.

Pero Bree tenía sus dudas al respecto. No le gustaba la terapia, y el acertado comentario de Dana sobre Bree señalaba lo similares que eran ella y su sobrino. Los padres de Bree habían sido tremendamente (y también trágicamente) disfuncionales. Su hermana había tenido problemas graves de apego. Bree nunca había tenido una relación con un hombre con el que pudiera plantearse algo duradero. ¿Tenían todos los Taggert algún defecto grave? En el fondo de su alma, lo cierto es que esperaba que su familia no estuviera condenada a repetir el bucle de violencia y tragedia del pasado.

CAPÍTULO 12

En la oscuridad, estuvo a punto de pasarse el desvío. Semioculto entre la maleza, apenas se veía el camino. Pisó el freno y dio un volantazo. El coche dio un bandazo. Los neumáticos derraparon, lanzando chorros de nieve y grava por detrás del vehículo. Apartó el pie del acelerador y enderezó el coche.

«¡Relájate!».

Ahora no podía entrarle el pánico. Todavía tenía trabajo por hacer.

Los árboles se cernían sobre él desde arriba, oscureciendo aún más el estrecho carril. Siguió avanzando, manteniendo una velocidad lenta y constante sobre la pista helada y llena de baches.

Rodeó el edificio principal y aparcó delante de un garaje de grandes dimensiones. Salió del coche y abrió la puerta abatible. El mecanismo de metal oxidado chirrió al moverse. Metió el coche dentro. Se quedó a oscuras, mirando los dos bultos envueltos en lonas negras y apoyados en un rincón. El sudor le resbalaba por la espalda, provocándole escalofríos.

En Walmart había escapado por los pelos.

Seguir a la sheriff había sido una jugada arriesgada, pero había descubierto lo que necesitaba saber: definitivamente, la chica lo había reconocido.

Tenía que morir.

Pero lo primero era lo primero. El pronóstico del tiempo anunciaba unos días de calor para la semana siguiente. Los cadáveres olerían una vez que la temperatura subiera por encima de los cero grados.

Rebuscó en la bolsa de herramientas que había en un banco de trabajo y luego salió y bajó la pendiente. El lago relucía en la oscuridad. Las botas resbalaban sobre el suelo helado cuando subió al muelle. Echó a andar por encima del agua, con cuidado de evitar los tablones de madera podrida. Había pensado en arrojar el cuerpo a la presa, donde todavía corría el agua, pero la zona estaba demasiado expuesta. Necesitaba un lugar más aislado. Allí nunca venía nadie.

Cuando llegó a la mitad del muelle, miró a su alrededor. No podía haber nadie observándole. Había traído el equipo para pescar en el hielo como coartada por si se encontraba con alguien, pero allí no había nadie.

El hielo aguantó a medida que fue acercándose al lugar donde había más profundidad. A continuación se arrodilló y sacó el martillo y el cincel de la bolsa. Cuando golpeó con él, un pequeño fragmento de sangre reseca cayó al hielo. Al rehidratarse, pasó del rojo carmesí oscuro a un rojo brillante. Cuando limpió el martillo en el hielo, dejo un reguero de color rojo. Tenía que limpiar mejor sus herramientas.

Con cada golpe del martillo, el cincel hacía una muesca en el hielo. Recordó la última vez que había utilizado el martillo. No había sido tan comedido ni suave. Sonrió al recordar el momento. Se moría de ganas de volver a hacerlo.

«Qué jodida es la venganza».

Cuando el agujero fue lo bastante grande para que cupiera su sierra para metal, cambió de herramienta. El hielo no era demasiado grueso y apenas tardó unos minutos en ampliar la abertura. El agua turbia del lago se arremolinaba en su superficie. Se puso en pie, giró en círculo y volvió a inspeccionar los alrededores.

No vio más que hielo, árboles y oscuridad.

Perfecto.

A la mayoría de la gente no le gustaba la oscuridad, pero la noche era su momento favorito. Podía hacer cualquier cosa en la oscuridad, todo lo que quisiera. Nadie lo veía.

Volvió al garaje. Tras dejar la bolsa de herramientas, cogió la primera bolsa de lona negra de la esquina. Joder, cómo pesaban los putos cadáveres… Para cuando la sacó por la puerta, le dolía la espalda. Se limpió la frente con un guante, agarró los bordes de la lona y tiró del cuerpo hacia el lago. Se deslizó fácilmente cuesta abajo sobre la nieve. Cuando llegó al lago, logó arrastrar la lona por la superficie del hielo sin apenas esfuerzo.

Una vez al borde del agujero, quitó la cinta adhesiva de la lona. Esta se abrió y dejó al descubierto los restos ensangrentados de un rostro destrozado.

«Ahora ya no tienes una cara tan bonita, ¿a que no?».

Dio una patada al cuerpo y lo vio salir rodando del interior de la lona. Las extremidades desnudas cayeron sobre el hielo, inertes y desmañadas. Le invadió una sensación de satisfacción mientras empujaba el cuerpo hacia el agujero. Este se deslizó bajo la superficie, y una mano teñida de gris trazó un círculo en el aire, casi como si se estuviera despidiendo, antes de hundirse. Los dedos se deslizaron bajo la superficie y desaparecieron.

«Hasta la vista».

Sintió una oleada de orgullo. Ahora sabía de alguien que ya nunca más se follaría a ninguna mujer.

Dos capullos menos, faltaban muchos más.

¿Se hundiría el cuerpo y se quedaría ahí? Lo ideal sería que nadie lo encontrara hasta la primavera, pero aunque lo hallaran antes, daba igual. A él nunca lo habían detenido; nadie la había tomado las huellas dactilares; su ADN no constaba en ningún registro; no había nada que pudiera relacionarlo con los asesinatos.

Se apartó del agujero y recogió su lona. Iba a necesitarla de nuevo.

Capítulo 13

El martes por la mañana, Matt y Greta terminaron su sesión de salir a correr antes de que amaneciera. Luego él se duchó, desayunó, dio de comer a los perros y echó un vistazo a las noticias de la mañana. La cobertura periodística del cuerpo hallado en el lago era superficial. No había ninguna novedad sobre la desaparición de Eli, más allá de que la búsqueda no había arrojado pistas. Bree había hecho una breve declaración el día anterior en la rampa para embarcaciones del lago. Los canales de noticias la repetían en bucle.

Matt se estaba tomando la segunda taza de café cuando le sonó el teléfono.

Bree.

Respondió a la llamada.

—Voy a la oficina de la forense. He pensado que querrías venir.

Matt dejó su taza en el fregadero.

—¿La doctora Jones ha identificado el cuerpo?

—Todavía no, pero va a hacer la autopsia esta mañana.

Pese a lo mucho que detestaba estar presente en las autopsias, Matt sentía que aquella era importante.

—Vale. ¿Quieres que quedemos allí?

—Perfecto. Hasta ahora.

Bree colgó el teléfono.

Matt metió a Greta en su caseta y salió de la casa. El instituto médico-legal estaba en el complejo de edificios municipales, no muy lejos de la comisaría. El todoterreno oficial de Bree ya estaba aparcado en la entrada cuando él llegó. La encontró poniéndose el equipo de protección en la puerta de la sala de autopsias. Tenía la cara tan pálida como la mascarilla que se estaba atando por detrás de la cabeza.

—¿Estás bien?

Matt se puso el mono y los protectores para los pies y cogió una mascarilla.

—Sí —contestó ella apretando los dientes.

A continuación se detuvo, apoyando una mano en la puerta.

—No he estado aquí desde que vi el cadáver de Erin.

—¿Y es absolutamente necesario que estés presente? La doctora Jones te dará un informe.

Matt había estado con ella ese día dos meses antes. Ese día también estaría a su lado. Se acercó, le cogió la mano y se la apretó.

Ella entrelazó los dedos con los de él.

—Sí. Lo sé. Este es mi primer homicidio desde que soy sheriff. Además, tarde o temprano tendré que dar este paso; por qué no darlo hoy…

Respiró profundamente, le soltó la mano y abrió la puerta. Bree nunca tomaba el camino más fácil.

Matt la siguió al interior. La sala principal de autopsias contaba con una mesa de acero inoxidable, armarios y balanzas. A Matt no le afectaban las imágenes ni los olores, sino su propia imaginación. En sus años como investigador había visto la sucesión innumerable de horrores que se podían infligir al cuerpo humano. En el momento en que el olor a formol le llegó a la nariz, los casos del pasado volvieron en un torrente de imágenes sangrientas que estuvieron a punto de provocarle el vómito.

La doctora Jones estaba metida de lleno en la autopsia, inclinada sobre el rostro del cadáver y dictando sus conclusiones para el informe.

Levantó la vista. Alternó la mirada de Bree a Matt y viceversa.

—Sheriff —la saludó la doctora Jones, al tiempo que erguía el cuerpo. Apuntó con el bisturí hacia Matt.

—A usted le conozco.

—Sí. —Matt abrió la boca para decirle que se habían conocido cuando Bree identificó el cuerpo de su hermana, pero Bree lo interrumpió.

—Este es Matt Flynn —dijo—. Fue el perro de Matt el que encontró el cuerpo ayer. Me va a ayudar como investigador criminalista.

La forense pareció quedarse pensativa un momento ante aquella la explicación de su presencia, como si no estuviera del todo satisfecha. Luego señaló a Bree.

—De acuerdo, pero él es su responsabilidad. Si se desmaya y se da un golpe en la cabeza, será cosa suya.

Sintiéndose ligeramente insultado, a Matt le dieron ganas de decir que él no se desmayaba, pero sabía que en el momento en que expresara su masculinidad, probablemente caería de bruces en el suelo.

—Entendido —aceptó Bree.

La doctora Jones se dirigió a Matt.

—La información recogida durante esta autopsia es confidencial. Este hombre es mi paciente y tiene derecho a su intimidad como cualquier persona viva.

—Sí, doctora. He sido investigador del departamento del sheriff —dijo Matt.

No parecía impresionada.

El cuerpo yacía de espaldas, con el pecho seccionado. Le habían practicado una incisión en Y, le habían seccionado el esternón y le habían extraído los órganos internos para examinarlos y pesarlos.

La doctora Jones señaló el cuerpo con su bisturí.

—Se trata del cadáver de un varón de raza blanca. —Señaló un monitor en un ordenador de mesa lateral. En él se veían radiografías del tórax y del hombro—. Los huesos largos tienen extremos redondeados llamados epífisis que se fusionan a medida que el cuerpo va madurando. Esta epífisis clavicular medial está totalmente fusionada. En los hombres, por lo general, eso ocurre alrededor de los veinte años, más o menos. —Volvió a acercarse al cuerpo y señaló las costillas, y luego el peto esternocostal que había retirado—. El extremo esternal de la cuarta costilla es otro buen indicador de la edad. El extremo del esternón empieza siendo redondo, pero con el tiempo se vuelve más picudo e irregular. —Dio un paso atrás y examinó el cuerpo—. El estado general del cuerpo es excelente. Este joven gozaba de buena salud y tenía los músculos bien tonificados. Calculo una edad aproximada de entre dieciocho y treinta años.

—¿Y la hora de la muerte? —preguntó Bree.

—Con los cuerpos sumergidos en agua helada es difícil saberlo. —La forense dejó su bisturí—. Creo que entró en contacto con el agua poco después de morir. —Señaló las manos de la víctima, que tenían un color violáceo—. En un cuerpo que flota en el agua, la lividez se concentra en las manos y los pies porque los cuerpos flotan boca abajo. Una vez que el corazón se detiene, la sangre se acumula en las partes más bajas. En esta víctima, la lividez está totalmente fijada, y el rigor ha aparecido y desaparecido. Normalmente esto significaría que la víctima lleva muerta más de treinta y seis horas, pero el agua fría retrasaría la aparición tanto de la lividez como del *rigor mortis*.

Su mirada recorrió el cuerpo.

—Se aprecia cierta decoloración en el torso por el inicio de la descomposición en los órganos internos, pero no está muy avanzada.

Matt había visto cadáveres que doblaban su tamaño normal debido a la hinchazón.

La doctora consultó su ordenador.

—La estimación más aproximada que puedo dar es de dos a cinco días desde el momento de la muerte.

Bree apoyó una mano en la cadera.

—Hoy es martes. Así que murió entre el jueves y el domingo.

—Correcto —dijo la doctora Jones.

Matt no podía esperar más.

—¿Sabe si es Eli Whitney?

La doctora Jones señaló la cara destrozada.

—Las piezas dentales y la mandíbula del sujeto presentan demasiadas lesiones para poder utilizarlas con fines de identificación o para determinar su edad. Sin embargo, sabemos por los registros médicos que Eli Whitney se rompió el brazo a los ocho años. También tiene una marca de nacimiento del tamaño de un naipe en la parte posterior del hombro. Este cadáver no presenta dicha marca. Las radiografías tampoco muestran ninguna fractura antigua del cúbito. Basándome en estos factores, no creo que este cadáver sea el del señor Whitney.

Matt exhaló el aire que había estado conteniendo. Aunque se sentía aliviado, era muy consciente de que aquel joven era un ser querido para alguien.

—¿Cómo murió?

—Al principio, pensé que por contusión grave. —La doctora Jones se dirigió a la cabecera de la mesa—. La lesión más obvia es en la cara, pero al examinar más de cerca sus heridas faciales, descubrí que le habían disparado.

—¿Alguien le disparó y luego le destrozó la cara a golpes? —quiso aclarar Matt.

—Sí. Extraje dos balas del cráneo. —La doctora Jones señaló un plato de acero inoxidable—. De nueve milímetros.

Matt sintió que sus cejas se arqueaban de golpe.

Se produjo un momento de silencio mientras Matt y Bree asimilaban la extraña noticia. Entonces Bree se aclaró la garganta.

—¿Podría decirnos qué tipo de instrumento se utilizó para infligir las lesiones en la cara?

—He hallado pequeños trozos de metal en las heridas, y el objeto utilizado era pesado y redondo. —La doctora Jones hizo un pequeño círculo con el pulgar y el índice, como haciendo el signo «OK»—. El extremo del objeto con el que le asestaron los golpes era de este tamaño más o menos.

Matt supo al instante qué había utilizado el asesino.

—Un martillo.

—Ese es el objeto más probable —convino la forense. Señaló el cuerpo—. También hemos detectado hematomas en los antebrazos que parecen lesiones defensivas, y había tejido incrustado en las uñas.

—Así que es probable que quien lo haya matado tenga también unos rasguños —señaló Bree.

—Otra cosa extraña que hemos advertido es que lleva la cabeza rapada.

La doctora señaló la cabeza, junto a la cual había una sierra para huesos. La forense Jones aún no había abierto el cráneo para extraer el cerebro. Teniendo en cuenta las lesiones, iba a ser un trabajo aún más sórdido que el habitual. Matt no era aprensivo, pero desde luego esperaba poder irse antes de que eso ocurriera.

—Muchos hombres se afeitan la cabeza. —Bree se acercó a mirar.

—Una vez que lavamos el cuerpo, vimos que el pelo no estaba rapado al cero, sino que lo habían afeitado casi rozando el cuero cabelludo, dejando pequeños mechones de pelo en puntos aleatorios —explicó la doctora Jones—. También encontramos raspaduras donde la maquinilla o el cortapelos le arañaron el cuero cabelludo.

—Así que puede que la víctima se defendiese mientras le afeitaban la cabeza —dijo Matt.

—Posiblemente —convino la forense—. Tal como se dijo en la escena, tenía las manos y los tobillos atados; por la anchura de las heridas, supongo que con bridas de plástico. —La forense hizo una pausa y luego señaló un par de marcas rojas en el brazo de la víctima—. Además, estas pequeñas abrasiones podrían ser fruto de una agresión con una pistola eléctrica.

Bree se inclinó hacia atrás.

—Eso explicaría cómo inmovilizó a la víctima el asesino.

La forense continuó.

—Tengo algunas observaciones más que podrían ayudar a identificar a la víctima: murió una hora después de comer pizza; las radiografías muestran una fractura de tibia antigua y ya curada, y tiene un pequeño tatuaje de un trébol en la parte posterior del omóplato. —Hizo clic con el ratón y sacó una foto del tatuaje.

—Está torcido —dijo Matt.

—La saturación del color es irregular y las líneas no son rectas —añadió Bree. —Es el tipo de tatuaje que se hace un borracho y del que se arrepiente por la mañana. ¿Puede enviarme la foto del tatuaje?

—Sí.

La forense pulsó unas teclas en el ordenador y volvió a la autopsia. Se estaba poniendo otros guantes y cogiendo la sierra para huesos cuando Matt y Bree abandonaron la sala para quitarse el equipo de protección.

Diez minutos después, salieron del instituto de medicina legal. Se detuvieron en la acera. Matt inhaló profundamente para llenarse los pulmones de aire fresco, pero sabía que se iba a pasar el resto del día oliendo el formol y a descomposición.

Bree volvió la cara hacia el sol y cerró los ojos. A las nueve de la mañana, los rayos todavía eran débiles, pero el aire era fresco, y el cielo de un intenso y brillante tono azul como el que, aparentemente, solo se daba en los fríos días de invierno.

—¿Estás bien? —le preguntó él.

—Sí —dijo Bree sin abrir los ojos—. ¿Y tú?

—Sí.

Abrió los ojos y se volvió de espaldas al sol.

—Tengo que repasar el caso con Todd y trazar un plan de acción para la investigación. ¿Puedes venir?

—Ojalá pudiera, pero le prometí a la señora Whitney que iría a hablar con los compañeros de piso de Eli y que me daría una vuelta por la zona donde lo vieron por última vez. Ya sabes que las primeras cuarenta y ocho horas son críticas en los casos de personas desaparecidas.

—Me parece bien —aceptó Bree, pero no parecía contenta.

Matt señaló el instituto forense con el pulgar.

—Tengo que investigar las pistas más evidentes. Si ese de ahí dentro no es Eli, podría seguir vivo.

—Lo entiendo, has dado tu palabra. No querría que faltaras a una promesa. Los casos de personas desaparecidas son difíciles —admitió Bree—. Muchos nunca llegan a resolverse.

Matt se preguntó cuánto tiempo dejaría el jefe de policía de Scarlet Falls que la inspectora Dane siguiera trabajando en el caso de Eli; si Stella no encontraba alguna pista, pasaría a ser un caso más sin resolver y su jefe la retiraría de la investigación.

—Si encuentro algo que tenga relación con tus casos, te llamaré.

—Gracias. Yo haré lo mismo. —Bree se apartó de él—. ¿Hablamos después para ponernos al día?

—Vale.

Matt se la imaginó siguiendo adelante con la investigación de un asesinato… y encontrando al asesino, sola, sin que él estuviera a su lado, y se le heló la sangre.

—¿Bree?

Ella se volvió a mirarlo.

—Ten cuidado.

Capítulo 14

Bree aparcó frente al motel de Alyssa.

Le habría gustado que Matt no hubiera tenido que irse a investigar la desaparición de Eli, aunque respetaba su decisión de ayudar a la familia. Cuando se perdía el rastro de personas adultas, a no ser que hubiera indicios claros de delito, la mayoría de los departamentos de policía no dedicaba mucho tiempo a buscarlas. A menudo, la familia estaba sola.

Bree se las arreglaría, pero no se había dado cuenta hasta entonces de lo mucho que había echado de menos trabajar con Matt. Se percataba de detalles que ella pasaba por alto, era inteligente y nunca le venía con gilipolleces.

Sin embargo, no podía negar que sus sentimientos iban más allá de una simple colaboración profesional. Cada vez que lo veía, se le aceleraba el pulso. Confiaba en él, un honor que concedía a muy pocas personas. Su sentido del humor y su sonrisa fácil tampoco eran factores menores.

Pero no tenía energías para empezar una relación sentimental con él, ¿verdad que no?

Matt ya había dejado claro que estaba interesado, pero ella le había dado largas. Y él no iba a esperar eternamente… Una vocecilla interior le decía que acabaría arrepintiéndose. Esa clase de indecisión no era algo propio de ella. No es que nunca hubiese tenido ninguna relación, aunque no se había sentido lo bastante unida a ningún hombre como para quedarse destrozada después de una ruptura. Ahora, en cambio, ni siquiera había salido con Matt y ya lo echaba de menos.

Por suerte, tenía una montaña abrumadora de trabajo con la que distraerse. Necesitaba trazar una frontera muy firme entre su vida profesional y las relaciones personales. Todas las líneas de Bree se estaban desdibujando, cuando ella prefería que estuviesen claras como el agua.

Salió de su coche. Un vehículo patrulla estaba aparcado frente a la habitación de Alyssa. Bree fue a hablar con el agente que montaba guardia y luego se dirigió a la puerta, que se abrió antes de que tuviera oportunidad de llamar.

—Estaba esperándote. —Alyssa llevaba unos vaqueros de Walmart, una sudadera y unas zapatillas de deporte. Recién lavado y seco, tenía el pelo sano y brillante, de un intenso color castaño oscuro. Sin embargo, aún se le veían ojeras y presentaba unos rasguños recientes en los brazos.

—Lo siento. He tenido que hacer una parada por el camino.

Bree entró en la habitación y cerró la puerta tras ella. Le bastó un vistazo al abrigo sucio y harapiento de Alyssa, colgado sobre el respaldo de la silla, para desear haberle comprado uno nuevo o haberse llevado ese a casa para lavarlo.

—Puedes quedarte hoy aquí en el motel con un ayudante de guardia en la puerta, o venir a comisaría y estar allí.

—¿Estarás tú en la comisaría?

—En algunos momentos, sí. Marge estará allí todo el día.

—Vale. Me voy allí. —Alyssa cogió su abrigo sucio—. ¿Cuándo podré recuperar mi mochila y mi 4Runner?

Bree se había olvidado del coche por completo. No es que tuviera ninguna intención de dejar escapar a Alyssa todavía, pero sin pruebas que la implicaran en un delito, tampoco podía retenerla.

—Llamaré a los técnicos de la científica y les preguntaré cómo van con el proceso —dijo Bree, dándole largas.

Aquella respuesta vaga pareció satisfacer a Alyssa, quien se puso el abrigo y salió por la puerta con paso decidido.

Bree dejó a Alyssa el asiento trasero de su todoterreno y se puso al volante.

—¿Tienes hambre?

—No mucha, la verdad.

Miró a la chica por el espejo retrovisor.

—Puedes pedir comida para llevar en la cafetería. Lo que quieras: tortitas, gofres, huevos, una hamburguesa…

—Vale.

O bien a Alyssa le daba lo mismo, o no estaba acostumbrada a comer tres veces al día.

Una vez en comisaría, Bree dejó a la chica en la sala de reuniones con la carta de la cafetería y entró en su despacho.

Marge entró y le dejó una taza de café sobre el escritorio.

—Buenos días.

—Buenos días. Pide para Alyssa lo que quiera para desayunar. —Bree se sentó y cogió el café—. ¿Qué vamos a hacer con ella todo el día?

—Le dejaré mi iPad y hoy puede pasarse el día viendo películas, pero no puedes retenerla aquí para siempre.

—Lo sé, pero tampoco puedo dejar que se vaya. O es una testigo y posiblemente su vida corre peligro, o tiene un trastorno psicológico. Sea como sea, ¿adónde iría? En la calle la temperatura es de dos grados bajo cero.

Marge se puso a juguetear con las gafas de lectura que llevaba colgando del cuello.

—¿Y qué me dices de alguna de esas prácticas remuneradas de la universidad? Tal vez haya alguna vacante en algún programa de trabajo y estudios y podamos ayudarla a entrar.

—Es muy buena idea. Necesita algo que vaya acompañado de un sitio donde vivir. Es casi imposible conseguir un trabajo sin tener domicilio fijo.

—Así es; además, cuando le caduque el permiso de conducir no se lo renovarán.

—Necesitas un documento de identidad para conseguir un documento de identidad —señaló Bree.

—Algunos albergues para personas sin hogar permiten a sus residentes recibir allí el correo postal y que usen sus direcciones.

—Alyssa me ha dicho que no piensa volver a un albergue.

Marge frunció el ceño.

—Ya pensaré algo. Mientras tanto, le daré de comer.

—Gracias —dijo Bree mientras la administrativa salía del despacho.

Marge llevaba más tiempo en el departamento del sheriff que cualquier otra persona de la comisaría. Si había alguna manera de solventar un problema, la encontraría.

Todd se cruzó con Marge al entrar en el despacho, con una carpeta bajo el brazo.

—¿Tienes un momento? —le preguntó a Bree.

—Sí —dijo ella, señalando la puerta.

Todd la cerró y se desplomó en una silla.

—He comprobado los antecedentes de Alyssa. Su última dirección, la muerte de su padre, su desahucio… lo he corroborado todo. —Hojeó unas cuantas páginas—. Sus huellas dactilares estaban en la base de datos del sistema, así que también he confirmado su identidad.

—¿Tiene antecedentes? —preguntó Bree, sorprendida.

—La detuvieron por un hurto en una tienda el verano pasado. Retiraron los cargos y salió en libertad.

—¿Qué fue lo que robó?

Todd examinó sus papeles.

—Mantequilla de cacahuete y pan.

Bree suspiró.

—¿Esa es su única detención?

—Sí. —El hombre levantó la vista—. Ningún delito relacionado con drogas. Además, no tiene cuentas activas en redes sociales. Hace dos años publicaba regularmente en Instagram, pero supongo que luego, al no tener wifi, ordenador ni luz, eso le puso difícil seguir subiendo historias.

—¿Y su teléfono?

—Solo lo usaba para comunicarse con el trabajo y con otro número. Dijo que era el de Harper. También parece estar asociado a una cuenta de prepago.

—¿Cuál es el número? —Bree cogió su teléfono y marcó. La llamada fue directamente al buzón de voz—. Es el saludo automatizado que viene con la cuenta. Esperaba oír una voz femenina que al menos avalase la existencia de Harper Scott.

—En cuanto a esta, no he podido encontrarla en ninguna parte. —Todd buscó en la parte del fondo de su carpeta—. He encontrado a una médica de cincuenta años, a una cantante de cuarenta y dos y a una contable con ese nombre, pero ninguna mujer blanca de diecinueve. He buscado en los registros de vehículos de Nueva York, Pensilvania y Nueva Jersey. Tampoco hay antecedentes penales de Harper Scott en ninguno de esos tres estados.

Bree se recostó hacia atrás y la silla nueva chirrió.

Todd continuó.

—Hay una empresa de limpieza, Master Clean, con sede en el polígono industrial de Meadows, en la intersección de la 51 y Evergreen Road. No les consta ninguna empleada con el nombre de Harper Scott ni nadie que se ajuste a su descripción general. El director de la oficina dijo que no tienen ninguna trabajadora menor de treinta años. Llamé a otras empresas locales de limpieza. Ni rastro de una Harper Scott que trabaje en ninguna de ellas.

—¿Has buscado entre las personas desaparecidas? —le preguntó Bree.

—He indagado en los registros de personas a las que se busca y de personas desaparecidas por nombre y descripción física, por si Harper Scott no es su verdadero nombre. No la he encontrado. — Todd hizo una pausa para respirar y examinó sus horrorosos zapatos negros del uniforme—. Hay quien cree que Alyssa se la ha inventado, que no hubo ningún disparo.

«¿Rogers?».

Bree no le pidió los nombres. Agradecía que Todd fuera sincero con ella; obligarlo a delatar a compañeros concretos no lo animaría a seguir siéndolo.

—¿Cómo explican lo de los casquillos de bala?

—Pudo colocarlos ella misma. —Encogió un hombro.

—¿Y tú qué crees? —le preguntó Bree.

—Creo que es demasiado pronto para aventurarse a emitir un juicio.

—Sabia decisión —dijo Bree—. Todavía estamos en la fase de recopilación de pruebas. Necesitamos más hechos antes de empezar a formular teorías que se sostengan. ¿Tenemos ya algo de la científica?

—La lista de pruebas.

Todd sacó una hoja de su carpeta y se la dio a Bree, que le echó un vistazo.

—No había ninguna huella dactilar apta para su análisis en los casquillos de bala —dijo Todd.

—¡Maldita sea! —exclamó Bree—. Ya sabía yo que era mucho esperar. —Extraer huellas de casquillos usados era un reto debido a la fricción y el calor que sufría la bala durante el proceso de disparo—. Pensaba que tal vez tendríamos algo de suerte.

—Tampoco han tenido mucha para extraer huellas del interior de la cabaña. Gran parte de los rastros que recuperaron no eran de buena calidad. Demasiado borrosos. Están procesando lo que tienen, pero muchas de las superficies estaban muy limpias, demasiado dadas las circunstancias. El técnico cree que tal vez las limpiaron con algún producto muy potente.

La mayoría de las huellas dactilares extraídas de las escenas de un crimen eran de baja calidad, así que aquello no era del todo extraño. Lo que sí era extraño era que las personas sin hogar que ocupaban un lugar lo tuvieran tan limpio.

Bree visualizó la cocina de la cabaña.

—Había algunos productos de limpieza básicos bajo el fregadero. Los trapos de limpieza estaban húmedos y olían al limpiador en espray.

—¿A las chicas les gustaba tenerlo todo limpio o eliminaron sus huellas a propósito?

—Según Alyssa, Harper limpia a menudo, pero no sabemos por qué. Continúa en contacto con el laboratorio, por favor.

Las escenas de un crimen en espacios abiertos arrojaban una cantidad ingente de indicios que había que clasificar, y los recursos del condado de Randolph eran limitados. Los técnicos ya estaban sobrepasados teniendo que procesar dos escenas muy extensas.

—Sí, jefa. —Todd se levantó—. ¿Qué hay del cadáver?

Bree le resumió el informe inicial de la médica forense.

—Quienquiera que haya matado a la víctima se ensañó con ella, lo que suele significar que el asesinato tuvo una motivación personal. Hasta que la forense no identifique a la víctima, será difícil encontrar al asesino.

—¿Y ahora qué? —preguntó Todd.

—Investiga si se ha producido algún homicidio similar en la zona.

—No deberíamos tardar mucho en averiguar si ha habido otras víctimas a quienes les hayan disparado en la cara y luego se la hayan machacado con un martillo —señaló Todd.

Alguien subió la calefacción y el aire caliente envolvió a Bree. Normalmente, la sheriff pasaba mucho frío en su despacho, pero ese día estaba sudorosa y acalorada. Tenía hambre, sed y estaba cansada. Por culpa de la visita a la oficina de la forense, se había saltado el desayuno. Notó que el sudor le resbalaba entre los omóplatos. La pila de papeles de su escritorio le resultaba claustrofóbica. Se le hizo un nudo en la garganta, como si de pronto se sintiera asfixiada por la responsabilidad.

Había vivido sola desde que se graduó de la academia de policía. Ahora, vivía con dos niños y con Dana. Los quería con toda su alma, pero el cambio había supuesto un trastorno importante. Siempre había alguien que reclamaba su atención, y como Kayla se metía en su cama todas las noches, Bree ni siquiera disponía de esas horas para recuperar energías. Además, su despacho era un desfile constante de empleados del condado.

Necesitaba estar sola diez minutos, a ser posible fuera de la oficina, en un lugar tranquilo donde pudiera pensar. El teléfono le vibró con la llegada de un correo electrónico. El propietario del camping Grey Lake estaba allí. Bree contestó al mensaje de correo, diciéndole que iba de camino.

Se levantó y se puso la chaqueta.

—Avísame si hay novedades.

No podía hacer nada con respecto a su agotamiento físico, pero podía comprar agua y algo de comer por el camino. El aire fresco tampoco le vendría mal.

—¿Dónde vas a estar? —le preguntó Todd.

—En el camping Grey Lake. —Bree se dirigió a su puerta—. Quiero volver a echar un vistazo al lugar de los hechos, tanto en la cabaña como en la rampa para embarcaciones.

No se podía quitar de encima la sensación de que se le escapaba algo.

Capítulo 15

Matt estuvo dos horas recorriendo la calle Oak, llamando a todas las puertas y preguntando a los vecinos si se acordaban de la fiesta del sábado anterior. Les enseñó la foto de Eli, pero nadie lo reconoció.

Fue con el coche al otro extremo del campus, a la casa que Eli compartía con sus compañeros. Al igual que los del resto de la zona, el edificio era la típica vivienda de estudiantes: vieja, destartalada y con lo absolutamente mínimo imprescindible. Aparcó delante y enfiló hacia el camino delantero de entrada. Unos vasos de plástico rojos estaban tirados sobre el césped cubierto de nieve. Matt subió los escalones del porche. A la barandilla le faltaban barrotes y había un sofá tapizado bajo una ventana en la esquina.

La vieja casa estaba dividida en tres apartamentos pequeños, uno en cada planta. Eli y sus amigos vivían en el de abajo. Matt llamó a la puerta. Nadie respondió, pero oyó música dentro. Volvió a llamar, más fuerte esta vez.

—Ya voy…

Abrió la puerta un chico rubio en chándal y con el pelo muy alborotado, como recién levantado de la cama.

Matt se presentó.

—Estoy buscando a Eli. Soy un amigo de su abuela.

—Mierda. Sí. Adelante. —El chico rubio dio un paso atrás—. Soy Christian.

Al abrirse del todo, la puerta principal daba paso a una salita de estar. El suelo de madera estaba muy gastado y a todo el piso en sí le hacía falta una buena mano de pintura. Christian le indicó el camino hacia una cocina minúscula. Salvo por una pila de cajas de pizza, las superficies estaban casi limpias. Un enorme charco de agua manchaba el suelo del otro lado de la habitación, y los armarios estaban desconchados, pero el piso estaba mejor que el cuchitril donde había vivido Matt cuando iba a la universidad.

—Tengo té, pero no café. —Christian llenó una tetera y encendió el fogón.

—No quiero nada, gracias. —Matt se volvió y se apoyó en la encimera—. Estoy aquí porque la señora Whitney está preocupada por Eli.

—Sí. Nos ha llamado unas cuantas veces.

—No pareces preocupado.

Christian encogió un hombro.

—Solo han pasado un par de días.

—¿Dónde crees que está?

—Con una chica, espero. —Christian se echó a reír—. En serio, la señora Whitney me cae genial. Es una viejecita entrañable, pero también se pone un poco paranoica con Eli.

—Ha perdido a casi toda su familia.

—Lo sé, y por eso los otros chicos y yo vamos a veces a verla. Bueno, por eso y por ese asado tan rico que hace.

—Su abuela dice que Eli la habría llamado para avisarla de que no iba a ir a cenar el domingo.

—Y tal vez la llamó. Cuando se quita el audífono, la mujer no oye nada.

Matt se preguntó si no sería por eso también por lo que la señora Whitney no había oído la llamada de la inspectora Dane.

—¿Puedo echar un vistazo a la habitación de Eli? —preguntó Matt.

Christian frunció el ceño.

—Me parece que no puedo dejarle entrar ahí sin su permiso.

—Pero es que está desaparecido —dijo Matt.

—Puede ser.

—¿Y si le digo a la señora Whitney que te llame?

—Oiga, lo siento. —Christian negó con la cabeza—. Le digo lo mismo que le dije a la inspectora. Si Eli está por ahí con alguna pava o algo, se cabrearía un huevo conmigo por haber dejado que un tío al que no conozco de nada le registrara la habitación.

—¿No dejaste entrar a la inspectora? —Matt entendía que no le dejara entrar a él; al fin y al cabo no tenía placa. Uno de los problemas de no ser policía era que no tenía ninguna autoridad. Cuanto antes le diera Bree sus credenciales, mejor. Una inspectora de la policía, en cambio, era otra cosa muy distinta, y la negativa de Christian a colaborar despertó las sospechas de Matt.

—No traía ninguna orden ni nada. —Christian arqueó y bajó el hombro—. Abrí la puerta para que pudiera ver que Eli no estaba allí. Es una habitación pequeña. Pero no dejé que tocara sus cosas.

Sin indicios evidentes de que se tratara de una desaparición sospechosa, la inspectora iba a tener serias dificultades para convencer a un juez de que necesitaba una orden de registro. El hecho de que alguien no hubiese llamado a su abuela para avisarla de que no iba a ir a cenar no era razón suficiente. Sin embargo, a Matt la actitud de aquel chico seguía pareciéndole desconcertante. ¿Estaba protegiendo los intereses de su amigo? ¿O los suyos propios? ¿Tenía Christian algo que ver con la desaparición de Eli?

Matt lo dejó estar. Por el momento.

—Háblame de la noche del sábado. ¿A qué hora se fue Eli?

—Todo eso ya se lo conté a la inspectora. —Christian sacó una caja de bolsas de té del armario—. En algún momento alrededor de las diez. Cogió un coche compartido, así que en algún sitio tendría que haber un registro de la hora en que lo recogieron. La inspectora tiene su teléfono. —Christian frunció el ceño—. Se suponía que íbamos a ir juntos a la fiesta, pero yo estuve enfermo toda la semana. Lo último que me apetecía era salir de noche.

—Así que se fue solo. ¿Y eso es propio de él?

Christian echó una bolsa de té en una taza.

—Eli no es nada tímido, y últimamente le gustaba una chica, Sariah Scott. Ella lo rechazó, así que necesitaba salir para desahogarse un poco.

La historia de Christian era coherente con lo que le había contado a Stella Dane, pero Matt seguía pensando que había algo raro en el compañero de piso. Si alguno de los amigos de Matt llevara varios días sin dar señales de vida, él estaría preocupado.

Otro estudiante entró en la cocina, arrastrando los pies con aire cansado. Llevaba un pijama de franela, una sudadera universitaria y unas zapatillas de borreguillo llenas de agujeros. Su pelo castaño aparecía levantado por un lado de la cabeza.

Christian le hizo un gesto con el pulgar y le presentó a Matt.

—Es un amigo de la señora Whitney que está buscando a Eli. Este es Dustin.

—Hola. —Dustin tampoco parecía preocupado por su compañero de piso.

—Hola —dijo Matt—. ¿Viste a Eli el sábado por la noche?

—Lo vi antes. —Dustin se dirigió al armario a por una caja de cereales. Llenó un bol y cruzó la habitación hasta la nevera—. Pero esa noche la pasé en casa de mi novia.

—¿Te quedas en su casa a menudo? —preguntó Matt.

Dustin señaló la mancha de agua del suelo.

—Desde que se estropeó el calentador la semana pasada, sí. El cabrón del casero lo ha desconectado, pero todavía no nos lo ha cambiado por otro. Es un tacaño de mierda.

—Tenéis otro compañero de piso, ¿verdad? —Matt miró a su alrededor.

—Sí. Brian. —Dustin se roció los cereales con leche de almendras—. Fue a ver a su madre por su cumpleaños.

—¿Cuándo se fue? —preguntó Matt.

—No sé. —Dustin sacó una cuchara de un cajón—. ¿El martes pasado, puede ser?

—Sí, creo que sí —coincidió Christian.

—¿Y no está faltando a las clases? —preguntó Matt.

—Sí, pero su madre vive cerca. Podría ir y venir desde su casa si quisiera.

Matt siguió insistiendo. No podía creer que aquellos chavales no estuvieran preocupados por Eli, por no hablar de Brian.

—¿Y Brian había hecho algo así alguna vez?

—No —admitió Christian—, pero tampoco habíamos tenido que ducharnos con agua fría hasta ahora.

En ese momento, Dustin y Christian compartieron una mirada cómplice, como diciendo: «Hay que decírselo», una mirada que a Matt le erizó el vello de la nuca.

Dejó que se miraran el uno al otro durante unos segundos. La mayoría de la gente no soporta los silencios prolongados y habla para llenarlos. El silbido de la tetera al fuego pareció interrumpir el momento.

Christian se sirvió agua caliente en su taza.

—Eli y Brian se pelearon la semana pasada. Brian dijo que necesitaba espacio.

Matt se preguntó si los chicos le habían ocultado esa información a la inspectora Dane o si ella se la había ocultado a él.

—Pero lleva una semana fuera. ¿No habéis sabido nada de él?

—No. —Dustin negó con la cabeza y se llevó una cucharada de cereales a la boca—. Pero Brian se puso un poco nervioso después de la pelea.

—¿Por qué se pelearon? —preguntó Matt.

Dustin tragó saliva.

—A Brian también le gusta Sariah.

Menudo cliché: se habían peleado por una chica.

Matt suspiró.

—¿Y a Sariah quién le gusta?

—No sé. —El tono de Christian sugería que no había pensado demasiado en eso.

—¿Ha salido con alguno de ellos? —preguntó Matt.

—No. —Dustin dejó su cuchara en el bol—. A Eli le gusta mucho, pero Brian tiene más posibilidades con ella. Eli dijo que Brian se estaba poniendo muy borde con el tema.

Matt se cruzó de brazos.

—¿Y por qué tiene Brian más posibilidades?

—Pues porque es Brian —dijo Christian, como si fuera una obviedad—. Él tiene más rollos que el resto de nosotros juntos.

Matt siguió indagando.

—¿Habéis intentado poneros en contacto con él?

—No. También estaba cabreado con nosotros. Pensé que volvería cuando se le pasara el cabreo.

Dustin se terminó los cereales, lavó el bol y lo dejó en el escurridor. La cocina no tenía lavavajillas.

La señora Whitney le había dado a Matt el número de Brian. Lo llamó en ese momento, pero le saltó directamente el buzón de voz:

«Soy Brian. Deja tu mensaje. Mejor aún, mándame un mensaje de texto».

Matt colgó. Luego se volvió hacia Dustin y Christian.

—¿Por qué se enfadó Brian con vosotros dos?

Christian tiró la bolsa del té en el cubo de la basura.

—A nosotros también nos parecía que se estaba poniendo muy borde y que debería dejar en paz a Sariah para que se quedase con Eli.

Matt pensó que lo suyo sería que fuera la propia Sariah la que decidiera con quién quería salir, pero se guardó su opinión.

—¿Tienes los números de teléfono de los padres de Brian?

—Solo está su madre, pero sí. Vive en Scarlet Falls. Brian es de allí.

Christian cogió un teléfono de la encimera y le leyó el número en voz alta.

—¿Tiene más familia? —preguntó Matt.

—No, que nosotros sepamos. No se habla con su padre y no tiene hermanos.

Matt introdujo el número de la señora O'Neil en su teléfono.

—¿Hay algo más que pueda ayudarme a encontrar a Eli?

Los dos chicos negaron con la cabeza.

—Ya aparecerá —dijo Christian.

Dustin asintió.

—¿Tenéis alguna foto de Brian? —preguntó Matt.

—Claro. Se la paso ahora por AirDrop.

Christian pulsó un botón de su teléfono.

Matt abrió sus fotos y aceptó la imagen. Brian O'Neil tenía un físico atlético, con el pelo rubio oscuro y una dentadura perfecta.

—Gracias. Si se os ocurre algo más, llamadme. —Matt dio a Christian sus datos de contacto—. Os agradezco la ayuda.

—No hay de qué.

Christian lo acompañó hasta la puerta.

De vuelta a su todoterreno, Matt llamó a la madre de Brian. Le saltó el buzón de voz y Matt dejó un mensaje.

—Hola, señora O'Neil. Soy un amigo de Eli Whitney, uno de los compañeros de su hijo. Estoy intentando ponerme en contacto con Brian. Por favor, llámeme. —Matt dejó su nombre y número.

Acababa de colgar cuando le sonó el teléfono, que todavía llevaba en la mano. El número de la señora O'Neil apareció en la pantalla.

—¿Sí? —respondió.

—Hola, soy Sandra O'Neil. ¿En qué puedo ayudarle?

—Estoy buscando a Brian. Espero que él pueda ayudarme a encontrar a su compañero de piso, Eli Whitney, que ha desaparecido.

—Vaya… —exclamó la señora O'Neil.

—Christian y Dustin me han dicho que Brian está con usted.

Transcurrieron dos segundos de silencio y luego la señora O'Neil dijo:

—Brian estuvo aquí la semana pasada, pero volvió a la universidad el viernes.

A Matt se le heló la sangre. Nadie había hablado con Brian desde el viernes anterior, y de eso hacía cuatro días. ¿Dónde estaba?

—¿Ha hablado con él desde entonces?

—No, pero voy a llamarle ahora mismo. —El miedo le tensó la voz—. Más vale que esto no sea algún timo o una broma de mal gusto.

—No, señora —le aseguró Matt—. Después de llamar al número de Brian, puede llamar a la inspectora Stella Dane, del departamento de policía de Scarlet Falls.

La mujer cortó la comunicación. La señora O'Neil informaría a la inspectora Dane de que Brian había desaparecido. Matt llamó a Bree, pero le salió el buzón de voz. Frustrado, le dejó un mensaje.

Puso en marcha el motor. Necesitaba encontrar a Bree. Cuando no le respondió al móvil por segunda vez, no le dejó otro mensaje. Quería verla en persona.

Tenía que admitirlo: solo quería verla. Llamó a la comisaría del sheriff. Marge sabría dónde estaba Bree.

No podía ser una coincidencia que tanto Eli como Brian estuvieran desaparecidos y que hubiera aparecido un cadáver. Según Christian y Dustin, Brian y Eli habían discutido. ¿Tenía Brian algo que ver con la desaparición de Eli?

Por otra parte, a Matt le pareció que tanto Christian como Dustin estaban inexplicablemente tranquilos. Quizá eran ellos los que mentían.

Capítulo 16

Bree dobló con el coche hacia la entrada del camping Grey Lake. El lago apareció en un recodo de la carretera. Se detuvo, salió del todoterreno y se paró quince minutos para almorzar un bocadillo de verduras a la brasa y ver cómo relucía el sol sobre el hielo. Al fin con algo de comida en el estómago, se dirigió a la oficina del camping.

Un hombre le abrió la puerta.

—Soy Phil Dunlop. —Llevaba una mano vendada con venda elástica, apretándosela contra el pecho, como si la estuviera protegiendo—. Lo siento, pero no puedo estrecharle la mano. —Dio un paso atrás y aguantó la puerta después de abrirla más—. Pase, por favor, sheriff.

Phil llevaba vaqueros y una camisa de franela a cuadros con una camiseta térmica debajo. El pelo gris del pecho le asomaba por la parte superior del cuello redondo y la barba le cubría las mejillas. Tenía unos cincuenta años y estaba en forma, con un bronceado perenne que sugería que pasaba todo el año al aire libre. Sus botas de montaña habían caminado muchos kilómetros.

—¿Qué le ha pasado? —Bree le miró la mano. ¿Era una coincidencia que se hubiera herido la misma mano en la que el tirador tenía una marca?

—Esta mañana me he resbalado en el hielo y me he caído justo encima de la mano.

—¿Y le ha visto un médico?

Bree no pudo evitar preguntarse si estaba realmente herido o si estaba usando la venda para taparse la marca.

—No. No creo que me haya roto nada.

Bree escudriñó la cabaña. La distribución del pequeño edificio era igual a la de la cabaña número veinte. Un mostrador de recepción ocupaba lo que se suponía que era la sala de estar, pero la cocina estaba completamente equipada y, a través de una puerta entreabierta, se veía una cama doble.

—¿Vive alguien aquí? —preguntó.

—Solo en verano —dijo Phil—. A diferencia del resto de las cabañas, esta tiene calefacción y agua en invierno. El encargado se instala antes de que el camping abra al público y se queda hasta el cierre en otoño. Pero no vale la pena pagar a alguien para que cuide un camping vacío todo el invierno. —Sacudió la cabeza—. O al menos eso era antes. Ahora tal vez sí que tendría sentido contratar a alguien para disuadir a los vagabundos y que no haya enfrentamientos con disparos, desde luego.

—¿Vive aquí durante la temporada?

—No. Suelo contratar a un chico. Tengo una casa en el lago, pero estoy aquí todos los días cuando el camping está abierto.

Bree le mostró la foto del carnet de conducir de Alyssa que llevaba en el teléfono.

—¿La reconoce?

El hombre entrecerró los ojos para mirar la imagen.

—Me resulta familiar. Creo que estuvo en el camping el verano pasado. No alquiló una cabaña, sino una parcela para instalar una tienda de campaña. ¿Es ella la chica que estaba ocupando la cabaña veinte?

—Sí. ¿Recuerda si tuvo algún problema con ella cuando se alojó aquí?

—No. —Se dirigió al escritorio, se sentó y abrió un ordenador portátil ultrafino. Protegiéndose la mano todavía, tocó una tecla y el ordenador cobró vida—. Me he traído mis registros por si los necesitaba.

—Gracias.

—¿Cómo se llama? —Dejó la mano suspendida sobre el teclado.

—Alyssa Vincent.

Dio unos toques sobre el ratón táctil y luego se desplazó por él.

—Aquí está. Alquiló una parcela para toda la temporada. Pagaba en efectivo al principio de cada semana.

—Es la chica que denunció el tiroteo la madrugada del lunes.

—¿Y ya saben a quién le dispararon? —preguntó Phil.

—No. No hemos encontrado al autor de los disparos ni a la víctima —contestó Bree.

—Qué raro… —El hombre se rascó la barriga y cerró el portátil.

A continuación, Bree le mostró dos imágenes copiadas de la cinta de seguridad de Walmart. En la primera aparecía la parte inferior de la cara del hombre que, según Alyssa, había disparado la pistola. Bree comparó la foto con Phil, pero su vello facial le oscurecía toda la barbilla. La segunda foto era un primer plano de la marca de su mano.

—¿Este hombre le resulta familiar?

Phil se levantó de la silla, se acercó y se inclinó sobre el teléfono.

—No lo sé; no se le ve la cara.

—¿Y esto? —Bree señaló la marca roja con la forma del estado de Texas en la mano del hombre—. ¿La había visto antes?

Phil negó con la cabeza.

—Lo siento. No.

—Ha dicho que vive en el lago. ¿Oyó el ruido de un disparo ayer por la mañana, antes del amanecer?

—No. —Bajó la mano vendada y la dejó a su lado—. ¿Cuándo van a retirar la cinta policial de la zona de las cabañas?

—¿Necesita entrar en ellas por alguna razón?

—No. —Empezó a rascar con la uña el borde de la venda—. Solo quería ver los daños. No es la primera vez que tenemos *okupas*. A veces hacen destrozos y lo dejan todo hecho un asco.

—No, la verdad es que las chicas lo tenían todo muy limpio —le aseguró Bree—. En la cabaña solo hay algunos residuos de polvo que hemos empleado para el levantamiento de huellas dactilares.

—¿Está segura? —insistió él—. Porque si ha habido daños, necesitaré tiempo para repararlos antes de que empiece la temporada.

—Ahora voy a echar otro vistazo a las cabañas —le informó Bree—. Intentaremos dejar accesibles las escenas dentro de uno o dos días.

—Gracias —dijo, pero no parecía contento.

—¿Pasa algo, señor Dunlop?

Bajó la mirada y se quedó escudriñando su mano durante unos segundos.

—Sinceramente, espero que las noticias sobre el tiroteo en las instalaciones y sobre ese cadáver que han encontrado cerca no afecten al negocio. La temporada de camping es muy corta. No puedo permitirme perder clientes.

—Todavía le quedan unos meses por delante. —A Bree le dieron ganas de reprocharle que se preocupara más por el dinero que por la muerte de un hombre, pero no sabía cuántos ingresos generaba el camping. ¿Tenía Phil problemas económicos?

—Sí. —Pero no parecía muy convencido. Se tiró el vendaje de la zona de los nudillos hacia abajo.

—Gracias por su tiempo.

Bree salió de la oficina. En su vehículo, confirmó que el F-150 aparcado detrás de la cabaña era el único vehículo registrado a nombre de Phil.

Luego condujo de vuelta a la cabaña veinte. Permaneció sentada en el coche bebiéndose los últimos restos del café y observando los alrededores. El sol brillaba en la nieve y se veía el lago reluciente entre los árboles. Era un lugar bonito y tranquilo, tal como había dicho Phil. Tal vez tenía que empezar a acampar.

Phil. No sabía qué pensar de él. La mano vendada parecía una coincidencia increíble, y parecía en extremo preocupado por un par de cabañas que normalmente no visitaba en todo el invierno, aun después de que Bree le dijera que no había habido daños de ninguna clase.

Le envió a Todd un mensaje pidiéndole que hiciera una comprobación completa de los antecedentes de Phil Dunlop.

Salió del coche. Ese día el aire no era tan frío, y la nieve empezaba a derretirse en algunas zonas de hierba donde daba el sol. Se dirigió a la puerta principal y entró. De pie junto a la ventana que daba al porche trasero, se imaginó a Alyssa en ese mismo lugar, en la oscuridad, viendo una sombra en la nieve y pensando que era la chica que le había robado la cartera y las llaves de su coche.

Salió por la puerta trasera, bajó los escalones y atravesó el jardín de la parte de atrás. Cuando llegó a los árboles, se detuvo en el lugar donde Alyssa había presenciado los disparos. El hombre estaba entre los árboles, a unos seis metros de distancia, situado de perfil hacia Alyssa. Había levantado el brazo y había disparado.

Bree se estremeció como si estuviera oyendo el estampido en ese preciso instante. Quizá tenía una imaginación demasiado vívida. Se dirigió al lugar donde Alyssa dijo que Harper estaba de pie cuando había caído al suelo. Sin embargo, no habían encontrado sangre en la nieve.

Bree visualizó a Alyssa huyendo de allí. ¿Por qué el tirador no la había perseguido? Tal vez había optado por llevarse de allí el cadáver, en lugar de salir corriendo tras ella. Sin un cadáver, era casi imposible demostrar que se había producido un asesinato. Bree se imaginó al tirador cargando el cuerpo inerte de Harper sobre sus hombros y llevándola por el lago helado hasta la rampa para embarcaciones, donde la introdujo en su vehículo y se marchó.

¿Estaba viva o muerta?

¿Habría limpiado el asesino la sangre de alguna manera? Tal vez el abrigo de invierno de la chica la había absorbido.

Bree se volvió, ensimismada en sus pensamientos. Su reconstrucción mental de los hechos la situó detrás de la cabaña diecinueve. Algo se movió en la ventana. Bree miró para ver si el movimiento se repetía, pero lo único que distinguió fue el reflejo de los árboles estremeciéndose en el viento. Se dirigió a la cabaña y subió los escalones traseros hasta el porche.

Se puso a un lado y probó el picaporte. Este giró en su mano. Sintió un escalofrío en la nuca.

«Esto debería estar cerrado con llave, ¿no?».

Metió la mano en el interior de su chaqueta y desenfundó su arma mientras empujaba la puerta. Esta se abrió de golpe. Bree aguzó el oído, pero no oyó nada. A través del hueco, vio la mitad de la zona de la sala de estar. El interior era casi exactamente igual que el de la cabaña veinte. Como no vio a nadie, Bree cruzó el umbral.

Oyó un fuerte golpe. La puerta se abalanzó sobre ella, tirándola de espaldas. Su pistola salió volando de su mano hacia la nieve. Un cuerpo muy voluminoso se le acercó, y Bree memorizó automáticamente su aspecto físico mientras se preparaba para defenderse. Era un hombre, de unos dos metros de altura, que llevaba un abrigo oscuro, un pasamontañas y guantes de invierno.

Bajando la cabeza, la embistió como un toro. A continuación extendió las manos, tratando de atraparle las rodillas, pero Bree se apartó de golpe para esquivarlo. Él arremetió con el hombro contra sus costillas, pero Bree llevó las manos a la parte superior de su espalda y empujó con todas sus fuerzas. Con el peso de su cuerpo hacia delante y los brazos extendidos, el hombre no tenía ningún lugar al que aferrarse y cayó de bruces en el suelo.

Bree echó mano de las esposas que llevaba colgadas del cinturón, pero antes de que pudiera colocárselas en las muñecas, él le agarró el tobillo y tiró. Bree saltó por los aires y cayó de espaldas. Todo el aire de sus pulmones se vació de golpe con un doloroso silbido. Algo la apuñaló en la parte posterior del hombro y se golpeó la cabeza en el suelo con tal fuerza que fue como si las ramas desnudas de los árboles empezasen a dar vueltas.

El hombre se quitó los guantes y saltó encima de ella, sentándose a horcajadas sobre su pecho. Le rodeó la garganta con las manos y apretó. La presión la dejó sin respiración. Cada vez lo veía todo más borroso, con imágenes difusas de una sucesión de puntos, y se mareó al instante. El miedo se abrió paso entre el aturdimiento, y sintió que su capacidad visual y auditiva iban atenuándose poco a poco. Estaba a unos segundos de desmayarse y quedar a su completa merced.

La vista se le nubló por completo. En un último y desesperado movimiento, apartó uno de los dedos del hombre de su cuello y se lo dobló hacia atrás con fuerza. Él se zafó de ella antes de que le rompiera el dedo, momento que Bree aprovechó para agarrarlo de la manga, empujarlo hacia un lado y tratar de quitárselo de encima. Él extendió los brazos a ambos lados del cuerpo para mantener el equilibrio. Acercó la cara aún más a ella. Bree apretó los brazos contra el cuerpo para coger impulso y se fijó su garganta como objetivo. Le golpeó la tráquea con el puño y el hombre emitió un gemido de asfixia. Se le movió el pasamontañas y Bree abrió la mano para arrastrar las uñas por la piel de la base del cuello. Mientras él tosía y le daban arcadas, Bree lo agarró de la manga, dio una sacudida y se lo quitó de encima. Lo último que vio antes de que el agresor se pusiera en pie fue una enorme mancha roja en el dorso de la mano.

Tenía la forma del estado de Texas.

Se oyó el ruido de un motor y el hombre volvió la cabeza. Entonces recogió sus guantes, salió corriendo hacia los árboles y desapareció mientras Bree parpadeaba para despejarse la vista.

Mareada aún, empezó a dar sacudidas en el suelo como un pez moribundo, barriendo con la mano la nieve húmeda. Tenía que detenerlo. ¿Dónde estaba su pistola? Se sentó y estuvo a punto de vomitar. Se puso de lado y respiró el aire frío que entraba y salía de su cuerpo, inhalando y exhalando profundamente hasta que se le pasaron las náuseas. Transcurrieron unos minutos; perdió la cuenta de cuántos.

—¡Bree!

«¿Matt? ¿Qué está haciendo aquí?».

Al verle, una oleada de alivio le recorrió el cuerpo. Se apuntaló sobre un codo. Matt iba corriendo hacia ella desde la cabaña veinte.

—¿Estás bien?

Bree señaló hacia los árboles.

—Alguien me ha atacado; se ha ido por allí.

Su sentido del tiempo era confuso, pero sospechaba que había pasado demasiado rato; Matt ya no lo atraparía.

Él cambió de dirección y se internó entre los árboles. Al cabo de unos minutos, volvió a aparecer corriendo en el claro.

—No he visto a nadie, pero sus huellas llevaban a la carretera.

Bree se incorporó despacio. El mareo se le estaba pasando.

—¿Qué ha ocurrido?

Bree se tiró del cuello de la chaqueta y describió la agresión.

—Cuando intenté levantarme, casi me desmayo.

—En lugar de intentar levantarte inmediatamente, deberías haber elevado las piernas para restablecer la circulación y que el flujo sanguíneo te llegase al cerebro.

—No pensaba con claridad.

Bree luchó con su cerebro confuso para concentrarse en lo que estaba pasando. Tocó su funda vacía y una punzada de pánico le estremeció el cuerpo.

«¿Dónde está mi pistola?».

Vio una hendidura en la nieve y recuperó su arma. Después de limpiarle la humedad, la metió en la funda de su cadera. Sintiéndose mejor ahora que había recuperado la pistola, sacó su teléfono.

—Pediré refuerzos. Emitiremos una orden de búsqueda con su descripción general. El sol ha hecho la nieve más blanda aquí. Creo que podremos sacar un molde de estas huellas de botas.

Llamó y volvió a guardarse el teléfono en el bolsillo. Se quitó las motas de nieve húmeda de los pantalones y se puso de pie.

—Pero ¿tú qué haces aquí?

—Te he estado llamando para hablar contigo y Marge me dijo que estabas aquí —explicó Matt.

—Vine a hablar con el propietario del camping y luego quise volver a echar un vistazo por aquí —le dijo ella. Le resumió su conversación con Phil Dunlop—. Si la herida de la mano es falsa, entonces podría haber sido él. Estuve sentada dentro del coche durante un buen rato antes de venir aquí. Podría haber llegado antes que yo a pie.

—¿Y el móvil?

—Eso tendré que pensarlo. —Bree se frotó el cuello.

Matt le movió el cuello y se lo examinó.

—Te va a salir un moretón.

—No será la primera vez.

Se detuvo un momento a comprobar su estado físico. La buena noticia era que ya había recobrado por completo la capacidad auditiva y veía con claridad. Se le había asentado el estómago y ya no sentía que fuese a caerse de bruces de un momento a otro. La mala noticia era que el testimonio de Alyssa no era ninguna invención: la chica no se había imaginado al autor de los disparos.

Matt se señaló el cuello.

—Te acabas de manchar el cuello de sangre. ¿Estás herida?

Bree se examinó las yemas de los dedos. Lo había olvidado.

—No, no es mía. —Levantó la mano y le mostró los restos de sangre y piel bajo las uñas—. Tengo el ADN de ese cabrón.

Ese había sido su objetivo al arañarlo. Le daba mucho asco, pero era efectivo.

—Bien hecho.

—Ahora va señalado con las marcas de mis uñas. Por desgracia, lleva los arañazos en la base del cuello y se los puede tapar muy fácilmente ahora en invierno.

A Bree le dolía el hombro. Se había caído sobre una superficie dura, así que lo más probable era que le saliera alguna marca allí también.

Apartando la mano derecha de su cuerpo para no contaminar la prueba, Bree se volvió hacia la cabaña diecinueve.

—Volvió a por algo. Tenemos que averiguar qué quería.

—¿No habían registrado ya esas cabañas?

—Sí, pero está claro que hay que volver a hacerlo. El agresor llevaba guantes dentro de la cabaña, así que no tiene sentido buscar huellas. Adivina qué vi cuando se los quitó para asfixiarme.

—¿El qué?

—Una marca roja de gran tamaño en el dorso de la mano, con la forma del estado de Texas. —Bree se paseó por el terreno de detrás de la cabaña diecinueve mientras esperaba refuerzos—. ¿Qué era lo que habías venido a decirme?

—El compañero de piso de Eli Whitney, Brian O'Neil, ha desaparecido. —Matt le resumió su conversación con los compañeros de Eli—. La madre de Brian dijo que volvió a la universidad, pero sus compañeros no lo han visto.

—¿Qué significa eso? —preguntó Bree.

—No lo sé. Le di a la madre de Brian el número de Stella.

—Stella probablemente llamará a la médica forense —dijo Bree—. Y yo también lo haré. ¿Qué aspecto físico tiene Brian?

Matt le mostró la foto del chico.

Bree entrecerró los ojos para mirar la pantalla.

—Tiene más o menos la misma altura y peso que la víctima. El color del pelo también parece el mismo.

—Así es, pero es una descripción tan amplia que podría aplicarse a dos centenares de universitarios distintos.

En cuanto llegó Todd, Bree le hizo que le raspara bajo las uñas para extraerle las pruebas biológicas.

—Hay que mandar eso al laboratorio. Tal vez tengamos suerte y el ADN de ese cabrón esté ya en el CODIS. —El CODIS, el sistema de índice de ADN combinado, era la base nacional de datos de Estados Unidos, creada y mantenida por el FBI.

Cuando Todd terminó, Bree utilizó un montón de toallitas para las manos y lo que parecían litros de desinfectante para limpiarse debajo de las uñas. Luego se dirigió a la cabaña diecinueve, seguida de Matt y Todd. Se puso un par de guantes de nitrilo y sacó una linterna del bolsillo.

—Todd, ¿por qué no te ocupas de la zona de la cocina? Matt, la zona del salón es toda tuya. Yo me encargaré del dormitorio y el baño.

Bree cruzó la puerta del dormitorio y se detuvo. Ya habían registrado los lugares más obvios, así que alumbró con la linterna los rincones y luego la desplazó despacio por los tablones del suelo, buscando algún agujero. Sacó un bolígrafo y se agachó para avanzar a gatas por el suelo, comprobando cada uno de los tablones para ver si estaba suelto. Media hora más tarde, se puso de pie, se frotó las rodillas y estiró la espalda.

Luego movió la cama y examinó el suelo de madera de debajo. Los ruidos de movimiento de los muebles al otro lado de la pared indicaban que Matt y Todd también estaban buscando y examinando hasta el último rincón. Bree retiró los cajones de la cómoda y la mesita de noche, y luego examinó las traseras y los laterales. Revisó detrás y debajo de cada mueble, levantó el colchón e inspeccionó las costuras. El suelo de baldosas hizo que su búsqueda en el baño fuera breve, pues habría sido fácil detectar la ausencia de lechada para rellenar los huecos entre baldosas o las grietas. Tras más de una hora de búsqueda, no encontró nada.

Volvió a entrar en el dormitorio y se dirigió al armario-vestidor. Abrió la puerta, palpó las paredes, y empujó y golpeó los paneles para comprobar si había espacios vacíos. Nada.

Salió de la habitación.

—¿Algo?

Matt negó con la cabeza.

—No —dijo Todd.

Bree escudriñó la cabaña. Allí tenía que haber algo, lo notaba en los huesos. Pensó en la proximidad de las cabañas diecinueve y veinte. ¿Habría escondido algo Harper allí? Obedeciendo a un impulso, Bree sacó su móvil y marcó el número de teléfono que Alyssa había dicho que era de Harper. Sonó una música metálica y amortiguada.

—¿Qué es eso? —preguntó Todd.

—El móvil de Harper.

Bree siguió el sonido hasta el vestidor. Venía del suelo.

Dirigió el haz de luz de su linterna hacia abajo, pero no vio nada. Se puso en cuclillas y se metió hasta la mitad del vestidor. En la esquina trasera, vislumbró un leve arañazo en el suelo de madera oscura. Unas marcas afeaban los bordes. Parecían recientes, como si no hubieran tenido tiempo de oscurecerse con el tiempo. Bree intentó levantar el tablón con los dedos. La madera se movió un milímetro, pero no pudo meter las uñas debajo.

Sacó un bolígrafo del bolsillo, pero no era lo bastante fino como para que cupiera entre las tablas. Miró a Matt y a Todd.

—¿Alguno de los dos lleva una navaja?

—Yo sí. —Matt se sacó una del bolsillo y se la dio—. ¿Has encontrado algo?

—Todavía no.

Bree volvió al armario y utilizó la punta de la navaja como palanca para levantar el tablón. Dentro, habían metido una mochila gris en el espacio bajo el suelo. Las tablas de alrededor también estaban sueltas, y Bree las retiró.

—Bingo.

Bree hizo unas fotos de la mochila. La marca era Osprey.

—¿Qué has encontrado? —le preguntó Matt, hablando por encima del hombro.

—Parece que es la mochila perdida de Harper.

La sacó del agujero. Era extraordinariamente pesada, pero claro, lo cierto es que contenía todas las posesiones de Harper. Bree abrió la bolsa delantera y apuntó con su linterna al contenido. Dentro había una cartera marrón y un llavero de Toyota. Levantó la cartera con dos dedos y la abrió. La foto del carnet de conducir de Alyssa la miraba fijamente. Bree hizo una foto y luego abrió el compartimento principal de la mochila.

Todd silbó por encima de su hombro.

Encima de la ropa bien doblada y de un neceser, una bolsa de plástico de gran tamaño llena de joyas relumbró bajo el haz de su linterna. Había anillos, collares y pulseras de oro y plata con piedras de colores y transparentes.

—¿Crees que son auténticas? —preguntó Todd detrás de ella.

Una de las piezas estaba separada del resto y guardada en su propia bolsa para sándwiches, se trataba de una pulsera impresionante de piedras rojas y de color claro. Las gemas claras lucían un brillo plateado que no se parecía al de los pendientes de circonita de Bree, y las piedras rojas parecían igual de caras y exclusivas.

«¿Diamantes y rubíes?».

—Creo que sí. —Bree se sentó sobre sus talones y examinó la bolsa—. Yo no tengo muchas joyas, pero ¿por qué iba alguien a ir cargado por ahí con piedras falsas? Pesa mucho, y si esta mochila contiene todas las cosas de Harper, el espacio que ocupa esta bolsa de plástico es muy valioso.

—Algunas tienen que ser auténticas —comentó Matt por encima del hombro—. Nadie volvería a la escena de un crimen a por unas joyas falsas. —Se rascó el mentón. Su barba marrón rojiza ya se había convertido en lo que Bree consideraba una barba vikinga en toda regla—. Cuando hablé con la inspectora Dane, mencionó que había estado trabajando en una ola de robos en viviendas particulares.

—Entonces tengo que llamar a la inspectora Dane. —Bree situó su móvil sobre la mochila y sacó una foto del contenido—. Llevemos esa muestra de ADN y esta mochila al laboratorio forense. Pide que se den prisa con las huellas dactilares.

—Tal vez Harper sea una ladrona —sugirió Matt.

—Tal vez lo sean las dos… —añadió Todd—. Me pregunto cuánto valdrán esas joyas.

Bree pensó en la llamada original para denunciar los disparos.

«Lo bastante como para matar por ellas».

Capítulo 17

Matt echó un vistazo a la mochila, asomándose por encima del hombro de Bree. En su opinión, dos chicas sin hogar con una bolsa llena de joyas no presagiaba que fuesen dos ciudadanas ejemplares y respetuosas de la ley, precisamente. Vio una caja de cerillas vieja y amarillenta. El logotipo le resultaba familiar.

—¿Puedes leer qué dice en esa caja de cerillas?

—Sí. —Bree volvió la cabeza y entrecerró los ojos—. Dice «Grey Lake Inn». ¿Dónde está eso?

—Al otro lado del lago —dijo Matt—. Lleva varios años cerrado.

Intercambiaron una mirada.

—¿A qué distancia está de la rampa para embarcaciones del lago?

Matt se quedó pensativo.

—Es una carretera larga y con muchas curvas, pero no está lejos.

—Entonces vamos a ver ese sitio. —Bree se puso de pie y dio instrucciones a Todd con respecto a la mochila y el levantamiento de las huellas de su agresor. Luego salió de la cabaña diecinueve—. ¿Sabes adónde vamos?

Matt movió un dedo.

—Sígueme.

Se subió a su voluminoso todoterreno y salió del camping, comprobando por el espejo retrovisor que Bree lo seguía con su propio coche. Accedieron a la carretera principal y pasaron por el parque con la rampa para embarcaciones. La carretera serpenteaba y se alejaba del lago antes de volver a encontrar el camino hacia el agua. Matt redujo la velocidad y buscó la entrada al complejo. Casi pasó por delante de la entrada. Las malas hierbas y los árboles invadían el camino de grava. Si no hubiera estado buscando la entrada, habría pasado de largo, pero una serie de huellas de neumáticos se desviaban de la carretera y atravesaban la nieve. Tomó la curva y el Suburban dio un bote en un surco profundo y congelado del camino de acceso privado.

El camino terminaba en una pista circular frente a la destartalada casa de huéspedes de dos plantas. Matt se detuvo y aparcó sin pisar las huellas de los neumáticos frente al edificio, por si también había que levantarlas. Apagó el motor y salió del coche. Se reunió con Bree detrás de sus respectivos vehículos y ambos se quedaron mirando el viejo edificio. La pintura blanca original se había descascarillado hasta volverse gris, y el porche de madera parecía podrido.

Bree examinó las huellas de los neumáticos.

—Alguien ha estado aquí desde la última nevada.

—O varias personas o la misma persona varias veces —dijo Matt—. ¿Quieres mirar dentro primero o fuera?

Bree frunció el ceño ante la maltrecha estructura.

—Hace frío. Lo lógico sería que cualquiera que viniera aquí lo hiciera para buscar refugio. Miraremos dentro primero.

Se dirigió hacia la entrada principal.

La puerta estaba rota. La abrió de un empujón y entró. Matt permaneció muy cerca de ella. El aire olía a moho y humedad, y las manchas negras salpicaban la alfombra del suelo y el papel pintado como si fueran manchas de tinta en 3D.

—Antes este era un sitio muy bonito. —Matt rodeó los restos de un roedor muerto en el vestíbulo—. Cuando era niño, mi familia solía venir aquí en verano. Mi padre conocía al propietario y nos dejaba a mí y a mis hermanos utilizar los pequeños barcos de vela que tenían para los huéspedes. Mis padres se sentaban en el muelle a mirar. Después cenábamos todos en el restaurante.

—Debíais de pasarlo muy bien.

—Pues sí.

Matt se preguntó si Bree tendría algún buen recuerdo familiar. Probablemente no. ¿Cómo conseguía que su pasado no la arrastrase a un mundo de amargura?

La sheriff giró en círculo, apoyando las manos en las caderas.

—¿Sabes cuántas habitaciones hay en este edificio?

—El hotel tiene veinticuatro, pero hay más construcciones fuera.

—Me encantaría llamar a los agentes para que ayuden en la búsqueda, pero no puedo justificar las horas extras a menos que encontremos algo. Mi personal está al límite.

—Podemos apañárnoslas los dos —dijo Matt.

—Tú ya conoces el lugar. ¿Cómo quieres que lo hagamos?

—Básicamente, el edificio principal es un rectángulo, con el vestíbulo y la recepción en el centro. Las habitaciones están en las dos plantas de este lado. —Señaló un largo pasillo que se abría desde el vestíbulo—. En el otro lado, hay una sala de juegos en la planta baja, y un restaurante en la segunda planta.

—Primero un ala y luego la otra, entonces.

—A ver si encontramos una llave maestra en algún sitio. —Matt se dirigió al mostrador de recepción—. El hotel se enorgullecía de tener el encanto de un lugar antiguo, con llaves de verdad, y no esas cerraduras electrónicas.

—No he visto una llave de hotel de verdad en... —Bree se quedó pensativa—. En realidad, nunca he visto ninguna.

Matt se puso detrás del mostrador. La madera de caoba aún parecía en buen estado. Una gruesa capa de polvo y residuos cubría todas las superficies. Rebuscó en los cajones y luego fue a la trastienda. Encontró la llave maestra en un cajón del archivador y volvió con Bree.

—Empezaremos arriba.

Bree le hizo un gesto para que le guiara.

Una escalera curva conducía al segundo piso. Matt se detuvo en la parte superior. Un largo pasillo se extendía a ambos lados del rellano, con una hilera de puertas a un lado.

—¿Todas las habitaciones dan al lago? —preguntó Bree.

—Sí. —Matt contó las puertas—. El dueño solía decir que no había ninguna habitación que no tuviera buenas vistas.

La primera puerta se abrió sin oponer resistencia.

—Alguien le ha dado una patada a esta puerta en algún momento.

Bree entró primero, acercando una mano a su arma. Echó un vistazo al baño al entrar.

Matt la siguió a la habitación vacía.

—Parece que se deshicieron de los muebles y los accesorios. —Eso haría que la búsqueda fuera más rápida.

—¿Cómo quedó en este estado de abandono?

—El dueño murió. Resultó que había contraído unas deudas colosales. Había estado enfermo sus últimos diez años. El lugar estaba bastante deteriorado. Parece que el banco ha renunciado a venderlo.

Bree pasó por encima de una botella de vodka vacía al salir de la habitación.

—Por aquí no escasean los terrenos frente al lago.

—Cierto. El valor de la propiedad no compensa derribar los edificios para un uso alternativo.

—Tampoco vale la pena invertir el dinero que costaría renovarla. —Bree dio un amplio rodeo para evitar un condón usado en la moqueta del suelo—. La gente es muy guarra.

Se abrieron paso por el pasillo. Sin mobiliario, les bastó con echar un par de vistazos para examinar todas las habitaciones del segundo piso. Lo que antes había sido un precioso restaurante con asientos al aire libre en una amplia terraza y unas vistas impresionantes de la puesta de sol sobre el agua era un espacio sucio y deprimente. Inspeccionaron las salas de juegos y las salas comunes de la primera planta. Era evidente que el hotel abandonado había sido utilizado para beber alcohol, consumir drogas y practicar sexo. Encontraron más botellas de alcohol de alta graduación, latas de cerveza, preservativos, agujas, una pipa de *crack* y otro surtido variado de basura.

De vuelta en el vestíbulo, Matt se dirigió a las puertas que daban a la parte trasera del edificio. Abrió las puertas dobles y salió a la terraza de suelos de madera. Tres escalones conducían a la zona de recreo. La piscina tenía varios metros de agua congelada. Los restos de desperdicios y las hojas salpicaban el hielo. Más cerca del lago, había varias hileras de butacas de jardín rotas y con la madera medio podrida formando una línea delante de la orilla. Las malas hierbas asomaban entre la nieve. Un embarcadero se extendía unos cinco metros sobre el lago. En el lado izquierdo de la propiedad, escondido bajo los árboles, había un garaje alargado y de techos bajos. A la derecha, más cerca del embarcadero, había un almacén de gran tamaño.

Bree se detuvo en el último escalón.

—Más pisadas.

Las huellas atravesaban el césped de la parte trasera de un lado a otro entre las construcciones exteriores, el embarcadero y el hotel.

Bree se dirigió al edificio del almacén y al embarcadero. Matt siguió sus pasos para alterar lo mínimo posible las huellas preexistentes.

El techo del almacén se había derrumbado y faltaba la puerta. Matt echó un vistazo al interior.

—Aquí guardaban de todo, desde cañas de pescar y kayaks hasta patines de hielo.

Sin embargo, ahora era un espacio grande y vacío.

Abandonaron el almacén y salieron al embarcadero.

—No me había dado cuenta de lo cerca que estamos de la rampa para embarcaciones. Se puede ver desde aquí. —Bree señaló al otro extremo—. Y el camping está justo al otro lado del agua. Desde aquí es más fácil ver lo cerca que están.

—Tal vez el asesino tiene alguna conexión con el lago. Tal vez viva en él o pase mucho tiempo aquí.

Bree se protegió los ojos con una mano enguantada.

—Alguien podría haber hecho un agujero en el hielo y tirado el cuerpo al lago. El agujero ya se habría vuelto a congelar.

Matt examinó el lago.

—No lo habría visto nadie.

—Salvo las dos *okupas* del camping.

—Harper tenía la caja de cerillas del hotel —señaló Matt—. Tal vez sea ella la asesina. Podría haber fingido que le habían disparado y dejado ella misma los casquillos en la nieve.

—Eso explicaría por qué no hay sangre en la cabaña —convino Bree.

—¿Y el hombre que acaba de atacarte?

—Harper podría tener un cómplice.

Se dieron la vuelta y regresaron a tierra firme. Matt se dirigió hacia el garaje, con Bree justo detrás. Las cuatro puertas abatibles estaban cerradas. Las huellas de los neumáticos conducían a la primera plaza del garaje. Matt se agachó, agarró la manilla y levantó la puerta manualmente. Se le erizaron los pelos de la nuca.

—Se ha abierto con mucha facilidad.

Bree sacó su pistola.

—Después de todos estos años, debería estar mucho más oxidada.

Matt olfateó el aire.

—Huelo a aceite.

El garaje era un enorme espacio abierto con el suelo de hormigón. A cinco metros de distancia, había una silla cerca de la pared del fondo. Unos trozos de cuerda cortados y tiras usadas de cinta aislante estaban tirados alrededor de la silla, y junto a esta, en el suelo, había salpicaduras de una sustancia oscura, con una zona limpia en el centro, del tamaño de una persona.

Matt se quedó paralizado. A su lado, Bree respiró con fuerza. Se acercaron.

—Alguien ha estado atado a la silla. —Bree se detuvo a unos metros de la sustancia oscura en el hormigón—. Parece sangre, masa cerebral, puede que incluso fragmentos de hueso. —Miró hacia la pared de bloques de hormigón—. Más restos y salpicaduras.

Unas manchas oscuras de sangre coagulada y otras sustancias irreconocibles salpicaban la pared.

—Así que tal vez fue aquí donde nuestra víctima fue asesinada.

—Podría ser. —Bree se enderezó y se volvió para examinar la silla de nuevo—. El asesino podría haberle atado a la silla y haberle disparado.

—Luego lo puso en el suelo y lo golpeó con el martillo. —Matt le dio vueltas a su propia teoría—. Es raro.

—Todo el caso es extraño. Es justo la definición de ensañamiento. —Bree se sacó su teléfono del bolsillo. Llamó a un equipo de forenses y a unos cuantos ayudantes—. El primer paso es analizar la sustancia de las paredes y asegurarnos de que es lo que creemos que es.

—Lo es. —Matt había visto suficientes escenas del crimen—. Supongo que la sangre podría ser pintura u óxido, pero, definitivamente, esas manchas son masa cerebral y fragmentos de hueso.

—El condado necesita la ayuda de técnicos de la científica. —Bree volvió a mirar el hormigón manchado—. Luego veremos si las huellas de los neumáticos y las pisadas coinciden con las de la rampa para embarcaciones del lago y el camping, y cotejaremos el ADN de la víctima con las pruebas biológicas de esta escena.

Bree y Matt usaron sus teléfonos con cámara para sacar fotos del garaje. Llegaron dos agentes para acordonar la zona. La unidad de la policía científica aparcó detrás de los coches de los ayudantes. Los técnicos forenses comenzaron con un kit de identificación rápida de manchas y confirmaron que la sustancia de color rojo oscuro era sangre humana.

—Entonces queda claro que se trata de la escena de un crimen.

Bree ordenó a sus hombres que abrieran un informe.

Los técnicos descargaron las cámaras y los equipos y se pusieron a trabajar.

Bree salió del garaje.

—Los técnicos saben cómo hacer su trabajo, no necesitan que les esté encima todo el rato. Ya he visto lo que tenía que ver.

—¿Adónde vas? —Matt apretó el paso para seguirla. A pesar de que él le sacaba una cabeza, Bree se movía con mucha rapidez cuando estaba concentrada.

—A la comisaría. ¿Vas a seguir buscando a Eli?

—Sí, pero no tengo pistas. —Matt no tenía acceso al teléfono, a la habitación o a las cuentas bancarias de Eli—. Y sigo tratando de averiguar si los disparos que Alyssa denunció podrían estar relacionados con el cadáver, y qué posibilidades hay de que el cadáver sea el de Brian O'Neil.

—Hasta ahora, el único vínculo es Grey Lake. —Bree se subió a su coche y dejó la puerta abierta—. Si quieres, puedes venir y estar presente cuando interrogue a Alyssa.

Matt se paró junto a su vehículo.

—Gracias.

—De nada. —En lugar de arrancar el motor, Bree se volvió hacia él—. Me gusta que trabajemos juntos.

—Sí. A mí también —dijo Matt. En dos casos, habían logrado colaborar con la coordinación de dos compañeros que llevan mucho tiempo trabajando juntos.

Bree se restregó el ojo. Cuando apartó la mano, su expresión era triste y sombría. A Matt le dieron ganas de acercarse, de tocarla, de hacerle saber con el contacto físico que no estaba sola. Pero no podía hacerlo allí. Frustrado, cerró la mano en un puño.

—¿Me sigues hasta comisaría? —le preguntó ella.

—Te seguiría a cualquier sitio —dijo en voz demasiado baja para que alguien pudiera oírlo.

Bree levantó la vista de golpe y sus ojos se encontraron con los de él. Su boca no se movió, pero sus ojos esbozaron una sonrisa.

Matt dio un paso atrás.

—Nos vemos allí.

Condujo su propio todoterreno hasta la comisaría, aparcó junto al coche de ella, detrás del edificio, y entraron por la puerta trasera.

Una vez en su despacho, Bree se quitó la chaqueta y la colgó en el perchero de la esquina.

—He llamado a la inspectora Dane cuando venía de camino. Está de acuerdo en que tenemos que reunirnos.

—¿Quiere seguir haciéndose cargo del caso de Eli?

—No me lo ha dicho. Creo que podemos trabajar juntos.

La sheriff podía exigir encargarse ella de la investigación. Era más que probable que la desaparición de Eli estuviese relacionada con su caso de asesinato. Sin embargo, ese no era el estilo de Bree. Ella prefería trabajar en equipo.

Bree cogió un cuaderno y un bolígrafo de su escritorio.

—Voy a interrogar a Alyssa. Me gustaría que siguieras el interrogatorio desde la sala de control con Todd. Quiero saber tu opinión sobre ella.

—Está bien.

Matt salió al pasillo. Bree iba unos pasos detrás de él. Se dirigió a la sala de control.

Se oyeron unos gritos en el pasillo del fondo. Unos segundos y varios golpes en la pared más tarde, los ayudantes Oscar y Rogers estaban forcejeando con un hombre muy voluminoso para tratar de hacerlo entrar por la puerta. Con una estatura de metro ochenta y más de ciento treinta kilos, vestía una chaqueta de cuero con tachuelas, unos vaqueros negros rotos y botas de motorista.

—¡Cabrón! —le gritó a Rogers—. Estas esposas me están cortando la circulación.

—Siéntate. —Rogers señaló el banco de seguridad.

—¡Vete a la mierda! —le escupió el hombre en la cara.

—Necesitamos las esposas gigantes.

El ayudante Oscar se acercó. Tiró de las muñecas esposadas del motorista hacia arriba, por detrás de su espalda, inmovilizándole los brazos y obligándolo a ponerse de puntillas.

Rogers se limpió la cara con la manga. Tenía las mejillas enrojecidas y una vena le palpitaba en el cuello. Se llevó la mano a la pistola eléctrica que llevaba en el cinturón.

El motero captó el movimiento y se tranquilizó, pero apretó los molares con fuerza y miró a los ayudantes con cara de odio.

Oscar llevó al motorista hacia el banco. El banco metálico, atornillado al suelo, iba equipado con anillas para sujetar las esposas de los detenidos. El motero estaba a punto de sentar su trasero en el banco cuando, un segundo después, se puso de pie rugiendo y apartando a los agentes a un lado como si fuera el Increíble Hulk. Llevaba una de las esposas colgando de la muñeca, mientras que tenía la otra mano suelta.

Golpeó con su hombro a Oscar y le hizo caer de culo. Rogers se lanzó a por un brazo y el motero le dio un puñetazo. Rogers lo esquivó, pero las esposas que llevaba colgando el detenido le golpearon en la cara. Empezó a manarle sangre del corte y el hombre se tambaleó hacia atrás.

Matt se dirigió automáticamente hacia la pelea, pero Bree estaba más cerca. Ella ya estaba preparada para abalanzarse sobre el hombre. Matt vio que el choque era inminente, pero sabía que habría terminado antes de que pudiera intervenir. Contuvo la respiración: Bree y el motero estaban a punto de colisionar.

La sheriff se sacó su porra extensible del cinturón. Con un rápido movimiento de muñeca, la abrió en paralelo a su pierna y luego la levantó en vertical delante de su propia cara. Siguiendo el movimiento de la porra, sus manos adoptaron una posición de defensa justo delante de la barbilla, con los codos pegados al cuerpo.

El motero preparó su movimiento y se dispuso a embestirla como un animal, pero cuando fue ella la que se abalanzó sobre él, la sorpresa le transformó el rostro. Trató de frenar su embestida, rindiéndose a la evidencia, pero era demasiado tarde y el impulso lo catapultó hacia adelante.

Y Bree estaba lista.

Se apartó de su línea de ataque, pivotó sobre la punta del pie y giró la cadera. Lanzó la porra hacia delante, golpeó con ella la parte externa del brazo de su contrincante, y luego hacia atrás y hacia abajo para barrerle las piernas por debajo del cuerpo. Los dos golpes se produjeron en rápida sucesión. El gigantesco hombre cayó de golpe como el resorte de una trampa para ratones; rodó hacia un lado y vomitó en el suelo. El olor a cerveza agria inundó la habitación.

—¡Esposadlo! —ordenó Bree.

—Sí, jefa.

Rogers se adelantó con un par de esposas extragrandes. Encajó las nuevas en las muñecas del motero y luego retiró el par más pequeño.

—Levántate. —El hombre gimió y volvió a tener arcadas. Rogers le dio una patada en el muslo—. He dicho que te levantes.

Bree estuvo a punto de estallar de ira, pero cuando habló, lo hizo con tono comedido.

—¿Por qué está detenido este hombre?

—Por embriaguez y desórdenes públicos —dijo Rogers.

Bree empezó a dar órdenes como la sargento experimentada de una tropa de soldados. Dio instrucciones a dos agentes boquiabiertos para que trasladaran al sospechoso a la cárcel del condado.

—Aquí no podemos garantizar la seguridad. Puede esperar su comparecencia ante el juez en una celda de hormigón.

La comisaría solo contaba con dos celdas de dimensiones muy reducidas.

Bree fulminó a Oscar con la mirada.

—Limpia todo esto.

—No soy un puto conserje —refunfuñó él.

Bree se volvió hacia Oscar y habló en voz muy baja, pero articulando cada sílaba pausadamente y con absoluta claridad.

—A mi despacho. Ahora. —Señaló a Rogers—. Y tú eres el siguiente.

Capítulo 18

Bree se sentía como si fuera la directora de un colegio, con un alumno problemático en su despacho y otro gamberro esperando en la puerta. Se sentó tras su escritorio. El ayudante Oscar la miraba desde una silla. Bree no decía nada.

Oscar pasó los primeros treinta segundos retorciéndose en la silla. Al cumplirse el medio minuto, ya no pudo mantener la boca cerrada. Adelantó la mandíbula.

—No soy el conserje. —Seguía hablando con tono de superioridad, pero ahora era más quejumbroso que furioso.

—Está claro que no. —Bree le sostuvo la mirada sin pestañear—. Al conserje no se le ha escapado el control de su detenido.

La rabia desapareció lentamente de su rostro. Oscar tragó saliva, como si supiera que se había pasado de la raya.

—No va a haber ningún arrebato como ese nunca más. Tampoco quiero volver a ver otra técnica de contención descuidada. Tenemos procedimientos por una razón. Te inscribirás en la próxima clase de repaso de tácticas defensivas.

Oscar abrió la boca para protestar. Bree le cortó antes de que empeorara las cosas.

—Tu otra opción es una amonestación por escrito y además una clase de repaso de tácticas defensivas.

Cerró la boca de golpe. Ambos sabían que iba atrasado con sus horas de formación continua.

—Sí, jefa —dijo Oscar apretando los dientes.

—Ponte a trabajar limpiando ese vómito. Dile a Rogers que entre cuando salgas.

El agente salió corriendo de su despacho. Rogers entró y se puso a andar de un lado a otro por delante de su escritorio. Oscar había estado arisco, pero Rogers estaba alterado.

—¿A qué ha venido eso? —Como no quería estar en desventaja en cuanto a la altura de ambos, Bree se levantó y se sentó en la esquina de su escritorio.

Rogers se paseó por delante de ella.

—¿El qué?

—Le diste una patada al sospechoso cuando estaba en el suelo.

Rogers encogió el hombro bruscamente.

—Estaba fuera de control. Lo neutralicé.

—Ya había sido neutralizado. —Bree se armó de paciencia—. E inmovilizado. Estaba en el suelo, debidamente esposado, y vomitando. Ya no suponía ninguna amenaza, salvo el riesgo de que te manchara los zapatos de vómito.

—¡Tú le golpeaste con una porra! —La adrenalina aún recorría las venas de Rogers.

—Espero que sepas la diferencia entre frenar una amenaza y el uso innecesario de la fuerza.

—Es culpa de Oscar. Le dejó que se quitara las esposas. ¿Por qué no le echas la bronca a él?

—No le estoy echando la bronca a nadie —dijo Bree—. Ya he hablado con Oscar. Ahora estamos hablando de tus actos.

Bree lo miró detenidamente. Rogers estaba más que enfadado. Puede que el liderazgo fuese algo nuevo para ella, pero su instinto le decía que allí había algo más.

—Reaccionaste igual cuando detuvimos a Alyssa.

—Llevaba un hacha. —Se dio media vuelta y volvió a cruzar la pequeña sala.

—Que ya había soltado.

Rogers no respondió. ¿Tal vez necesitaba algún curso de formación? El anterior sheriff —Bree empezaba a pensar en él como Voldemort— era de la vieja escuela; no le cabía duda de que el suyo había sido todo un ejemplo sobre cómo justificar, puede que incluso alentar, el uso excesivo de la fuerza, como para decir, en relación con los detenidos, «así aprenderán la lección».

—Inscríbete en la próxima clase de formación sobre uso proporcional de la fuerza.

El departamento llevaba mucho tiempo sin personal, y las horas de formación habían sido uno de los sacrificios llevados a cabo para mantener los turnos de patrulla. Un agente no podía estar en clase y en la calle al mismo tiempo. Sin embargo, un buen equipo policial necesitaba ciclos de formación continua y regular.

—No necesito ninguna clase.

—Esto no es opcional. —Bree levantó una ceja—. Lo que he visto ahí fuera es un agente cabreado. No puedes dejar de sentir emociones, pero sí puedes evitar que te dominen. O peor aún, reaccionar. Se supone que somos profesionales. Si no podemos dominar nuestro propio autocontrol, perdemos el control de la situación. Tenemos que mantener la cabeza fría. A veces eso es muy muy difícil, sobre todo cuando un desgraciado te escupe a la cara o se orina en la parte trasera de tu coche patrulla. —Sí, eso le había pasado a Bree. Bajó aún más la voz—. O cuando el corazón te late tan fuerte que lo único que oyes es el eco de tu propio pulso.

Rogers se detuvo y la miró, como si la viera por primera vez como policía.

—Pero estamos en una posición de autoridad, y eso conlleva la responsabilidad de no abusar nunca de ella.

«Vaya, eso suena a sermón».

Pero Bree hablaba en serio. Había pasado su infancia viviendo con alguien que no solo reaccionaba con ira cada día, sino que se regodeaba en el miedo que provocaba. Era una forma terrible de vivir, y la razón por la que se esforzaba por mantener el control de sus propias emociones. Pero Rogers no parecía muy predispuesto a aumentar sus sesiones de ejercicio físico ni a ir a clases de yoga.

El agente pestañeó y volvió a pasearse arriba y abajo por la habitación. Estaba demasiado alterado para asimilar nada.

—Quiero que te tomes el resto del día libre —dijo Bree—. Vete a casa y relájate. Hablaremos mañana.

—¿Qué? ¿Me envías a casa? Pero si no tienes personal suficiente…

¿Cómo podía sorprenderse?

—Sí. —Bree se puso de pie—. Tienes problemas; necesitas solucionarlos. ¿Vas a algún psicólogo o terapeuta de confianza?

—No. —Una expresión de resentimiento empequeñeció los ojos de Rogers y el hombre apretó la mandíbula—. El sheriff King…

—El sheriff King ya no está —lo interrumpió Bree con voz serena y firme—. Ahora yo soy la sheriff. No voy a dirigir el departamento de la misma manera. Tienes que subir a bordo. O bajarte. Tú eliges. —Tomó aire—. Vete a casa, Rogers. Recupérate.

Era evidente que el agente no pensaba con claridad. Si decía lo que se le estaba pasando por la cabeza en ese instante, estaba segura de que se arrepentiría.

Con el rostro lívido, se dio media vuelta y salió por la puerta, furioso.

Bree respiró profundamente tres veces antes de salir del despacho. Necesitaba cien horas de yoga para relajarse después de ese día.

Encontró a Matt en la sala de descanso. Se había servido una taza de café. Levantó la jarra de la cafetera y la agitó en el aire, como ofreciéndole a ella también.

—Sí, por favor.

Le llenó una taza.

—Bueno, no podrás decir nunca que te aburres en el trabajo.

—Pues no me importaría aburrirme de vez en cuando.

Marge asomó la cabeza en la sala.

—La inspectora Dane está aquí. La he llevado a la sala de reuniones y le he servido café.

—Gracias, Marge.

Bree se llevó su café y cogió un paquete de M&M de cacahuete de la máquina expendedora. Matt la siguió hasta la sala de reuniones. La inspectora Dane estaba colgando su chaqueta en el respaldo de una silla. Tenía delante una taza de café humeante y una carpeta portadocumentos.

Matt presentó a Bree a la inspectora.

—Gracias por recibirme, sheriff —dijo la inspectora—. Por favor, llámame Stella.

Bree levantó la bolsa de pastillas de chocolate en el aire.

—Tenemos máquinas expendedoras en la sala de descanso.

—No, gracias —dijo Stella.

Se acomodaron en los asientos. Stella abrió la carpeta que había traído.

—En los últimos seis meses hemos tenido más de una docena de robos en viviendas particulares de Scarlet Falls.

Bree encendió su teléfono por las fotos de las joyas de la mochila de Harper.

—La mochila está en el laboratorio forense. No saqué el contenido por miedo a borrar las huellas dactilares. En cuanto el técnico especialista en huellas termine, podrás acceder a ella. Echa un vistazo a esta joya.

Le enseñó el móvil a Stella y esta amplió la imagen.

—La pulsera se parece a una que fue robada hace dos semanas en una casa de Scarlet River Drive.

—¿Eso está en el lado norte del río? —preguntó Matt.

—Sí. —Stella señaló la pulsera—. Esa pieza en particular era una herencia familiar. La dueña de la casa estaba destrozada por su pérdida. —Sacó una foto de su carpeta—. Aquí se ve a la propietaria llevándola.

Bree comparó las dos imágenes.

—Parece la misma pieza, pero necesitaremos que un perito la examine.

Matt miró la foto.

—¿Estaba guardada en alguna caja fuerte?

—No. —Stella negó con la cabeza—. Estaba en una caja en el cajón de la ropa interior de la mujer.

Matt se acarició la barba.

—No es un escondite muy original.

—No —coincidió Stella.

—Háblame de los robos. —Bree se sentó y dio un sorbo de café.

—Los asaltos en los domicilios se producían entre la medianoche y las cinco de la mañana —empezó a relatar Stella—. Creemos que la autora de los robos pasa antes algún tiempo vigilando el barrio en busca de vecinos que estén de vacaciones o que trabajen en el turno de noche. Esa pulsera pertenece a una enfermera que trabajaba de noche en Urgencias.

—¿«La autora» de los robos? —preguntó Bree—. ¿Estás segura de que la ladrona es una mujer?

—Tenemos una imagen de ella de una cámara de seguridad de otra vivienda de la zona. La casa está a cuatro puertas de la otra a la que entraron a robar. —Stella sacó una foto de su carpeta. La imagen en blanco y negro mostraba a una mujer corriendo por la calle—. Por su figura parece una mujer. Lleva pantalones de yoga negros, una chaqueta negra ajustada, una gorra y un pañuelo negro alrededor de la cara.

Bree estudió la foto.

—Definitivamente es una mujer.

La ladrona llevaba el pelo y la cara tapados, pero era alta y delgada. Bree le pasó la foto a Matt, quien la estudió durante unos segundos y frunció el ceño.

—¿No ha dejado ninguna huella?

—No —dijo Stella—. Tiene mucho cuidado. En otras imágenes se puede ver que usa guantes negros. No se lleva nada de grandes dimensiones: solo dinero en efectivo, joyas, tarjetas de regalo, etc. Entra y sale en pocos minutos. Va directamente a donde se guardan los objetos de valor, como si los oliera. Luego se va. Por lo general se lleva unos cuantos miles de dólares en efectivo y joyas de cada casa. —Stella señaló la imagen de la pulsera—. Pero en Scarlet River Drive dio con un auténtico tesoro: la pulsera por sí sola vale más de ochenta mil dólares.

—¿Alguna de sus víctimas tiene instalado algún sistema de seguridad? —preguntó Bree.

—No. —Stella tocó la foto de la ladrona—. Pero no entra en viviendas de lujo. Tampoco se lleva aparatos electrónicos ni tarjetas de crédito.

—Nada que pueda ser rastreado. —La silla de Matt chirrió mientras se inclinaba hacia atrás.

—Parece que ya tiene información antes de entrar —dijo Bree.

—Sospechamos que podría tener un cómplice, alguien que se encarga de estudiar las casas antes del robo.

—Tiene sentido —convino Matt—. ¿Qué clase de personas suelen entrar en el interior de las casas?

—Agentes inmobiliarios. Agentes de seguros. Operarios y reparadores… —Stella sacudió la cabeza—. Estamos cotejando listas de empresas que hayan trabajado en varias de las casas en las que han entrado a robar y de agentes inmobiliarios que han tenido propiedades en venta en los distintos barrios.

—¿Y de momento ha habido suerte? —preguntó Matt.

—No —dijo Stella—, pero al principio solo preguntaban por «servicios recientes» realizados en las casas. Estoy enviando agentes para que vuelvan a interrogar a las víctimas y consigan una lista de los servicios realizados en sus domicilios durante los meses anteriores a los robos. La ladrona o ella y sus cómplices están muy organizados.

—¿Algún vehículo extraño en el barrio? —preguntó Bree.

—Otra cámara de seguridad más abajo en la calle captó esta imagen. —Stella depositó otra foto sobre la mesa y se la mostró a Bree. En ella, el ladrón se subía a un Toyota 4Runner y se iba.

A Bree se le quitó el hambre de golpe. Se concentró en la foto del delincuente. ¿Podría ser Alyssa? Dejó a un lado sus M&M y se llevó las manos a la cara.

—¿Qué pasa? —preguntó Stella.

—Alyssa Vincent conduce un 4Runner. —A Bree le alarmó lo reacia que se sentía a compartir información con la inspectora de la policía de Scarlet Falls. ¿Tanto se había encariñado de Alyssa? ¿Hasta el punto de dejar que sus emociones personales interfiriesen con la investigación?—. Ahora mismo está en el garaje municipal. Teníamos que devolvérselo a Alyssa mañana.

—¿Puedes retenerlo? ¿Y retenerla a ella también?

—Puedo intentarlo. —Bree le hizo a Stella un resumen de la llamada original de Alyssa al número de Emergencias—. Pero el hecho de haber encontrado su cartera y sus llaves en la bolsa de las joyas robadas podría servirme para retenerla un par de días, a menos que decida ponerse en manos de un abogado.

Bree podría convencer a Alyssa para que se quedara, pero cualquier abogado competente le aconsejaría a la chica que se fuera.

—Me sorprende que no haya pedido un abogado todavía —señaló Matt—. O es inocente e ingenua, o culpable y tiene demasiada confianza en sí misma.

—Entonces, ¿quién es el hombre que la siguió en Walmart y estuvo hoy en la cabaña diecinueve? —Bree se frotó un ojo.

—¿Su cómplice? —sugirió Matt.

Bree bajó la mano y se quedó mirando la foto de la ladrona. No quería descubrir que Alyssa era una delincuente, que había estado jugando con ella todo el tiempo. No porque necesitara tener razón; se había equivocado muchas veces. Lo cierto es que la gente era rara: años antes, había detenido a un hombre que apuñaló a su hermano por comerse todos los bollos de pan de ajo, y había trabajado en un caso en el que una anciana mató a su marido a golpes con un ladrillo por no recoger sus calcetines. Bree no se lo esperaba en absoluto. Había perdido dos días interrogando a todos los empleados de su empresa de contabilidad hasta que llegó el resultado del cotejo de las huellas dactilares. Así que podía estar equivocada. Sin embargo, que Alyssa fuera una delincuente no acababa de convencerla.

Stella tensó la mandíbula.

—¿Cómo quieres manejar el caso?

Una parte de Bree quería hacerse cargo de todo. Sí, quería proteger a Alyssa, pero no podía empezar su relación con la policía de Scarlet Falls tomando las riendas de un caso después de que su inspectora le hubiera dedicado meses de duro trabajo.

—Las joyas robadas forman el grueso de tu caso, pero hay muchas posibilidades de que esté relacionado con mi homicidio. Creo que deberíamos colaborar.

—Me parece una buena idea. —La tensión en la mandíbula de Stella se relajó—. Necesito interrogar a Alyssa.

—Sí, por supuesto. Está aquí en la comisaría ahora mismo, pero tenemos que preparar un plan para el interrogatorio.

Stella entrecerró los ojos.

—¿Un plan?

—Sí —dijo Bree—. ¿Tienes suficientes pruebas para acusar a Alyssa de robo?

—No.

—Yo la estoy tratando como testigo. Como no tiene domicilio fijo, anoche le busqué alojamiento en un motel, pero está nerviosa. Si la presionamos demasiado, temo que se escape, y no tenemos motivos legales para retenerla. —Bree había estado manipulando a la chica para que se quedara, algo de lo que no se sentía orgullosa—. Alyssa no tiene arraigo en la comunidad. Si la asustas, podría ser la última vez que la veamos.

—Entonces, ¿quieres un interrogatorio suave y distendido? —Stella no parecía contenta, aunque había que tener en cuenta que llevaba varios meses detrás de una ladrona multirreincidente. Quería cerrar su caso cuanto antes.

—El objetivo debe ser obtener información de Alyssa y retenerla aquí, no conseguir una confesión.

Stella consideró sus palabras durante unos segundos.

—Eso tiene sentido. Si empieza a chillar pidiendo un abogado, estamos jodidos.

—Por eso no voy a mencionar el hecho de que la caja de cerillas de la mochila de Harper la relaciona con la escena de un asesinato.

—De acuerdo.

Stella se guardó la carpeta bajo el brazo y siguió a Bree a la sala de interrogatorios.

—Te presento a la inspectora Dane. —Bree ocupó la silla junto a Alyssa y la inspectora se sentó frente a ella.

Alyssa iba alternando la mirada de una a otra.

—¿Por qué está aquí?

—Creemos que podrías tener información sobre un caso de robo en el que está trabajando.

Alyssa inclinó la cabeza.

—¿Y por qué piensan eso?

—Antes de empezar, necesito leerte una declaración sobre tus derechos. —Bree leyó el texto y luego le pasó el papel y un bolígrafo a Alyssa—. Solo necesito que firmes que lo entiendes.

—Vale. —La mano de Alyssa tembló al coger el bolígrafo—. Pero ¿por qué me lees mis derechos? ¿No se hace eso cuando se detiene a alguien? ¿Me estás deteniendo?

—No —dijo Bree, sin mencionar el hecho de que el papel de Alyssa había pasado de testigo a posible sospechosa al encontrarse sus pertenencias junto con objetos robados. Según la ley estadounidense, a los testigos no era necesarios leerles la advertencia Miranda—. Pero tengo que leerte esto por ley. También tengo que decirte que esta conversación va a ser grabada. Igual que la última vez que hablamos. No quiero equivocarme luego por no recordar bien tus declaraciones.

—De acuerdo. —Alyssa se llevó el pulgar a la boca y se mordió la cutícula.

Bree le mostró la primera foto de la mochila.

—¡Eso es de Harper! ¿Dónde la has encontrado? —Alyssa extendió la mano como si pudiera tocar la mochila real.

—En la cabaña que está al lado de la que estabais ocupando vosotras —dijo Bree.

Una expresión de alivio suavizó los rasgos de Alyssa.

—Ahora ya sabes que digo la verdad sobre Harper.

Bree sacó la siguiente foto.

—¿Qué ves aquí?

—¡Mi cartera! Mis llaves… —Alyssa sonrió, pero la sonrisa no duró mucho. Su rostro se ensombreció de pronto—. No me lo puedo creer.

—¿Qué pasa? —preguntó Bree.

—¿Ves ese monedero azul con cremallera? —Alyssa señaló el teléfono.

Bree amplió la imagen.

—¿Este de aquí?

—Sí. —Alyssa se sentó y cruzó las manos en su regazo—. ¿Recuerdas cuando te dije que Harper y yo empezamos a ir juntas porque me robaron el dinero en el albergue?

—Sí —contestó Bree.

Alyssa se rascó la piel de la muñeca.

—Mi dinero estaba en ese monedero. Debió de ser Harper quien me lo robó. Pero ¿por qué iba a hacer eso?

El dolor y la decepción en su voz parecían auténticos, y Bree sintió que se le encogía el corazón. Negó con la cabeza.

—No lo sé. ¿Por qué crees que lo hizo?

—Quería que le diera más dinero, supongo. —Alyssa apartó la mirada. Una lágrima se deslizó por su mejilla—. Cada vez que me compraba comida, lo hacía con mi propio dinero. Qué tonta soy… La llevaba con el coche al trabajo y a otros sitios. Pensaba que era mi amiga, pero solo me estaba utilizando…

—¿Dónde dices que trabaja Harper? —preguntó Bree.

—En la Ruta 51 y en Evergreen Road —respondió Alyssa sin dudarlo.

Bree negó con la cabeza.

—Hemos llamado a Master Clean; es el nombre de la empresa. Allí no trabaja nadie con el nombre de Harper Scott.

Alyssa se quedó boquiabierta.

—No lo entiendo.

—¿De dónde dijo Harper que era? —le preguntó Bree.

—De Scarlet Falls —respondió Alyssa con tono titubeante.

Bree se inclinó hacia ella.

—No hemos encontrado a nadie con el nombre de Harper Scott que viva en Scarlet Falls o en todo el condado de Randolph.

Alyssa se quedó estupefacta.

—Entonces, ¿todo lo que me dijo era mentira?

Bree dio un toquecito en su teléfono para que cobrase vida y volvió a mostrarle a Alyssa el contenido de la mochila.

—¿Ves esas bolsas de plástico?

Alyssa miró hacia abajo.

—Sí.

—¿Sabes lo que hay dentro? —Bree inclinó la cabeza, tratando de ver los ojos de Alyssa.

—Parecen joyas. —Alyssa levantó la vista.

Bree se echó hacia atrás y miró a Stella.

La inspectora inclinó el cuerpo hacia delante y apoyó los codos en la mesa.

—Alyssa, ¿Harper cogió prestado tu coche?

—No. —La respuesta de Alyssa fue inmediata—. Esa era la camioneta de mi padre, nunca se la dejaría a nadie.

—¿Conoces a alguien que viva en Scarlet River Drive? —Stella pasó un dedo por el borde de su carpeta.

—No. —Mirando a la carpeta con aire temeroso, Alyssa empezó a rascarse la cicatriz del brazo.

Stella sacó la foto de la pulsera.

—¿Reconoces esto?

Alyssa negó con la cabeza y luego se quedó quieta.

—Esa pulsera estaba en la foto de la mochila.

—La robaron de una casa de Scarlet River Drive hace dos semanas. —La inspectora acercó la foto un poco más a Alyssa.

La chica la estudió durante unos segundos y luego miró a la detective.

—¿Harper tenía esa pulsera en su mochila?

—Sí. —Stella se recostó hacia atrás—. Y también otras joyas robadas.

—Tiene sentido, supongo. —Alyssa se hurgó en una cicatriz hasta que sangró—. También me robó a mí.

Pese a las ganas de obtener respuestas de Bree, ver a la chica sufrir de ese modo le resultaba duro.

«Te estás ablandando», se dijo.

Bree no quería admitirlo, pero ayudar a los hijos de su hermana a superar su dolor la había hecho cambiar.

Stella no perdió el tiempo. Deslizó por encima de la mesa la foto del ladrón subiéndose al 4Runner.

—Esta imagen fue captada por la cámara de un timbre. Como ves, aparece el ladrón abandonando la escena del delito.

Alyssa miró la foto fijamente.

—¿Es mi 4Runner?

Stella se movió hacia delante en la silla y señaló al ladrón vestido de negro.

—¿Reconoces a esta persona?

Alyssa subió el tono de voz.

—Se parece a Harper.

La mujer también se parecía a Alyssa. Esta frunció las cejas.

—Si yo tuviera algo de valor que pudiera vender, no estaría durmiendo en una cabaña helada sin agua ni electricidad.

—¿Viste alguna vez a Harper con joyas? —le preguntó Bree.

—No. —Alyssa negó con la cabeza, pero mientras negaba, su cerebro seguía trabajando. Señaló la foto del 4Runner—. ¿Cuándo se tomó esa foto?

Stella tocó la imagen.

—Hace dos semanas.

—No se ve la matrícula —dijo Alyssa—. Ni siquiera se puede saber de qué color es. ¿Cómo pueden estar seguros de que es el mío?

—Si no lo fuera, se trataría de una coincidencia muy grande, teniendo en cuenta que la persona que conducía este vehículo robó una pulsera que se encontró en una mochila en la cabaña contigua a la tuya.

Alyssa se quedó mirando los arañazos de su brazo.

—Harper debió de cogerme el coche mientras dormía.

—¿Tienes el sueño pesado? —preguntó Stella.

—No lo sé. —Alyssa encogió el hombro y encorvó el cuerpo. Parecía derrotada—. Estoy muy cansada. ¿Puedo volver al motel ahora?

—Sí. Le diré a un agente que te lleve.

Alyssa suspiró.

—Vale.

Bree sacó a Alyssa de la sala de interrogatorios.

—Sheriff, ¿qué me va a pasar? —le preguntó la joven.

—¿Qué quieres decir? —Bree quería ganar tiempo.

—Esa inspectora quiere detenerme.

—Quiere detener a la culpable —dijo Bree.

Alyssa suspiró.

—Es como si todo estuviera fuera de mi control. Como si estuviera subida a una montaña rusa y se saliera de las vías. Lo único que puedo hacer es agarrarme y aguantar hasta el final.

«Y esperar que no te estrelles», pensó Bree.

CAPÍTULO 19

Matt observó cómo Bree concluía el interrogatorio. En su opinión, Alyssa había aguantado bastante bien, pero tampoco se comportaba exactamente como si fuera culpable. Estaba claro que aún les faltaba información. Sentado junto a Matt, Todd tomaba notas.

Ambos se pusieron de pie cuando Bree entró en la sala de control.

—¿Qué os ha parecido? —les preguntó.

—Parecía sorprendida y enfadada al descubrir que Harper le había robado —señaló Matt.

—A mí también me lo ha parecido —coincidió Todd.

—Pero también creo que hay algo más que no nos está diciendo —añadió Matt.

—Probablemente. —Bree se volvió hacia Todd—. ¿Alguna novedad?

—La búsqueda de crímenes similares en el NCIC no ha arrojado ningún caso abierto de víctimas que hayan recibido un disparo en la cara y luego una paliza. —Todd empujó su silla vacía bajo la mesa. El Centro Nacional de Información sobre la Delincuencia era un centro de intercambio de datos sobre distintos delitos—. He comprobado a Phil Dunlop: no tiene antecedentes penales y ha pagado los impuestos reglamentarios del camping y de su vivienda.

—Mierda —dijo Bree—. ¿Algo más?

—Tengo que hablar con la señora Whitney para ponerla al día de la investigación —dijo Matt.

Bree volvió a meterse el teléfono en el bolsillo.

—Yo también necesito hablar con la señora Whitney.

—Puedo hacerlo esta noche —dijo Matt—. Yo ya la conozco.

—Creo que debería ir a verla personalmente. —Bree frunció la boca.

Matt sintió que un sentimiento de frustración se apoderaba de él.

—Entiendo tu dedicación y tu compromiso, pero si sigues sintiendo la necesidad de controlar todos los aspectos de la investigación, ¿para qué me has contratado?

—Te he contratado porque confío en ti. —Bree suspiró y se llevó la palma de la mano a la frente.

—Entonces también tienes que confiar en mi capacidad para hacer mi trabajo.

—Sí, tienes razón. Necesito delegar. —Sacó su teléfono—. Voy a irme a casa a tiempo de cenar con los niños, pero estaré disponible luego si me necesitas.

—Podría ir con Matt —se ofreció Todd.

—¿Estás seguro? —Bree sopesó su ofrecimiento—. Llevas trabajando casi sin parar desde ayer por la mañana.

—Estoy seguro. Los meses que estuve como sheriff en funciones sentí que aquello me superaba. Necesito experiencia en investigación. —Todd parecía decidido a probarse a sí mismo.

—Está bien. Nos sería muy útil, porque Matt no tiene las credenciales todavía, pero asegúrate de que comes y duermes lo suficiente. Mañana te necesito en plena forma.

Todd parecía satisfecho.

—Sí, jefa.

Bree se dirigió a su despacho y Todd y Matt salieron de la comisaría.

—Conduciré yo el coche patrulla —dijo Todd—. Es mejor ir equipados con todas las luces y las sirenas en caso de que las necesitemos.

—De acuerdo.

Matt se deslizó en el asiento del pasajero del coche patrulla, que estaba acondicionado para un solo conductor y el espacio era reducido. El ordenador del salpicadero invadía el lado de Matt.

Todd condujo hasta la dirección de la señora Whitney, que vivía en una casa de una sola planta cerca de la estación de tren de Grey's Hollow. Aparcó y salieron del vehículo.

Matt se detuvo en la acera.

—Te gustan los perros, ¿verdad?

—Mucho. Antes tenía un labrador.

Matt guio el camino hacia la puerta principal.

—Estos son perros pequeños.

—Vaya.

Tocó el timbre e inmediatamente se oyeron ladridos al otro lado de la puerta. Un minuto después, la puerta se abrió apenas un centímetro y la señora Whitney se asomó por la rendija.

—Hola, Matt.

—Señora Whitney. —Matt levantó la voz para que lo oyera pese a los estridentes ladridos y señaló a Todd—. Este es el jefe adjunto Todd Harvey. Nos gustaría ponerla al día y hacerle algunas preguntas.

—Sí. Por supuesto. Hugo, aparta. Larry, deja ya de gruñir.

La señora Whitney se agachó y recogió a una mezcla de doguillo con un solo ojo y muy mal genio. Al abrir la puerta, empujó a un chihuahua hacia atrás con el pie. Llevaba los pantalones negros cubiertos de pelo de perro. Se había puesto una chaqueta de punto por encima de un jersey y llevaba unas gafas de lectura con una cadena en el cuello.

Matt y Todd entraron en la casa. Hugo, el chihuahua, les olfateó los zapatos. Cada vez que daban un paso, el animal saltaba hacia atrás y ladraba. Larry siguió refunfuñando en brazos de la señora Whitney.

—Déjame que lleve a estos dos a la otra habitación, así podremos hablar.

La casa estaba repleta de muebles y camas para perros. En varias de ellas había perros callejeros muy viejos, con el hocico blanco. La moqueta estaba llena de juguetes, y las fotos enmarcadas cubrían todas las superficies. El noventa por ciento eran fotos de Eli, desde su infancia hasta el presente. La mujer se llevó a los dos perros a un dormitorio de la parte de atrás de la casa y regresó al cabo de un minuto. Matt contó seis perros, incluidos Hugo y Larry. La casa olía ligeramente a perro viejo, a orina y a limpiador de moquetas.

—Siéntense. —La mujer se sentó en un sillón descolorido y señaló un sofá cubierto de mantas—. ¿Tienen alguna noticia de Eli? —preguntó la señora Whitney.

—Lo siento. Todavía no, señora —dijo Matt—. Hábleme un poco más sobre los amigos de su nieto.

La abuela empezó a tirar de un hilo suelto del sillón.

—Tiene a sus compañeros de piso.

—¿Le mencionó alguna vez si había discutido con ellos? —le preguntó Matt.

—La verdad es que no —contestó—. O al menos, no por nada importante. Le molesta que Christian se coma sus sobras, ese tipo de cosas.

Matt se preguntaba hasta qué punto el nieto le contaba su vida a su abuela.

—¿Tiene otros amigos?

—Sus compañeros de piso son con los que va siempre. —Soltó el hilo y cruzó las manos en su regazo.

Todd desplazó el cuerpo hacia delante.

—¿Y alguna chica?

—No tiene novia… Espere. —Habló con voz más animada—: Hace unas tres semanas, trajo a una chica a cenar. ¿Cómo se llamaba…? —se preguntó—. Era un nombre bíblico. No hablaba mucho… Samantha. No. Sariah, eso es.

Todd se sacó una libretita del bolsillo y anotó el nombre.

—¿Podría describir a Sariah?

La señora Whitney adoptó una expresión pensativa.

—Es alta para ser una chica, y delgada. Con el pelo oscuro. Tengo una foto, a ver si la encuentro. —Se levantó, se dirigió a un secreter que estaba contra la pared y seleccionó una foto enmarcada—. Aquí está. —Se la enseñó a Matt y a Todd.

La chica estaba sentada junto a Eli en ese mismo sofá. Tenía el pelo oscuro recogido en una coleta. Eli le pasaba el brazo alrededor de los hombros, pero ella estaba ladeada ligeramente hacia el otro lado. Era la chica por la que se habían peleado Eli y Brian.

—¿Puedo llevármela? —Matt dio un golpecito con el dedo en el marco—. Prometo devolvérsela.

—Puedes quedarte con esa. Yo puedo imprimir otra. —La señora Whitney señaló una impresora pequeña que había sobre el escritorio—. Eli me la compró hace un par de Navidades. Puedo imprimir desde mi teléfono. Él sabe lo mucho que me gustan las fotos —dijo con orgullo. Abrió el marco, sacó la instantánea y se la dio a Matt.

—¿La volvió a ver algún otro día? —Matt sujetó la foto por los bordes.

—No. —La mujer dejó el marco vacío encima del escritorio—. Solo la trajo una vez. Me habló de ella algunas veces más, pero sospecho que ella lo dejó. No fue una gran pérdida, en mi opinión. No le gustaban los perros.

—¿Hay algo más que pueda contarnos sobre la vida de Eli? —le preguntó Todd—. ¿Tiene problemas en la universidad? ¿Lo notó distinto la última vez que lo vio?

—Estaba como siempre. —Recorrió el borde del escritorio con un dedo—. Se comió medio kilo de carne asada. —La voz se le quebró a medias.

Matt sintió una oleada de empatía hacia ella.

—Seguiré buscándolo.

—Sé que lo harás. —La mujer contuvo una lágrima.

—Si se le ocurre algo, llámenos a cualquiera de los dos. —Todd le dio su tarjeta.

La mujer se metió la tarjeta en el bolsillo de su chaqueta y los acompañó a la puerta.

Matt y Todd salieron. El aire fresco olía a limpio después del olor a perro viejo de la casa de la señora Whitney. Se subieron al coche patrulla.

—¿Y ahora qué? —preguntó Todd mientras arrancaba el motor.

—Me gustaría volver a conducir por el barrio donde Eli fue visto por última vez. Alguien podría tener una cámara de seguridad.

—Buena idea. También podemos ir puerta a puerta a hablar con los vecinos. A veces se consiguen más cosas a la vieja usanza, hablando con la gente sin más.

Todd condujo hasta el campus universitario.

Mientras circulaban por el barrio, Matt fue comprobando los números de las casas. Varios estudiantes caminaban por la acera cargados con sus mochilas.

Matt señaló un viejo edificio colonial de gran tamaño.

—Esa es la casa donde se celebró la fiesta. Stella dijo que la calle estaba abarrotada de gente. Da la vuelta a la manzana.

Todd dobló dos esquinas.

—Aquí es donde pidió el coche para compartir. —Todd aparcó el coche patrulla—. Mira a ver si encuentras cámaras de seguridad.

Estas casas están muy cerca de la acera, así que si alguna tuviera una cámara en el porche, podría captar la calle.

Se bajaron del vehículo.

—¿Divide y vencerás? —preguntó Todd.

—Sí.

Todd enfiló la acera hacia arriba, mientras que Matt cruzó la calzada en diagonal para empezar por la primera casa del lado opuesto. Los estudiantes ocupaban la mayoría de las viviendas de aquella zona, por lo que dudaba que estuvieran en la cama a las ocho de la tarde. Nadie respondió cuando llamó a la puerta de las tres primeras casas. En la cuarta, abrió un chico en pantalones de deporte y con una chaqueta universitaria con cremallera. Iba con los pies descalzos.

—Hola, me llamo Matt Flynn y estoy ayudando al departamento del sheriff en una investigación. —Señaló a Todd al otro lado de la calle.

—Soy Brandon Stone. —Brandon era de estatura y complexión media, con el pelo oscuro y largo, una barba desaliñada y la piel del color de alguien que no pasa mucho tiempo al aire libre.

—Brandon, ¿estabas en casa el sábado por la noche?

—No, lo siento. Fui a una fiesta. —Se apartó el largo flequillo de los ojos.

—¿La que hubo a la vuelta de la esquina?

—Sí. ¿Cómo lo sabe?

—He oído que fue muy popular. ¿Te suena haber visto a este chico? —Matt le enseñó una foto de Eli.

Brandon se inclinó.

—Sí, estaba en la fiesta, pero no sé cómo se llama.

—¿A qué hora te fuiste?

—No sé. A la una o las dos. Algo así. —Brandon señaló el teléfono de Matt—. Él se fue antes que yo.

—¿Estaba borracho?

—Iba completamente pasado. —Brandon desplazó los pies descalzos por el suelo—. Pero que no le estoy juzgando ni nada. Yo también he tenido mis noches. —Sonrió.

—¿Pero no el fin de semana pasado?

—Tenía que entregar un trabajo importante para clase. No puedo meter la pata, estoy en el último curso. —Brandon parecía agobiado.

—¿Lo viste en la calle cuando te fuiste?

—No.

—¿Y tus compañeros de piso? ¿Están por aquí?

—No están aquí ahora, y ese fin de semana se fueron a pasarlo a su ciudad de origen. Aquí solo estaba yo.

Matt estaba a punto de darle las gracias y marcharse cuando miró más de cerca el timbre de la puerta.

—¿Este es uno de esos timbres con cámara?

—Sí. —Brandon lo señaló—. El mes pasado nos robaron unos paquetes, así que instalamos uno.

—¿Y va bien?

Brandon se sacudió el pelo de los ojos.

—No va mal. Es un poco demasiado sensible. Capta todo lo que pasa por la acera. Tuve que desactivar las notificaciones de movimiento porque se activaba todo el día mientras estaba en clase.

—Pero si lo desactivas no cumple su función, ¿no? —preguntó Matt.

—Dejé activadas las notificaciones del timbre. Así me suena el teléfono solo si alguien llama. La aplicación sigue rastreando todos los movimientos. Si nos falta algún paquete, podemos revisar el historial. Pero la aplicación no se activa en mi teléfono cada vez que alguien pasa por delante.

La casa estaba justo en el centro de la manzana y en la zona general en la que Eli había pedido el coche compartido.

Matt cruzó los dedos.

—¿Te importaría si compruebo tu aplicación y veo si informó de algún movimiento el sábado por la noche, entre la medianoche y las dos de la madrugada, por ejemplo?

—Ningún problema. —Dio un paso atrás—. Espere, que cojo mi teléfono.

Dejó la puerta entreabierta y regresó un minuto después, desplazándose ya por su pantalla.

—Ocurrieron muchas cosas alrededor de esa hora.

Abrió el primero y vieron a tres chicas riéndose mientras pasaban por delante de la casa. El segundo vídeo mostraba a una pareja caminando del brazo. El tercero mostraba a un joven solo. El clip solo duraba unos veinte segundos. En la oscuridad, parecía en blanco y negro, pero Matt reconoció a Eli. Iba vestido con vaqueros y un abrigo, pero no llevaba gorro. Se detuvo justo delante de la casa. Se metió las manos en los bolsillos, se puso de espaldas a la cámara y esperó.

—Está esperando el coche —dijo Matt.

Un coche se acercó a la acera diez segundos después. En el salpicadero, un cartel luminoso con letras moradas brillantes anunciaba el viaje compartido. La luz de la matrícula delantera era tenue, pero Matt reconoció la marca y el modelo del vehículo como un Dodge Charger.

—Es él —dijo Matt—. ¿Me podrías pasar una copia de eso?

—Sí. —Brandon dio un toque en su pantalla—. Puedo enviarle un mensaje de texto. Deme su número.

Al cabo de unos segundos, a Matt le vibró el teléfono.

—Lo tengo. Gracias.

Matt anotó los datos de contacto de Brandon.

—Es posible que la policía quiera que prestes declaración y acceso a tu cuenta del timbre digital.

—Ningún problema. —Brandon se frotó los brazos—. El historial de eventos en línea solo se almacena durante sesenta días.

—Genial. Gracias.

Matt se dio media vuelta y echó a andar con paso apresurado. Terminó de llamar a las puertas de su lado de la calle. Otros dos vecinos estaban en sus casas. Una chica joven puso cara de hartazgo al hablar de la fiesta, pero nadie había visto a Eli. Matt alcanzó a Todd y le enseñó el vídeo.

—Es él, sin duda. —Todd señaló su lado de la acera—. Yo no he conseguido nada. ¿Quieres que le envíe un mensaje de texto a la sheriff?

Matt pensó en Bree en casa con los niños.

—No quiero molestarla hasta que tengamos algo más concreto. Primero hagamos una lista de los Dodge Charger registrados en la zona. Eso sí que podría darnos alguna pista de verdad.

Capítulo 20

Bree aparcó el todoterreno junto al antiguo Bronco de su hermano y apagó el motor. Adam estaba allí. Se quedó mirando la casa un par de minutos, en estado de descompresión, reduciendo de marcha en su palanca de cambios particular, pasando de ser sheriff a ser madre. Se sentía más cómoda con lo primero que con lo segundo.

Cuando Todd hablaba de que se había sentido sobrepasado como sheriff en funciones, Bree lo entendía. Así era exactamente como se sentía ella como tutora legal de los niños, como si alguien hubiera comprobado sus referencias y la hubiera rechazado para el trabajo por falta de experiencia.

Las luces estaban encendidas en las ventanas de la cocina y Bree vio a Dana en los fogones. Kayla estaba poniendo la mesa para la cena, mientras Adam cogía los vasos de la parte superior del armario. ¿Dónde estaba Luke? Bree miró al establo. Las luces estaban encendidas. Estaría dando de comer a los caballos.

Dos meses después de trasladarse a vivir allí, la casa aún seguía pareciendo más de Erin que de Bree. Se había traído sus propios muebles de dormitorio, modernos y elegantes, de su apartamento de Filadelfia. Necesitaba hacerse suyo al menos un rinconcito de la casa. Casi todo era de Erin, desde su obsesión por las vacas hasta las fotos familiares. Los muebles del dormitorio de su hermana habían ido a parar a un trastero de alquiler, y habían donado toda su ropa, salvo unas pocas prendas que Kayla había pedido conservar. Bree tenía miedo de deshacerse de algo por si los niños lo querían algún día. Ella misma no sabía qué había sido de las cosas de su madre; nadie le llegó a preguntar nunca si quería alguna de ellas. Toda la teoría de Bree en materia de crianza de los hijos se basaba en saber lo que no funcionaba.

Como aún no estaba del todo lista para entrar, Bree cogió el teléfono y pulsó un botón.

El sonido de la voz de su hermana hizo que se le saltaran las lágrimas.

—¿Bree? Estoy metida en un lío y no sé qué hacer. No quiero decirte de qué se trata en un mensaje, pero necesito tu ayuda. Por favor, llámame en cuanto oigas esto, ¿vale?

Bree reprodujo el mensaje dos veces más. Esa fue la última vez que tuvo noticias de su hermana. Luego enroscó los dedos alrededor del teléfono y escuchó los latidos de su propio corazón en el silencio del coche. No había llegado a Grey's Hollow a tiempo para ayudar a Erin. Sintió cómo se intensificaba la presión en su pecho. Cuando estaba ocupada trabajando, podía olvidarse momentáneamente de su pena, pero los momentos de tranquilidad hacían aflorar de nuevo todo el dolor.

Salió del todoterreno y entró en el establo. Los caballos estaban masticando el pienso. Luke estaba en el establo de Rebelde. El enorme alazán castrado saludó a Bree con la cabeza y ella lo recompensó masajeándole la testuz.

Luego se apoyó en la parte inferior de la puerta.

—¿Cómo te ha ido el día?

Luke dejó de cepillar la pata delantera del caballo y levantó la vista. Las ojeras se le marcaban bajo los ojos.

—Bien.

—Siempre estoy disponible para que hables conmigo, lo sabes, ¿verdad? Sobre cualquier cosa.

—Sí, tía Bree —dijo Luke con tono irritado, y lanzó un suspiro.

—No quiero ser pesada. Solo me preocupo por ti.

—Lo sé. —Volvió a cepillar al caballo.

Bree se rindió. Aún recordaba lo bastante sobre su adolescencia como para saber que cuanto más le presionara, menos probabilidades tendría de que hablara con ella.

—Te veo dentro.

Bree salió del establo y se dirigió a la casa.

La puerta trasera se abrió y Adam salió al porche trasero. Abotonándose el abrigo, cruzó el patio. A sus veintiocho años, era un chico alto y desgarbado. De lejos podría pasar por un adolescente, tan solo sus ojos reflejaban su dolor interior.

Bree sonrió en la oscuridad. Adam era introvertido y un artista. Pintor. Podía pasar semanas enteras a solas con su trabajo y no echar en falta la compañía humana, pero había prometido ayudarla con los niños. Bree había tenido sus dudas. A su hermano le costaba establecer conexiones emocionales, si bien había dado un paso adelante desde la muerte de Erin. No se había perdido ni una sola cena familiar semanal, y ahí estaba, saliendo a hablar con Luke, tal y como Bree le había pedido.

Cuando se cruzó con ella, Adam la saludó dándole un abrazo y un beso en la mejilla.

—Gracias por venir a cenar —dijo ella.

—Dana me soborna con las sobras. Ha preparado comida suficiente para que me alimente toda la semana. —Siguió andando hacia el establo.

Bree se rio mientras subía los escalones del porche y entraba en la casa. La cocina era luminosa y estaba llena de actividad. Ladybug y Kayla corrieron al encuentro de Bree, y esta se preparó para el impacto. Kayla le dio en plena cintura abrazándola con fuerza. La perra se deslizó por las baldosas del suelo y por poco se la lleva por delante.

—¡Ladybug! —la reprendió Dana.

—No pasa nada. —Aunque aún se ponía nerviosa, Bree ya no se asustaba cuando el animal, grande y torpe, cargaba contra ella—. No entiendo por qué hace esto cada vez que entro en la casa, aunque solo haya ido al buzón o al establo.

—Son cosas de perros. Te ha echado de menos.

Bree besó la cabeza de la niña y rascó a Ladybug por detrás de las orejas. La cocina olía a ajo.

Kayla y la perra volvieron a la mesa. La niña dobló las servilletas con cuidado y las colocó debajo de los tenedores mientras el animal la observaba.

—¿Qué hay para cenar? —Bree se quitó las botas, colgó la chaqueta y dejó el teléfono en la isla de la cocina.

—Tortellini primavera. —Dana abrió el horno y miró en el interior. El olor a ajo se intensificó.

—Dana ha hecho pan de ajo. —Kayla sonrió—. Y yo la he ayudado.

—A Kayla le gusta la mantequilla—. Dana sacó una bandeja del horno y la puso sobre la encimera—. Creo que estaremos listos para comer en cuanto lleguen Luke y Adam.

Bree fue a la nevera y sacó una lata de agua con gas y lima. Dana se sirvió un vaso pequeño de vino tinto. Vader se subió a la isla de un salto y le dio un toque al teléfono de Bree con una pata.

—Vader… —lo regañó Bree en voz baja—. No hagas eso.

Dejó la lata y se acercó al gato.

Sin pestañear ni dejar de mirarla a los ojos, el gato empujó el teléfono por el borde la encimera de la isla. Bree corrió a atrapar el móvil justo cuando caía al suelo. Lo recogió y comprobó a ver si se había roto la pantalla. No había ninguna grieta, y funcionaba. Acarició al animal.

—Por eso no podemos tener cosas bonitas en esta casa.

—Es culpa tuya. —Dana removió algo en una cazuela—. Siempre acaricias a la perra antes de acariciarlo a él.

—Ya me vale… A estas alturas ya debería saber que no hay que alterar el orden jerárquico en la familia… —Bree puso los ojos en blanco y rascó al gato por detrás de las orejas. El animal se desplazó de un lado a otro por la encimera, restregándose contra ella.

—¿Lo ves? —Dana los señaló con su cuchara de madera—. Te está marcando como si fueras su posesión.

—¿Por qué tienes que ser tan gato? —Bree le rascó en su parte favorita, por debajo de la barbilla. El animal ronroneó y babeó sobre su mano hasta que se apartó de golpe, se bajó de la encimera de un salto y salió de la cocina. Bree se lavó las manos. Muy típico de Vader. Cuando se cansaba de ti, adiós muy buenas.

La puerta trasera se abrió. Bree se quedó asombrada al comprobar, una vez más, cuánto se parecían Adam y Luke: estando el uno al lado del otro, parecían hermanos. Los genes Taggert se expresaban en todo su esplendor en aquellos cuerpos delgados, el pelo castaño y alborotado, y los ojos de color avellana y mirada triste.

—¿Un agua con gas? —ofreció Bree.

—Vale —dijo Adam.

A Bree no le gustaba el alcohol, aunque había que tener en cuenta que se había criado sabiendo que el olor a alcohol en el aliento de un hombre enfadado significaba que alguien iba a recibir una paliza.

Luke y Adam se lavaron las manos y se sentaron todos a la mesa. Bree dejó que la conversación fluyera a su alrededor.

Luke describió la última versión de *Call of Duty*. Desde que habían inaugurado aquella costumbre de cenar en familia, él y Adam se retaban a jugar cada semana.

—¿Quieres jugar conmigo, tía Bree?

—Solo quieres que juegue para poder liquidarme una y otra vez —bromeó Bree.

Luke sonrió.

—Se te daría mejor si jugaras más.

Kayla empezó a hablar sobre su próximo examen de matemáticas.

—¿Me preguntarás luego para ver si me lo sé, tía Bree? Tengo que aprenderme las tablas de multiplicar hasta la del seis.

—Claro —contestó Bree—. Podemos hacerlo después de la cena.

Siguieron conversando y Bree sintió que la tensión en su interior iba desapareciendo. En su vida anterior, Bree habría cogido comida para llevar o habría cenado unos huevos revueltos de pie encima del fregadero. Luego habría abierto el expediente del caso que fuese más urgente y seguido trabajando. Sin descanso. Sin familia. Bajó la vista. Ladybug tenía la cabeza apoyada en el pie de Bree. Sin perro.

Tal vez Dana tenía razón, y a Bree acabaría gustándole aquel chucho grandote. Cosas más raras se habían visto.

Cuando terminaron de cenar y hubieron recogido la mesa, tanto la comida como la compañía de la familia le habían recargado las pilas. Bree preguntó a Kayla las tablas de multiplicar y luego estuvo pendiente de que la niña siguiera su rutina a la hora de acostarse. Cuando volvió a bajar, vio que Luke no estaba y que Adam se estaba poniendo el abrigo.

—Luke se ha ido a terminar los deberes. —Adam se dirigió de vuelta a la cocina.

—Te acompaño afuera.

Bree se puso las botas y lo siguió hasta su coche, un cacharro viejo y oxidado.

—Necesitas un todoterreno nuevo.

Las bisagras chirriaron al abrir la puerta.

—No salgo mucho.

—Gracias por venir a cenar. Significa mucho para los niños, y también para mí.

Adam se volvió hacia ella.

—También significa mucho para mí. Gracias por darme la lata cada semana.

Bree sonrió.

—De nada.

Subió un pie al interior del vehículo y luego se detuvo.

—Bree…

—¿Sí?

—¿Piensas alguna vez en cómo habrían sido nuestras vidas si alguien nos hubiera criado a los tres juntos después de que mamá y papá…?

—Lo pienso constantemente, Adam. —A veces, a eso de las tres de la mañana, Bree no podía pensar en otra cosa.

—Me alegra que podamos ayudar a Luke y a Kayla.

—Sí. A mí también. —Y tal vez Bree y Adam podrían ayudarse mutuamente de paso. Su relación ya había cambiado, y Bree sentía una conexión con su hermano que no había esperado que se desarrollara después de todos esos años—. ¿Has hablado con Luke?

Adam asintió.

—No quiere hablar del tema. Lo único que ha dicho es que quiere ser un chico normal durante una temporada.

—Puedo entenderlo, pero me preocupa. Nuestros antecedentes familiares no están llenos de personas emocionalmente estables, la verdad.

—Todo el mundo gestiona su dolor a su manera. Yo pinto. —Después de aquella conversación, Adam seguramente se iría a casa y trabajaría hasta el amanecer. Dejaría plasmado su dolor, crudo, en grandes trazos sobre un lienzo—. No es un niño pequeño. Tenemos que respetar lo que quiere.

—Eso tiene sentido. Últimamente, buena parte de su vida ha escapado de su control —señaló Bree—. ¿Pero a ti te parece que está bien?

Adam resopló.

—No lo sé. ¿Alguno de nosotros está bien?

—Buena pregunta. Esta noche parecía estar pasando un buen rato.

Pero no podía evitar pensar que ojalá Luke se abriera a alguien.

Adam ladeó la cabeza.

—¿Has vuelto alguna vez a la casa?

La pregunta pilló a su hermana por sorpresa.

—¿Te refieres a nuestra antigua casa?

Adam asintió.

—No. —Podía prescindir perfectamente de esos recuerdos—. ¿Y tú?

—Un par de veces —dijo en un tono vago—. Sigue vacía.

—No me sorprende. —Temblando, Bree se abrazó el cuerpo—. Hay muchas tierras por aquí, y la finca ya estaba hecha polvo entonces.

Si su memoria no la engañaba, aquello había sido prácticamente un vertedero.

Además, ¿quién iba a querer una casa que había sido el escenario de un asesinato-suicidio? A no ser que el valor inmobiliario del suelo se disparara, aquel lugar se quedaría abandonado para siempre.

—Seguramente deberían declararla en ruinas —dijo Adam.

—Ni siquiera sé quién es el dueño.

—Yo.

—¿Tú qué? —Bree parecía perpleja—. ¿Sabes de quién es o eres tú el dueño?

—Salió a subasta y la compré.

A Adam no le importaba la ropa cara ni los coches ni nada de lo que solía interesarle a la gente con dinero. Era fácil olvidarse del talento que tenía y del hecho de que sus cuadros se vendían a precios exorbitantes. Había comprado la granja para Erin, y había estado años ayudándola a llegar a fin de mes y a pagar las facturas.

Bree se olvidó del frío.

—¿Por qué?

—No estoy seguro. —Adam desplazó la mirada hacia el cielo nocturno—. A veces… —Parecía costarle un gran esfuerzo encontrar las palabras adecuadas—. Me pregunto cómo sucedió todo. Cómo pudo hacerlo. Y por qué. Sé que tú y Erin me hablabais de lo malo que era, pero… —Dejó escapar un suspiro—. No tengo ningún recuerdo de aquella época. Nada. Todo es un como un enorme vacío. Pero siento algo cuando me paseo por ese viejo terreno.

—¿Qué es lo que sientes?

—No estoy seguro. Paz y felicidad no, desde luego. —Se estremeció—. Pero sí una especie de conexión. Tal vez mi subconsciente reconoce el lugar. —Respiró profundamente—. No me acuerdo de ellos. En absoluto. No logro visualizar la cara de mi propia madre.

Bree siempre había envidiado a Adam por el hecho de que no tuviera recuerdos de aquella noche aciaga. Incluso los recuerdos de Erin habían sido borrosos, pero Bree recordaba cada segundo en alta definición y con sonido envolvente. Había sufrido pesadillas durante toda su infancia, pesadillas que la aterrorizaban por las noches y que habían vuelto a hacer acto de presencia desde la muerte de su hermana.

Sopló el viento y una ráfaga de aire gélido la envolvió. Hacía frío aquella noche en la que Bree se había llevado a su hermana pequeña y a su hermanito debajo del porche trasero, para esconderse de su padre. Veintisiete años después, aún sentía el aire helado traspasando la tela de su pijama. Aún sentía la tierra fría bajo sus pies descalzos y olía la tierra húmeda.

Aún oía el impacto de los disparos.

Toda su vida había pensado que Adam había sido el más afortunado, por haber sido demasiado pequeño para recordar nada. Ahora se daba cuenta de que, en lugar de un recuerdo trágico, Adam tenía una laguna, un espacio vacío. ¿Era eso lo que hacía por él su arte? ¿Llenar el vacío?

Ella debería haberle ayudado a llenar ese espacio. No había podido evitar que la separaran de sus hermanos tras la muerte de sus padres. A Adam y a Erin los había criado su abuela. A Bree, la niña más difícil, la habían enviado a vivir con una prima en Filadelfia. Pero hacía mucho tiempo que era adulta, y no podía excusar las decisiones que había tomado en los últimos veinte años. Debería haber hecho algo más que tenderle la mano a Adam. Debería haber hecho lo que estaba haciendo ahora: exigir un lugar en su vida. Tal vez no fuese un ser solitario por su carácter y su personalidad innata; tal vez simplemente no sabía cómo no serlo.

Le tocó el brazo.

—Siento no haber sido una buena hermana durante estos años. A partir de ahora lo haré mejor.

—Bree, me salvaste la vida, literalmente.

—Eras un bebé.

—Podrías haber salido huyendo. No lo hiciste. Nos cogiste a mí y a Erin y nos pusiste a salvo.

—Ojalá no nos hubieran separado después de eso.

De niña, Bree siempre había echado de menos la conexión con sus hermanos. Cada vez que tenía una pesadilla, le daban ganas de abrazarse a su hermano y a su hermana, como había hecho bajo el porche aquella noche terrible. Pero en vez de eso, había estado sola, aislada.

—Sí, ojalá.

—No podemos cambiar el pasado, Adam, pero podemos construir un nuevo camino que nos lleve hacia delante, uno que escojamos nosotros mismos. Podemos aprender de esos errores y asegurarnos de no cometer los mismos con los hijos de Erin.

Adam hizo una pausa y luego preguntó:

—¿Querrías venir a la casa conmigo un día, cuando tengas tiempo?

El frío caló los huesos de Bree y esbozó una sonrisa tensa.

—Claro. Por supuesto.

—Gracias. Sé que no quieres hacerlo.

—Tal vez sea bueno para mí. Ya sabes, lo de enfrentarme al pasado y todo eso. —Bree llevaba evitándolo toda su vida. Sonrió y tomó la cara de su hermano entre sus manos—. Iremos juntos. Gracias por proponérmelo.

—Sé que no lo dices de corazón, pero te agradezco que accedas a venir de todos modos. —Le dio un rápido abrazo—. Te estás congelando. Entra.

Bree dio un paso atrás. Él cerró la puerta y ella lo vio marcharse con el coche. Reprodujo la conversación en su cabeza. Creía conocer a su hermano, pero se había equivocado en muchas cosas. Fue corriendo hasta el establo y encerró a los caballos para el resto de la noche. Luego volvió aprisa al porche y entró en la casa, calentita.

Dana estaba en el salón, leyendo un libro de cocina y bebiendo té. Miró a Bree por encima de sus gafas de lectura.

—¿Va todo bien?

—Sí. —Bree tenía mucho que asimilar. Todavía no estaba preparada para explicarle a nadie lo que le había pedido Adam que hiciera, ni siquiera a su mejor amiga, ni siquiera a sí misma—. Ahora voy a leerle un ratito a Kayla.

Dana se levantó y apagó la luz.

—Yo también me voy a la cama.

En la habitación de Kayla, Bree abrió el libro de Harry Potter y le leyó a su sobrina durante media hora. Tenía que admitir que la historia le estaba gustando tanto como a Kayla. Tal vez ella también necesitaba escapar a un mundo de fantasía. Se despidió de la niña dándole un beso de buenas noches y entró en su propia habitación para ponerse el pijama. Se lavó la cara, se cepilló los dientes y se metió en la cama. Quince minutos después, se encendió una luz en el pasillo. Kayla, Ladybug y Vader desfilaron hacia su dormitorio y se metieron en su cama. La perra y la niña se acurrucaron contra Bree, bien apretaditas.

Ambas necesitaban el contacto físico con ella mientras dormían. El gato reclamó la segunda almohada.

A pesar de su agotamiento, Bree se quedó con la mirada fija en el techo mientras sus compañeros de cama respiraban profundamente y la perra roncaba. Su conversación con Adam le había traído demasiados recuerdos. Cuando al fin se durmió, soñó con hombres furiosos, con disparos y con un cadáver sin rostro que resultó ser el suyo.

Se despertó en la oscuridad con el corazón palpitante, cubierta de sudor y temblando. Tardó unos segundos en comprender dónde estaba.

Kayla y la perra levantaron la cabeza.

—¿Has tenido una pesadilla? —le preguntó Kayla con voz somnolienta desde lo que parecían quince centímetros de la cara de Bree. Las tres estaban apretujadas en menos de un metro de colchón. El gato suspiró y se recostó más firmemente en la otra almohada, como si intentar ignorarlas a todas fuese una tarea agotadora. Todo el resto de la cama estaba vacío. Bree pensó en deslizarse y situarse en el otro lado.

—Sí. —La voz de Bree era áspera.

—Ya pasó. Estás a salvo. —Kayla le repitió las palabras de Bree.

La niña se acercó más y le pasó un brazo delgado por encima de la cintura. La perra rodó hasta presionar el lomo contra la pierna de Bree.

Bree apoyó la cabeza en la de Kayla, pero no volvió a dormirse. No valía la pena revivir su pesadilla. Al final, el calor que manaba de los cuerpos unidos consiguió que Bree dejara de temblar. Tal vez vivir en una casa llena de gente era mejor que estar sola.

Capítulo 21

Al pasar por delante de un *bed and breakfast*, redujo la velocidad del coche. Si la sheriff había escondido a una testigo —que además era una sintecho— en algún sitio, las opciones en Grey's Hollow se limitaban a unos pocos moteles y pensiones. El motel más próximo estaba cerca de la interestatal. Pero una testigo necesitaría protección, ¿no? Tendría que haber algún vehículo de la policía rondando por allí.

Había dos vehículos en el pequeño aparcamiento con el suelo de grava: un monovolumen y un todoterreno grande. No había ningún coche del departamento del sheriff. Las potentes luces exteriores no dejaban ninguna zona a oscuras, capaz de ocultar otro vehículo. Por lo tanto, probablemente allí no había ninguna testigo. Pisó el acelerador y prosiguió su búsqueda. Cogió un rotulador y tachó aquel *bed and breakfast* de su lista. El siguiente era el Tall Tree Inn. Para ser más eficiente, había señalado en el mapa todos los moteles y pensiones locales. Esa noche los comprobaría todos.

La encontraría.

El Tall Tree Inn era una vieja granja de dos plantas con un porche que rodeaba toda la propiedad. El aparcamiento estaba lleno. Apartó el pie del acelerador mientras avanzaba por la carretera. Ninguno de los coches pertenecía al departamento de policía. ¿Qué posibilidades había de que la sheriff no estuviera protegiendo a la testigo?

¿Y si no lograba encontrarla? Podía identificarlo. Sus huellas dactilares y su ADN no constaban en ninguna base de datos; ella podía ser lo único que lo relacionara con los asesinatos. Una estúpida chica podía acabar con él.

Agarró el volante con fuerza. La ira le tensó hasta que sintió que le dolían los nudillos. Se obligó a sí mismo a aflojarlos, cerrando los puños y estirando los dedos para aliviar la tensión.

La ansiedad le creaba un nudo insoportable en el estómago.

Todo iría bien. Ninguna mujer iba a acabar con él, ni la chica ni tampoco aquella sheriff. Había visto un momento a la nueva sheriff hablando por televisión, en las noticias. Parecía de las que siempre seguían las reglas; nunca pondría en riesgo la vida de una testigo, actuaría de forma predecible.

Sin embargo, sentía que estaba perdiendo el tiempo. La rabia se apoderó de todo su cuerpo, hasta el punto de que apenas podía respirar.

Luchó contra el impulso de olvidar su plan de silenciar a la testigo y volver a lo único que conseguía aliviar su rabia. Reprodujo en su mente el último asesinato. Sintió la sacudida del gatillo, los golpes con el martillo. Los supuestos atletas habían hecho gala de toda su arrogancia. ¿Y por qué? ¿Por hacer deporte? ¿Por haber nacido con un buen físico? ¿De qué les había servido eso al final? No habían salido tan bien parados en una auténtica competición de superioridad física y mental. La facilidad con que los había derrotado había sido lo más satisfactorio de todo.

Cuando murieron, sabían perfectamente que él era muy superior a ellos. Él era el verdadero macho alfa.

Se imaginó sus cadáveres destrozados deslizándose bajo el hielo de Grey Lake.

El volante dio una sacudida y pestañeó. La carretera oscura reapareció al otro lado del parabrisas. Su coche se salió del arcén y dio un bote en el suelo. Tiró del volante y el coche volvió a regresar al asfalto de la carretera. El pulso le retumbaba en la cabeza, tenía los pulmones en llamas y luchaba contra el pánico que le invadía todo el cuerpo.

«Estás perdiendo el control. Vas a estropearlo todo.

»Mata a la chica y luego podrás volver a ponerte manos a la obra».

Comprobó la ubicación del siguiente lugar de su lista, el motel Evergreen. Introdujo la dirección en el GPS de su teléfono y siguió las indicaciones de voz.

Delante del edificio, un cartel de neón parpadeaba anunciando que había habitaciones libres. El Evergreen constaba de tres edificios de dos plantas en forma de U, con el aparcamiento en el centro. Había un coche patrulla del departamento del sheriff aparcado en el lado izquierdo.

Sintió una oleada de entusiasmo.

La chica debía de estar en alguna de las habitaciones frente al coche del agente.

«Ya está».

Ahí era donde la sheriff tenía escondida a su testigo. El alivio barrió de un plumazo sus temores anteriores.

Pasó de largo con el coche. Unos kilómetros más adelante, dio media vuelta y volvió a pasar por delante. Reduciendo la velocidad, cogió el teléfono y grabó un vídeo. ¿Cómo lo haría para burlar al agente que la custodiaba y llegar hasta ella? Tenía que haber alguna manera. Debía estudiar el edificio para elaborar un plan.

Se fue a casa y subió el vídeo a su ordenador. Luego introdujo la dirección en Google Maps. Detrás del motel había un bosque y un camino rural que lo atravesaba. ¿Podría aparcar su coche allí y acercarse al motel por la parte trasera? Era arriesgado. Estaría demasiado lejos del coche y el ayudante de la sheriff lo vería de todos modos.

Tenía que pensar en otra cosa, pero no iba a ser fácil. En cuanto se ocupara de ella, podría volver a su trabajo de verdad. Volver a centrarse en la lista de personas a las que quería matar.

Las que, inevitablemente, tenían que morir.

Capítulo 22

El miércoles por la mañana, la falta de sueño obligó a Bree a recurrir a sus gafas de sol más oscuras. El sol relucía sobre el capó de su vehículo. Aparcó detrás de la comisaría y entró por la puerta trasera.

Estaba colgando su chaqueta cuando Todd apareció en la puerta de su despacho con la cara roja.

—Por tu aspecto, parece que ya han pasado cosas. —Bree miró su teléfono. Eran las siete de la mañana.

—Sí. Varias. Matt está en la sala de reuniones.

«¿Ya?».

—Ahora mismo voy. Dame dos minutos para hablar con Marge.

Rodeó su escritorio y plantó el trasero en su silla.

Todd salió disparado de la habitación.

Marge entró con una taza gigante de café en la mano y Bree señaló hacia la puerta.

—¿Siempre está tan insoportablemente despierto a esta hora de la mañana?

—Sí, pero tú también estás inusualmente gruñona. —Marge dejó el café sobre el escritorio—. Me parece que esto te hace falta.

—Bendita seas, Marge. —Bree inhaló el humo de la taza y luego tomó un trago prolongado—. Necesito una taza más grande.

—Eso sería toda la cafetera. ¿Dónde está Alyssa? —le preguntó Marge.

—En el motel —contestó Bree—. La llamaré dentro de una hora o así.

—Vale. Avísame si necesitas que le prepare el desayuno —dijo Marge al salir.

Bree dio unos cuantos tragos más, se levantó y entró en la sala de reuniones. Matt estaba sentado a la mesa bebiendo café y escribiendo unas notas.

Todd estaba demasiado nervioso para sentarse.

—Han encontrado las huellas de Alyssa en sus llaves y en el monedero, pero no en las joyas.

Bree resopló, soltando todo el aire de los pulmones, consciente de que no debería sentirse tan aliviada. Debería ser objetiva.

Todd apoyó ambos puños en la mesa, con los ojos brillantes.

—No he terminado. Las pisadas y las huellas de los neumáticos de la casa de huéspedes vacía coinciden con las de la rampa para embarcaciones del lago y la cabaña. La bota es de una marca muy común, así como el número de pie. —Leyó una ristra de cifras que representaban un tamaño de neumático.

Bree no era aficionada a los coches. Los números no significaban demasiado para ella.

—¿Es un neumático común?

—Por desgracia, sí, pero si encontramos un vehículo podremos confirmar si estuvo en las escenas o no. Lo mismo pasa con las botas —añadió Todd.—. Una cosa más: los técnicos han encontrado una coincidencia con las huellas de las joyas robadas.

Bree soltó la taza de café. No había nada como una buena pista para ponerla de buen humor.

Todd se sentó en la silla, abrió el expediente y examinó la página.

—Las huellas dactilares encontradas en las joyas pertenecen a Sara Harper, de Scarlet Falls. Sara es una joven de veintiún años, con antecedentes.

Bree se inclinó para ver el archivo.

Todd dio un golpecito en una página.

—La han detenido tres veces por hurto, una vez por robo en tiendas y otra por prostitución.

—¿Fue a la cárcel? —preguntó Bree.

Todd negó con la cabeza.

—Retiraron los cargos dos veces. En los otros casos se alcanzó un trato y se negoció la libertad condicional y una condena de servicios a la comunidad. En una de las acusaciones por robo explica que el *modus operandi* de Sara consistía en llamar a personas mayores y hacerse pasar por su nieta para que le enviaran dinero.

—Entonces, Harper Scott es un alias, y es una estafadora.

—Sí. Había cuatro móviles desechables en la mochila. Uno es con el que se comunicaba con el teléfono de Alyssa. Tres eran nuevos, en su embalaje original, todavía por abrir.

—Una chica muy ocupada —dijo Bree—. Asigna a un ayudante para que investigue la actividad del teléfono usado. Quiero saber a quién llamó y envió mensajes de texto en los días previos al supuesto tiroteo del lunes por la mañana.

—El teléfono está protegido por contraseña —dijo Todd.

—Consigue una orden para los registros del proveedor de telefonía móvil.

Eso iba a llevar tiempo.

Todd asintió.

—Necesitamos que un perito tase las joyas, pero solo por su apariencia, la pulsera de rubíes y diamantes coincide con las fotos de la pulsera robada. También había otras joyas buenas en la bolsa.

—Ahora tenemos que identificar al hombre que siguió a Alyssa en Walmart y que me agredió en la cabaña diecinueve. ¿Se menciona a algún cómplice en el expediente de Sara?

—No —dijo Todd—, pero investigaré más a fondo.

—Averigua quién vive en su último domicilio conocido y consigue sus antecedentes también. Busca a miembros de la familia o a un antiguo novio.

—Sí, jefa. —Todd se volvió hacia Matt—. Ahora te toca a ti.

—Empezaré con esta foto de Eli y su novia, Sariah.

Matt la deslizó por encima de la mesa. Bree examinó la foto y la comparó con la de la ficha policial de Todd. Era Sara Harper.

—Entonces, ¿Sara Harper es Sariah Scott y Harper Scott?

—Eso parece —dijo Matt.

Bree se recostó en la silla. Tenía que asimilar la noticia. Su cerebro necesitaba tiempo para ordenar las ramificaciones de aquella revelación y todo lo que implicaba.

—Sara Harper es el objeto de esta investigación; quiero saberlo todo de ella. Solo tiene veintiún años. Haré que Marge pida una copia del anuario de 2016 del instituto público de Grey's Hollow. Quizá siga teniendo los mismos amigos.

—Hay más —dijo Matt—. Después de hablar con la señora Whitney anoche, Todd y yo nos recorrimos el barrio, puerta por puerta. Encontramos una grabación de una cámara de seguridad en la que se ve a Eli entrando en un coche compartido falso. Ya hemos hablado con la empresa de coches compartidos y hemos confirmado que el vehículo que lo recogió no era el correcto. Alguien se hizo pasar por el que Eli había pedido.

—¿Tienes una copia de la grabación? —preguntó Bree.

—Sí, y Todd ya ha pedido otra copia directamente a la empresa.

Matt deslizó el teléfono por encima de la mesa. Bree lo recogió.

—Ese es Eli.

Bree vio todo el vídeo.

—Tenemos a un falso conductor de un coche compartido en lo que parece un Dodge Charger.

—Sí —confirmó Matt—. Incluso lleva uno de esos carteles luminosos en el salpicadero.

—Eli ni siquiera miró la matrícula. —Bree dejó el teléfono a un lado—. La matrícula no se ve.

—No —dijo Todd—. He hecho una búsqueda de todos los Dodge Charger del condado de Randolph y los condados vecinos.

Bree volvió a ver el vídeo. La imagen del coche era borrosa. Las cámaras de videovigilancia instaladas en los interfonos de las puertas estaban diseñadas para captar imágenes cerca de las casas, no para tomar imágenes de lejos.

Todd hojeó sus papeles.

—Este mismo diseño del chasis lleva utilizándose desde 2011. Hay páginas y páginas de ellos en toda el área de búsqueda.

Bree se masajeó una sien.

—¿Y el tamaño de los neumáticos de las huellas de la cabaña, la rampa para embarcaciones del lago y la casa de huéspedes encajaría con el de las ruedas de un Dodge Charger?

Todd abrió su teléfono y pulsó en él con los pulgares. Al cabo de un minuto levantó la vista.

—Sí, encaja.

—A pesar de lo poco que me gusta salir ante las cámaras, quiero programar una rueda de prensa para dentro de una hora. Quiero hacer un llamamiento público para tener a todo el mundo pendiente del Charger y los falsos viajes compartidos. —Bree le devolvió el teléfono a Matt—. Pero ¿por qué iba alguien a secuestrar a Eli?

Matt dejó el teléfono sobre la mesa.

—No tiene parientes ricos, así que no es por dinero. ¿Pudo tratarse de una broma y que se les haya ido de las manos? —preguntó Todd.

—Nada de esto tiene sentido —dijo Bree—. ¿Cómo podía saber el secuestrador que Eli había pedido un viaje compartido?

Matt suspiró.

—Eli lo publicó en Twitter.

Bree lanzó un suspiro.

—Que alguien revise esa lista de propietarios de Dodge Charger. A ver cuántos tienen antecedentes penales.

—Sí, jefa. —Todd se puso de pie.

—Hay una cosa más. —La voz de Matt sugería que era importante, pero en ese momento, a Bree le vibró el teléfono. Lo sacó del bolsillo y miró la pantalla. Era la forense.

—Tengo que contestar. Perdonad un momento.

Una vez en el pasillo, se acercó el teléfono al oído.

—Al habla la sheriff Taggert.

—Soy la doctora Jones. La víctima de Grey Lake es Brian O'Neil.

—¿Está segura?

—Sí, su madre estuvo aquí ayer a última hora. Recibimos su historial médico esta mañana temprano y lo confirmamos.

«Oh, Dios mío… Pobre mujer».

Bree había identificado el cuerpo de su hermana. Erin había recibido un disparo en el pecho. La doctora Jones se había asegurado de que Bree no pudiera ver sus heridas, de modo que su aspecto era perfecto. Bree recordó cuando estuvo junto a la mesa de autopsias. La pena y el dolor le habían abierto un agujero tan grande como la herida de bala de Erin. No creía que hubiera sido capaz de afrontarlo si la cara de Erin hubiera quedado destrozada. Sin posibilidad de confirmar visualmente que se trataba de ella. Sin posibilidad de despedirse.

—¿Cómo lo ha identificado? —preguntó Bree.

—Puede estar segura de que no la he dejado verlo —dijo la doctora Jones, quitándose por una vez su máscara de profesionalidad.

Se aclaró la garganta—. Describió el tatuaje del trébol, una pequeña cicatriz en la rodilla y una fractura de tibia de hace unos años. Los registros de su médico de cabecera confirmaron la identificación.

—Gracias por la llamada, doctora Jones.

—De nada. —La comunicación se cortó.

Bree cerró los ojos durante unos segundos, luego los abrió y volvió a la sala de reuniones. Matt y Todd levantaron la vista al verla entrar.

—La forense acaba de identificar oficialmente el cadáver del lago: se trata de Brian O'Neil —dijo.

—Así que parece que el caso de la desaparición de Eli pasa a estar relacionado oficialmente con nuestro homicidio —dijo Todd.

—Sí. Tenemos que encontrarlo cuanto antes.

Bree presintió que, si investigaban lo suficiente, resolverían el caso de forma inminente.

Matt se puso de pie.

—Brian desapareció el viernes. Su cadáver apareció el lunes, tres días después. Eli desapareció la madrugada del domingo.

Bree acabó de formular en voz alta lo que él estaba pensando.

—Hoy es miércoles. Tres días después.

—¿Cómo están relacionados estos casos? —preguntó Matt.

Bree levantó las manos.

—Necesitamos los extractos de las cuentas bancarias y el registro de llamadas telefónicas de Brian. Cuando termine de hablar con la señora O'Neil, tendré que interrogar a sus compañeros de piso. ¿El domicilio oficial de Brian está en el campus universitario o en casa de su madre?

—En la universidad —dijo Matt. Había hecho un poco de trabajo de campo e investigado a los cuatro compañeros.

Bree se volvió hacia Todd.

—Entonces necesitamos una orden de registro para esa dirección. Asegúrate de que la habitación de Eli Whitney también esté cubierta. Que se den prisa. Consigue también que un ayudante investigue los antecedentes de Brian O'Neil, Eli Whitney, Dustin Lock y Christian Crone. Sé que Stella Dane ya lo hizo, pero tenemos que llevar a cabo nuestra propia comprobación. A la inspectora se le podría haber pasado algo por alto. Tan pronto como tengamos la orden, traeremos aquí a los compañeros de piso para interrogarlos. Idealmente los interrogaremos mientras se realiza el registro. Así, si encontramos pruebas, podremos usarlas como medidas de presión durante el interrogatorio.

—Empezaré a procesar la orden. —Todd hizo una lista en su bloc de notas—. Ahora que tenemos una víctima, no debería llevar mucho tiempo.

Todd se dio media vuelta.

Técnicamente no se precisaba ninguna orden de registro para el domicilio de una víctima de homicidio, pero varias personas vivían en la dirección de Brian. Bree no pensaba arriesgarse a que un tribunal desestimase las pruebas por no haber llevado a cabo todo el papeleo. Tampoco se iba arriesgar a retener a los compañeros de piso en la comisaría durante mucho tiempo. Cuanto más tiempo estuvieran esperando, más posibilidades había de que llamaran a un abogado. Cualquier abogado eficiente les diría que no tenían que responder a las preguntas.

—No quiero ponerlos sobre aviso antes de tiempo. Si uno o ambos están involucrados en los asesinatos, podrían destruir pruebas si creen que son sospechosos.

—Sí, jefa.

Todd salió de la habitación. Matt se puso de pie y salió al pasillo. Bree lo siguió.

—Voy a hablar con la señora O'Neil en cuanto termine la rueda de prensa. ¿Tú qué vas a hacer?

—Necesito encontrar a Eli, pero no tengo ninguna pista.

Matt no tenía nada.

—Ven conmigo, entonces. El asesinato de Brian y la desaparición de Eli están relacionados, aunque aún no sepamos cómo.

Matt inclinó la cabeza, como si estuviera dándole vueltas a la idea.

—Intuyo que la motivación tiene que ser personal.

—Estoy de acuerdo. El asesinato de Brian fue puro ensañamiento.

Capítulo 23

Matt presenció la rueda de prensa de Bree desde el banquillo. De pie en la acera, frente a la comisaría, la sheriff dio información básica sobre el asesinato de Brian y el secuestro de Eli. Se hicieron públicas las imágenes de la cinta de seguridad donde aparecía el sospechoso, así como la foto de la marca en el dorso de su mano y el hecho de que Eli hubiese sido secuestrado por el falso conductor de un coche de viajes compartidos.

—Conducía un Dodge Charger, pero podría tener acceso a otros vehículos. Por favor, tengan cuidado cuando utilicen aplicaciones de viajes compartidos —dijo Bree al concluir la rueda de prensa—. Comprueben la matrícula y, si tienen cualquier duda, no suban al vehículo.

Durante los diez minutos siguientes, Bree se armó de paciencia y respondió a las preguntas de los periodistas, sin divulgar ningún detalle que pudiera dificultar la investigación o perjudicar a las familias de las víctimas. Luego se excusó y dio por concluidas sus declaraciones.

Matt la siguió al interior de la comisaría.

—Siento que se haya alargado tanto. —Se tiró del cuello de la camisa del uniforme—. No me gusta salir en televisión.

—Pues los has engañado a todos: a los periodistas les caes bien.

—Supongo que es mejor que lo contrario. —Se frotó un ojo—. Es una parte del trabajo a la que nunca me acostumbraré, simplemente, pero la ciudadanía tiene derecho a saber lo que está pasando. Si no les doy la información, sacarán sus propias teorías. La curiosidad hace que empiecen a circular rumores.

De camino a casa de la señora O'Neil, Bree atendió una llamada de Kayla. Tenía la vista fija en el parabrisas, pero su rostro se suavizó al hablar con su sobrina.

—Por supuesto que iré. Apúntalo en el calendario. —Bree esbozó una media sonrisa—. Yo también te quiero. —Puso fin a la llamada y miró a Matt—. Es el día de las profesiones en la escuela. Kayla quiere que hable delante de toda su clase.

—Suena divertido, ¿no?

—Si me hubieran preguntado eso el año pasado, habría dicho que no. No es que no me gusten los niños, pero lo único que me interesaba era mi trabajo. En cambio, ahora… —Hizo una pausa—. Solo hace dos meses que vivo con ellos, pero ya no me imagino viviendo sola.

—Acabas cogiéndoles mucho cariño. ¿Cómo se han adaptado a tu nuevo trabajo y a todas las horas que pasas en él? —preguntó Matt.

—Antes de que este caso aterrizara en mi mesa, procuraba protegerlos todo lo posible de mi horario de trabajo. —Bree frunció el ceño—. Suelo ir a casa a cenar y luego trabajo en el despacho de casa cuando se acuestan. Luke se alegrará de que esté ocupada esta semana. Me ha estado evitando.

—¿Qué le pasa?

—No lo sé. No quiere hablar conmigo ni con Dana. Adam también lo ha intentado, sin éxito. Luke se ha entregado por completo a los entrenamientos de béisbol, a los deberes y a las tareas del establo. Parece que no quiere ni un minuto de descanso.

—A algunas personas les gusta hacer ejercicio para aliviar el estrés.

—Si supiera que eso es lo que está haciendo, lo respetaría. —Se detuvo ante un semáforo en rojo—. De momento, supongo que simplemente me preocupa.

Matt pensaba que el hermano de Bree era demasiado raro para resultar de ayuda con los niños.

—¿Cuánto tiempo ha pasado Adam en tu casa desde que te mudaste?

—Viene a cenar una vez a la semana —respondió Bree—. Lo más importante es que ha estado presente. —Pareció detenerse a escoger las palabras adecuadas—. Emocionalmente. No sé cómo describirlo, pero anoche tuvimos una conversación. Una conversación de verdad. —Arrugó las cejas en una expresión de preocupación.

Matt esperó, pero Bree no dio más detalles. Ella y Luke, su sobrino, se parecían mucho. Bree utilizaba el trabajo de la misma manera que Luke utilizaba los deberes y el béisbol.

—¿Y cómo está Kayla? —preguntó.

—No quiere despegarse de mí y ha estado teniendo pesadillas.

—Lo de aferrarse a ti suena normal después de todo lo que ha pasado.

—Todavía duerme conmigo o con Dana —explicó Bree—, pero su psicóloga dice que es normal. También tiene miedo de perdernos. Aunque parezca irónico, estoy más tranquila con respecto a su estado mental y emocional. Habla conmigo y con Dana sobre su madre todo el tiempo. Sé lo que pasa por su cabeza. Es más pequeña que Luke. Parece menos reacia a aceptar ayuda.

—Ser adolescente ya es bastante duro sin necesidad de haber perdido a tu madre en circunstancias violentas.

—Lo sé. —El semáforo se puso en verde y Bree pisó el acelerador—. ¿Por qué no vienes a cenar cuando termine esto? A los niños les encantará verte. Dana preparará una cena riquísima.

—No quiero molestar. —Pero la invitación le gustó.

—No molestas. Siento si te he hecho sentir lo contrario —dijo Bree—. Ahora mismo estoy superada. Criar a los niños y el trabajo está resultando más difícil de lo que esperaba. Pero a los niños les gustas, y tú me gustas a mí. ¿Podemos dejarlo así, en *stand by*, por el momento? Cuando termine este caso, solucionaré lo de encajar una vida personal en mi carga de responsabilidades.

—¿Yo te gusto?

Bree suspiró y puso los ojos en blanco.

—Ya sabes que sí.

—No era algo que diese por sentado, pero me alegra que me lo confirmes. —Sus palabras significaban mucho para él, más de lo que esperaba.

Ella le dedicó una pequeña sonrisa y el corazón le dio un salto de alegría.

Bree significaba mucho para él, más de lo que esperaba.

No había nadie más en el coche, así que alargó el brazo para cogerle la mano.

—¿Recuerdas la primera vez que nos vimos?

Bree miró sus manos juntas y arqueó una ceja.

La había sorprendido.

«¡Bien!».

—Sí. —No retiró su mano—. En la boda de Erin. Recuerdo que me extrañó que bailases tan bien.

—Mi madre me hizo ir a clases de baile.

De adolescente, odiaba ir a esas clases.

Bree volvió a sonreír. Le apretó los dedos con los suyos.

—Me alegro.

Matt anotó mentalmente que tenía que enviarle flores a su madre.

Bree apartó su mano para poner el intermitente y hacer un giro.

—Me encantaría ir a cenar a tu casa. —Pero Matt también se comprometió a llevarla a bailar otra vez.

Eran las nueve cuando Bree enfiló el largo camino de entrada a una casa frente al lago. Un Mercedes todoterreno estaba aparcado al final del sendero de ladrillo que conducía a la puerta principal. Bree utilizó el ordenador de a bordo para buscar la matrícula del vehículo.

—Es de la señora O'Neil.

Matt salió del coche. La luz del sol brillaba en el agua. La casa tenía unas vistas fantásticas del lago. Era un edificio enorme y laberíntico con montones de madera, de cristal y de verde.

Bree guio el camino hacia las escaleras delanteras. Las botas de Matt crujieron al pisar la sal cuando se detuvo junto a ella, frente a las puertas dobles de la casa gigantesca. Bree llamó a la puerta, y la vaharada de su aliento empañó la luz de la mañana. Ninguno de los dos habló. Sin necesidad de palabras, Matt sabía que Bree temía tanto como él aquella conversación con la madre del joven desfigurado.

Nadie salió a abrir.

—Estoy preocupada. —Bree miró de nuevo al Mercedes—. Está en casa.

Llamó con más fuerza. Cuando la casa permaneció en silencio, Bree probó a accionar el picaporte. La puerta estaba abierta. Giró el pomo. Un perro ladró y un peso golpeó el otro lado. La sheriff dio un salto hacia atrás. Matt miró a través del estrecho panel de cristal que había junto a la puerta. Un perro grande y lanudo le ladró, meneando la cola y contoneando su voluminoso cuerpo con entusiasmo. Matt se volvió hacia Bree, que se había puesto muy pálida.

—No pasa nada. Solo es un golden retriever.

Bree respiró profundamente, pero no dio un solo paso hacia la casa. Tenía todo el cuerpo rígido como un bloque de cemento.

—Hablo en serio —dijo Matt—. Los golden son simpáticos y hospitalarios, no son perros guardianes.

La humillación hizo que su cara pálida se sonrojase.

—Lo siento. Es que no puedo.

—Entraré y sujetaré al perro.

Matt abrió la puerta con facilidad. El perro ladró una vez y saludó a Matt con movimientos de cola y efusivos lametones.

—Menudo perro guardián estás tú hecho… —Matt le rascó la cabeza achaparrada—. ¿A que eres un buen chico?

El perro, un macho joven, jadeaba con la lengua colgando de la boca.

Matt lo sujetó por el collar y le hizo un gesto a Bree para que entrara. La sheriff abrió la puerta y se deslizó en el interior, apoyando la espalda en la pared y mirando al perro como si fuera un oso pardo hambriento. El animal gimió y trató de alejarse.

—Te prometo que este no te va a hacer daño —dijo—. Es un golden retriever. Sus ladridos asustan porque es grande, pero dejaría entrar a cualquiera en la casa. Por un masaje en la panza sería capaz de ayudar a los ladrones a llevar los objetos de valor hasta su propio coche.

—Ajá. —No parecía convencida.

—Voy a pasar por delante de ti con el perro.

—¿Por qué? —Bree aplastó aún más su cuerpo contra la pared.

Matt la había visto enfrentarse a un tirador armado y al cadáver de su propia hermana, pero un golden retriever la aterrorizaba hasta dejarla casi paralizada.

—Parece nervioso. Quiere enseñarnos algo.

Bree levantó una ceja.

—Confía en mí.

—No, si en ti confío… —Su voz se hizo más aguda.

—Entonces ponte detrás de mí.

Se puso donde le decía.

Él le cogió la mano, se la apretó para tranquilizarla y soltó al perro.

—Ve a buscar a mamá.

El golden salió corriendo del vestíbulo, con su cola lanuda detrás de él.

—¿De verdad esperas que te entienda? —El tono de Bree era escéptico.

—No. —Matt empezó a seguir al perro—. Pero quiere que lo sigamos, con un poco de suerte hasta su dueña.

—¿Señora O'Neil? —llamó Bree mientras seguían al perro—. Soy la sheriff Taggert.

El vestíbulo daba paso a un gran salón de dos pisos con vistas al lago helado. Unas enormes puertas cristaleras ocupaban la pared del fondo, mientras que una gigantesca chimenea de piedra daba a la cocina. Ambas estaban frías y vacías. Matt captó un movimiento a través del cristal. El perro corrió hacia una de las puertas, ladró y dio un zarpazo en la base. Había alguien sentado en la terraza, y unas volutas de humo salían por encima del respaldo de una butaca de jardín.

—Está fuera.

Matt se dirigió a las puertas cristaleras y las abrió. El perro empujó a Matt. El aire frío del lago lo impregnó todo cuando Matt salió a la terraza. Una mujer de unos cincuenta años miraba a lo lejos. El único movimiento era el de su cigarrillo. Vestía un jersey y unos vaqueros. No llevaba ni abrigo ni guantes ni gorro, a pesar de que estaban a bajo cero. Buscó con la mano automáticamente a su perro, que plantó su enorme cabeza en su regazo.

Bree pasó junto a Matt.

—¿Señora O'Neil?

La mujer no respondió. Ni siquiera dio señales de haber percibido su presencia. Aunque lo más probable era que estuviera aún en shock.

Sin apartar la vista del perro, Bree se puso en cuclillas frente a ella.

—¿Quiere que llamemos a alguien?

La señora O'Neil levantó la barbilla. Apagó el cigarrillo en el cenicero que tenía a su lado.

—Lo dejé hace dos años. Encontré ese paquete en mi despacho.

Tenía la piel pálida como la cera y los labios casi azules. ¿Cuánto tiempo llevaría allí fuera?

—Vamos a entrar.

Bree la cogió de un brazo y Matt del otro.

La señora O'Neil no se resistió. La llevaron al salón. Bree la acompañó al sofá. Matt cogió una manta de un sillón y se la envolvió alrededor de los hombros. El perro se subió al sofá de un salto y se tumbó, con su cuerpo en contacto con el de ella.

—La forense no me dejó verlo. Dijo que le habían pegado y que no reconocería su cara. Pero lo habría reconocido, estuviera como estuviese. Reconocería a mi propio hijo.

Matt no hizo ningún comentario. La forense había tenido la delicadeza de usar la expresión «le habían pegado» para describir las heridas de la cara de Brian. Encontró el mando de la chimenea de gas y la encendió. Aparecieron las llamas y el calor se propagó al instante por la habitación.

—Le prepararé un té.

—No era perfecto, pero era un buen chico —dijo la señora O'Neil con aire ausente—. ¿Por qué iba alguien a hacerle eso?

—No lo sé —dijo Bree.

Matt abrió varios armarios hasta que encontró unas bolsas de té y una taza. Utilizó el dispensador de agua caliente instantánea del fregadero. Después de añadir una cucharadita de azúcar, le llevó el té a la señora O'Neil. Estaba temblando. La infusión rebasó el borde de la taza y se derramó, pero ella no reaccionó ni pareció importarle.

Bree la obligó a beber unos sorbos del líquido caliente. La señora O'Neil apartó el té y dejó la taza en el pequeño charco de líquido que había sobre la mesa. Luego se levantó con piernas temblorosas y cruzó la habitación hasta un mueble bar. Sin dejar de temblar, se sirvió whisky de una botella en un vaso. Lo cogió con ambas manos y se bebió un buen trago. Después de volver a llenar el vaso, regresó al sofá.

—¿Pueden encontrar a la persona que le hizo esto a mi hijo?

Matt quería prometérselo, pero lo cierto es que eso no había servido de mucho con la señora Whitney. Sin embargo, tenía que decir algo.

—Haremos todo lo posible para llevar al responsable ante la justicia.

—Lo único que quiero es un nombre. Puedo hacer justicia yo misma. —La amargura le impregnaba la voz, haciéndola más grave. Volvió a mirar hacia ellos—. ¿Les sorprende? Pues no se sorprendan tanto. No hay nada más peligroso que una madre. Ya no me importa nada. No tengo nada que perder. Todo ha muerto con Brian.

La señora O'Neil no debería estar sola. No estaba estable.

Matt se aclaró la garganta.

—¿Tuvo Brian alguna discusión con alguien recientemente?

—Ha tenido algunas diferencias con sus amigos. —La señora O'Neil habló con voz inexpresiva—. Todos estaban un poco celosos de Brian. Él es… era… más guapo que ellos. Supongo que ahora eso ya no es verdad.

Se quedó callada. Un suspiro ahogado se transformó en un sollozo. Se apretó el puño contra la boca. Dos anillos que llevaba en la mano reflejaron destellos de luz. Uno era un grupo de gemas claras que Matt supuso que eran diamantes. El segundo era un cuadrado azul intenso del tamaño de una canica. ¿Sería un zafiro? Cuando bajó la mano, levantó el vaso y lo apuró de un trago.

—Por amigos se refiere a sus compañeros de piso —aclaró Bree.

—Sí. —La señora O'Neil volvió al mueble bar y rellenó su vaso. A ese ritmo, no iba a poder seguir hablando con coherencia mucho tiempo. Matt no la culpaba, ni mucho menos. El perro la observaba desde el sofá, siguiendo con ojos tristes a su dueña.

Cruzó la habitación y se puso de pie. Fijó la mirada en el lago, pero sus ojos no enfocaban nada.

—Brian y sus compañeros de piso son amigos desde el primer año de universidad. Christian, Dustin y Eli pasan una semana aquí en el lago en verano.

—Ha dicho que tenían celos de él. ¿Cree que podrían haber hecho daño a Brian? —preguntó Bree.

La señora O'Neil trastabilló y el vaso estuvo a punto de caérsele.

—No quiero pensar eso, pero también creo que nadie lo cuenta todo de sí mismo. Todo el mundo se guarda algo. ¿Quién sabe qué es ese algo? Sé que todos le tenían envidia. A veces yo lo mimaba. Un buen coche. Ropa bonita. —Esbozó una sonrisa transida de dolor—. Ahora me alegro de haberlo hecho.

—¿Cuánto tiempo lleva viviendo aquí? —preguntó Matt.

—Desde que Brian era muy pequeño. Mi marido y yo compramos la casa con la intención de formar una gran familia. Luego él nos abandonó. —Empezó a arrastrar las palabras. Se llevó la palma de la mano a la frente—. Antes de que lo pregunten, la casa la compré yo. Mi familia tiene dinero. Él siempre estaba en la ruina, pero yo le quería. No me importaba. Qué tonta fui.

—¿Cuándo lo vio por última vez? —quiso saber Matt.

Se encogió de hombros.

—Ni siquiera lo sé. Quince años, por lo menos. Enviaba correos electrónicos semanales durante los primeros meses, luego cada pocas semanas y al final, ya solo en días señalados y cumpleaños. Luego, nada.

—¿Por qué se fue? —preguntó Bree.

—La responsabilidad de ser padre le venía grande —contestó la señora O'Neil—. Sé que las parejas se rompen, pero ¿cómo puedes abandonar así a tu hijo? Brian tenía tres años cuando se marchó.

Matt no tenía respuesta para su pregunta.

—¿Brian tiene una habitación aquí?

—Sí. —La señora O'Neil ladeó la cabeza hacia su mano.

—Nos gustaría verla —dijo Bree.

—Adelante. —Señaló la escalera de detrás de la chimenea.

Bree y Matt subieron al piso de arriba. Las dos habitaciones que daban a la calle eran cuartos de invitados. Fue fácil encontrar el dormitorio de Brian, con los banderines de la universidad y del instituto colgados en la pared, encima de la cama. Bree se detuvo y examinó una hilera de trofeos de béisbol del instituto, que ocupaban una estantería. Se aclaró la garganta y sacó un par de guantes del bolsillo. Le ofreció un par a Matt, que los cogió y se los puso.

—¿Quieres encargarte tú de revisar el armario? —Bree abrió un cajón de la cómoda.

—Vale.

Matt abrió la puerta. El armario estaba medio lleno. Matt examinó los bolsillos de los pantalones y las chaquetas. Desplazó los jerséis del estante superior. Dos cajas de zapatos contenían zapatos de vestir. Una tercera estaba llena de cromos de béisbol. Matt no encontró nada ni siquiera remotamente interesante.

—No hay nada en el armario. —Bree se volvió.

—Aquí tampoco. ¿Hemos terminado? —preguntó Matt.

—Casi. —Bree sacó fotos del dormitorio—. No esperaba encontrar mucho. Vivía en el campus la mayor parte del tiempo.

Matt señaló hacia el armario.

—Parece que usaba su habitación de aquí para guardar las cosas que no necesitaba en la universidad.

Bree se guardó el teléfono en el bolsillo.

—Bien. Nos despediremos de la señora O'Neil al salir.

Bajaron las escaleras. La señora O'Neil cruzó la habitación para servirse otra copa. Tenía los ojos vidriosos y caminaba con paso tambaleante. Aun así, con su actitud mostraba más coherencia de la que ella misma habría querido.

Matt se detuvo a mirar una serie de fotos enmarcadas. Vio una de Brian con una chica de pelo oscuro en el muelle de un lago. Era Sara Harper. Ella y Brian estaban apoyados el uno en el otro y sonreían para la cámara. Matt miró a través de las cristaleras que había detrás y vio el muelle de la foto. La cogió de la estantería y se la enseñó a la madre de Brian.

—¿De cuándo es esta foto?

La señora O'Neil la miró.

—De hace unas semanas. Brian trajo a Sariah aquí para pasar el día. —Inspiró aire con gesto trémulo—. ¿Lo sabe ella?

Christian había dicho que ni Brian ni Eli habían salido con Sariah, pero, por lo visto, en realidad había salido con los dos. ¿Los compañeros habían mentido o lo había hecho Christian?

—Estamos intentando contactar con ella —dijo Bree—, pero no hemos podido localizarla. ¿Sabe dónde está?

La señora O'Neil negó con la cabeza.

—Solo vino aquí una vez, pero se notaba que a Brian le gustaba mucho. Habla de ella a todas horas… hablaba de ella a todas horas… —Cerró los ojos un segundo. Cuando los abrió, estaban llenos de lágrimas contenidas—. Pasaban mucho tiempo juntos.

Matt giró la foto de Sara Harper y Brian para que enseñársela a Bree. Esta no pareció sorprendida. La señora O'Neil se llevó las yemas de los dedos a los ojos. Sus anillos volvieron a llamar la atención de Matt.

—Señora O'Neil, ¿ha desaparecido alguna de sus joyas en las últimas semanas?

Ella se quedó inmóvil y bajó las manos.

—Sí. ¿Cómo lo ha sabido?

—Recientemente ha habido una serie de robos en casas particulares —dijo.

—¿Cree que pueden estar relacionados con la muerte de Brian? —preguntó ella.

Matt miró a Bree. ¿Quería que le revelase esa posible conexión?

—No sabemos si los crímenes están relacionados o son una coincidencia —explicó Bree—. ¿Puede decirme qué es lo que ha echado en falta?

La señora O'Neil se limpió una lágrima de la mejilla.

—Guardo mis joyas de más valor en una caja fuerte, pero había algunas piezas más pequeñas en mi joyero, joyas que usaba a menudo: unos pequeños pendientes de diamantes y un colgante a juego.

—¿Cuál es su valor aproximado? —preguntó Bree.

—Unos ocho o nueve mil dólares. —La señora O'Neil lo dijo como si fuera una cantidad ridícula.

—¿Llamó a la policía? —preguntó Matt.

—No. —La señora O'Neil negó con la cabeza—. Creía que los había perdido, simplemente. La última vez que los llevaba puestos había estado en una fiesta. Había bebido demasiado champán.

Bree arqueó las cejas.

—¿Cuándo desaparecieron?

—Hace dos o tres semanas. —La mujer encogió un hombro. Poco después de la visita de Sara.

—¿Tiene algún familiar que viva cerca, señora O'Neil?

—Mi hermana.

—Déjeme que la llame —dijo Bree.

—Está bien.

La señora O'Neil le dio un número en su teléfono. Cuando Matt y Bree se aseguraron de que la hermana iba de camino hacia allí, salieron de la casa y volvieron al coche de Bree.

Matt se sentó en el asiento del pasajero y se abrochó el cinturón de seguridad.

—Parece que Sara Harper es el centro de todo.

Bree arrancó el motor y dio la vuelta con el coche.

—Estuvo saliendo con Eli y Brian. Ninguno de los dos se lo había dicho a sus compañeros de piso ni al otro. ¿Mantener sus relaciones en secreto fue idea suya o de los chicos?

—Apostaría lo que fuera a que fue idea de ella. Si se había fijado a Brian como objetivo por las joyas de su madre, no habría querido que nadie lo supiera.

—Eso también explicaría por qué estaba menos interesada en Eli. Su abuela no tiene dinero.

—¿Podría estar Sara Harper detrás de la muerte de Brian y la desaparición de Eli? —preguntó Bree—. ¿Por qué querría a Brian muerto?

—Tal vez el chico descubrió que le había robado las joyas a su madre y la amenazó con ir a la policía.

Bree enfiló con el vehículo hacia el camino de entrada.

—Y lo mató para que no pudiera decir nada.

—Con su historial de cuatro detenciones y dos condenas previas, dudo que se hubiese librado de la cárcel a cambio de servicios a la comunidad, ni que la hubieran dejado en libertad condicional. Probablemente habría pasado un tiempo en la cárcel. Pero ¿cómo traslada una chica delgada un cadáver tan pesado y lo tira al lago?

—Con la ayuda de una carretilla de mano, de un cómplice… Siempre hay una manera. —Bree no parecía preocupada por la logística—. Pero si damos credibilidad a la historia de Alyssa, entonces a Sara Harper le dispararon el lunes por la mañana. —Se incorporó a la carretera principal—. ¿Quién la mató?

Matt se quedó pensando.

—Sabemos que Sara Harper es una estafadora. ¿Y si el tiroteo es un montaje y lo ha organizado para despistarnos?

—Vamos a ver qué ha encontrado Todd. —Bree marcó el número y activó el modo manos libres para escucharlo en el altavoz—. Todd, ¿tienes la última dirección conocida de Sara Harper?

—Sí. El 201 de Mallard Lane.

Bree introdujo la dirección en su GPS.

—¿Qué más novedades tienes?

—La propiedad está a nombre de un tal Earl Harper, de cuarenta y ocho años, desde hace algo más de veinte. Earl pasó cinco años en la prisión estatal por robo con violencia. Golpeó al dependiente de una tienda con un bate de béisbol. Por desgracia, llegó a un trato con la fiscalía y cumplió una sentencia mínima. También tiene una lista de otros delitos menores en su historial. Actualmente, Earl es autónomo. —Todd hizo una pausa para respirar y se oyó ruido de papeles al otro lado de la línea—. En la misma dirección vive también Rowdy Harper, de veintisiete años. Este estuvo dieciocho meses en prisión por un atraco. También tiene un historial de delitos menores. El único violento es una detención por agresión sexual, pero la mujer retiró los cargos antes de que el caso llegara a juicio.

—¿Eso es todo? —preguntó Bree.

—¿No te parece suficiente? —Todd lanzó un resoplido—. Te he dado dos sospechosos más. Pero sí, eso es todo por ahora. Ya te diré si encuentro algo más.

—¿Qué clase de coche conducen Earl y Rowdy?

Todd hizo una pausa.

—Earl tiene una vieja furgoneta F-150. No hay ningún vehículo registrado a nombre de Rowdy.

—Gracias. —Bree puso fin a la llamada.

—Tal vez la familia de Sara estaba metida en lo de los robos en las casas. Brian podría haber amenazado con delatar a Sara, lo que podría haberles hecho caer a todos. Sara acudió a su padre o al hermano mayor y les pidió que se ocuparan del problema de Brian.

—Encaja con todos sus antecedentes de robo y violencia. Ojalá uno de ellos condujera un Dodge Charger.

—Eso sería demasiado fácil.

Bree se volvió hacia Matt.

—¿Listo para interrogar a dos delincuentes violentos?

Capítulo 24

Bree consultó el navegador y redujo la velocidad. En el lado derecho de la carretera, vio el brillo del hielo a través de los árboles.

—¿El padre de Sara Harper vive en Grey Lake?

—Sería bastante estúpido arrojar el cadáver tan cerca de su propia casa —dijo Matt.

—Pero es que la mayoría de los criminales no son muy listos.

Bree enfiló el camino de entrada, aplastando la grava del suelo. Hacía años que nadie reparaba los baches del camino, y el todoterreno avanzó dando sacudidas y rebotando hasta la casa. Los Harper vivían en una casa vieja y destartalada. En lugar de un jardín, había objetos domésticos tirados y desperdigados. Bree aparcó entre un fregadero y un colchón. La única similitud entre la residencia de los O'Neil y la casa de los Harper eran las vistas al lago.

—¿Cómo quieres abordar este asunto? —le preguntó Matt—. Los delincuentes con largas carreras delictivas suelen conocer la ley al dedillo. En cuanto se sientan amenazados, pedirán hablar con su abogado.

—Tienes razón. Les diremos que estamos preocupados por la desaparición de Sara y que es posible que le hayan disparado. Podrían estar más dispuestos a hablar de Sara en lugar de hablarnos de ellos mismos.

—Vale la pena intentarlo.

—Veamos quién hay en casa.

Bree se bajó del todoterreno. El ruido de un metal entrechocando con otro metal resonó entre los árboles, un eco de su infancia. El recuerdo le revolvió el estómago. La propiedad de los Harper le evocaba la antigua casa de los Taggert: rural, llena de maleza y descuidada.

—Alguien está cortando leña.

Hizo una pausa para fotografiar la fachada de la propiedad, asegurándose de captar la camioneta aparcada en la entrada. Luego Matt la siguió hasta la puerta principal. Pulsó el timbre pero no se oyó ningún sonido. Cuando nadie respondió, llamó con los nudillos. Al cabo de un momento, la puerta se abrió y un hombre con pantalones vaqueros, chaqueta de franela acolchada, guantes y botas apareció en la entrada. Tenía unos veinticinco años. Tenía los ojos muy juntos y hacía tiempo que no se afeitaba. A diferencia de la barba cuidada y recortada de Matt, el vello facial de aquel hombre parecía suciedad. Miró a Bree de arriba abajo y luego de nuevo a la cara. Su mirada se volvió fría y hostil.

—¿Qué quieren? —preguntó.

—Soy la sheriff Taggert. —Bree le presentó a Matt—. Estamos tratando de localizar a Sara Harper.

—No está aquí. —El hombre se movió para cerrar la puerta, pero Bree se adelantó.

—¿La has visto recientemente?

—Hace tiempo que no la veo. —Se rascó la cabeza.

—¿Eres pariente de Sara? —preguntó Bree.

—Soy su hermano.

Tenía el mismo pelo oscuro que Sara, aunque, en cuanto a físico, ella había heredado la mejor parte de su ADN compartido.

—¿Cómo te llamas? —preguntó Bree.

El joven frunció el ceño y estuvo dándole vueltas a la pregunta durante un minuto largo, como tratando de pensar en alguna razón para no contestarla, pero no se le ocurría ninguna. No era la bombilla más brillante del árbol de Navidad, desde luego.

—Rowdy Harper.

—El lunes, nos dieron el aviso de que una chica fue víctima de un tiroteo —explicó Bree—. Cuando respondimos a la llamada, la chica había desaparecido. Acabamos de saber que la víctima es tu hermana.

Arrugó la frente con expresión confusa.

—Eso es muy raro.

—Estamos de acuerdo. Nos gustaría encontrar a Sara. Podría estar herida… o algo peor.

Bree se calló. A esas alturas, si Sara había sobrevivido al disparo inicial, bien podría estar muerta. O si el tiroteo había sido un montaje para engañar a Alyssa, entonces lo más probable era que Sara estuviese involucrada en el asesinato de Brian. Como mínimo, Sara era una ladrona, y la caja de cerillas de su mochila la relacionaba con la escena del crimen.

—¿Qué quieren de mí? —preguntó.

—Información sobre tu hermana —dijo Bree—. Quiénes son sus amigos, los lugares a los que va, las cosas que hace, cuándo fue la última vez que la viste, etc.

—Esperen aquí. —Les cerró la puerta en las narices. Treinta segundos después, el ruido de la leña al partirse cesó. Pasaron dos minutos y se reanudó de nuevo. La puerta se abrió—. Mi padre está partiendo leña en la parte de atrás. Pueden hacerle sus preguntas a él.

Bree se acercó a la puerta abierta.

El joven la bloqueó con su cuerpo, con los ojos encendidos de ira.

—Den la vuelta.

—Por supuesto. —Bree bajó los escalones sin dar la espalda a Rowdy.

Una vez que doblaron la esquina de la casa, Bree se puso al lado de Matt.

—Me gustaría que Brody estuviera aquí —dijo.

—A mí también —admitió Bree. Había visto a delincuentes a los que les daba más miedo un perro policía que tener una pistola apuntándoles a la cara, una reacción que comprendía perfectamente.

La nieve crujía bajo sus botas mientras caminaban alrededor de la casa. En cuanto asomaron por la esquina, un enorme pitbull se puso a ladrar. El grandioso perro de color pardo daba violentos tirones del extremo de una cadena atada a un árbol.

Bree dio un salto y el sudor le recorrió la espalda. Respiró hondo.

«¿En serio? ¿Otro perro?».

Volvió a ponerse en marcha, negándose a mirar de nuevo en la dirección del perro, por mucho que ladrara y aullara. Esperaba dar la imagen de una agente de la ley tranquila y revestida de autoridad, pero el perro, el patio lleno de chatarra, el suelo nevado, incluso el hombre que partía leña, todo aquello le traía recuerdos de su infancia que no tenía tiempo de procesar en ese momento. Se estaba quedando sin compartimentos mentales para guardar todo su equipaje.

Matt le dio un golpe en el hombro con el suyo, y el contacto hizo descarrilar su tren mental y la devolvió al presente.

Detrás de la casa había un garaje independiente para dos coches construido con bloques de hormigón, además de un viejo embarcadero que se extendía sobre el agua. Las puertas del garaje estaban abiertas, y en una de las dos plazas de aparcamiento se acumulaban varios trastos. En la segunda había un banco de trabajo y herramientas. Al otro lado del patio, un edificio bajo y alargado se extendía bajo los árboles. Las enredaderas se deslizaban por los bloques de hormigón hacia el techo de chapa metálica.

A unos seis metros detrás de la casa, un hombre blandía un hacha. Descargó la hoja metálica y partió en dos un grueso tronco.

Earl Harper, una versión más vieja de Rowdy, levantó la vista de lo que estaba haciendo con ojos crueles y entornados. Al igual que su hijo, llevaba pantalones vaqueros, botas de trabajo y una camisa de franela. Tenía las manos enfundadas en unos guantes de trabajo de cuero desgastados por el uso. El sudor le perlaba la frente, y había una chaqueta tirada sobre la pila de leña contigua a él. El perro seguía ladrando, y el ruido era como papel de lija para las terminaciones nerviosas de Bree.

—¡Cállate, Rufus!

El hombre recogió una piedra del suelo y se la tiró al perro. El lanzamiento se quedó corto, pero el perro se acobardó de todos modos y se escondió en su caseta.

Bree sintió una llamarada de ira en su interior. Que tuviera miedo del perro no significaba que quisiera que maltrataran al animal. Miró a Matt, quien entrecerró los ojos y tensó la mandíbula.

Earl dejó que la cabeza del hacha cayera al suelo con un golpe seco.

—Así que tú eres la nueva sheriff.

Recorrió su cuerpo de arriba abajo con los ojos. El efecto de aquella mirada sobre Bree era como si un ejército de insectos pasara arrastrándose sobre ella, pero no le dio la satisfacción de ver que era esa la reacción que le provocaba.

—Señor Harper. —Bree volvió a presentar a Matt y luego miró al garaje lleno de chatarra—. ¿A qué se dedica?

—Arreglo cosas. La gente lo tira todo. Por ejemplo, las aspiradoras. La mayoría de las veces sustituyo una correa por un recambio y funcionan muy bien. Una reparación que cuesta cinco dólares. La gente es idiota.

Se abrió la puerta trasera de la casa y Rowdy salió de ella. Se puso un gorro de punto y empezó a recoger los troncos que su padre partía y a añadirlos a una pila de leña de proporciones gigantescas.

Earl se apoyó en el mango del hacha.

—Rowdy dice que estás buscando a Sara.

Bree le repitió la historia resumida de la inquietante desaparición de Sara.

—Vaya, qué extraño todo. —El tono de Earl era despreocupado.

—No parece muy preocupado. —Matt trasladó el peso de su cuerpo de un pie a otro, ladeándose para mirar a Earl y a su hijo de frente.

Earl soltó una risotada.

—Mi hija es una buena pieza. La última vez que vino aquí, se fue con todo mi dinero.

Bree lo observó a ver si detectaba más fisuras en su bravuconería, pero no vio nada.

—¿Qué cree que le ha pasado?

—No tengo ni idea. —Earl cogió otro tronco. Lo colocó sobre el tocón del árbol e introdujo la hoja del hacha en una grieta—. Pero Sara es una superviviente. Si dispararon a alguien, apostaría que fue ella la autora de los disparos, y no la víctima.

—Tenemos un testigo ocular —dijo Bree.

La miró y un brillo destelló en sus ojos. ¿Era nerviosismo? ¿Ansiedad? Desapareció antes de que Bree pudiera identificarlo, y volvió a poner cara de póquer.

—Si alguien disparó a Sara, ¿por qué no la encuentran?

—Eso es lo que nos gustaría saber —dijo Bree.

—¿Tienes un testigo ocular? ¿Eso es todo? —Se burló—. La gente ve lo que quiere ver.

No le faltaba razón. Los testigos presenciales funcionaban de fábula para convencer a un jurado, pero la fiabilidad de sus recuerdos era pésima. Veinte personas podían ver cómo se cometía un delito, y cada una de ellas tendría una versión diferente y descripciones distintas del autor.

Pero en lugar de responder, Bree se limitó a sostenerle la mirada durante unos segundos. Su intención era que aquel hombre se preguntara qué otras pruebas podrían obrar en su poder. El mismo destello volvió a relumbrar en sus ojos. Esta vez Bree captó su significado. Era un destello de duda. ¿Preocupación por su hija? Sin embargo, no duró.

Soltó una nueva risotada.

—Te lo diré una vez más: ella no es ninguna víctima. Es una depredadora. También es una hija de puta astuta y maquiavélica. Sin embargo, le reconozco el mérito. —El respeto se reflejó en su tono de voz—. Tiene más pelotas que este de aquí, el bueno de Rowdy.

—¡Eh! —protestó el hijo.

Earl no le hizo caso.

—Sara sería capaz de robarle la leche a un crío recién nacido y luego vendérsela a la madre. Siempre está metida en algún chanchullo, y casi nunca la pillan. —La última frase resonó con cierto dejo de orgullo. Descargó el hacha, con un movimiento seguro y certero, y el filo golpeó la madera con fuerza. El tronco se abrió en dos pedazos—. No, Sara no está muerta. Lo más probable es que esté tramando algo.

Bree indagó un poco más.

—¿Qué puede decirme sobre sus amigos?

—Sara no tiene amigos —terció Rowdy—. Solo gente a la que utiliza.

Earl asintió con un movimiento de cabeza.

—Tiene razón.

—¿Y algún novio? —preguntó Matt.

Earl se encogió de hombros.

—No que yo sepa, al menos últimamente.

Bree lo intentó de nuevo.

—¿Cuándo fue la última vez que la vio?

—Hace más de un mes. Seis semanas, tal vez. —Puso otro tronco en el tocón y apoyó el hacha—. No llevo la cuenta. Le dije que no volviera. No después de robarme todo el dinero.

—¿Dejó alguna de sus cosas aquí? —preguntó Bree.

—No lo sé. —Earl hizo una pausa, con el hacha preparada—. ¿Tienes una orden de registro?

—No —admitió Bree—, pero puedo conseguir una.

—Buena suerte con eso. —Earl le dio la espalda y volvió a blandir el hacha—. No tienes pruebas de que haya hecho algo malo.

—¿Dónde estaba usted el lunes por la mañana? —le preguntó Bree.

—Esa es la clase de pregunta a la que no respondo sin un abogado.

—¿Y tú, Rowdy? —Bree se enfrentó al hijo—. ¿Recuerdas dónde estabas el lunes por la mañana?

—No contestes a eso —dijo Earl—. No tenemos que responder a ninguna de las preguntas de la sheriff. Ahora estamos hablando con ella por simple cortesía.

Era cierto. Nadie estaba obligado a hablar con la policía. Bree no tenía pruebas que vincularan a Earl o Rowdy con los robos o el asesinato de Brian.

Earl partió otro tronco y se volvió para mirar a Bree y a Matt.

—Hemos terminado, sheriff. Es hora de que te vayas.

No levantó la voz. Su tono se había mantenido cortés durante toda la conversación, pero su lenguaje corporal y su mirada fría reflejaban una amenaza. A pesar de su calma exterior, el potencial de violencia bullía justo debajo de la superficie. Su hostilidad era una energía palpable y cinética que manaba de su cuerpo como el calor del asfalto en verano.

Bree se moría de ganas de llevárselo a comisaría, pero él tenía razón: no había ninguna causa probable, y una demanda por acoso podría obstaculizar su investigación a partir de entonces.

Intentó una última pregunta.

—¿Podrían quitarse los guantes? ¿Los dos?

—No.

Earl arrugó las cejas, como diciendo «¿A qué coño viene eso?».
Bree dejó de insistir y dijo en un tono igualmente cortés:

—Gracias por su tiempo.

Pero mientras decía las palabras, le sostuvo la mirada durante
unos segundos. No tenía el derecho legal de arrestarlo, pero no se
sentía intimidada. Al menos no por él. El pitbull era su pesadilla
personal. El perro la miró fijamente, tirando de su cadena, haciendo
traquetear los eslabones.

Earl enderezó la espada hasta erguirse en toda su estatura y
apoyó el hacha sobre un hombro, como Paul Bunyan. Levantó una
ceja con actitud de arrogante desafío. Sabía que el perro la ponía
nerviosa. Bree no podía disimular lo bastante bien como para engañar a un tipo como Earl. No se puede estafar a un estafador.

Bree y Matt rodearon la casa hasta la entrada.

—Vamos a hablar con los vecinos —dijo ella.

—Me compadezco de ellos —comentó Matt—. No me imagino teniendo que vivir al lado de los Harper.

La casa de al lado no era elegante, pero estaba bien cuidada. El
límite entre una propiedad y la otra estaba claro por la ausencia de
restos de basura en la puerta de al lado. Tanto el garaje independiente del vecino como el embarcadero parecían estructuralmente
sólidos. Un hombre salió de la casa, cogió un cubo de basura y lo
arrastró por delante de una furgoneta de fontanero hasta la calle.

Bree y Matt lo interceptaron en la entrada. Tenía unos veinte
años, pero su acné le hacía parecer más joven.

Alternó la mirada entre el uniforme de Bree y la casa de los
Harper.

—¿Qué quieren?

—Soy la sheriff Taggert, y este es mi ayudante, Matt Flynn. Nos
gustaría hacerte unas preguntas. ¿Cómo te llamas?

—Soy Joe Marcus. —Llevaba una chaqueta y guantes, pero
tenía la cabeza descubierta—. ¿De qué se trata?

—Tu vecino Earl. —Bree señaló hacia la casa contigua—. ¿Desde cuándo lo conoces?

—Toda mi vida, por desgracia. —Joe ladeó la cabeza—. ¿Qué quieren saber?

—¿Es un vecino problemático? —preguntó Matt.

—La verdad es que no. —Joe se cruzó de brazos y encorvó los hombros como si tuviera frío—. Ese perro suyo siempre se está escapando. Hace un par de semanas, mató unas gallinas en la carretera.

Bree se estremeció. Los perros de su padre mataban todo lo que pudiesen pillar: conejos, ardillas, gatos. A su padre le gustaba tenerlos hambrientos.

—¿Llamaste al departamento del sheriff? —preguntó Bree.

—¿Yo? —Joe se señaló el pecho y luego negó con la cabeza—. Claro que no. No eran mis gallinas. No tengo ningún problema con Earl.

Bree probó otro enfoque.

—¿Qué hay del vecino que perdió sus gallinas?

—Eso no es asunto mío. —Joe levantó ambas manos, con las palmas hacia fuera, como tratando de zanjar el asunto. Luego bajó la voz—. Los Harper son discretos la mayor parte del tiempo, pero no son la clase de gente con la que uno quiere tener nada que ver, si saben a lo que me refiero.

—¿Le tienes miedo? —Matt se cruzó de brazos e inclinó la cabeza hacia atrás mientras examinaba a Joe.

El joven se sonrojó y el rubor le resaltó el acné.

—Más bien «respeto». No soy idiota. Earl es muy temperamental.

Matt señaló detrás de él con el pulgar.

—¿Sabes si Earl estuvo por aquí el fin de semana pasado?

—Estuvo aquí al menos una parte del tiempo —dijo Joe—. Lleva varios días cortando toda esa leña.

—¿Recuerdas alguna hora en concreto a la que lo viste aquí? —preguntó Bree.

—No —contestó Joe, y por su tono contundente era obvio que no les iba a dar más información sobre Earl.

—¿Conoces bien a su hija, Sara? —Bree iba a intentar un enfoque diferente, tal vez así podría conseguir que les revelara algo.

—No mucho. —Joe se cruzó de nuevo de brazos, esta vez con una mirada más dura que fría—. Fuimos juntos al colegio. En el instituto se volvió completamente salvaje. También sé que se ha metido en bastantes líos desde entonces. Pero ya no vive aquí.

—¿Sabes por qué se fue?

Joe se encogió de hombros.

—Es mayor de edad. Esa es razón suficiente.

—¿Sara tiene una buena relación con su padre? —Bree se sobresaltó al oír el ladrido del perro. «Maldita sea. Está encadenado; no es ninguna amenaza».

—No. —Joe negó con la cabeza—. Ella y Earl no se llevan nada bien. Rowdy siempre se achanta ante Earl, pero Sara no. Se parece demasiado a su padre. Siempre están peleándose.

—¿Cuándo fue la última vez que la viste? —Bree intentó concentrarse en Joe, pero el perro seguía ladrando, y con cada ladrido, más le costaba concentrarse.

—Hace tiempo que no hablo con ella, pero creo que la vi por aquí la semana pasada. —Miró hacia arriba—. Antes de que me lo pregunte, no sé el día ni la hora. Estuve ocupado todo el fin de semana.

O se negaba a declarar cualquier cosa contra Earl.

Se quedaron en silencio durante unos segundos. El perro lanzó un aullido y aquel sonido le puso a Bree la piel de gallina. Se olvidó de su siguiente pregunta y, en el interior de los guantes, se le humedecieron las manos.

Matt la miró y formuló una pregunta rápidamente.

—¿Haciendo qué?

—Ocupándome de mis cosas. —Joe levantó la voz.

«¡Concéntrate!». Bree sacudió la cabeza para despejarse.

—¿Estás seguro de que fue a Sara a quien viste?

Joe se sorbió la nariz y se la limpió con una mano enguantada.

—Es imposible que confunda a Sara con su hermano o su padre.

—¿Y no pudiste haberla confundido con la novia de Earl? —preguntó Matt.

—Earl no tiene ninguna novia, que yo haya visto.

Joe volvió la cabeza al oír el ruido de un motor. Un camión de reparto pasó por la carretera.

Detrás de la casa de los Harper hubo un nuevo estallido de ladridos furiosos. Bree tragó saliva, con el estómago revuelto y el sudor resbalándole por la espalda.

—¿Y Sara tiene novio? —dijo Matt.

—No sé con quién sale últimamente. —Un coche pasó por la calle, y la mirada de Joe lo siguió más allá de la casa—. Pero a Sara se le da bien conseguir que la gente haga lo que ella quiere, sobre todo los chicos. Estar buena ayuda, y también que no le importen mucho los demás. —Volvió la mirada hacia la casa de los Harper durante unos segundos—. Lo lleva en el ADN, supongo.

—¿Hay alguien que pueda saber dónde está Sara? —Matt deslizó la mano en el aire—. ¿Tiene algún amigo íntimo o un antiguo novio?

—El año pasado salió con Zachary Baker. —Joe volvió a encogerse de hombros—. Vive con su madre al final de la calle. Es la casa de las gallinas. No tiene pérdida. —Joe dio un paso atrás hacia su casa—. Tengo que ir a trabajar.

—Gracias por tu tiempo.

Bree anotó sus datos de contacto y luego ella y Matt regresaron al coche. Bree se sentó tras el volante, exhausta. El esfuerzo por no dejarse dominar por su fobia la había dejado agotada.

El perro le había puesto los nervios de punta. Tenía que controlar su miedo. Nunca había afectado tanto a su trabajo. Siempre había podido controlar su reacción ante los perros, o al menos disimularla, pero ese día había estado a punto de sentirse sobrepasada.

—Gracias por haber seguido con las preguntas.

—De nada.

Cerró el puño sobre el muslo.

—Nadie es perfecto, Bree —dijo Matt en voz baja.

—Lo sé. —Pero estaba decepcionada consigo misma. Volvió a centrar la conversación en la investigación—. ¿Vamos a hablar con Zachary Baker?

—Vamos.

Bree condujo despacio por la carretera. Cuando se acercaron al cuarto buzón, Matt señaló con la mano.

—Es ahí.

El gallinero que ocupaba el patio lateral era tan grande como el garaje de un coche. Junto a él, una desvencijada estructura de madera y valla de alambre encerraba un área del tamaño de una cancha de baloncesto.

Bree enfiló el camino de entrada. La casa de estilo inglés era más propia de una ancianita de la campiña británica. Salieron del coche y empezaron a subir. El chirrido de unas bisagras les sobresaltó. Matt y Bree se volvieron a la vez y vieron a un joven saliendo del gallinero con una cesta de alambre llena de huevos. Llevaba una parka negra y guantes de cuero. Se dirigieron hacia él y se encontraron en el patio lateral.

—Soy la sheriff Taggert. —Bree señaló su placa—. Estoy buscando a Zachary Baker.

—Soy yo —dijo con voz vacilante.

—Me gustaría hacerte unas preguntas sobre tu vecino, Earl Harper —le explicó Bree.

—No tengo nada que decir sobre él. —Zachary trasladó el peso de su cuerpo de un pie al otro. Al moverse, se desplazó hacia la izquierda, como con intención de rodear a Matt.

—Hemos oído que su perro ha matado algunas de tus gallinas.

Por el rabillo del ojo, Bree vio a Matt dar un medio paso idéntico, en un movimiento de espejo y bloqueándole sutilmente el camino a Zachary.

—Eso fue hace mucho tiempo. —El chico miró por encima del hombro de Matt hacia su propia casa. Estaba claro que no quería hablar con ellos.

—¿Pero las mató? —le preguntó Bree.

Zachary la miró a los ojos durante una fracción de segundo antes de desviar la mirada.

—Sí, las mató. El perro atravesó la valla y mató a cinco de nuestras gallinas.

—¿Y cuál fue la reacción de Earl?

Zachary se lamió los labios.

—Nos dio cincuenta dólares y dijo que era una cantidad justa.

—¿Y lo era? —Bree trató de que la mirara a la cara.

Zachary desplazó su peso en la dirección opuesta. Bajó la mirada para estudiar el suelo.

—Supongo.

—Pero ¿no le pediste más? ¿O no nos llamaste a nosotros? —Bree trató de mirarlo a los ojos.

Zachary miró a todas partes menos a ella.

—Aquí todo el mundo recuerda que Earl fue a la cárcel por pegar a un tipo con un bate de béisbol. Nadie va a decir nada en su contra.

—¿Conoces a Sara Harper?

Zachary resopló.

—Sí. Fuimos juntos al colegio.

—Nos han dicho que saliste con ella.

—Solo unos meses, el año pasado —dijo, sonrojándose—. Pero hace mucho tiempo que no la veo, no desde que se fue del barrio. —Un breve destello de ira le iluminó los ojos, y fijó la mirada en Bree durante dos segundos largos antes de apartarla—. Necesitaba ayuda para aprobar un par de clases porque si no, no se podría graduar. Después de ayudarla, me dejó. —Tensó un músculo de la mandíbula y volvió a esbozar una expresión amarga—. Sara era animadora en el instituto. Yo era demasiado poca cosa para ella. Debería haberlo sabido. —Se aclaró la garganta—. Tengo trabajo que hacer. No voy a seguir respondiendo a sus preguntas.

—Nos gustaría hablar con tu madre —dijo Bree.

—Su párkinson ha empeorado mucho. No quiere ver a nadie. Discúlpenme. —Enderezó la espalda, rodeó a Bree y se dirigió a la casa.

—¿Trabajas? —le preguntó Matt desde atrás.

Zachary se detuvo y respondió sin darse la vuelta.

—Soy diseñador freelance de páginas web. Trabajo desde casa.

Se apresuró hacia la casa y cerró la puerta.

Bree se volvió hacia su todoterreno. Matt fue a su lado.

—Es un chaval raro. No nos miraba a los ojos a ninguno de los dos.

—Tal vez es introvertido. —Pero Bree estaba de acuerdo; el comportamiento de Zachary Baker había sido extraño.

—O tiene miedo de que Earl se entere de que ha hablado con nosotros de él. Ni Joe ni Zachary querían hablar de Earl.

—No me extraña.

—Desde luego.

Bree se puso al volante del todoterreno.

Cuando Matt se subió al vehículo, dijo:

—Además, creo que Sara estuvo jugando con Zachary.

Matt asintió con un movimiento de cabeza. Volvieron por donde habían venido. Bree redujo la velocidad del todoterreno al pasar por la propiedad de Earl.

Matt miró por el parabrisas.

—Me sabe mal por el perro.

—Nosotros no podemos hacer nada. —Bree lo observó.

Matt tensó la mandíbula con furia.

—Sabes que la agresividad del perro no es culpa suya. Está atado y asustado. Los animales encadenados se ponen a la defensiva.

Bree asintió. No quería hablar del perro, quería olvidarse de él.

—¿Puedes enviar a la protectora de animales para que se lo lleven? —preguntó Matt.

—Sabes que no. —Bree miró por el espejo retrovisor—. Tenía comida, agua y refugio. No hemos sido testigos de que lo maltratara.

Matt se cruzó de brazos.

—Los dos sabemos que Earl está maltratando a ese animal. Está muy flaco.

—No parecía que estuviera hambriento, y lo que sabemos y lo que podemos probar son dos cosas totalmente diferentes.

—La historia de nuestras vidas, ¿verdad? —Matt se dio un manotazo en la rodilla con frustración.

—Sí. —Apartando al perro de su mente, Bree ladeó el ordenador del salpicadero hacia Matt—. Comprueba si Joe o Zachary conducen un Dodge Charger.

Matt tecleó algo en el ordenador.

—No.

—¿Antecedentes penales?

Matt siguió tecleando.

—No hay nada sobre Joe. Zachary tiene un par de denuncias por posesión de marihuana. Pagó las multas. El conductor del Charger podría haber cogido prestado o alquilado un coche —señaló Matt—. No tiene por qué ser suyo.

—Lo sé, pero tenemos muy pocas pruebas. Sería genial conseguir alguna pista sobre el Charger o la marca de la mano.

—Lástima que no sea verano. Nadie llevaría guantes.

—Ya.

A Bree le sonó el teléfono. Miró la pantalla. Era Todd.

Contestó la llamada.

—¿Qué pasa?

—Tenemos otro cadáver —dijo Todd.

—Mierda. ¿Dónde? —preguntó Bree.

—Cerca del muelle de la casa de huéspedes de Grey Lake Inn.

Capítulo 25

Matt siguió a Bree por el terraplén del jardín trasero de la casa de huéspedes hasta la orilla del lago. El sol brillaba en un cielo despejado de nubes. En los puntos donde no soplaba el viento, casi parecía hacer calor. La nieve derretida dejaba entrever rodales de hierba incipiente.

Otro cadáver era justo lo que les faltaba; no daban abasto con los asesinatos.

Todd echó a andar junto a Bree y la puso al corriente de los detalles que rodeaban el hallazgo del cuerpo.

—Los técnicos de la científica han traído lámparas y han trabajado toda la noche para procesar las pruebas que encontraron ayer en el garaje —explicó Todd—. El agente Oscar ha llegado esta tarde para relevar al compañero que había estado al frente del caso. Oscar vio a un par de chicos en el lago, curioseando, y cuando bajó para echarlos, descubrió el cadáver.

Caminaron a lo largo de la orilla durante unos treinta metros hasta llegar a una pequeña boca de alcantarilla. El agente Oscar estaba en la orilla. El viento helado azotaba la superficie del lago.

Matt se metió la mano mala en el bolsillo del abrigo. No le bastaba protegerla con guantes en días como aquel.

Oscar repitió su historia. Encogió los hombros ante el embate del viento.

—Lo tenía justo debajo de los pies. Yo estaba encima.

Matt tenía la sensación de que los escalofríos del agente no tenían nada que ver con el frío.

Pero Bree se compadeció de él.

—Gracias, agente. Si necesita entrar en calor, vaya a sentarse en su coche un rato.

Oscar negó con la cabeza.

—Me quedo.

Miraron el hielo donde la zanja y el sumidero se unían al lago.

—¿Dónde está? —preguntó Bree, escudriñando la zona.

Todd señaló un punto y todos volvieron la vista hacia allí.

Entonces Matt vio la parte posterior de una cabeza, apenas visible a través del hielo opaco.

—¿Se ha notificado ya el hallazgo del cadáver a la forense? —preguntó Bree.

—Sí —dijo Todd—, y el equipo de buceo viene de camino.

Muchos de los ayudantes del sheriff del condado de Randolph formaban parte de distintos equipos especiales, incluido el de buceo para búsqueda y rescate en el agua.

Oscar se cruzó de brazos cubriéndose las manos, como si la idea de meterse en el agua helada le diera aún más frío.

Matt observó el lago. Sintió un nudo en el estómago. ¿Quién estaba allí abajo?

Se oyó el crujido del hielo bajo unas botas y todos se volvieron a mirar. La forense y su ayudante estaban aproximándose, cada una con un kit. La doctora Jones se detuvo junto a Bree y le hizo un gesto a la ayudante, que iba detrás de ella.

—Vamos a sacar fotos. Haremos unas señales de la posición del cadáver para asegurarnos de no dañar los restos al sacarlos del agua.

La forense esperó a que su ayudante fotografiara los restos desde varios ángulos y distancias. A continuación la doctora Jones cogió un cepillo de su maletín y se acercó. Se agachó y empezó a cepillar el hielo. La eliminación de la capa superior de escarcha mejoró ligeramente la visibilidad.

—Aquí está el cuello. La espalda se extiende hacia aquí —indicó—. Hay que señalar estos lugares.

—Llevo pintura en espray en el maletero.

Todd se dio media vuelta y corrió de nuevo hacia la casa de huéspedes. Regresó al cabo de unos minutos con un espray, que entregó a la forense.

La doctora trazó un óvalo con líneas de puntos en la superficie helada para marcar la ubicación del cuerpo. Mientras esperaban al equipo de buceo, la forense y su ayudante tomaban muestras, medidas y lecturas de temperatura.

Aparecieron cuatro miembros del equipo de buceo. Aparcaron el camión y el remolque con el equipo en el jardín trasero del recinto. Dos ayudantes prepararon el equipo mientras los otros dos se ponían los trajes de neopreno de color naranja oscuro que les protegerían del agua helada. Una vez recuperado el cuerpo, tendrían que buscar pruebas en el fondo del lago, como harían en una escena del crimen en tierra firme.

Matt y Bree retrocedieron mientras los hombres cortaban el hielo en trozos. Tardaron treinta minutos en abrir un rectángulo lo bastante grande para que los buzos pudieran entrar en el agua con una bolsa para cadáveres de malla resistente recubierta de vinilo que permitiera el drenaje del agua cuando se sacara a la orilla, pero que mantuviera las pruebas forenses en su interior. La malla, muy tupida, también protegería la intimidad de la víctima de las miradas de los curiosos mientras se sacaba el cuerpo del lago. Los cadáveres que habían permanecido sumergidos en el agua podían ser especialmente desagradables. Los familiares no tenían ninguna necesidad de ver los restos hinchados de sus seres queridos en el momento en que los sacaban del agua.

La forense consultó con los buzos mientras se preparaban para sumergirse.

—El cadáver anterior tenía heridas defensivas y restos de tejido bajo las uñas. Es la primera vez que trabajamos juntos, así que no conozco muy bien cuál es el procedimiento que siguen habitualmente. Quiero asegurarme de que durante el proceso de extracción del cadáver no se desprende ningún posible rastro que haya bajo las uñas.

Las bolsas de papel que utilizaba el departamento de medicina legal en tierra no funcionaban bajo el agua.

Los buzos fruncieron el ceño.

La forense sacó unas bolsas de cierre hermético de su kit de trabajo.

—Esto son calcetines-media de nailon de mujer. Los he enrollado de forma que puedan enfundarlos en las manos y los pies de la víctima, como si estuvieran colocando un preservativo. El agua se escurrirá, naturalmente, pero el nailon debería proteger y conservar cualquier posible rastro que haya bajo las uñas.

—Es una muy buena idea.

El buzo cogió dos bolsas y le dio otras dos a su compañero.

La forense dio un paso atrás, satisfecha.

Los dos buceadores se pusieron bombonas de oxígeno y cascos equipados con minicámaras. Matt se situó a unos metros de ellos mientras comprobaban el equipo que monitorizaría a los hombres cuando se sumergiesen en el agua.

Los buzos se zambulleron en el lago. La recuperación del cadáver se prolongó durante casi treinta minutos. Sacaron la bolsa entera con cremallera del agujero. El agua chorreaba de la bolsa mientras estaba en el hielo, luego la cargaron en la camilla de la forense y la transportaron hacia la furgoneta de esta.

Matt sintió que le flaqueaban las fuerzas mientras él y Bree seguían la camilla hasta el aparcamiento, delante de la casa de huéspedes. Intercambiaron una mirada.

¿Sería aquel el cadáver de Eli?

Bree detuvo a la forense antes de que esta y su ayudante cargaran el cuerpo en la furgoneta.

—¿Podría abrir la bolsa un poco? Necesito ver el cadáver.

La forense miró a su alrededor. Las unidades de los canales de noticias y los periodistas estaban abajo, junto a la orilla, observando al equipo de buceo. Los buzos volvían al agua y buscaban pruebas en el fondo del lago. La doctora Jones abrió la cremallera varios centímetros. El cadáver era de un hombre joven. Solo llevaba calzoncillos y tenía la cara destrozada. Llevaba el pelo rapado cerca del cuero cabelludo, igual que Brian.

Matt bajó la voz.

—La persona desaparecida que estamos buscando tiene una marca de nacimiento rectangular en la parte posterior del hombro.

La forense asintió. Ya había revisado el historial médico de Eli una vez, cuando intentaba identificar el cuerpo de Brian. Seguramente recordaba la marca de nacimiento. Matt se preparó mentalmente mientras la mujer levantaba uno de los hombros del cadáver. La marca era del tamaño de un naipe.

Era Eli.

Matt visualizó al instante a la señora Whitney y sintió que se le rompía el corazón por el dolor que iba a causarle la muerte de su nieto.

Bree avanzó hasta situarse junto a la doctora Jones. También habló en voz baja.

—¿Podría hacer un cálculo aproximado de cuánto tiempo ha estado en el agua?

Pero la doctora Jones ya había cerrado la cremallera.

—Déjenme llevarlo a la morgue y hacer los cálculos.

Al igual que con el cadáver de Brian O'Neil, determinar la hora de la muerte iba a ser todo un reto, y la forense solo podría facilitar una horquilla de tiempo.

—Haré la autopsia esta tarde —dijo la doctora Jones—. Tendrán algunas respuestas esta misma noche.

—Gracias —dijo Bree.

A continuación cargaron el cadáver de la víctima en la furgoneta.

Bree y Matt volvieron al jardín trasero. La policía había acordonado la casa de huéspedes por tratarse de una escena del crimen, pero varios periodistas se habían aventurado a salir al hielo desde la propiedad adyacente para intentar obtener imágenes más nítidas de la escena del crimen y del equipo de buceo mientras trabajaba.

Al cabo de unos minutos, uno de los buzos salió del agujero en el hielo y dejó la bolsa con las pruebas a su lado. Escupió la boquilla del tubo de buceo y se quitó el casco.

—¡Sheriff! —Le hizo una seña para que se acercara.

Bree corrió hasta él y se agachó. Matt aguzó el oído para escuchar.

—Hay otro cadáver ahí abajo —dijo el buzo.

Matt se quedó estupefacto. Aquello era lo último que esperaba oír.

—Necesitamos otra bolsa para cadáveres. —Bree miró a los periodistas—. Y más medias de esas. —Llamó a su jefe adjunto—. Todd, ve a ver si la forense sigue aquí.

La doctora Jones aún estaba en el aparcamiento. Volvió con más medias de nailon. Los periodistas intuyeron algo y empezaron a grabar.

Poco después, el segundo buceador salió a la superficie y los demás componentes del equipo le ayudaron a sacar del agua la segunda bolsa de malla amarilla. El buceador salió del agujero, se sentó en el borde y se quitó el casco. Bree y la forense se acercaron.

—¿Otro varón? —preguntó Bree.

El buzo negó con la cabeza.

—No estoy seguro. Ahí abajo está muy oscuro, pero el cuerpo tiene el pelo largo y está vestido.

La doctora Jones se puso en cuclillas junto a la bolsa y abrió discretamente la cremallera lo suficiente para ver la cara. Era una mujer de pelo largo y oscuro. También se veía el cuello de un abrigo.

—¿A alguien le resulta familiar?

—Sí. —Bree susurró un nombre a la forense—. Es muy probable que sus huellas dactilares figuren en la base de datos del sistema. Identificarla debería ser rápido.

—¿La has visto? —exclamó Matt junto al oído de Bree.

Bree asintió.

—Estaba completamente vestida y tenía la cara intacta. Parecía Sara Harper.

Capítulo 26

Matar era adictivo.

Pero tenía que resistir la tentación de precipitarse. Tenía que esperar la oportunidad más propicia, tal y como había planeado. Elegir el momento inadecuado podía dar al traste con todo, pero cada vez le resultaba más difícil ser paciente. Desde la rueda de prensa, casi tenía miedo de usar el Charger. De todos modos, el modelo era bastante corriente; no llamaba la atención. Había quitado el letrero de la aplicación para compartir trayecto. Sin embargo, el hecho de que la sheriff tuviera una foto del coche hacía que no quisiera utilizar su propio vehículo. Podía esconder el Charger, ocultarlo, pero no podía permitirse el lujo de reemplazar su coche habitual.

También había tenido cuidado de llevar guantes en todos los lugares posibles, y había usado un maquillaje especial para cubrirse el dorso de la mano. Esa zorra de la sheriff estaba intentando joderlo todo. Tal vez cuando terminara con su lista actual, convertiría a Bree Taggert en un objetivo futuro. Los gilipollas a los que estaba dando caza en ese momento no eran tan inteligentes. La sheriff supondría para él un desafío completamente distinto.

A través del parabrisas, vio a los transeúntes cruzar el paso de peatones. A unas pocas manzanas de la carretera principal que atravesaba el campus, los vehículos aparcados abarrotaban la calle. Las casas eran grandes y antiguas. La mayoría habían sido divididas en apartamentos. El semáforo se puso en verde y avanzó con el coche.

Al recorrer las dos manzanas siguientes, el paisaje cambió de residencias a edificios universitarios. La cafetería de los estudiantes estaba a la vuelta de la esquina. Se detuvo en el semáforo y observó las aceras. Había acechado a su presa durante mucho tiempo en las redes sociales. El objetivo solía ir a la cafetería antes de su clase de la tarde.

Al acercarse al edificio, tuvo suerte: un coche acababa de dejar libre un sitio y él lo ocupó y apagó el motor.

Tres chicas salieron del edificio. Llevaban pantalones negros ajustados y chaquetas abombadas, con las mochilas colgando del hombro. Bajo los gorros de punto, la melena oscura les caía en cascada por la espalda. Una de las chicas se volvió y le dijo algo a su amiga. Era guapa. La clase de chica que se creía demasiado buena para él. La joven se rio, y su sonrisa perfecta le retorció las entrañas.

Una llamarada de amargura le incendió las tripas. Le hervía la sangre, y se recostó hacia atrás en el asiento, cruzó los brazos sobre el pecho y esperó. La frustración bullía en su interior. Tenía que ser hoy. No podía esperar más. Cerró el puño y se golpeó la pierna.

Aquella calle estaba demasiado transitada. El frío se colaba en el interior del coche, pero la furia mantenía el calor de su cuerpo, irradiando de dentro afuera. Al cabo de media hora, su objetivo salía de la cafetería, tarde para ir a su clase, como siempre. Tenía la mirada fija en su teléfono mientras caminaba por la calle. En lugar de llegar hasta la esquina, se metió entre dos coches aparcados y cruzó la calzada.

Tenía tantas ganas de matarlo que le dolían los dedos. Enroscó las manos alrededor del volante y tocó el acelerador con el dedo del pie. Podría atropellarlo ahora mismo. Fácil. Ya estaría hecho. Otro más en su lista. Se imaginó su coche golpeando el cuerpo, al chico saltando despedido por los aires y estrellándose contra el asfalto.

Sintió una corriente de excitación en sus venas. ¿Habría sangre? ¿Moriría inmediatamente? Demasiadas incertidumbres. Necesitaba estar seguro.

Además, no era así como se suponía que tenía que ser. Usar el coche era demasiado rápido, demasiado aséptico. No podría decirle a ese cabrón por qué lo iba a matar exactamente. No vería la expresión de estupor en la cara de su presa cuando lo reconociese.

No, aquella muerte tenía que ser tan personal como las otras.

Dominó su entusiasmo, al menos por el momento. Haría aquello como tenía que hacerse. Lo miraría a los ojos mientras apretaba el gatillo. Era fundamental que sus víctimas supiesen quién las estaba matando y por qué. Si no, ¿qué sentido tenía?

«¡Tiene que recibir su castigo!».

Estaba claro que ese de ahí sabía lo que les había pasado a sus amigos y estaría aún más asustado.

Adelantó el hombro y manipuló la palanca de cambio para ponerse en marcha. Se apartó del bordillo y siguió a su presa.

El cabrón miró por encima del hombro. ¿Presentía el peligro? ¿Estaría ya nervioso?

«Eso espero».

Siguió avanzando a una velocidad constante, manteniendo los treinta metros de distancia entre él y su presa. El cabrón dobló la esquina de la siguiente calle y él giró a su vez con el coche. Aquella calle estaba casi vacía. Los grupos de estudiantes más próximos estaban a media manzana de distancia. Esperó a que doblaran la esquina y desaparecieran de la vista y luego miró a uno y otro lado de la calle.

Todo estaba despejado. No había ningún coche en movimiento, y tampoco había gente, pero tenía que darse prisa.

Se tapó la cara con el pasamontañas. Había emborronado la matrícula del coche con barro. Aunque la captara alguna cámara, esa zorra de la sheriff no tendría más pruebas de las que ya tenía.

«Ahora».

Pisó el acelerador. El coche dio un salto hacia delante y alcanzó al objetivo en unos segundos. El tipo se disponía a cruzar la calle. Iba a cruzar a mitad de la manzana.

Perfecto.

Se situó justo delante de su presa y se detuvo justo antes de atropellarle, como si se hubiera detenido a tiempo. El rápido destello de miedo en los ojos del capullo fue alucinante.

—¡Gilipollas! —El capullo dio un salto hacia atrás y se le cayó el teléfono al suelo. Le golpeó el capó del coche con la mano—. ¿Qué coño te pasa?

—¿Yo? ¡Eres tú el que se me ha echado encima! —Comprobó el espejo retrovisor. La calle seguía despejada.

Cogió su pistola del asiento del copiloto y le apuntó con ella a la cara. Los ojos del capullo se abrieron como platos. Abrió la puerta del coche y se bajó, sujetando la pistola con firmeza.

—Sube al asiento trasero.

—No. —El chico retrocedió unos pasos, con los ojos muy abiertos. Estaba blanco como el papel. Miró el teléfono que tenía a sus pies.

—No lo toques. —Su voz rezumaba poder—. O te pego un tiro aquí mismo.

El objetivo se desplazó con piernas temblorosas hasta la puerta trasera del coche, la abrió y se subió. Cuando estaba a punto de sentarse, vaciló un instante, en cuanto se dio cuenta de que había un separador entre los asientos delanteros y los traseros. El coche era un viejo vehículo policial comprado en una subasta.

Volviendo a escudriñar la calle, se deslizó tras el volante y bloqueó las puertas con el seguro. En la parte de atrás, el objetivo se deslizó hacia el otro lado del asiento y accionó el tirador de la puerta. No pasó nada. Al tratarse de un viejo coche de policía, las puertas traseras no se abrían desde el interior.

—Hay unas esposas en el suelo. Póntelas —le ordenó.

Esta vez, el objetivo no discutió. Hizo lo que le decía.

—¿Por qué haces esto? —protestó el capullo.

—Cállate.

Arrancó el coche de nuevo. Tenía que salir de allí. Luego aplastó el móvil del suelo arrollándolo con el coche. La excitación que sentía era desbordante. Lo había conseguido. No había nada como un plan ejecutado a la perfección.

Salvo una ejecución perfecta.

Se quitó el pasamontañas y lo tiró al asiento del pasajero. Si alguien los veía en ese momento, vería a un tipo sentado en el asiento trasero de un coche, eso era todo. No había nada sospechoso en eso.

Salió del campus y se dirigió al nuevo destino que había elegido.

—Te pagaré si me sueltas —le suplicó el tipo.

Miró por el espejo retrovisor.

—Si dices una palabra más, pararé y te pegaré un tiro en la pierna.

El resto del trayecto transcurrió en silencio. Aprovechó el tiempo para visualizar lo que iba a hacerle al ocupante del asiento de atrás. Lo imaginó una y otra vez en su cabeza, al igual que vería el vídeo una y otra vez después del asesinato.

Pero tenía que ser paciente. La anticipación formaba parte de la diversión. Cuando llegaron a su destino, se bajó del coche y abrió la puerta trasera

—Vamos, baja.

Ahora que la sheriff había encontrado la casa de huéspedes, no podía volver allí.

Su víctima salió, se abalanzó hacia delante e intentó agarrarle la cara con las manos esposadas.

Pero él ya esperaba aquel último y desesperado intento de escapar, provocado por el pánico. Aquellos capullos eran tan predecibles… Se sacó una pistola eléctrica del bolsillo y la apretó contra el antebrazo del tipo, manteniéndola presionada durante unos segundos. El cuerpo del pobre desgraciado empezó a dar sacudidas y luego se quedó inmóvil y cayó resbalando al suelo. Eso lo mantendría quieto varios minutos. Los impulsos eléctricos de una táser se transmitían a través de los músculos. A los tipos más grandes y fornidos les daba aún más fuerte.

Qué fácil era.

Cada uno de aquellos tipos había reaccionado exactamente igual: se habían quedado completamente inconscientes, inútiles, todos. Y sin embargo, se consideraban los machos superiores de la especie.

«Por favor...».

Aquellos universitarios no hacían más que follar, beber y malgastar el dinero de sus padres. Eran todos unos inútiles y unos parásitos, todos y cada uno de ellos.

La furia le nubló la vista. Parpadeó con fuerza, inhaló y retuvo el aire en el interior de los pulmones. Estaba impaciente por matarlo.

El objetivo se agitó y lanzó un gemido, como si pudiera presentir lo que se avecinaba.

La amenaza.

Le administró otra breve descarga solo por si acaso, no lo suficiente fuerte como para volver a incapacitarlo por completo. Eso lo hizo solo para divertirse. Se rio al ver los espasmos del cuerpo en el suelo.

Bailaba como una marioneta, y era él quien manejaba los hilos.

Esperó a que el capullo volviera en sí. Entonces lo puso boca arriba y le abofeteó las mejillas.

Su víctima gimió y empezó a pestañear.

—Eso es. Despierta. Esto no tiene gracia si tú no te enteras de lo que pasa. ¡Levántate!

El objetivo escupió saliva, parpadeó y enfocó la mirada rápidamente. Los efectos de la táser duraban muy poco. Si hubiera empleado algún fármaco, su segunda opción, el hombre se habría quedado incapacitado para mucho rato, pero de esa manera, toda la historia se acababa en una sola noche. A diferencia del capullo que estaba a punto de morir, él no tenía tiempo que perder yendo por ahí de flor en flor.

Ahora la mirada de su víctima era nítida. Intentó incorporarse. La confusión le hizo fruncir el ceño mientras tiraba de sus manos esposadas.

—No vas a ir ninguna parte.

El capullo alzó la vista. La confusión se transformó en miedo.

—¿Qué está pasando? —Le temblaba la voz.

«¿Quién es el macho alfa ahora, guapito de cara?».

—Te diré lo que va a pasar —comenzó. Le contó paso a paso lo que iba a ocurrir esa noche—. Ahora levántate y entra.

—¿Qué? No. Estás loco. —El capullo estaba meneando la cabeza despacio, con gesto incrédulo.

—Lo harás o morirás ahora mismo. —Le enseñó la pistola—. O volveré a soltarte una descarga y te llevaré adentro a rastras. Tú eliges. ¡Levántate!

—No. —La actitud beligerante del objetivo le hizo levantar la barbilla.

La verdad es que debería esperar hasta que aquel capullo estuviera recuperado del todo. Sería más divertido tenerlo alerta y asustado.

Pero se le había acabado la paciencia. Quería… «necesitaba» ponerse manos a la obra.

Levantó la pistola y la táser y las movió arriba y abajo como si estuvieran en una balanza.

—¿Qué va a ser? Tú eliges.

Capítulo 27

Se hizo de noche antes de que Bree estuviera lista para abandonar la escena de la casa de huéspedes de Grey Lake. La forense se había llevado los dos cadáveres a la morgue. El equipo de buceo recogió su material. Bree, Matt y dos agentes habían recorrido la orilla del lago en busca de más pruebas entre la maleza y el hielo. Recogieron hasta el último resto de basura que encontraron. Iban a examinar cada uno de los indicios, pero en ese momento, nada parecía ser relevante para su caso. Volvieron al aparcamiento de la casa de huéspedes.

—¿Y ahora adónde vamos? —preguntó Todd—. Ha llegado la orden de registro de la casa donde vivían los cuatro chicos.

—Quiero que vayáis a buscar a Christian Crone y Dustin Lock, los compañeros de piso, y los llevéis a comisaría para interrogarlos inmediatamente. —Bree sintió un escalofrío. A pesar de que ella no se había metido en el lago, estaba helada hasta los huesos—. Nos encontraremos allí. Haremos que los ayudantes registren la casa mientras interrogamos a los sujetos.

—Sí, jefa. —Todd se fue.

Bree y Matt se apresuraron a ir a su vehículo. Ella puso la calefacción a tope y enfiló el camino privado.

—Tengo que llamar a casa.

Esa noche se le iba a hacer muy tarde.

Le explicó la situación a Dana y luego habló con los dos niños. Matt también hizo una llamada para pedir a su hermana que cuidara de sus perros. Colgaron sus teléfonos al mismo tiempo.

—Creemos que esos cadáveres son de Eli Whitney y Sara Harper, ¿no es así? —preguntó Bree.

—Sí —convino Matt.

—Eso significa que estábamos equivocados en todo. Ni Eli ni Sara mataron a nadie. —Metió la mano en la guantera, buscando un ibuprofeno para el dolor de cabeza que le palpitaba justo por detrás de los ojos, pero no encontró nada—. Todo nuestro caso ha cambiado. Ya no tenemos un único homicidio, con una motivación personal. Tenemos un triple asesinato y a un asesino suelto. Como sabemos que los casos de asesinato están relacionados de alguna manera con los robos, debo llamar a la inspectora Dane. Me gustaría que trabajara con nosotros. Supongo que primero tendré que hablarlo con el jefe de policía de Scarlet Falls.

Bree se había propuesto presentarse a los jefes de policía de su jurisdicción poco después de asumir el cargo, pero había estado tan ocupada con los problemas de su propio departamento que aún no se había entrevistado con ninguno. Primero llamó a Stella Dane. Cuando esta aceptó, llamó al jefe de la policía de Scarlet Falls.

Antes de que pudiera colgar el teléfono, este le vibró.

—Es la doctora Jones.

—Qué rápido —dijo Matt.

—Prometió hacer las autopsias esta noche, pero no puede tenerlas ya completas. —Bree consultó su reloj. Eran las seis. La forense había abandonado la escena varias horas antes, pero cada una de las autopsias tardaría cuatro horas. Era poco probable que estuvieran terminadas antes de medianoche. Todo el mundo trabajaría horas extras hasta que se resolviera el caso. Un triple asesinato con un asesino aún en libertad tenía prioridad sobre todo lo demás. Respondió a la llamada—. ¿Sí, doctora Jones?

—Hemos confirmado las identidades de ambas víctimas. El varón es Eli Whitney —dijo la forense—. Ya tenía aquí sus historiales médicos, así que la comparación no llevó mucho tiempo. Como sospechaba, las huellas dactilares de la mujer coinciden con las de Sara Harper. Volveré a llamar tan pronto como termine con las autopsias.

—¿La inspectora Dane ya sabe lo de Eli Whitney? —preguntó Bree—. El caso de la desaparición de Eli pertenecía a la policía de Scarlet Falls.

—Sí —dijo la doctora Jones—. Dijo que se encargaría de la notificación de la muerte. ¿Quieres notificárselo tú a la familia de Sara Harper, o quieres que lo haga yo?

—Yo me encargo. —Bree quería ver en persona la reacción de Earl Harper.

—Gracias. —La doctora Jones puso fin a la llamada.

Bree soltó su teléfono y miró a Matt.

—¿Lo has oído?

—Sí. Tenemos las identificaciones.

Aparcó detrás de la comisaría. Le vibró el teléfono. Leyó el mensaje de texto en voz alta.

—Stella dice que vendrá aquí después de realizar la notificación de la muerte. Quiere saber a quién puede llamar para que acompañe a la señora Whitney.

Matt se pasó una mano por la cara.

—Mi hermana sabrá a quién llamar, o irá ella misma. Cady Flynn.

Le dio su número de teléfono y Bree se lo envió en un mensaje a Stella.

—Seguramente voy a quedarme trabajando toda la noche.

—Yo también. —Matt endureció la mirada—. Esto va a destrozar a la señora Whitney. Descubriré quién mató a Eli.

—Gracias. Te agradezco la ayuda. —Bree se bajó del coche—. Tengo que ir a hablar con Todd y Marge, luego iremos a notificar la muerte a Earl Harper.

—Vale.

Entraron en la comisaría.

Marge los siguió hasta el despacho de Bree.

—Alyssa sigue en el motel, pero no está contenta. Ha visto las noticias sobre los cadáveres encontrados en la casa de huéspedes de Grey Lake. Está muy alterada.

—La llamaré. Han muerto tres personas, y todavía no estamos seguros de qué tiene que ver Alyssa en todo esto. No quiero que le pase nada.

Brian había muerto antes de que Bree se encargara del caso, pero si hubiera hecho las cosas de otra manera, ¿podría haber salvado a Sara o a Eli? Eso solo podía decirlo la forense.

—Va a ser una noche muy larga. —Marge frunció el ceño—. Voy a pedir una caja de sándwiches. ¿Algo más?

—Espera. —Bree marcó el teléfono de la habitación de motel de Alyssa. Cuando la chica contestó, Bree dijo—: Soy la sheriff Taggert. Tengo que darte una mala noticia: hoy hemos encontrado el cuerpo de Harper.

Alyssa dio un respingo.

—Lo sabía. Cuando vi las imágenes de las noticias, supe que era Harper.

—Sé que esto es muy duro para ti —dijo Bree—. Su verdadero nombre es Sara Harper.

Se hizo un silencio durante varios segundos. A continuación Alyssa dijo:

—Tengo miedo.

—Tu seguridad es mi prioridad, por eso quiero que te quedes en tu habitación, con mi ayudante custodiando la puerta. No te pongas en contacto con nadie.

—Aunque tuviera mi teléfono, no hay nadie a quien pueda llamar —dijo Alyssa con un resoplido—. No me gusta estar aquí. Esta habitación es claustrofóbica. Me siento atrapada.

—Estamos haciendo todo lo posible para encontrar al asesino, Alyssa. Aguanta un poco, ¿vale?

—Vale. —Pero la chica no parecía convencida.

Bree puso fin a la llamada. Miró a Marge.

—Cuando hayas pedido esos sándwiches, llama cada media hora al ayudante que está vigilando a Alyssa.

—Lo haré. —Marge salió de la habitación.

Matt no se sentó. Empezó a pasearse arriba y abajo por delante del escritorio.

Bree se desplomó en su silla, aún con el abrigo puesto. No conseguía entrar en calor. Cogió los expedientes del caso.

—Necesito diez minutos para revisar mis notas sobre nuestra conversación con Earl antes de ir a la casa de los Harper.

Pero no quería que Earl se enterara de la muerte de su hija por las noticias. La forense no revelaría los nombres hasta que se hubiese notificado el fallecimiento a los familiares, pero aquellas cosas solían acabar filtrándose de algún modo a la prensa.

Bree consultó su lista de sospechosos. Acababa de confirmar que dos primeros nombres estaban muertos.

—En mi opinión, ahora mismo Earl Harper es el principal sospechoso. Tiene un historial de robos. Él y su hija no se llevaban bien. Incluso dijo que ella le había robado.

Matt siguió paseándose por la habitación.

—Sí, parecía muy cabreado por eso, y la cantidad de lesiones en la cara hace que estos asesinatos parezcan crímenes con ensañamiento.

—Pero la cara de Sara estaba intacta.

—Tal vez no pudo hacerle eso a su propia hija. Eso explicaría por qué la presentación de los cuerpos es distinta.

—Pero ¿por qué iba a matar a Eli y a Brian? —preguntó Bree.

—Los dos estaban saliendo con Sara.

Bree se frotó los ojos.

—Se negó a quitarse el guante cuando se lo pedí, así que no sabemos si tiene una marca en la mano.

Matt encogió un hombro.

—No quiso cooperar de ninguna manera, pero es un gilipollas. Es difícil saber si está ocultando algo o simplemente él es así.

—El hermano no parecía lo bastante inteligente como para llevar a cabo un asesinato de estas características —dijo Bree—. ¿Y si estaba fingiendo?

—A mí me pareció que su capacidad mental era limitada de verdad, pero, en mi opinión, eso no lo descarta. Estos asesinatos parecen más brutales que obra de un cerebro brillante. Además, sus antecedentes penales aconsejan mantenerlo en la lista de sospechosos.

—Rowdy también llevaba guantes. No pudimos verle las manos.

—Cierto. —Matt se detuvo para estirar la espalda—. ¿Podría ser él o Earl el tipo que te agredió en la cabaña?

Bree pensó en la figura del cuerpo de los dos hombres y en la forma en que Earl había blandido el hacha. Era un hombre duro en términos emocionales y físicos.

—Desde luego, fuerte sí es.

—Tal vez lo planearon ambos, en familia. Tanto Earl como Rowdy podrían estar involucrados.

Alguien llamó a la puerta y Bree levantó la vista.

—Adelante.

Todd entró en la habitación.

—Un agente ha traído a Dustin Lock. Christian Crone no estaba en casa.

—¿Dónde está? —Bree sintió una punzada fría en el vientre.

—Ese es el problema —contestó Todd—. Nadie lo sabe.

Bree se puso de pie y rodeó la mesa.

—¿Dónde está Dustin?

—En la sala de interrogatorios número uno.

Todd se hizo a un lado mientras Bree pasaba por delante de él en dirección a la sala.

Parecía como si Todd hubiese sacado a Dustin Lock de la cama. Vestía pantalones de chándal y una camiseta de la universidad. Se había calzado unas zapatillas de deporte y llevaba el pelo despeinado. Había dejado una chaqueta de invierno sobre el respaldo de la silla.

Cuando la sheriff entró en la sala, la expresión del joven era de asombro.

—No entiendo qué está pasando.

Bree se presentó y giró la silla que estaba a su lado para mirarlo.

—Brian ha sido asesinado. Hoy hemos encontrado otro cadáver en Grey Lake. La forense ha identificado el cuerpo como el de Eli. También hemos hallado el cadáver de una mujer en el lago, cerca del primero.

Dustin palideció.

—¿Es Sariah?

—Sí —dijo Bree.

—¿Eli está muerto? —Su gesto era de perplejidad absoluta, como si no comprendiera del todo la situación.

—Sí.

—No lo entiendo. —Dustin enterró la cabeza entre las manos—. ¿Qué está pasando? —exclamó con voz aguda y dominada por el pánico.

—Eso es lo que estamos tratando de averiguar —dijo Bree con voz serena—. ¿Dónde está Christian?

Dustin levantó la cabeza y se mordió la uña del pulgar.

—No lo sé. Le he mandado un mensaje de texto, pero no contesta.

—¿Esta noche tenía que estar en casa? —preguntó Matt.

—Sí —respondió Dustin—. Íbamos a jugar al *Call of Duty.*

—¿Adónde ha ido hoy? —preguntó Bree.

Dustin bajó la mano.

—Esta tarde tenía clase. Se suponía que terminaba sobre las cinco y media. Luego volvía a casa.

—¿Dónde estaba su clase? —Bree dejó el bolígrafo suspendido sobre un bloc de notas.

Dustin le dio el nombre de un edificio.

Bree lo anotó.

—¿Suele ir andando o en transporte universitario?

—Depende. Su clase está al otro lado del campus. En verano va en bicicleta, pero con la nieve, suele ir andando o coger un Uber.

Bree se quedó inmóvil.

—¿Un Uber?

—Sí. —Dustin asintió—. Sobre todo si hace frío.

Bree se volvió hacia Todd.

—Emite una orden de búsqueda y envía a un par de ayudantes a la universidad para que busquen a Christian. Llama a su proveedor de telefonía móvil. Diles que es una emergencia y que necesitamos encontrar su teléfono.

En situaciones de vida o muerte, el requisito de la orden de registro podría obviarse para acceder a los datos de localización de los móviles.

Con un movimiento de cabeza, Todd se levantó y salió de la habitación.

Bree tenía una sensación de malestar en el estómago.

—Dustin, ¿hay algo que puedas decirnos sobre dónde podría estar Christian? Amigos, novia, familiares a los que haya podido ir a ver...

Dustin negó con la cabeza.

—La familia de Christian está en Florida, y ahora mismo no tiene novia. De los cuatro, él es el que suele pasar más tiempo en casa. —El chico tragó saliva—. Debería estar allí.

—¿Dónde has estado tú todo el día? —le preguntó Bree.

—He tenido dos clases y he almorzado en la cafetería. —Dustin se pasó una mano por la cara—. Llegué a casa como media hora antes de que se presentara el agente.

—¿Has utilizado tu carnet de estudiante para pagar la comida? —preguntó Bree.

—Sí. —Dustin miró alrededor de la habitación. Parecía perdido.

Solo hacía trece años que Bree se había graduado en la universidad, pero le parecía mucho más tiempo. ¿Había sido alguna vez tan joven como el chico que tenía delante?

—¿Y pasas la tarjeta?

Dustin asintió con la cabeza.

—¿Tus profesores pasan lista? —preguntó.

—Sí.

Bree arrancó un trozo de papel de la parte posterior de su bloc de notas.

—Quiero que anotes cuáles han sido tus movimientos durante todo el día. Incluye los nombres, los lugares, las horas y los números de cualquier persona con la que hayas estado en contacto. Además, dame una lista de las personas con las que sale Christian y sus números de teléfono, si los tienes. Cualquier información que tengas sobre el horario de Christian también sería útil. Ahora mismo el menor detalle, por insignificante que parezca, puede ser relevante.

—¿Estoy en peligro? —Dustin se removió en la silla.

—Creo que sí. —Bree fue sincera con él—. Pero aquí estás a salvo, y aquí es donde quiero que te quedes por ahora. ¿Te parece bien?

Lanzando una breve exhalación de alivio, Dustin respiró hondo.

—Gracias.

—¿Necesitas algo? ¿Tienes hambre?

—No, gracias.

Cogió un bolígrafo y empezó a escribir.

Bree y Matt se levantaron y salieron de la habitación, cerrando la puerta tras ellos.

Todd se reunió con ella en el vestíbulo. Bree señaló con el pulgar la puerta cerrada de la sala de interrogatorios y le explicó lo que acababa de pedirle a Dustin.

—Comprueba sus movimientos de hoy. Además, mira a ver si puedes averiguar en la universidad si Christian ha ido hoy a su clase o ha utilizado su tarjeta de comidas.

Todd desvió la mirada hacia la puerta cerrada.

—¿Crees que él ha matado a sus amigos?

—Sinceramente, no —dijo Bree—. No se me ocurre ningún motivo, y su asombro y su miedo parecen auténticos.

—Dos de sus compañeros de piso están muertos y el tercero ha desaparecido. Sería estúpido si no estuviera asustado —dijo Matt.

Bree asintió con un movimiento de cabeza.

—Por eso no lo vamos a perder de vista. No tenemos agentes libres para que lo vigilen, así que puede quedarse aquí.

Por lógica, Dustin sería el siguiente.

—Vamos a ver a Earl Harper —dijo Bree—. Siempre es interesante cuando el pariente más cercano es también el principal sospechoso.

Capítulo 28

Matt observó la casa de Earl Harper a través del parabrisas. Necesitaba una ducha, ropa limpia y un cepillo de dientes, pero no iba a conseguir ninguna de esas tres cosas en las próximas horas.

Bree le ofreció una pastilla de menta.

—Gracias.

Matt cogió una y se la metió en la boca.

La casa tenía un aspecto siniestro en la oscuridad. La única luz brillaba desde una ventana en el lateral del edificio. Earl no había dejado la luz del porche encendida para los visitantes.

—Venga, vamos.

Bree aparcó su todoterreno cerca de la casa y cogió su linterna de la guantera. Matt se sacó la suya del bolsillo. Salieron del vehículo y recorrieron el camino recubierto de hielo de la entrada. El perro ladró detrás de la casa. Bree saltó y se resbaló.

Matt la cogió del codo.

—¿Estás bien?

—Sí, estoy bien —respondió, y le apartó la mano bruscamente—. Lo siento. He sido un poco grosera.

—No pasa nada. —Matt sabía que no era algo personal. El perro la ponía de los nervios.

Subieron los dos escalones de hormigón hasta la entrada y flanquearon la puerta. Bree llamó.

Nadie respondió. Volvió a llamar, esta vez más fuerte. Pasó otro minuto, y entonces unos pasos pesados se acercaron a la puerta. Una cortina junto a la ventana se movió. Finalmente, la puerta principal se abrió y Earl Harper los miró desde un escalón por encima de ellos. De pie en medio, se cruzó de brazos y se metió las manos en las axilas. ¿Tenía frío?

¿O estaba ocultando el dorso de sus manos?

—¿Puedo hablar con usted, señor Harper? —preguntó Bree.

Earl miró por encima de sus cabezas y escudriñó la parte delantera de su propiedad, como para comprobar que no había más policías.

—¿Qué quieres?

—Me gustaría entrar —dijo Bree—. Preferiría no hacer esto aquí en la calle.

—Pues mala suerte. —Earl negó con la cabeza—. Di de una puta vez lo que hayas venido a decir.

Bree se aclaró la garganta.

—El cadáver de su hija, Sara, ha sido encontrado hoy en Grey Lake. Le doy mi más sentido pésame.

Earl no dijo nada. Su garganta se movió al tragar. Matt observó sus ojos. La sorpresa se transformó en algo más. ¿Estupor? ¿Tristeza? ¿Miedo? La emoción desapareció antes de que Matt pudiera identificarla.

—¿Estáis seguros? —preguntó Earl al cabo de unos minutos.

—Sí, señor —dijo Bree—. La médica forense ha identificado a Sara, con absoluta certeza. Sus huellas dactilares estaban registradas en el sistema.

Earl entornó los ojos. Meneó la cabeza despacio, con leves movimientos de incredulidad.

—No me lo creeré hasta que la vea con mis propios ojos.

—El cadáver se encuentra en el instituto de medicina legal del condado. —Bree estaba tratando a Earl con la misma delicadeza con la que trataría al miembro de cualquier otra familia a la que tuviera que comunicarle la triste noticia, independientemente de su carácter difícil o de sus antecedentes penales—. Tendrá que elegir una funeraria. ¿Está seguro de que no prefiere mantener esta conversación dentro?

Earl no se movió de la puerta, y siguió con las manos firmemente recogidas bajo sus brazos.

—¿Cómo murió?

—La forense aún no ha determinado la causa de la muerte. —Bree fue de puntillas alrededor de la palabra «autopsia»—. Le mantendré informado.

—La mataron, ¿verdad? —Los pequeños ojos de Earl se hicieron aún más pequeños, más furiosos, y desplazó el peso de su cuerpo hacia delante. La postura le recordó a Matt a una serpiente enroscada, lista para atacar. Se tensó, preparado para reaccionar.

—Mañana ya debería tener esa información —dijo Bree.

Ella y Earl se miraron fijamente durante un par de prolongados segundos.

Matt decidió intervenir.

—¿Conoce a Zachary Baker?

—¿El empollón? —La pregunta pareció coger desprevenido a Earl—. Sí.

—¿Lo había visto Sara recientemente? —preguntó Matt.

—¿Cómo coño voy a saberlo? —Earl se sonrojó. Hincó un dedo índice en el aire, a pocos centímetros de la cara de Matt. Dirigió su otra mano a la cadera. No llevaba ninguna marca roja en ninguna de las dos manos—. No tengo por qué responder a tus preguntas.

Matt ignoró el dedo en su cara.

—Estamos tratando de averiguar qué le pasó a Sara.

—Sí. Ya. —Earl dio un paso atrás y se dispuso a cerrar la puerta.

—Señor Harper —lo llamó Bree—. Necesito hacerle algunas preguntas sobre su hija.

—¿Sabes qué, sheriff? Vete a la mierda. Ya te dije que no sabía dónde estaba ni qué estaba haciendo. Eso no ha cambiado. Vuelve cuando sepas algo de verdad. Y si quieres que responda a las preguntas, llama antes para que esté presente mi abogado.

—Me gustaría ver la antigua habitación de Sara —dijo Bree—. Y me gustaría hablar con Rowdy.

—Consigue una orden o vete a la mierda.

Earl dio un paso atrás y les cerró la puerta en las narices.

—Ha ido bien —dijo Matt.

Bree se apartó del escalón.

—Le he notificado la muerte. No puedo hacer nada más. No está obligado a responder. No tengo derecho a entrar en su casa sin una orden, y no dispongo de ninguna causa probable para conseguirla.

—Necesitamos algo que lo relacione con los robos o los asesinatos.

—Pero ¿el qué? —preguntó Bree—. Tiene antecedentes. Sus huellas dactilares están en el sistema, pero eran las de Sara las que se encontraron en las joyas, no las de su padre. No tenía ninguna marca en las manos. No conduce un Dodge Charger. No tenemos nada contra Earl Harper. Tal vez estemos equivocados. La noticia de que Sara estaba muerta parece haberlo sorprendido de verdad.

—Eso es cierto.

¿Se había equivocado Matt con él? El hecho de que el hombre fuera un gilipollas no significaba que fuera culpable.

O al menos no culpable de matar a su hija.

Bree miró la hora.

—Aquí ya hemos cumplido con nuestra obligación. Vamos a hablar con Todd y Stella, tal vez alguno de ellos haya tenido más suerte. Todd estaba trabajando en las búsquedas, y los de la científica deberían tener algo para nosotros esta noche.

Cuando volvieron a comisaría, Marge los recibió en el despacho de Bree.

—Gracias por quedarte. —Bree colgó su abrigo.

—De nada. La inspectora Dane acaba de llegar. La he hecho pasar a la sala de reuniones. También tengo aquí los sándwiches, a ver si así consigo que los dos comáis algo. —Marge los miró fijamente a ambos.

—Sí, señora —dijo Matt.

Marge lanzó un suspiro.

—Les he enviado comida a domicilio a Alyssa y al ayudante que está de guardia en su motel. También he dado de comer a Dustin. Todavía está en la sala de interrogatorios número uno; parece que no le importa quedarse allí.

—No sé qué haría sin ti, Marge. —Bree se frotó la nuca.

—Ni yo tampoco —dijo Marge al salir de la habitación.

Bree recogió sus notas y expedientes y salió con Matt de su despacho. En la sala principal, Todd levantó la vista de su ordenador. Bree le hizo una señal, y él se levantó y los siguió hasta la sala de reuniones, llevando consigo su portátil.

Dentro, Stella se estaba quitando el abrigo. Parecía agotada. Tenía unas profundas ojeras bajo los ojos y un cerco rojo le bordeaba los párpados, como si hubiera estado llorando.

Bree se sentó a la cabecera de la mesa. Matt se desplomó en una silla. Cogió un sándwich y le dio un mordisco.

Todd dejó su teléfono y se inclinó sobre la bandeja.

—¿De qué es ese bocadillo?

—No lo sé. —Matt bajó la mirada. Apenas lo había probado—. Parece de jamón y queso. —Dio otro bocado.

Bree tampoco parecía tener hambre, pero también cogió un sándwich y comió mecánicamente.

Stella se acomodó en una silla y cogió una botella de agua.

—Tu hermana ha servido de gran ayuda. Gracias por enviarla.

—Cady es fantástica. —Matt empujó el plato de sándwiches hacia ella—. ¿Cómo está la señora Whitney?

Stella le devolvió el plato a Matt sin probar ni un solo bocado.

—No está bien. No está nada bien. —Stella se apretó la botella fría contra la frente—. Tu hermana ha dicho que se aseguraría de que no estuviera sola.

—No se puede hacer mucho más. —Matt no sabía cómo iba a sobrevivir la señora Whitney a la muerte de su nieto.

—Excepto encontrar al responsable —dijo Bree.

—Sí. Vamos, hagámoslo. —Todd aplastó la palma de la mano sobre la mesa.

Bree puso a Stella al corriente de todo.

—Earl Harper no reaccionó con tanta emotividad cuando le notificamos la muerte de su hija. No estoy segura de cómo se lo ha tomado. Es un hombre frío. Dustin Lock está en la sala de interrogatorios número uno. Christian Crone ha desaparecido. Todavía estamos esperando noticias del departamento forense.

—Stella, ¿has hecho algún avance con los robos? —preguntó Matt.

Ella negó con la cabeza.

—No. He puesto a un agente a investigar todo el tema de los contratistas desde la última vez que hablamos. Ahora tengo una lista de las empresas de construcción o de reparaciones que trabajaron en cada una de las casas robadas tres meses antes del robo. Veo que una o dos empresas se repiten, pero ninguna aparece más de dos veces. —Cerró los ojos durante unos segundos. Cuando los abrió, parecía enfadada—. Por favor, dime que tienes algún sospechoso.

—El padre y el hermano de Sara Harper parecían los dos más probables. Ninguno de ellos conduce un Dodge Charger. Earl no tenía ninguna marca en las manos, pero Rowdy llevaba guantes.

—Me imagino perfectamente a Earl dejando que Rowdy haga el trabajo sucio —señaló Matt.

Bree levantó la palma de la mano.

—Vamos a preparar un dosier de fotos para Alyssa. Cuando hayamos terminado aquí, se lo llevaré para ver si reconoce a Earl o a Rowdy.

Todd salió de la sala y asignó a un ayudante la tarea de recopilar fotos policiales de Earl, Rowdy y de algunos otros hombres que respondían, a grandes rasgos, a la misma descripción física. Volvió un par de minutos después.

Bree dejó su sándwich en una servilleta. Apenas había comido nada.

—Si Alyssa reconoce a Earl o a Rowdy, conseguiremos una orden de registro de su propiedad. Traerlos simplemente para un interrogatorio no tendría sentido. Earl ni siquiera nos ha dejado entrar en la casa para notificarle la muerte. No dirá una palabra si lo traemos aquí.

—Parece que quiere ocultar algo. —Stella bebió un largo trago de un vaso de agua.

—Pero quién sabe si tiene que ver con el caso. —Bree dejó escapar un suspiro de frustración—. Tenemos que detener a ese asesino, y para ello necesitamos pruebas.

Todd intervino en ese momento:

—Tengo un correo electrónico del departamento forense. Los registros de las pruebas encontradas en las escenas del crimen.

—Por fin. —Matt se masajeó la mano mala. Estar pasando frío en la puerta de la casa de Earl le había provocado un dolor en el tejido de la cicatriz—. El asesino está matando gente más rápido de lo que tarda el equipo forense en procesar las pruebas.

Bree asintió.

—Si tenemos otra escena del crimen, puede que tengamos que pedir ayuda al laboratorio estatal.

Todd negó con la cabeza.

—El laboratorio estatal está tan saturado que no tendremos resultados hasta dentro de unos meses. Al menos así puedes presionar al del condado.

—¿Otros sospechosos? —preguntó Stella.

—¿Phil Dunlop? —sugirió Todd.

—No tenemos nada sobre él salvo que lleva la mano vendada. —Bree se dio un golpe en el dedo con su bolígrafo—. ¿Estamos todos de acuerdo en que lo más probable es que Christian haya sido secuestrado?

Todos respondieron afirmativamente.

El teléfono de Todd sonó y respondió a la llamada. Colgó al cabo de unos minutos.

—Los agentes que han ido al campus han comprobado la asistencia de Dustin a sus clases de hoy, y ha pasado su tarjeta para comer en la cafetería de los estudiantes. Christian no llegó a su clase de las cuatro y media. La tarjeta para comer de Christian fue usada en la cafetería a las tres; por lo tanto, es probable que lo hayan secuestrado entre las tres y las cuatro y media de la tarde. Dustin estaba en su clase a esa hora.

—Está limpio —dijo Bree.

—Sí —continuó Todd—. Los agentes han enseñado la foto de Christian por el campus. Recorrieron el camino entre la cafetería y el aula donde se impartía su clase. Ahora mismo están con los guardias de seguridad del campus buscando imágenes de videovigilancia a lo largo de la ruta que Christian habría seguido andando para ir a clase.

—Vale. Diles que sigan en ello. —Bree se apartó el pelo de la cara—. Sara tenía un exnovio, Zachary Baker. Vive cerca de Earl y hace poco tuvo un encontronazo con él. —Bree anotó su nombre y la dirección—. Tiene antecedentes por dos delitos menores por posesión de marihuana. Aparte de eso, está limpio. Conduce un Toyota Camry. Que un ayudante lo localice y lo traiga para interrogarlo.

—¿Y el móvil del asesinato? —preguntó Todd.

—Celos —dijo Bree—. Cuando hablamos con él, parecía que aún sentía algo por Sara, pero ella no estaba interesada en él. También estaba enfadado con Earl. Quizá matar a Sara fue su forma de hacerle daño.

Todd cogió el papel.

—Nos estamos quedando sin ayudantes.

—Pide más —dijo Bree—. Aprobaré las horas extras y ya pensaré cómo pagarlas después.

Si salvaban a Christian, Matt no dudaba de que la junta de supervisores del condado encontraría dinero adicional para el departamento del sheriff. Si Christian moría, las decisiones de Bree se volverían en su contra. Como nueva sheriff no contaba con suficiente experiencia en el terreno político para negociar, pero nunca permitiría que las posibles ramificaciones políticas influyeran en sus decisiones. Su negativa a entrar en el juego de la política podría volverse en su contra.

Marge entró en la habitación con un libro grueso y encuadernado.

—Aquí hay un anuario del instituto de Grey's Hollow de 2016. ¿Quién lo quiere?

Stella levantó la mano.

—Yo me encargo. Si Sara era animadora, debería salir en muchas fotos. —Lo dejó encima de la mesa y luego sacó una carpeta de su maletín—. Aquí hay una lista de los contratistas y empresas de suministros que trabajaron en las casas donde se perpetraron los robos. Otra persona tendría que revisar esta lista de nuevo.

—Lo haré yo. —Matt cogió la carpeta.

—¿Quién quiere revisar los registros de pruebas de las escenas del crimen? —preguntó Bree.

—Ya lo hago yo —dijo Todd—. También voy a llamar a la compañía de telefonía móvil para preguntar por los registros telefónicos de Sara.

—¿Dónde está esa lista de los Dodge Charger de la zona? —preguntó la sheriff.

—La tengo yo. —Todd le pasó la lista—. La he filtrado de modo que aparezcan solo hombres de edades comprendidas entre los dieciocho y los cuarenta años.

—Aun así, todavía hay montones de nombres en esta lista. —El portátil abierto de Bree emitió un sonido que anunciaba la llegada de un correo electrónico—. Aleluya. Los informes de los rastros encontrados en las escenas del crimen del lunes.

Matt examinó la mesa llena de informes.

«Tiene que haber una pista en alguna parte», pensó.

Y más les valía encontrarla antes de que Christian apareciese muerto.

CAPÍTULO 29

A Bree se le nublaba la vista mientras leía la última página del informe forense de la escena de la rampa para embarcaciones. El agotamiento le impedía comprender lo que leía. Parpadeó con fuerza para despejarse la vista. El segundo párrafo de la página le llamó la atención.

—Los técnicos han encontrado restos de masilla y cemento solvente para PVC en las huellas de las botas del sospechoso. ¿Qué significa eso?

—Que ha estado en una obra o en la reforma de una casa. —Stella empujó su silla hacia atrás—. Necesito café. ¿Alguien más?

La acidez del estómago de Bree decía que no, pero su cerebro se impuso con un sí rotundo. Levantó una mano.

—Por favor.

Stella salió de la habitación.

—Entonces, ¿tal vez trabaja para una empresa de construcción? —preguntó Matt.

—Eso es lo que estaba pensando. —Bree rebuscó entre el montón de informes de Stella con las listas de contratistas de las casas donde se habían producido los robos. Hojeó la lista con la punta del dedo y se detuvo en una empresa—. Este nombre me resulta familiar: Fontanería y Electricidad ABC. Hicieron trabajos en dos de las casas en las que se produjeron los robos.

Stella volvió con dos tazas de café. Le dio una a Bree.

Bree la cogió y bebió un sorbo, aunque aquella nueva pista ya le había despertado el cerebro. Presentía que las piezas de la investigación empezaban a encajar.

—¿Qué casas son? —Stella se inclinó sobre la mesa y hojeó la lista. Todd leyó las direcciones.

—La primera es donde los ladrones robaron la pulsera de rubíes y diamantes —dijo Stella.

—¿Fontanería y Electricidad ABC? Yo también he leído ese nombre antes. —Matt se recostó en su silla y se restregó ambas manos por la cara. Abrió el portátil de Bree e hizo girar la pantalla para tenerla de frente—. La empresa es propiedad de Stanley Hoover, de treinta y ocho años. Stanley es un fontanero con dieciséis años de experiencia.

—No conozco ese nombre. —Bree miró alrededor de la mesa. A nadie le sonaba el nombre—. Déjame ver la lista de los dueños de Dodge Charger del condado de Randolph.

Matt le pasó la lista.

Bree buscó a Stanley Hoover.

—Maldita sea. No está aquí. Pero espera. Aquí hay un Dodge Charger en la misma calle en la que vive Earl Harper. —Deslizó el dedo hasta la línea—. Adivinad a nombre de quién está registrado…

—¿De quién? —preguntó Matt.

Bree dejó el papel sobre la mesa y tocó el nombre.

—Roger Marcus.

—Es el mismo apellido del vecino que entrevistamos. —Matt se enderezó de golpe.

—Se llamaba Joe. —Bree comprobó la dirección que aparecía en el carnet de conducir de Joe—. También es la misma dirección.

Todd pulsó unas teclas en su ordenador.

—Hay un Toyota Corolla registrado a nombre de Joe.

—Pero dijo que había heredado la casa de su padre —dijo Bree—. El Charger también podría haber sido de su padre. Quizá también heredó el vehículo.

—¿Es posible que Earl haya usado el Charger de Joe, con o sin su permiso? —preguntó Todd.

Matt entrecerró los ojos.

—No parecía que fuesen tan amigos, pero ¿quién sabe? Lo único que tenemos es la declaración de Joe. No le preguntamos a Earl sobre su vecino.

—Había una furgoneta en la entrada de la casa de Joe. —Bree buscó su teléfono—. Saqué fotos de la fachada de la casa de Earl Harper. —Fue desplazándose por la galería de fotos—. Aquí está. —Bree transfirió las imágenes a su portátil.

Matt tocó la pantalla para hacer zoom sobre la furgoneta en la entrada del vecino.

—Fontanería y Electricidad ABC.

Bree sacó la información del carnet de conducir de Joe.

—Este es él. —Giró el portátil para que Stella y Todd pudieran ver la foto—. ¿Qué relación puede tener con todo esto?

—Fue a la escuela con Sara —dijo Matt—. La conoce de toda la vida.

Stella cogió el anuario.

—Lo he visto en alguna parte. Aquí. —Dio un golpe con el dedo en una página.

Todos se inclinaron sobre la mesa para ver la foto del anuario. Era Sara Harper, con su falda de animadora, apretando su cara contra la de Joe y haciendo muecas ante la cámara.

—He marcado todas las fotos del anuario en las que aparece Sara. —Stella había utilizado notas adhesivas. Fue pasando las páginas—. Solo hay una foto de Sara con su supuesto novio, Zachary Baker, en todo el anuario, pero Joe aparece en tres con ella.

Matt tocó con el dedo la cara de Joe.

—Tal vez no era Zachary el que estaba colado por Sara. Tal vez era Joe.

—¿Qué fue lo que dijo? —Bree cerró los ojos y trató de recordar su conversación—. Dijo que Sara sabía cómo hacer que la gente hiciese lo que ella quisiese, sobre todo los chicos.

—Tal vez convenció a Joe para que hiciese algo malo —dijo Matt.

—¿Y él la mató? —sugirió Stella—. Sara era muy guapa. Joe, todo lo contrario. En la época del instituto no suelen darse las relaciones entre individuos de lados opuestos del espectro del atractivo físico.

Bree tamborileó con los dedos sobre la mesa.

—Joe parecía nervioso cuando hablamos con él. En ese momento, atribuimos su inquietud al miedo a una posible represalia de Earl, pero quizá nos equivocamos.

Habían hecho sus conjeturas a partir de los antecedentes penales de Earl y su actitud hostil en general. Una de las principales reglas de la investigación era tener la mente abierta, sin prejuicios de ninguna clase. Dejar que sean las pruebas las que te guíen, no al revés. Bree se dio una bofetada imaginaria. Earl era un capullo, pero podía ser un capullo inocente. O al menos podía ser inocente en cuanto a aquellos asesinatos.

—Entonces, ¿qué papel desempeñan Eli, Brian y Christian en todo esto? —Stella se bebía el café como el estudiante de una fraternidad se bebería un tanque de cerveza.

—Vamos a preguntarle a Dustin si reconoce a Joe. —Bree imprimió la foto del carnet de conducir de Joe. Para no dejar nada sin comprobar, imprimió también las fotos de Earl y Rowdy Harper—. Todd, ¿dónde están las imágenes que preparaste para Alyssa?

Todd sacó un puñado de fotos de una carpeta. Bree las cogió de la sala de reuniones y recogió sus tres fotos de la impresora. La sala de la brigada estaba en silencio a las diez en punto. El turno de mañana había salido a patrullar. Los agentes de la universidad seguían recorriendo el campus en busca de cámaras de vigilancia que pudieran haber captado alguna imagen de Christian.

Bree entró en la sala de interrogatorios. Dustin dormía como un tronco en la mesa, con la cabeza apoyada en los brazos cruzados. Le tocó el hombro.

—Dustin. Despierta. Tengo que preguntarte algo.

El chico dio un respingo, y luego se sentó y parpadeó.

—Ah. Vale.

—¿Conoces a alguno de estos hombres?

Bree colocó las fotos sobre la mesa formando una fila, añadiendo las fotos de Earl, Rowdy y Joe, una a una.

Dustin se pasó una mano por el pelo y se frotó los ojos antes de centrarse en las fotos.

—Sí, conozco a este tipo. —Señaló la foto de Joe Marcus—. Es el fontanero que vino a vaciar y desconectarnos el calentador de agua cuando tuvo una fuga, hace un tiempo. El caradura de nuestro casero no lo ha cambiado todavía por uno nuevo.

—¿Pasó algo el día que estuvo trabajando en vuestra casa? —le preguntó Bree.

Dustin se sonrojó y apartó la mirada.

Bree le tocó el brazo.

—¿Qué pasó?

Dustin suspiró.

—Eli se burló de él. El tío era un idiota. Hasta se quemó la mano con el calentador. Los pantalones se le bajaban todo el rato y se le veía la raja del culo. —Dustin se quedó mirando la superficie de la mesa—. El tío era un pobre desgraciado. Eli le hizo una foto y la colgó en Twitter. —Dustin torció levemente un lado de la boca, como si aún lo encontrase gracioso—. Eli tiene una serie que llama «Guarros que enseñan la hucha», en la que publica fotos de culos.

Se puso serio de repente. ¿Estaba recordando que su amigo había muerto?

La marca roja no era un tatuaje ni una marca de nacimiento. Era una quemadura.

—¿Eli era el único que se burló? —preguntó Bree.

Dustin sacudió el hombro y luego negó con la cabeza.

—No, todos lo hicimos.

—¿Así que este hombre fue a reparar vuestro calentador de agua y los cuatro os reísteis de él? —preguntó Bree.

—Sí —admitió Dustin. El arrepentimiento pareció adueñarse de él—. ¿Han encontrado a Christian?

¿Joe había matado a Eli y a Brian para vengarse por sus burlas?

—Todavía no. Quédate aquí, ¿de acuerdo?

Bree cerró la puerta y volvió a la sala de reuniones. Repitió lo que le había dicho Dustin.

—Vamos a conseguir toda la información que podamos sobre Joe Marcus.

—¿Qué tenemos hasta ahora? —preguntó Stella.

Bree fue enumerando los hechos con los dedos.

—Uno, sabemos que fue amigo de Sara Harper durante mucho tiempo. Dos, tiene acceso a un Dodge Charger, el mismo modelo de vehículo utilizado en el secuestro de Eli. Tres, acudió a dos de las casas de Scarlet Falls donde ha habido robos recientemente con la empresa de fontanería para la que trabaja. —Bree lanzó un suspiro de frustración—. Todo esto es circunstancial. Si queremos obtener una orden de registro para su casa, necesitamos algo más claro para establecer una causa probable.

—También tenemos que comprobar que, efectivamente, fue Joe quien trabajó en esas casas, y no solo la empresa para la que trabaja —señaló Stella.

—Llamaré al dueño de Fontanería y Electricidad ABC. —Matt salió de la habitación, con el teléfono en la mano.

—Todo esto comenzó porque un hombre disparó a Sara Harper en el camping de Grey Lake. ¿Cómo podía saber dónde estaba ella? —Bree estaba pensando en voz alta.

—Si Sara fue asesinada por el cómplice con el que cometía los robos, tal vez le dijo dónde se alojaba —dijo Todd.

—Si eran socios, se habrían comunicado entre ellos —coincidió Bree—. ¿Tenemos los registros del teléfono de prepago de Sara Harper?

—Déjame comprobarlo de nuevo. —Todd sacó su portátil de debajo de una carpeta y lo abrió—. Sí. Aquí están.

Bree se movió alrededor de la mesa para mirar por encima del hombro del agente. Había tomado nota de los datos de contacto de Joe Marcus después de hablar con él, así que tenía su número de teléfono. Abrió su móvil para buscar las notas que había tomado en la entrevista, y luego comparó el número que Joe le había dado con la lista del teléfono de Sara. No había ninguna coincidencia.

—Hay un número en su lista de contactos bajo la inicial J. Sara llamó a este número el domingo a las once de la noche. Es la última llamada que hizo.

—No hay información personal asociada a este número. Tal vez sea un teléfono desechable. —Todd se desplazó a través de la lista.

—Puede ser. —Bree cerró los ojos y le dio vueltas a la idea en su cabeza—. Quizá esa J sea por la inicial de Joe, precisamente. Quizá tenga otro teléfono. Sería bastante estúpido usar su móvil normal.

Demasiados «quizá».

—Todd, redacta la solicitud para la orden de registro según las pruebas que hemos reunido hasta ahora. Te llamaré si Alyssa identifica a Joe, y puedes añadir su declaración. Asegúrate de incluir el garaje, el resto de los edificios, el embarcadero, el bosque y todos los vehículos hallados en el recinto. Quiero cotejar las huellas de los neumáticos con los moldes que sacamos en la rampa para embarcaciones del lago. Querremos calzado, para comparar esas huellas también, rastros, equipos informáticos y electrónicos, pruebas biológicas. —Bree enumeró los términos específicos que quería en la orden de registro. Si no cubría todas las posibilidades, la búsqueda sería limitada, o las pruebas recogidas podrían ser impugnadas en los tribunales más tarde—. Tenemos que poder ejecutar la orden esta noche, así que detalla la urgencia de las circunstancias para que lo lea el juez. Se trata de un asunto de vida o muerte. Tenemos que encontrar a Christian ahora, antes de que se convierta en la próxima víctima.

Normalmente, las órdenes de registro solo podían entregarse en horario razonable. Bree no pensaba arriesgarse a que un juez desestimase las pruebas encontradas por no haber entregado la orden de registro correctamente.

Recogió las seis fotos que le había enseñado a Dustin.

—Voy a llevárselas a Alyssa para ver si reconoce a Joe como al hombre que disparó a Sara Harper.

No había sido del todo fiable como testigo, pero la identificación de Joe por parte de Alyssa reforzaría la solicitud de la orden de registro. De lo contrario, Bree tendría que convencer a un juez que no conocía para que confiase en ella.

Matt volvió entonces.

—He llamado al dueño de la empresa de fontanería. Me ha confirmado que Joe estuvo trabajando en las casas de los robos. También me ha dicho que hoy no ha ido a trabajar.

—Eso es útil. —Bree hizo sus propias anotaciones mientras explicaba los detalles a Todd—. Avísame cuando la solicitud de la orden judicial esté lista. Llamaré al juez y le preguntaré si puede firmarla electrónicamente. Eso ahorrará tiempo. —Bree se dirigió a Stella—. ¿Estarías dispuesta a quedarte y ayudar a ejecutar la orden?

—A ver quién me lo impide. —Stella se puso de pie y cogió su taza de café—. Voy a por más cafeína.

—Iré contigo, Bree. —Matt la siguió fuera de la habitación.

Se detuvo en su despacho para coger su abrigo. Luego salieron a toda prisa por la puerta trasera para dirigirse al todoterreno.

A Bree le bullía la sangre de los nervios mientras rezaba por tener razón. La vida de un joven dependía de ello. En su fuero interno sabía que, si no lo encontraban, estaría muerto por la mañana.

—Estamos cerca. —Matt se abrochó el cinturón de seguridad—. Lo presiento.

—Tenemos que encontrar a Christian esta noche. —Bree salió del aparcamiento a toda velocidad—. No tenemos indicios de que este asesino retenga a sus víctimas mucho antes de matarlas.

—No va a llevar a Christian a la casa de huéspedes donde mató a Eli y dejó a Sara.

—No. Le hemos cerrado esa opción. También dudo que vuelva a la rampa para embarcaciones donde dejó a Brian —coincidió Bree—. Joe tenía un garaje detrás de su casa. Tal vez se lo ha llevado allí.

El trayecto hasta el motel duró menos de diez minutos. Bree levantó el pie del acelerador cuando se acercaron a la entrada.

Matt se inclinó hacia delante y entornó los ojos a través del parabrisas.

—¿Eso es humo? —Abrió la ventanilla.

El olor a humo alcanzó la nariz de Bree. Cogió la curva del aparcamiento demasiado rápido, y el todoterreno dio un bandazo. Los neumáticos chirriaron. Matt se agarró al reposabrazos.

Había una columna de humo saliendo del edificio de dos plantas. Sonaba una alarma y la gente salía precipitadamente de las habitaciones del motel.

—Mierda.

Bree cogió el micrófono de la radio e informó del incendio a la central mientras ponía el freno de mano y salía del todoterreno. Corrió hacia el vehículo del ayudante de la sheriff, aparcado frente a la habitación de Alyssa. Bree levantó una mano para llamar a la ventanilla, pero se quedó paralizada, con la mano en el aire. Había un agujero en el cristal. El ayudante de la sheriff estaba encorvado hacia delante, y un reguero de sangre le resbalaba por la nuca.

—¡Le han disparado!

¿Estaba muerto?

¿Dónde estaba Alyssa?

El miedo por la chica le subió por la garganta. Bree desenfundó su arma y utilizó la culata para romper la ventanilla. Metió la mano por el cristal roto y presionó con dos dedos el cuello del ayudante.

—Es Wallace. Está vivo. —Pero su herida sangraba profusamente—. Ha perdido mucha sangre.

Ella y Matt sacaron al ayudante de su coche.

Un hombre salió corriendo de la recepción hacia Bree. Se detuvo, jadeando.

—Soy el director. ¿Qué ha pasado, sheriff?

—¡Han disparado a ese agente! —gritó Bree—. ¿Sabe qué habitaciones están ocupadas?

—Sí. —El hombre miró a su alrededor con expresión aturdida.

Bree señaló hacia el pequeño grupo de gente reunida al otro lado del aparcamiento.

—Mire a ver si están todos los clientes del motel.

El hombre se dirigió al grupo de personas.

Matt estaba hablando por la radio, informando de que había un agente herido y solicitando una ambulancia y refuerzos.

Una mujer en albornoz corría descalza por el aparcamiento, con una pila de toallas en la mano. Se arrodilló junto al cuerpo inmóvil de Wallace.

—Soy enfermera. —Puso una toalla doblada en la nuca del ayudante de la sheriff y aplicó presión sobre ella.

—Gracias. —Bree se volvió hacia el edificio. ¿Estaría Alyssa dentro todavía?

El humo salía de las ventanas de su habitación. «¿Está viva?». Bree no veía ninguna llama, pero la mayoría de las víctimas de los incendios no morían debido al fuego, sino a la inhalación de humo.

Tragándose su ira, Bree corrió hacia los escalones de hormigón que conducían al rellano del segundo piso, con la pistola en la mano. Matt estaba a su lado.

—¡Cuidado! —Matt palpó la puerta con las yemas de los dedos, a todas luces para comprobar si quemaba o no—. Está bien.

La puerta estaba cerrada. Matt retrocedió un paso y dio una patada en la puerta, que resistió el embate. Volvió a dar dos patadas más hasta que el marco cedió. La madera se astilló y la puerta salió disparada hacia dentro y rebotó contra la pared.

Bree entró primero, abriendo camino con su arma. Desplazó el brazo con el arma por toda la habitación hasta asegurarse de que estaba despejada. El humo inundaba la mitad superior de la habitación y le ardía en los ojos. Se le nubló la vista y se le saltaron las lágrimas. Se pasó un antebrazo por la cara y parpadeó para despejarse la vista. Las camas no tenían sábanas. El humo le impedía respirar. Tosió y se agachó, tratando de mantenerse por debajo de la nube de humo más espesa.

—¿Alyssa? —gritó, ahogándose.

Matt pasó corriendo por su lado. Tosiendo, se tapó la boca y la nariz con el cuello de la chaqueta. Empujó la puerta del baño para abrirla y Bree se asomó a mirar por detrás. Había una cuerda de sábanas atada alrededor de la base del inodoro y atravesando el ventanuco del baño. No había mucha gente que pudiera colarse por la pequeña abertura. Alyssa era muy delgada, pero salir por aquel ventanuco requería cierta agilidad... y desesperación. Aunque, claro, el hotel estaba en llamas, así que, sí: Alyssa estaba desesperada.

También había estado preparada. No era plausible que hubiera podido hacer esa cuerda en el último momento; lo más probable era que la tuviese preparada.

Bree no sabía si sentir alivio o miedo.

—Alyssa se ha ido. —Matt tosió y tiró de Bree hacia la puerta—. Tenemos que salir de aquí.

Bree se sacudió el brazo para liberarse de él. Se metió en la bañera y miró por la ventana. La cuerda de sábanas llegaba casi hasta el suelo bajo la ventana.

¿Cómo había salido? La chica debía de estar hecha de goma. Pero entonces, cuando Bree había elegido la habitación, le preocupaba más que entrase un hombre que la posibilidad de que Alyssa pudiera salir de allí.

El humo se espesó y las lágrimas le nublaron la vista de nuevo.

—¡Bree! —Matt la agarró del brazo y la sacó a rastras de la habitación. En el pasillo de fuera, Bree bajó corriendo los escalones de cemento y rodeó el edificio.

La mayor parte de la nieve se había derretido bajo el sol, ese mismo día, dejando barro en las zonas bajas. Quince metros de terreno lleno de maleza separaban el motel del bosque. Bree sacó su linterna del bolsillo e iluminó el suelo con ella. Un conjunto de pisadas en el barro iba desde el lugar donde Alyssa había aterrizado en el suelo, en la base del muro, hacia los árboles.

Bree echó a correr, pero sus pulmones, llenos de humo, protestaron y tuvo que detenerse al llegar a la linde del bosque. Se apoyó en los muslos y tosió, con el sabor del humo espeso en la boca y la garganta.

¡Maldita sea!

Matt estaba a su lado, también tosiendo.

—Párate un minuto a respirar, luego la perseguiremos.

Bree se enderezó y se limpió la boca con la manga. La preocupación por Alyssa la impulsó a seguir. Bree avanzó a trompicones por el sendero. El aire frío de la noche le alivió la quemazón de los pulmones. En unas pocas zancadas, recuperó el aliento y empezó a correr a ritmo lento. Al cabo de doscientos metros, el sendero terminaba en una carretera estrecha y sin asfaltar.

Bree giró en círculo.

—¿Dónde está?

—No puede haber llegado muy lejos. —Matt apuntó con su propia linterna al suelo y caminó por el arcén de la carretera.

Bree se fue hacia el otro lado, buscando un punto donde Alyssa pudiera haber abandonado el asfalto.

—¿Qué carretera es esta?

Matt tenía su teléfono en la mano.

—La carretera rural número 31. Va en paralelo a la interestatal. No hay gran cosa salvo un par de granjas. Atraviesa kilómetros de terreno vacío y se cruza con otras vías rurales.

—No puedo seguir su rastro en el asfalto. —Bree bajó la mirada—. Ojalá Brody no se hubiera hecho daño. Mi departamento necesita un perro policía.

—Desde luego.

La lesión de Brody la había convencido. No podía confiar en un perro ya jubilado al que tenía que pedir prestado, por muy bueno que fuera. No era un animal joven. Tenía que dejar de lado sus propios miedos y buscar la manera de conseguir un perro.

Llamó a la policía estatal y solicitó una unidad canina, pero no tenía tiempo de esperar a que llegara.

Matt y Bree volvieron al aparcamiento del motel. Dos camiones de bomberos estaban limpiando el recinto con una manguera. Los huéspedes se agrupaban en pequeños grupos en el aparcamiento.

Bree agarró a Matt de la manga.

—¿Podrías coger mi todoterreno y conducir un par de kilómetros por esa carretera para ver si ves a Alyssa?

—Claro.

Matt cogió las llaves que le ofrecía Bree y esta lo vio alejarse en su coche. Luego se adentró en el caos del motel. Se había activado la alarma de incendios y una sirena anunciaba la llegada de otro camión de bomberos.

Parecía imposible que Alyssa hubiera huido a pie tan rápidamente. El fuego acababa de empezar. ¿Se habría escapado?

¿O es que también habían secuestrado a Alyssa?

Si Joe la había raptado, seguramente la mataría.

Capítulo 30

El cortapelos eléctrico le zumbó en la mano y el capullo empezó a retorcerse en la silla, pero estaba bien atado. No iba a ir a ninguna parte. Una gota de sangre le resbaló de la muñeca al suelo de cemento. El plástico se le estaba clavando en la piel.

—Estate quieto. —Agarró un puñado de pelo rubio y le pasó la maquinilla por el cuero cabelludo—. Así solo conseguirás que te duela más.

Mechón tras mechón, el pelo fue amontonándose encima de la lona. Había decidido que el cabello formaba una parte importante de la imagen. Sin él, aquel tipo parecía patético y débil. La maquinilla le resbaló un par de veces. El objetivo se estremecía cada vez que le cortaba una porción de pelo.

Era un nenaza.

El hombre emitió un gemido tras la mordaza. Su camiseta de rugby de rayas azules y rojas y sus vaqueros, que costaban una fortuna, estaban doblados en una esquina. Se estremeció.

Aquellos capullos se hacían los duros, pero en realidad eran pura fachada: dentaduras perfectas, ropa cara y cortes de pelo que costaban casi tanto como el alquiler para la mayoría de la gente. En el fondo, no eran nada. Todo su mundo era superficial. ¿Qué sabían ellos lo que era ser un hombre?

Él sí se había hecho a sí mismo. No había tenido unos padres que le allanaran el camino, a diferencia del capullo privilegiado que tenía delante, con su vida regalada y su físico caído del cielo. ¿Es que el trabajo ya no significaba nada? ¿Por qué las mujeres se lanzaban a los brazos de capullos ricachones cuando podían tener hombres de verdad?

Su víctima se estremeció violentamente. Tenía la carne de gallina. En el garaje hacía frío, pero no importaba. Pronto, no le afectaría el frío.

Cuando le hubo rapado la cabeza por completo, se detuvo a admirar su trabajo. Sin el pelo y la ropa bonita, aquel capullo no era nada especial.

Le quitó la mordaza de la boca.

—Convénceme para que no te mate.

—¿A ti qué te pasa, tío? —Al objetivo se le quebró la voz. Estaba a punto de llorar.

Él estaba eufórico: ya lo había destrozado.

—Así no vas a convencerme, sinceramente.

—¿Qué es lo que quieres? —El hombre empezó a lloriquear. Tenía los ojos llorosos y los labios se le habían vuelto azules.

—No lo sé. Tal vez solo quiero saber que no eres un capullo integral.

—Oye, tío; lo siento mucho si te ofendimos aquel día. Solo estábamos de broma.

El capullo estaba intentando quitárselo de encima.

—No tenéis ni puta gracia.

Caminó en círculo alrededor de la silla.

El objetivo fue girando el cuello, tratando de seguirlo con la vista. Se colocó directamente detrás de él, solo para asustarlo.

—¿Qué estás haciendo? —El pánico le agudizó el tono de la voz.

Miedo.

Podía olerlo. Saborearlo. Disfrutarlo.

Ya era hora de que alguien le tuviera miedo a él, para variar. Se había pasado toda la vida viendo cómo esos supuestos machos alfa se burlaban de él. Bueno, pues no iba a ser así a partir de ahora. Esa noche, él era el macho alfa. Era él quien dirigía todo el cotarro.

—Te daré lo que quieras. Deja que me vaya —le suplicó el objetivo.

—Tus amigos también me suplicaron. —Se acercó al oído de su víctima—. ¿Quieres saber lo que les pasó?

Al objetivo se le aceleró el corazón, hasta estar a punto de hiperventilar. ¿Qué era más divertido, asustarlos o matarlos? Era difícil decidirse.

Recordó a su segunda víctima. Matarlos. Definitivamente.

La tortura era como los preliminares.

—Déjame contarte exactamente cómo murieron tus amigos. —Cerró los ojos y visualizó el segundo asesinato. El recuerdo fue desplegándose en su mente, con la nitidez de una imagen en vídeo. Se acercó al oído del hombre y empezó a susurrarle. Cuando terminó de describir cada detalle, abrió los ojos—. Eso es exactamente lo que voy a hacer contigo.

Su víctima también respiraba con dificultad y le temblaba todo el cuerpo. Inhaló el aroma del terror. Eso hizo que le dieran ganas de más.

Quería que aquella noche se prolongara para siempre.

CAPÍTULO 31

Matt se apoyó en el todoterreno de Bree. A unos metros, esta estaba hablando con el jefe de bomberos. Luego ella le estrechó la mano, se volvió y echó a andar hacia Matt.

El aparcamiento del motel estaba abarrotado de vehículos de los servicios de emergencias. Una ambulancia esperaba para trasladar al ayudante Wallace, y dos auxiliares médicos llevaron su camilla hacia las puertas traseras, ya abiertas. Bree se detuvo para ver cómo estaba. Ya consciente, Wallace alargó el brazo hacia ella. Bree le apretó la mano y se alejó de la camilla. Los auxiliares subieron al ayudante al vehículo.

La enfermera que había prestado los primeros auxilios se puso de pie y se sacudió la sal de roca y el barro sucio de su albornoz. La sangre manchaba la tela de rizo azul claro. Bree también se detuvo a estrecharle la mano.

La sheriff podía quejarse de la necesidad de hacer política que requería su trabajo, pero lo cierto es que se le daba increíblemente bien. Era una líder nata. Valoraba a la gente y les hacía saber por qué. Era evidente que cuando elogiaba a alguien, lo hacía de corazón, no estaba fingiendo.

—He recorrido casi cinco kilómetros por la carretera. —Matt le dio a Bree sus llaves—. No hay rastro de Alyssa, pero hay muchos puntos en los que podría haberse salido de la carretera sin dejar huellas.

—Gracias. —Bree se frotó la frente, dejando una mancha de hollín.

—Alyssa podría haber oído el disparo y haber escapado antes de que estallara el incendio. —Matt fue barajando las distintas posibilidades—. O él utilizó el fuego para obligarla a salir. Incluso es posible que ella se fuera antes. Dijiste que estaba muy asustada cuando hablaste con ella.

—Eso es verdad. El ayudante Wallace solo vigilaba la parte delantera de su habitación. —Bree asintió con la cabeza—. Ha llamado Todd. Uno de los agentes que hemos enviado a la universidad encontró una cinta de videovigilancia en un edificio cercano a la clase de Christian. Las imágenes muestran a Christian entrando en el interior de un Dodge Charger a punta de pistola. La matrícula está cubierta de barro, pero Todd ha confirmado que Roger es el padre fallecido de Joe Marcus y que tenía una Glock de nueve milímetros registrada a su nombre. Las balas utilizadas para matar a Brian eran de nueve milímetros.

—¿Cómo empezó el fuego? —preguntó Matt.

—Alguien entró en la habitación que está debajo de la de Alyssa, vertió gasolina por todas las camas y les prendió fuego. —Bree apretó los dientes—. Lo hizo después de disparar a Wallace. La cámara de seguridad del motel grabó todo el incidente. La imagen tiene mucho ruido, pero el tirador y autor del incendio conducía un Dodge Charger. Una vez más, no podemos ver la matrícula, y lleva la cara tapada por un pasamontañas.

—¿Y nadie oyó el disparo? —preguntó Matt.

—El caso es que lo oyeron varias personas, pero como el motel está tan cerca de la autopista, pensaron que era el tubo de escape de algún coche.

—No está siendo tan cauto ni tan listo como con las primeras víctimas. Este incendio iba a llamar más la atención que en los otros secuestros. Los otros fueron hábiles y rápidos. ¿Está perdiendo el control o se está volviendo demasiado confiado?

—Sea como sea, será mejor que nos demos prisa. Cruza los dedos para que pueda convencer al juez.

Bree se subió al asiento del conductor de su todoterreno y marcó un número en su teléfono. Matt se quedó junto a la puerta abierta del vehículo. Dio gracias de que estuvieran en la era digital mientras escuchaba cómo Bree exponía su caso al juez. Con los nervios a flor de piel, Matt se puso a dar golpecitos sobre el asfalto con las puntas de los pies. Bree no se movió. Tenía todo el cuerpo inmóvil mientras se concentraba.

—Gracias, señoría. —Bajó el teléfono y puso fin a la llamada—. Está de acuerdo. Firmará la orden electrónicamente.

Un proceso que solía durar horas se había reducido a treinta minutos.

Eso era el progreso.

—Enhorabuena —dijo.

Bree lanzó una exhalación, y el alivio en su voz hizo que pareciera que había estado conteniendo la respiración.

—Aunque el juez ha dicho que más vale que tenga razón.

—La tienes —dijo Matt.

—Esperemos que sí. Si me equivoco, será Christian quien lo pagará. —Unas arrugas de cansancio le fruncían la boca—. Es hora de ejecutar esa orden.

Matt consultó su reloj. Era más de medianoche.

—Vamos allá.

***

Cuarenta y cinco minutos más tarde, Matt se ató la correa de un chaleco de kevlar con la palabra SHERIFF impresa en la parte delantera y trasera. Todo su cuerpo estaba en tensión con el recuerdo de que, tres años antes, le habían disparado en una operación nocturna similar. Ahuyentó el recuerdo y se centró en el presente. Ejecutar una orden de detención era peligroso, no podía permitirse el lujo de distraerse.

Bree, Stella y Todd estaban en la calle, frente a la casa de Joe Marcus. El camino de entrada estaba vacío. No había ninguna furgoneta de fontanería ni ningún Corolla.

«¿Dónde está Joe?».

No lo iban a pillar desprevenido. En la casa Harper, justo al lado, el perro de Earl se había lanzado a otra violenta andanada de ladridos. Todo el mundo en un radio de dos kilómetros sabía que estaban allí.

El perro volvió a ladrar y Bree se asustó. Unas gotas de sudor le perlaban la frente. Se pasó la manga por la cara.

Dos coches patrulla aparcaron en el arcén de la carretera. Los ayudantes Rogers y Oscar se sumaron al grupo que había en la calle y Bree los puso al corriente con un par de advertencias.

—Joe Marcus va armado y es peligroso. Ya ha matado a tres personas, y esta tarde ha secuestrado a una cuarta víctima a punta de pistola.

—No parece que esté en casa —dijo Matt.

—Sacad el ariete. —Bree comprobó que llevaba su propio chaleco bien puesto—. Ayudante Oscar e inspectora Dane: cubrid la puerta de atrás. No queremos que se escape.

Los dos desaparecieron por el lateral de la casa.

Rogers sacó el ariete metálico negro —al que apodaban La Demoledora— del maletero. Avanzaron por el camino de entrada en la oscuridad. Bree y Todd se dirigieron a la puerta principal y se colocaron en lados opuestos. Bree llamó con fuerza.

—¡Soy la sheriff! ¡Abra la puerta! Traemos una orden de registro.

El silencio se prolongó un minuto largo.

Bree llamó de nuevo y gritó más fuerte.

—¡Soy la sheriff! Necesito que abra la puerta ahora o forzaremos la entrada.

Cuando nadie respondió durante varios minutos más, se apartó y le hizo una señal a Rogers para que se adelantara. Este blandió el ariete y reventó la puerta con un golpe ensayado. Entraron en la casa oscura, equipados con las linternas y blandiendo sus armas.

Bree encendió el interruptor de la pared. La luz inundó el vestíbulo. Los muebles eran de madera de pino oscuro. El único elemento moderno del salón era el televisor de pantalla plana y la consola de videojuegos.

La casa tenía tres dormitorios y una sola planta. No tardaron en estar seguros de que Joe no estaba allí. Stella y Oscar entraron por la puerta trasera. Poniéndose guantes, se dividieron y comenzaron el registro.

—Su Corolla está en el garaje —dijo Stella—, así que lo más probable es que se haya llevado el Charger.

—¿Dónde está? —Bree escaneó la cocina vacía, con gesto tenso—. Tiene que haber alguna pista de adónde se ha llevado a Christian.

—¿Sheriff? —Todd llamó desde una puerta—. Tienes que venir a ver esto.

Bree cubrió el corto pasillo que llevaba a los dormitorios. Matt la siguió de cerca.

—Parece que Joe sigue viviendo en su habitación de cuando era niño. —Todd señaló el dormitorio más grande—. El dormitorio principal está todavía lleno de cosas de su padre, como si fuera una especie de santuario o algo así. —Guio el camino hacia una habitación más pequeña—. Pero eso no es lo que da más mal rollo.

Los muebles parecían los del cuarto de un adolescente, con una cama gemela a juego, una cómoda y un escritorio. Había también una silla de oficina junto al escritorio.

—En primer lugar —explicó Todd—, hemos encontrado un teléfono móvil de prepago en el cajón. Es un modelo superbarato, y no está protegido por ningún código de acceso. Es el mismo número que aparecía guardado en el teléfono de Sara como «J». La última llamada que figura en el registro de su lista de llamadas. Lo segundo que hemos encontrado es, probablemente, lo peor que he visto en mi vida.

Matt se mentalizó para lo que iba a ver y Bree se puso rígida.

Todd pulsó el teclado y el ordenador cobró vida. La pantalla se iluminó y apareció el vídeo de un joven atado a una silla. Brian. Llevaba el pelo rapado y le habían quitado hasta los calzoncillos. A un lado, su ropa estaba doblada en una pila en el suelo de lo que parecía el garaje de la casa de huéspedes de Grey Lake. El hormigón estaba limpio.

Con cara de asco, Todd pulsó el botón de reproducción.

Bree separó las piernas para mantener mejor el equilibrio, preparándose de forma evidente para lo que todos sabían que iba a ocurrir a continuación.

Matt quería apartar la mirada, pero no lo hizo.

Joe Marcus apareció en la pantalla. Se puso delante de Brian, acercando su cara a él.

—Ahora ya no estás tan guapo, ¿verdad que no?

—Pero ¿qué estás haciendo, tío? —gritó Brian. Las lágrimas le resbalaban por la cara—. No lo decíamos en serio. No pretendíamos reírnos así ni nada.

—Eres un capullo. —Joe se sacó una pistola de la cintura—. Un capullo engreído. No te importa nadie más que tú mismo. Seguro que ni siquiera sabes que el verdadero nombre de Sariah es Sara. No sientes nada por ella, pero te la follaste de todos modos, ¿no?

—Sí siento algo por ella. —La voz de Brian temblaba de frío y miedo. Estaba muy pálido y tenía la carne de gallina. Las lágrimas le brotaban de los ojos enrojecidos.

—No pasa nada. Ella tampoco siente nada por ti. Te la follaste porque eso es lo que haces. Y ella folló contigo para poder robarle las joyas a tu madre.

Brian se puso completamente rígido.

—Ah, ¿que no lo sabías? —Joe negó con la cabeza—. Eres tonto del culo. Pensabas que la estabas utilizando, pero ella te estaba utilizando a ti. ¿Sabes cómo lo sé? Porque esa pequeña zorra se volvió contra mí primero. Te lo digo de verdad: vosotros dos sois perfectos el uno para el otro. No es que importe. Después voy a matarla a ella. —Joe apuntó a la cara de Brian con la pistola—. Y luego mataré a los tres gilipollas de tus amigos.

—No. —Brian se echó hacia atrás, pero solo podía mover la cabeza.

—Llevo años pensando en matar a los cabrones como tú. —A Joe se le aceleró la respiración y su cara se puso roja—. Los tíos como tú me han tratado como si fuera una mierda toda mi vida. —Se relamió los labios. Abrió los ojos como platos de pura excitación.

—¡No…! —gritó Brian.

Joe apretó el gatillo. Brian echó la cabeza hacia atrás cuando la bala le dio en la mejilla. Un chorro de sangre salpicó la pared y Brian cayó hacia un lado. Joe frunció las cejas. Parecía decepcionado. Volvió a apretar el gatillo. La segunda bala impactó en la frente de Brian, pero ya estaba muerto. No ocurrió mucho más, salvo que un chorro de sangre volvió a salpicar la pared.

Joe caminó hacia su víctima. Con el ceño fruncido y decepcionado, golpeó el pie de Brian con la punta de una bota. Era evidente que estaba muerto. Joe se sacó una navaja del bolsillo, cortó las ligaduras, y el cadáver de Brian se desplomó en el suelo, de lado. Joe lo empujó para hacerlo rodar y colocarlo boca arriba. Se paseó junto al cuerpo, dándole varios puntapiés, como si el hecho de haberlo matado no lo hubiera satisfecho del todo.

Dejando la pistola a un lado, cogió un martillo del banco de trabajo. La rabia le iluminó el rostro cuando lo levantó en el aire y lo descargó sobre la cara de Brian. El resultado pareció complacerle. Golpeó la cara de Brian una y otra vez. Cuando terminó, él y el resto de la sala estaban cubiertos de sangre y vísceras, pero su rostro estaba extrañamente tranquilo.

Se sentó sobre sus talones. Una sonrisa de satisfacción se dibujó en su rostro. Miró a la cámara.

—A eso lo llamo yo vengarse.

El vídeo se paró. La habitación se sumió en un profundo silencio. A Matt se le revolvió el estómago. Había visto escenas muy desagradables en su vida, pero aquella podía ser la peor.

—Mira esto, sheriff.

Stella estaba de pie delante del armario, con dos cajas de cartón abiertas a sus pies. Las cajas estaban etiquetadas como Brian y Eli. Dentro de cada una había una bolsa de plástico con mechones de pelo cortado, y debajo de cada bolsa de pelo había una pila de ropa doblada.

—¿Por qué ha conservado la ropa? —preguntó Matt—. ¿Como recuerdo?

—Aquí está el motivo —dijo Todd, señalando el ordenador. En el centro de la pantalla había una foto de Joe con la ropa de Brian—. Los mataba, pero también quería ser ellos.

Bree se había quedado muy pálida. Abrió la boca para hablar, pero solo le salió un graznido seco. Tragó saliva con fuerza y se aclaró la garganta.

—Tenemos que averiguar adónde se ha llevado a Christian. Que un par de ayudantes pasen por la casa de huéspedes de Grey Lake y miren en el garaje, pero dudo mucho que vuelva por allí. Todo el recinto sigue acordonado con cinta policial. ¿Alguna idea?

Matt miró por la ventana. Detrás de la casa, el hielo de Grey Lake brillaba a la luz de la luna.

—Todos los lugares que ha elegido hasta ahora han sido en el lago.

—Vamos a ver un mapa.

Bree giró sobre sus talones y salió de la habitación. Matt la siguió afuera. La sheriff bajó por el camino hasta su todoterreno y se sentó al volante.

El perro de Earl empezó a ladrar de nuevo y Bree se sobresaltó. Se llevó una mano al pecho y respiró hondo.

Matt se subió al asiento del pasajero.

—¿Estás bien?

—Sí. —Bajo la luz del ordenador de a bordo, la cara de Bree adquirió un brillo espectral. Abrió un mapa de Grey Lake—. Aquí está el camping. —Señaló la pantalla del ordenador—. Aquí está la rampa para embarcaciones, y la casa de huéspedes de Grey Lake está por aquí.

—Y la casa de Joe está al final del lago. A kilómetros de los otros tres sitios.

—Sí —dijo Bree—. ¿Qué hay en medio?

Matt examinó el mapa.

—No mucho.

—Parecen hectáreas y hectáreas de terreno desierto.

—¿Puedes cambiar a la imagen de satélite? —preguntó Matt.

Bree hizo clic en un icono y la pantalla cambió a una vista aérea. Se desplazó por la orilla del lago.

—Hay algunos edificios en la orilla, pero no sé qué son.

—Conozco esta propiedad. Es una granja. —Matt la señaló con el dedo.

—Es demasiada superficie —dijo Bree—. Tiene que haber una forma de acotar el territorio.

Matt sacó su teléfono del bolsillo y llamó al propietario de la empresa de fontanería ABC. Una voz aturdida respondió a la llamada.

—¿Señor Hoover?

—¿Quién mierdas es? —preguntó Hoover.

—Matt Flynn, investigador del departamento del sheriff. Hemos hablado antes. Siento despertarle, señor, pero esto es cuestión de vida o muerte. ¿Ha hecho Joe Marcus algún trabajo en la zona de Grey Lake? Algún lugar que esté vacío pero en el que haya cierta intimidad, tal vez algún edificio abandonado.

—Hemos estado trabajando en el proyecto de la urbanización de Grey Lake Estates. Todos los operarios de la empresa trabajaron allí en algún momento del mes pasado, pero surgieron problemas con los permisos, así que se han parado todas las obras y el proyecto se ha retrasado. Se han construido dos casas piloto. Hicimos toda la instalación básica, pero no hemos puesto ninguna llave de paso ni grifos. —Le dio a Matt una dirección.

—Gracias, señor Hoover. —Matt colgó e introdujo la dirección en el GPS de su teléfono—. A unos kilómetros de aquí hay dos casas piloto vacías e inacabadas donde Joe ha trabajado recientemente.

Cuando Bree salía de su todoterreno, llegaron dos coches más del sheriff. Asignó a los dos nuevos ayudantes la tarea de acordonar y proteger la casa de Joe Marcus como escena del crimen.

—Va a haber demasiadas pruebas como para ponernos a registrar la casa a toda prisa. Primero encontraremos a Christian y luego nos preocuparemos de recoger las pruebas.

Entonces reunió a su equipo fuera.

—Tenemos una pista sobre dos posibles lugares a los que Joe podría haber llevado a Christian. —Les dio las direcciones a todos—. Todd, llévate a Oscar y a Stella a la primera casa. Matt, Rogers y yo comprobaremos la casa número dos. Iremos a oscuras y en silencio. No quiero asustarlo y que haga algo precipitado.

Oscar y Rogers se volvieron hacia sus coches patrulla. Rogers tropezó. Caminaba con paso errático. Estaba sudando y muy pálido, con un aspecto casi febril. Oscar le agarró del brazo y le preguntó:

—¿Estás bien?

—Estoy bien. Déjame en paz. —Rogers le apartó la mano. Los dos ayudantes se metieron en sus coches.

Stella y Todd hicieron lo mismo.

Matt se dirigió al todoterreno de Bree. Rodeando el vehículo, llegó a la puerta del pasajero. Bree estaba en la entrada, dando instrucciones a los dos ayudantes que iban a quedarse en la casa de Joe Marcus.

Se apartó de ellos y se dirigió hacia Matt. Oyó un tintineo a su espalda y el sonido de una respiración fuerte, que se acercaba. Detrás de ella, el perro gigantesco de Earl venía corriendo por el camino de entrada, directo hacia Bree. A Matt se le aceleró el corazón. Echó a correr para rodear de nuevo el vehículo, sabiendo que llegaría demasiado tarde. No podía correr más que un perro; el animal la alcanzaría antes que él, y Bree estaba a unos cinco metros de su todoterreno.

No iba a conseguir escapar.

CAPÍTULO 32

Bree vio acercarse al perro con el rabillo del ojo. Se le aceleró el pulso, pero su cuerpo se quedó paralizado.

—¡No corras! —le gritó Matt.

Pero Bree no podía correr. No podía moverse. Ni siquiera podía respirar. Tenía la garganta completamente cerrada. Hasta gritar le era imposible. Tenía los pies clavados en el suelo mientras el terror le provocaba un cortocircuito en el cerebro. El aliento del perro, el tintineo de su collar y la carrera a la que se había lanzado con toda la fibra muscular de su cuerpo, directo hacia ella, le impedían formular cualquier pensamiento. El tiempo se ralentizó.

Estaba a apenas diez metros de distancia.

Su propio pulso le retumbaba en los oídos. Su vista había entrado en visión de túnel. Seis metros.

Enfocó los ojos en la cabeza del enorme perro. Tenía la boca abierta y los dientes brillantes.

—¡Dispara! —gritó alguien.

—¡No puedo! —gritó otra voz.

Pero Bree no podía responder. Tensó el cuerpo, preparándose para el impacto, para el dolor, para la explosión de sangre caliente.

El perro redujo la velocidad y se detuvo a unos tres metros de distancia de ella. El animal gruñó, bajó la cabeza y miró de reojo a Bree. Tenía el cuerpo rígido y le habían cortado las orejas. Los restos de cartílago, dos triángulos, estaban fijos en cada lado de su cabeza.

Bree seguía sin poder moverse.

Alguien se interpuso de un salto entre Bree y el perro.

«Matt».

En cuanto vio la robusta figura del hombre delante de ella, Bree inhaló aire con fuerza. El oxígeno le inundó los pulmones y puso en marcha su cerebro. Aunque el perro seguía suelto y gruñendo, sabía que estaba a salvo. Matt se encargaría del animal. Experimentó un sentimiento de humillación que se mezcló con el miedo en un cóctel de negatividad.

Agazapándose, Matt se giró de lado hacia el perro. Miró al suelo delante de él y se dirigió al animal hablándole con voz aguda:

—Bien ahí. Buen chico.

La postura del perro se relajó, dejó de gruñir y sacudió todo el cuerpo.

—Eso es —lo animó Matt—. Sacúdete toda esa tensión de encima.

Con las patas rígidas y agachando el cuerpo, el perro inclinó el cuello hacia Matt y olfateó el aire.

—¿Quién es un buen chico? —entonó Matt.

El perro agitó la punta de su cola cortada. Matt extendió una mano despacio y el perro la olió. Un minuto después giró la mano y rascó al perro detrás de las orejas. El animal movió su cuerpo y se apoyó en él.

La visión y el oído de Bree volvieron lentamente a la normalidad. Un movimiento al otro lado del camino de entrada llamó su atención. Earl estaba de pie a unos metros de Matt, con los brazos cruzados a la altura del pecho y los labios torcidos en una mueca de enfado. Estaba decepcionado porque el perro no la había atacado; Bree se lo notaba en la cara.

—Lo siento. No sé cómo se ha soltado. —El brillo malévolo de la mentira relumbró en los ojos de Earl—. ¡Rufus! ¡Ven para aquí ahora mismo!

El perro se acobardó cuando Earl se acercó y le agarró el collar. Mientras lo llevaba de vuelta a su propiedad, Rufus miró a Matt por encima del hombro, con expresión derrotada.

A Bree le temblaban tanto las rodillas que temía caerse si intentaba caminar. Apretó los dientes y obligó a su cuerpo a darse la vuelta.

Todd estaba a unos metros de distancia, con el arma desenfundada y mirándola con una expresión que parecía decirle: «¿Qué coño te ha pasado?». Él había hecho lo que debería haber hecho Bree: prepararse para eliminar una amenaza. Nadie quería disparar a un perro, pero a veces no te quedaba otra opción.

Demasiado avergonzada —y demasiado alterada— para responder a la expresión interrogativa de Todd, se dirigió hacia su vehículo. Tenía que atrapar a un asesino. Más le valía espabilar y conseguir que dejaran de temblarle las rodillas.

Agradeció que Oscar, Rogers y Stella ya estuvieran en sus vehículos para entonces. Tal vez no habían presenciado la escena, aunque Todd, definitivamente, sí la había visto. Bree se deslizó tras el volante. Le temblaban las manos. Le costó tres intentos meter la llave en el contacto.

Matt se subió al asiento del pasajero.

—Respira hondo.

—No tengo tiempo para respirar hondo. Estamos intentando salvar la vida de un chico.

—Earl dejó a ese perro suelto a propósito.

—Lo sé. —Bree arrancó el motor y se puso en marcha.

—El perro no es malo. Tiene miedo.

—Mi reacción, o mejor dicho, mi falta de reacción, no ha sido racional. —Con el sabor de la amargura en los labios, pisó el acelerador—. Gracias. Si no hubieras intervenido, no sé qué habría pasado.

—Todd ya estaba casi en posición de disparar al perro —dijo Matt—. No te habría pasado nada.

—Pero no porque yo haya hecho algo por evitarlo. —Bree estaba enfadada consigo misma: llevaba un arma de fuego perfectamente funcional en la funda de la cadera, con aquella Glock bastaba para detener a un pitbull, y pese a todo, se había quedado allí parada, impotente.

—Mantuviste la posición. Si hubieras echado a correr, habrías activado su instinto depredador y la situación podría haber acabado mucho peor.

Bree habló con voz ronca:

—No mantuve mi posición: me quedé paralizada, que es muy distinto. No supe qué hacer.

Matt suspiró.

—Nadie es perfecto, Bree. Ni siquiera tú.

El perro le había alterado todas las terminaciones nerviosas del cuerpo y tenía el estómago revuelto. Bajo su chaleco, el sudor le empapaba la camisa.

—¿Estás bien para conducir? —preguntó Matt.

—Sí.

Más le valía estarlo. Reunió toda su fuerza de voluntad y apartó de su mente el encuentro con el perro. Ya se enfrentaría a eso al día siguiente.

El trayecto de cinco kilómetros duró diez minutos. Bree detuvo el coche en el arcén de la carretera. El resto del equipo ya había aparcado allí, cerca de la entrada de la urbanización. A cien metros de distancia, los armazones de dos casas de gran tamaño se elevaban en los terrenos frente al agua del lago. Oscar, Rogers, Stella y Todd se situaron en círculo junto al vehículo del jefe adjunto.

«Te están esperando. Ponte las pilas».

Bree se apeó y se acercó al grupo.

—Iremos andando desde aquí. Nada de linternas a menos que sea absolutamente necesario. No quiero alertarle de nuestra presencia.

—Sí, jefa —dijo Todd.

Bree cogió un par de prismáticos y un pequeño kit de herramientas de su vehículo. Ahuyentando cualquier pensamiento que no estuviera relacionado con la tarea que tenía entre manos, Bree comprobó su chaleco y su arma. Rogers y Oscar sacaron sus AR-15 del maletero. Stella desenfundó su Glock.

El equipo se dividió. Bree giró a la derecha y Matt y Rogers la siguieron de cerca. Todd, Stella y Oscar doblaron a la izquierda y se dirigieron a la otra casa. El sol del día había derretido la nieve, dejando un manto de barro que volvía a congelarse en el aire helado de la noche. Una fina capa de hielo crujía bajo sus botas. Se acercaron a la casa. Un revestimiento blanco cubría los exteriores y las ventanas ya estaban instaladas. ¿Bastaría eso para amortiguar los ruidos del equipo al aproximarse?

La casa era enorme, de unos seiscientos metros cuadrados, con un vestíbulo que daba acceso a dos plantas y un garaje adosado para tres coches. No había ninguna luz en las ventanas. Bree encabezaba la expedición. Se detuvo cuando la casa quedó expuesta a la vista y miró a través de sus prismáticos.

—No puedo ver el interior. Las ventanas son demasiado altas.

Matt examinó los alrededores.

—No hay ninguna elevación en el terreno.

—Haremos un circuito alrededor de la casa. —Bree hizo un movimiento circular en el aire con el dedo índice—. A ver si podemos localizar a Joe y Christian dentro antes de entrar.

La urbanización, en proceso de construcción, era un espacio abierto y con pocos lugares capaces de proporcionar alguna cobertura. Bree contuvo la respiración mientras su equipo corría a campo abierto, con la luz de la luna guiando su camino. Se detuvieron frente a la casa. Detrás de ella, vio el reflejo de la luna sobre el lago congelado.

Matt y Rogers se agacharon a ambos lados de la escalera de hormigón. Bree subió los peldaños y miró por la estrecha ventana que había junto a la puerta. En el interior de la casa todo estaba oscuro. Si Joe estaba allí, necesitaría algún tipo de iluminación. Bree trazó un movimiento circular en el aire con el dedo índice de la mano derecha. Empuñando el arma, empezó a rodear el costado de la casa a paso ligero. Rogers y Matt permanecieron cerca de ella. Las ventanas quedaban justo por encima de sus cabezas. Bree hizo un gesto a Matt para que la levantara. Mientras Rogers los cubría con su rifle automático, Matt entrelazó los dedos y Bree se encaramó a sus manos. El hombre la impulsó para que pudiera ver por la ventana. Repitieron el mismo proceso en cada una, pero Bree no vio a nadie. En la última, se agarró al alféizar con las dos manos y miró por encima. La luz de la luna entraba por una ventana trasera. La habitación estaba vacía.

¿Y si no era esa la casa?

Miró hacia la otra edificación, pero no vio al resto de su equipo.

Bree sintió los primeros escalofríos de pánico mientras se bajaba de un salto.

—Aquí no hay nadie.

Matt le indicó que siguiera avanzando hacia la parte trasera de la casa. Pasaron junto a una pila de materiales de construcción: palés de tejas, una valla de seguridad enrollada, de color naranja, tablones de madera y sacos de mortero para hormigón envueltos en plástico transparente. Doblaron la esquina. Una luz a los pies de Bree le llamó la atención e hizo una seña hacia ella con su arma. Alguien había clavado madera contrachapada sobre la estrecha ventana del sótano, pero la luz se filtraba por los bordes de la tabla.

Bree se agachó y aguzó el oído. Oyó un murmullo de voces.

Allí abajo había alguien.

Capítulo 33

Matt aguzó el oído él también. No pudo identificar la voz ni las palabras, pero por el timbre, parecía una voz masculina.

Necesitaban entrar en el sótano y no podían pasar por la ventana. Les llevaría demasiado tiempo quitar la tabla y atravesar la estrecha abertura de uno en uno. Joe iba armado. Dispararía a cualquiera que entrase primero. Estarían muertos antes de que sus pies tocaran el suelo. Tenían que encontrar una puerta.

Matt les hizo señas para que siguieran por la parte trasera de la casa. Vio unas puertas dobles, pero un metro y medio de distancia en el aire las separaba del umbral, puesto que era evidente que las puertas estaban diseñadas para abrirse a una terraza que aún no se había construido. Se detuvieron en la esquina opuesta, en una puerta exterior normal. La luz de la luna brillaba a través de los cristales de la mitad superior de la puerta. Matt se protegió los ojos y miró a través del cristal. La forma de la habitación y la colocación de las tuberías en la pared sugerían que se trataba de un cuarto para la lavadora.

Bree les hizo un gesto para que se acercaran.

—Tenemos que entrar y encontrar las escaleras —susurró—. Voy a forzar la cerradura, cubridme.

Rogers empuñó su rifle con más fuerza. Bree enfundó su pistola y buscó en su bolsillo su kit de herramientas. Sacó dos delgadas herramientas de metal y las introdujo en la cerradura. El mecanismo hizo un suave clic. Devolvió las herramientas a su bolsillo, sacó de nuevo su arma y abrió la puerta con facilidad. Se deslizó en el interior de la casa. Matt dejó que Rogers, que llevaba el AR-15, fuera el siguiente. Desarmado, Matt se sentía poco útil. Sacó su navaja del bolsillo y la desplegó. La navaja no requería tanta delicadeza como el manejo de un arma de fuego.

Las habitaciones interiores estaban revestidas de paneles de yeso, pero aún no se habían colocado las puertas. El suelo estaba recubierto de tableros de aglomerado. Matt caminó cerca del borde de la pared para reducir las posibilidades de que el contrapiso chirriara. Atravesaron el cuarto de la lavadora y salieron a un pasillo corto. El corazón le latía con fuerza y, bajo el chaleco, el sudor le chorreaba por la espalda.

Se movieron lentamente, tratando de no hacer ruido. El pasillo se abrió a una gran sala. Las tuberías que sobresalían de la pared indicaban que se trataba de la cocina. El suelo estaba lleno de materiales de construcción. Una luz tenue brillaba a través de una puerta entreabierta. Bree se acercó a la abertura y ladeó la cabeza.

Matt pasó por encima de una bobina de cable eléctrico, se acercó y aguzó el oído.

La voz de Joe se movía en sentido ascendente por las escaleras.

—Vas a morir. —Sonaba alegre.

Matt pensó en el vídeo de Joe matando a Brian. El asesinato de tres personas había reforzado su confianza.

—¿Por qué? —Las palabras trémulas de Christian, en cambio, estaban impregnadas de terror. Si Joe había permanecido fiel a su *modus operandi*, lo más probable era que Christian también se estuviese congelando: en aquella casa a medio construir no había calefacción de ninguna clase.

Bree bajó otro escalón.

—Porque eres un cabrón engreído —dijo Joe—. Un ricachón y un inútil de mierda con el que las chicas quieren follar solo porque tiene el privilegio de haber nacido rico y guapo. Te tocó la lotería genética, y en vez de aprovechar esa ventaja para hacer algo positivo, elegiste ser un capullo.

—No lo entiendo —gimió Christian—. ¿Qué tiene que ver eso contigo? Siento que te tratáramos como una mierda aquel día. A veces somos un poco gilipollas, sí, pero eso no es razón para matar a la gente.

—Claro que sí. Matar a tus amigos me hizo sentirme mucho mejor conmigo mismo. Me entusiasma la idea de matarte. Estoy haciendo del mundo un lugar mejor. Si todos vosotros, capullos privilegiados, desaparecéis, las mujeres tendrán que fijarse por fin en los tíos como yo. Tíos que trabajan para vivir y se ganan su propio lugar en el mundo.

Christian no respondió, aunque ¿qué podía decir? Joe era un loco. Un loco armado y furioso.

—¡Por favor, no lo hagas! —gritó una voz femenina.

«¿Alyssa?».

—¡Haré lo que me dé la puta gana! —le respondió Joe a gritos—. Tú tampoco eres inocente, guapa.

—¡No tenía que morir nadie! —gritó Alyssa—. ¡Mataste a Harper!

—Eso es lo que pasa cuando chantajeas a la gente. —Joe hablaba en tono condescendiente—. Además, ¿a ti qué más te da? Sara te la jugó. Ella también te metió en sus planes para robar las casas. Iba a traicionarte como lo hizo conmigo. Iba a largarse con todas las cosas que le ayudaste a robar. Ahora la policía tiene las joyas, y estamos jodidos. Tanto esfuerzo para nada.

—Cometí algunos errores —admitió Alyssa—, pero matarlo no va a ayudar a que recuperes las joyas.

—Matarlo no tiene nada que ver con las cosas que robamos —dijo Joe—. Los robos eran trabajo. Esto es puro placer.

—Entonces también vas a matarme a mí, ¿verdad? —dijo Alyssa, y su voz pasó del miedo a una amarga resignación.

—No me dejaste opción. ¡Llamaste a la sheriff! —gritó Joe.

—¡Porque le disparaste a Harper! —Alyssa gritó de nuevo.

Joe bajó la voz.

—Cállate o te pego un tiro ahora mismo. Debería haberte matado ya. No debería haberte traído aquí, pero pensé que tal vez podría convencerte para que te pusieras de mi parte. —Joe pasó del enfado a mostrar una actitud fría y hosca—. Pero eres igual que los demás. Tú tampoco me entiendes.

Bree bajó un escalón. Rogers no se movió y Matt estuvo a punto de chocar con él. El sudor brillaba en la frente del ayudante de la sheriff y tenía la cara muy pálida bajo la luz de la luna que entraba por las ventanas desnudas. Sus dedos se abrían y cerraban sobre el rifle y tenía los ojos tan abiertos que se le veía el blanco que rodeaba el iris.

Matt sintió que los nervios le atenazaban el estómago, pero Rogers parecía más nervioso aún. De hecho, parecía aterrorizado. Sin embargo, no había tiempo para tranquilizarlo ni para pensar en su estado emocional.

Bree se agachó y estiró el cuello como intentando ver más terreno del sótano. Rogers debería haber ido el siguiente, pero parecía paralizado en el sitio. Tenía los ojos abiertos de par en par de puro miedo, como Bree unas horas antes, cuando el perro había estado a punto de abalanzarse sobre ella. Matt lo empujó con un codo, pero el ayudante no reaccionó.

Bree miró hacia atrás y puso cara de alarma al ver el estado de Rogers. Señaló el rifle con la barbilla y luego inclinó la cabeza hacia Matt. Rogers aplastó la espalda contra la pared y se puso a temblar.

A Matt se le aceleró el pulso cuando le quitó el AR-15 a Rogers de las manos. Agradeció que fuera un arma larga. Alguien tenía que cubrir a Bree, y él podía disparar un rifle mucho mejor que una pistola con la mano izquierda. Bree bajó otro escalón. Matt pasó junto a Rogers y empezó a bajar los peldaños, moviéndose rápidamente para alcanzar a Bree. No debería enfrentarse a Joe sola.

El siguiente escalón crujió bajo la bota de Bree. Se oyó un disparo y la madera se astilló cerca de su pie.

CAPÍTULO 34

Un trozo de madera golpeó a Bree en la mejilla, pero el dolor del impacto se desvaneció casi instantáneamente cuando la adrenalina le recorrió el torrente sanguíneo. Bajó los escalones de un salto y se puso a cubierto detrás de la escalera de madera. Al levantar la vista, vio a Matt bajando a toda prisa.

Al otro lado del sótano, Christian estaba sentado, con las muñecas atadas detrás del respaldo del asiento. Tenía los tobillos atados a las patas de la silla. Le habían rapado tanto el pelo que la maquinilla le había dejado huellas sangrientas en el cuero cabelludo. Vestido únicamente con unos calzoncillos, temblaba tanto que Bree podía ver el movimiento a más de seis metros de distancia.

Alyssa estaba atada a un poste en el otro extremo de la habitación. Tenía el rostro manchado de hollín y lágrimas. Se encogía detrás del poste metálico y parecía muy nerviosa. Joe estaba detrás de Christian, apuntando a Matt con una pistola. Pero Matt estaba al menos a seis metros de distancia y se movía rápidamente. El segundo disparo de Joe también falló. Joe se agachó, mirando por encima del hombro de Christian y utilizándolo como escudo. Iba vestido con una gruesa sudadera gris y unos vaqueros. Había un abrigo tirado en el suelo de hormigón, cerca de él.

Bree no tenía visibilidad para disparar a Joe.

Matt bajó los escalones de un salto y aterrizó junto a Bree en cuclillas. Se arrodilló, apoyó el rifle en el tercer escalón y apuntó, con el dedo índice de la mano izquierda apoyado en el gatillo.

—Soy la sheriff, Joe —anunció Bree—. Baja el arma. No tienes que morir aquí esta noche.

Joe presionó la pistola contra la cabeza de Christian.

—No soy yo el que va a morir esta noche. Si no dejas que me vaya, lo mataré.

—Él es lo único que te mantiene con vida —dijo Bree.

—No me digas. —Joe cambió su arma a la mano izquierda. Se sacó una navaja del bolsillo y cortó las ligaduras alrededor de los tobillos de Christian. Guardó el cuchillo y tiró del chico para que se pusiera de pie. Dio una patada a la silla para volcarla y así liberar del respaldo los brazos de Christian, que seguían atados a su espalda—. Retroceda, sheriff, o lo mataré.

—¿Por qué debería dejarte salir de aquí con vida? —preguntó Bree—. Vas a matarlo de todos modos.

—Ese es el riesgo que vas a tener que correr. —Joe avanzó unos pasos. Le puso el brazo a Christian detrás de la espalda y lo obligó a caminar hacia adelante—. Suelta el arma, o está muerto.

Las lágrimas rodaban por el rostro de Christian, y su expresión era de súplica.

Joe clavó la boca de la pistola en la nuca de Christian hasta que este gritó de dolor.

Junto a Bree, el cuerpo de Matt estaba rígido por la tensión frustrada. Bree sabía que él tampoco lo tenía en su punto de mira. Joe mantenía el cuerpo de Christian frente al suyo. Bree no podía arriesgar la vida del joven. Esperaba que Joe viera a Christian como su billete de salida de aquel sótano y lo mantuviera con vida.

Bree bajó su arma y la dejó en el suelo.

—Está bien, Joe. Tú ganas. No le hagas daño.

Un brillo triunfante iluminó los ojos de Joe.

—Dile a tu hombre que baje su arma él también. Y retroceded los dos.

Matt dejó el rifle en el suelo y retrocedió dos pasos.

—Él es la única razón por la que no estás muerto.

—Seguid retrocediendo, hasta la pared —dijo Joe—. No pienso dejar que me saltéis encima.

Bree y Matt continuaron moviéndose hasta que quedaron de espaldas contra los bloques de hormigón. Arrastrando los pies con torpeza, Joe tiró de su víctima por la escalera, sin apartar el cañón de la pistola de la cabeza de Christian. Este se movía con rigidez y temblaba. Iba descalzo y lo más probable era que tuviese los pies entumecidos por el frío. Tropezó en el cuarto escalón. Joe le sujetaba el brazo en un ángulo forzado y todo el peso de Christian cayó sobre el brazo que le retorcía su captor. Bree oyó un chasquido cuando el hombro de Christian se dislocó. Su rostro se contorsionó en señal de agonía. Parecía que se iba a desmayar.

Joe le agarró el otro brazo.

—Sigue andando o te hago lo mismo con el otro.

Christian subió las escaleras a trompicones.

Bree cruzó los dedos para que Rogers se hubiera recuperado de lo que parecía ser un ataque de pánico, pero lo dudaba. El que ella misma había sufrido antes no había terminado hasta que la amenaza había desaparecido. Joe y Christian llegaron al final de la escalera y atravesaron la puerta abierta del primer piso. Un cuerpo se abalanzó sobre Joe y le golpeó a la altura de la cintura. Se oyeron los ruidos de una refriega.

«¡Rogers!».

Matt recogió el AR-15 del suelo y subió corriendo las escaleras. Bree cogió su Glock y fue tras él. Llegaron a lo alto de la escalera. En la solera de madera contrachapada, Rogers y Joe luchaban por la posesión del arma. Christian había caído de rodillas, paralizado por el shock. Sonó un disparo. Joe se apartó de Rogers y enseguida volvió a empujar a Christian hacia él. Rogers cayó al suelo y se agarró la pierna. Bree apuntó a Joe, pero el maldito desgraciado consiguió retener su escudo humano en su sitio. Arrastró a Christian hasta ponerse en pie, atravesó la habitación y siguió hacia el pasillo que llevaba al cuarto de la lavadora. Salió de espaldas de la habitación. Una puerta se cerró de golpe.

Ya había un charco de sangre en el suelo, bajo el cuerpo de Rogers. Bree sacó el torniquete de combate de su cinturón y se lo lanzó a Matt.

—Detén la hemorragia y llama a una ambulancia.

Sin esperar a que le respondiera, Bree corrió tras el asesino y su víctima.

Se detuvo al llegar a la puerta del cuarto de la lavadora y buscó a Joe. A través de la puerta abierta, lo vio correr por el patio trasero. Estaba claro que se dirigía a su coche, aparcado entre los árboles de la entrada. Pero las sirenas se acercaban desde esa dirección. Joe se detuvo y miró a su alrededor. Luego tiró de Christian hacia el lago helado. Bree salió por la puerta y corrió tras ellos. Le ardían los muslos mientras clavaba los pies en el suelo tratando de aumentar la velocidad.

En el hielo, Joe y Christian se deslizaron para dar los primeros pasos y luego se adaptaron a la superficie resbaladiza. Sin embargo, avanzaban muy despacio. Christian estaba descalzo y lesionado; aunque intentara seguir el ritmo de su captor, no podía. A diez metros de la orilla del lago, tropezó. Llegados a ese punto, Joe lo llevaba medio a rastras.

Bree saltó desde la orilla y aterrizó con las botas en el hielo con un ruido seco. Deslizándose, mantuvo el equilibrio y el impulso hacia delante mientras orientaba sus pasos en el lago helado. Se estaba acercando a ellos. Rezó para que Joe se diera cuenta de que no tenía más remedio que soltar a Christian o, de lo contrario, Bree le daría alcance.

Y entonces ella correría tras él hasta cazarlo.

Más adelante, Christian volvió a tropezar y cayó de rodillas. El hielo se resquebrajó y el ruido se desplazó a través del lago y reverberó en su superficie. ¡No! Los pulmones de Bree se bloquearon cuando el hielo se abrió bajo sus pies y ambos hombres cayeron a través del agua helada.

Bree se deslizó hasta detenerse, con los pies y los brazos abiertos para mantener el equilibrio, conteniendo la respiración mientras esperaba. ¿Se rompería el hielo bajo sus propios pies? No pasó nada. Respiró y dio tres pasos hacia delante, hacia los hombres en el agua.

Un fuerte crujido la detuvo en seco. Bajó el cuerpo hasta tumbarse boca abajo, estirándose para distribuir su peso por la mayor superficie posible.

El hielo aguantó, y ella empezó a arrastrarse hasta el borde del agujero. No vio a ninguno de los dos hombres. Ambos se habían hundido.

Capítulo 35

Maldiciendo entre dientes, Matt aplicó el torniquete a la pierna de Rogers. La bala debía de haberle dado en algún punto vital, porque sangraba como un animal herido y gemía mientras Matt apretaba la correa del torniquete. Luego sacó su teléfono. Se oía el aullido de las sirenas a lo lejos mientras pedía una ambulancia, y luego llamó a Todd.

Todd respondió casi sin resuello.

—Hemos oído los disparos. Vamos de camino.

—Rogers está en la parte de atrás de la casa —dijo Matt—. Está perdiendo mucha sangre. Yo me voy con Bree.

Rogers puso los ojos en blanco y Matt apretó más el torniquete. No podía dejarlo allí solo.

—¡Socorro! —gritó Alyssa desde el sótano—. ¡Que alguien me ayude!

Matt bajó corriendo las escaleras. Utilizó su cuchillo para cortar las bridas que ataban las muñecas de Alyssa por detrás del poste de metal.

—Confío en que no te escapes. Necesito que le ayudes.

Matt volvió a subir las escaleras.

—De acuerdo.

Frotándose las muñecas, Alyssa siguió a Matt. Este se quitó la chaqueta y la apretó contra la pierna de Rogers.

—Sigue comprimiendo la herida con esto.

Alyssa no dudó un instante y, poniendo ambas manos sobre la chaqueta, apoyó todo el peso de su cuerpo en sus brazos. Por su expresión, parecía traumatizada, pero tenía la mandíbula firme con gesto de determinación.

—Puedo contar con que te quedes aquí, ¿verdad? —preguntó—. Yo tengo que ir a ayudar a la sheriff.

La chica asintió.

—Por favor, detenedlo.

Matt salió a mirar por las puertas dobles y, al examinar la parte de atrás de la finca, vislumbró la figura oscura de Bree tendida boca abajo y despatarrada en la superficie clara del lago helado. Unos metros por delante de ella, Matt supo por el agujero en el hielo exactamente lo que había sucedido. Algo se movía en el hueco. Una cabeza asomaba meneándose.

Matt sintió que se le helaba la sangre.

Joe y Christian habían caído al agua, y Bree estaba tendida en el hielo. A pesar del peligro de que el lago se la tragara a ella también, iba a intentar salvarlos.

Matt se volvió y miró alrededor de la habitación. Aquello era una obra de construcción, tenía que haber algo que pudiera utilizar como cuerda. Vio una bobina de cable eléctrico. Tendría que servir. Cogió la bobina y el AR-15 del suelo. Se colgó el rifle a la espalda por la correa. Abrió las puertas dobles y saltó. Flexionó las rodillas para amortiguar el aterrizaje y corrió hacia el lago. Se detuvo en la orilla. Pesaba más que Bree, así que podría empeorar aún más las cosas.

Se llevó las manos a la boca y gritó:

—¡Bree!

Ella se volvió a mirar a su espalda y lo vio.

—¡No sigas! —gritó la sheriff mientras tiraba de su cuerpo hacia delante, reptando con los codos—. El hielo no va a aguantar tu peso.

—¡Espera! —Matt empezó a desenredar el cable eléctrico.

El hielo se resquebrajó, y el sonido se propagó en ondas por el lago. Bree apenas se detuvo un segundo antes de seguir deslizándose por el hielo. Christian estaba maniatado; cuando atravesó el hielo, debió de hundirse como un ladrillo. Matt sabía lo que iba a hacer Bree.

—¡Espera! —Soltó el cable tan rápido como pudo. Luego hizo un nudo corredizo en el extremo y lo enrolló rápidamente.

Bree iba a meterse en el agua para rescatar a Christian.

Capítulo 36

Bree se arrastró hacia el agujero. El corazón le palpitaba en la caja torácica como si ya no quisiera seguir dentro de su cuerpo. No podía culparlo; ella tampoco quería estar allí.

Pero no podía encontrar a Christian justo a tiempo, y luego dejar que muriera sin intentar salvarlo. Tres metros más adelante, una mano arañaba el borde del hielo. La enorme marca roja en el dorso era de un color rojo intenso. El brazo que le seguía llevaba una manga.

Era Joe.

El hombre cogió impulso, se aupó sobre el hielo apoyándose en su vientre y sacó las piernas del agua, deslizándolas. En cuanto hubo sacado los pies, se alejó rodando del agujero. Bree reptó más deprisa y su mirada se desplazó de Joe al agua, donde no había rastro de Christian.

—¡Bree! —la llamó Matt.

La mujer miró hacia atrás. Matt tenía en la mano una bobina de lo que parecía un cable eléctrico. Le lanzó la bobina a Bree por debajo, como si estuviera jugando a los bolos. La bobina se deslizó por el hielo y ella la atrapó. Matt había hecho un lazo en el extremo del cable, cosa que ella agradeció, porque tenía los dedos demasiado fríos para haberlo podido hacer sola. Se metió en el lazo y se lo ajustó a la cintura.

Apartó de su mente las imágenes de Kayla y Luke. Christian también era el hijo de alguien. Bree no podía dejar de arriesgar su vida para salvarlo solo porque temiese dejar a sus sobrinos sin su tutora. Christian podría estar vivo en el agua. Se imaginó el terror que estaría sufriendo. Bajo el hielo en la oscuridad, incapaz de nadar con las manos atadas.

Indefenso.

Siguió avanzando. En la orilla, Matt estaba atando el cable a un árbol cerca del borde del lago. Al menos, si se ahogaba, Matt podría recuperar su cuerpo.

Joe la vio y la miró fijamente. La ira y el resentimiento asomaron a sus ojos, luego miró al agujero del hielo y una sonrisa enloquecida se desplegó por su rostro.

—Vete a la mierda, sheriff. —Se puso de pie y se alejó con pasos temblorosos. Después de recoger su pistola del hielo, donde debía de habérsele caído, se fue tambaleándose.

Bree no tenía tiempo para preocuparse por él. Había llegado al agujero. El agua emitió un resplandor sombrío cuando sumergió las dos manos en ella. El frío le robó el aliento. Llegó tan abajo como pudo, pero no palpó ningún cuerpo.

¿Dónde estaba Christian?

«No».

El pánico se apoderó de ella.

«No puede morir».

Hizo lo último que quería hacer. Se quitó las capas exteriores que le pesarían en el agua: chaqueta, chaleco y botas. Luego se deslizó en el agujero sumergiendo los pies por delante. Aunque esperaba el impacto, la intensidad del frío la sorprendió. La hipotermia no tardaría en hacer su aparición. No tenía mucho tiempo. Tenía que encontrar a Christian ya. Movió los pies, alargando al máximo las piernas, pero no se topó con nada.

Después de tomar una gran bocanada de aire, se sumergió por completo. La superficie del agua se cerró sobre su cabeza. Aun con los ojos cerrados, el frío le congeló los globos oculares. Acababa de hundirse cuando sus pies tocaron el fondo.

Aquella parte del lago tenía unos dos metros de profundidad. Tanteó el fondo con los dedos de los pies. Nada. Volvió a salir a la superficie y jadeó. Su cuerpo se estaba entumeciendo rápidamente.

Christian llevaba las manos atadas a la espalda. Habría estado indefenso, incapaz de mantenerse a flote. Se habría hundido hasta el fondo, pero debería estar cerca del agujero.

«Por favor, que esté aquí cerca».

Se llenó los pulmones de aire, se sumergió de nuevo y abrió los ojos. El agua estaba demasiado oscura y turbia para ver nada. Volvió a cerrarlos y tanteó el fondo con los dedos de los pies. Sus pies no encontraron más que barro y maleza. Tomó impulso para subir hacia la superficie, pero su cabeza chocó con el hielo sólido. Ya no estaba debajo del agujero. Abrió los ojos y el frío la cegó. La capa sólida de hielo sobre ella apenas era un poco más clara que la oscuridad de debajo.

Abrió la boca y le entró el agua inmediatamente, asfixiándola. El pánico estuvo a punto de desconectarle el cerebro y el cuerpo, pero buscó el cable eléctrico que llevaba en la cintura y lo siguió, mano sobre mano, hasta volver al agujero. Solo había estado a un metro de distancia y casi se había ahogado por culpa del pánico.

Atravesó la superficie con la cabeza y aspiró aire. No podía permanecer en el agua mucho más tiempo y sobrevivir. Su corazón era una sucesión de espasmos, latía de forma descontrolada y salvaje, errática, presa del pánico, como si supiera que todo su organismo se iba a desconectar muy pronto. Sus manos perdían fuerza y tenía los dedos de madera. Apenas podía sujetar el cable. Luchando contra su propio instinto, se sumergió de nuevo, abriendo las piernas.

Algo le rozó la rodilla y ella agarró ese algo. ¿Era un brazo?

Reuniendo unas fuerzas que no tenía, tiró del peso muerto para subirlo a la superficie. Christian iba vestido solo con calzoncillos y tenía la piel resbaladiza. Le sacó la cabeza del agua. El chico cabeceó y estuvo a punto de hundirse de nuevo. Bree lanzó un brazo por encima del borde del hielo y envolvió el otro por debajo de la barbilla del joven, pero no pudo sacarlo del agua. No tenía la palanca de sus pies en el fondo ni la fuerza para sacarlo del lago solo con sus brazos. Intentó desatarse el cable de su propia cintura con la intención de sujetar a Christian en su lugar, pero sus dedos no cooperaban. Había perdido la movilidad.

—Christian —gimió—. Lo siento.

Él no respondió. Tenía la piel gris y el cuerpo inerte. No respiraba.

Capítulo 37

Matt cogió el rollo de la valla de seguridad de color naranja y corrió hacia el lago. Vio la cabeza de Bree encima del agua. También sujetaba a Christian, pero a duras penas lo conseguía. Incluso desde la orilla, Matt vio cómo se le escapaba de las manos. Bree volvió a hundirse durante un breve instante, pero consiguió volver a colocar el brazo sobre el hielo. No soltó a Christian en ningún momento.

Moriría antes de soltarlo.

Matt envolvió la valla naranja alrededor del árbol un par de veces. Luego la desenrolló sobre el hielo como una escalera de cuerda horizontal. Se puso boca abajo y fue reptando hasta el lago.

—¡Aguanta, Bree! —gritó—. Ya voy.

Ella no respondió.

Se movió lo más rápido posible. El hielo gimió bajo su cuerpo, pero aguantó mientras mantuvo su peso repartido. Llegó al agujero justo cuando el brazo de Bree se sumergía resbalando desde el hielo. Ella y Christian se hundieron. Matt sumergió los brazos en el agua. El frío le desgarró la mano mala como el filo de un cuchillo. Sujetó a Bree y la levantó. Tenía los ojos cerrados y estaba aflojando la presión sobre Christian. Matt alargó la mano para buscar al joven y consiguió agarrarlo del brazo.

Bree abrió los ojos.

—Sácalo a él primero.

Estaba atada al árbol, pero si Christian se hundía, tal vez Matt no podría volver a encontrarlo. Por mucho que no quisiera soltarla, necesitaba liberarla para sacar a Christian del agua.

Matt introdujo la malla naranja en el agua. Bree metió las manos por los agujeros y trabó los brazos por los codos. Matt utilizó ambas manos para sacar a Christian a la superficie. Estaba frío e inmóvil. Tenía la piel tan pálida como la capa del hielo sobre el que yacía.

Matt se volvió hacia Bree, que intentaba subirse a la malla, pero sus movimientos eran torpes por causa del frío. La agarró por el cinturón y tiró de ella hacia el hielo.

Con los dientes castañeteándole, se alejó rodando del agujero.

—Saca... Sácalo... A él.

Matt deslizó a Christian, utilizando la valla de seguridad como palanca. Bree cogió su chaqueta, su chaleco y sus botas, y se dirigió hacia la orilla. Cuando llegaron a tierra, Matt arrastró a Christian hasta la orilla. Bree se hincó de rodillas en el suelo y se desplomó, tosiendo.

Todd y Stella corrieron a su encuentro. Stella había traído mantas y un kit de primeros auxilios de su vehículo. Cubrió a Christian mientras Todd empezaba a practicarle la reanimación cardiopulmonar. Stella se arrodilló junto a Christian, le pellizcó la nariz y le cubrió la boca con la suya. Le hizo el boca a boca y luego esperó mientras Todd contaba las compresiones torácicas.

—Las ambulancias llegarán en unos minutos —dijo Todd—. He llamado a la policía estatal para pedir ayuda. Oscar está con Rogers. La chica también sigue allí.

Christian tosió y escupió una bocanada de agua. Stella lo puso de lado y le frotó la espalda.

Bree se enfundó los pies en las botas y se puso el chaleco y la chaqueta. Comprobó su arma y miró a Matt. Tenía los labios azules, temblaba de forma casi incontrolable y le manaba sangre de un corte en la mejilla.

—Voy a por Joe —dijo, sin que los dientes dejaran de castañetearle en ningún momento.

Matt no se molestó en intentar detenerla, pero no pensaba dejar que fuese sola. Hizo girar el rifle en sus manos.

—Voy contigo.

Se pusieron a correr por la orilla. Bree debía de estar funcionando a base de cabezonería pura y dura.

Matt flexionó los dedos y presionó la culata del AR-15.

—Dudo que haya podido ir muy lejos, después de pasar ese tiempo en el agua del lago.

—Está completamente mojado. Si sigue a la intemperie, tendría que estar sufriendo una hipotermia. —Bree apenas conseguía seguir el ritmo de Matt. Caminaba con paso irregular y tenía la respiración agitada. ¿Cómo era posible que estuviese aún en pie?

Cinco minutos más tarde, corrieron por detrás de una casa con las paredes revestidas de madera de cedro, frente al lago. Matt oyó música y risas. Miró por encima del hombro y vio a gente reunida alrededor de una hoguera en el patio trasero. Una fiesta.

Se volvió hacia el lago y vio una figura tropezando en el hielo hacia el muelle.

—¡Ahí está!

Pero Joe también los vio a ellos. Cambió de dirección y se encaminó con paso vacilante hacia el centro del lago.

Bree se llevó la mano a la boca y gritó:

—¡Joe, el hielo es muy frágil! No puedes escapar.

Joe se tambaleó, pero siguió adelante. Era como si apenas pudiese mantenerse en pie. El hielo lanzó un gemido y se resquebrajó de nuevo, el ruido reverberó por el lago y Joe se desvió otra vez hacia la orilla. Matt siguió avanzando y adelantó a Bree.

Matt interceptó a Joe en la orilla. Este sacó su pistola. La mano que sostenía el arma temblaba. A su espalda, Matt oyó más risas. No podía dejar que Joe disparara y arriesgarse a que alguna bala perdida alcanzase a los asistentes a la fiesta.

Giró el AR-15 hacia Joe.

—Tira el arma.

—No. No pienso entregarme. —La voz de Joe era asombrosamente fuerte. Sus palabras temblaban de frío pero no de miedo. Había tomado una decisión—. No puedo ir a la cárcel.

Matt sabía cuál era la opción que había elegido antes de que se produjera. Se le retorcieron las tripas. Matt no quería matarlo; quería que pagara por lo que había hecho.

—No tienes que morir, Joe. —Matt miró por el cañón y apuntó a su objetivo.

Pero la mirada de Joe era de derrota, tensó la mandíbula y todo su cuerpo se puso rígido.

—Vete a la mierda.

Era como si la escena estuviera desarrollándose a cámara lenta. Joe miró a Matt a los ojos y levantó la pistola para apuntarlo. Su formación como policía acabó imponiéndose y Matt apretó el gatillo dos veces.

Joe no se movió durante unos segundos. Se miró el pecho y luego miró al cielo nocturno. Finalmente cayó de espaldas sobre el trasero, con los brazos extendidos. Su cabeza rebotó dos veces en el hielo. Soltó el arma y esta se deslizó hacia la orilla.

Jadeando, Bree llegó a la orilla del lago y se detuvo junto a Matt.

—Tuviste que hacerlo. Si hubiera disparado, podría haberles dado a esos chicos de la fiesta.

—Lo sé.

Matt se acercó unos metros al lago, con cuidado al pisar, apuntando aún a Joe con el arma. La adrenalina le inundó las venas. Su visión se adelgazó, de forma que solo veía la amenaza, mientras que con el oído solo percibía el sonido de su propio pulso. El hielo se resquebrajó y se abrió una larga grieta a través del lago.

—No sigas andando. —Bree había sacado su teléfono—. El hielo se está rompiendo.

—Podría seguir vivo. —Matt miró fijamente a Joe. La luna brillaba con fuerza y Matt vio que una mancha oscura se había extendido por la sudadera de Joe.

Bree le miró a los ojos durante un segundo.

Ambos sabían que las probabilidades de que Joe estuviera vivo eran escasas. Pero ella lo entendía. Bree escudriñó la zona y señaló la casa frente a ellos.

—Hay un kayak debajo de esa terraza. Lo usaremos para llegar hasta él.

Matt fue corriendo a la casa y sacó el kayak y el remo del sitio donde los guardaban en invierno, bajo la terraza superior. Lo arrastró hasta el agua y lo empujó hacia el lago. La embarcación se abrió paso, pero avanzaba muy despacio. Pasaron cinco minutos largos hasta que Matt alcanzó a Joe. Este tenía los ojos abiertos y desenfocados. Matt le tocó el lado del cuello. No tenía pulso. Estaba muerto.

Matt subió su cuerpo a la parte delantera del kayak, atravesado, y remó de vuelta a la orilla. El viaje de vuelta fue más fácil, con el hielo ya roto.

Bree le ayudó a arrastrar el kayak hasta la orilla. Ambos se quedaron mirando el cuerpo durante unos segundos.

—No habrías podido salvarlo —dijo Bree, leyéndole el pensamiento. —Le diste de lleno en el pecho con dos disparos. —Su tono era lúgubre, pero pragmático—. Ambos sabemos el daño que hace un AR-15.

Las heridas de bala normales causaban laceraciones. Incluso en los casos de las víctimas de un disparo al corazón con un arma de mano, estas podían sobrevivir con asistencia médica urgente. Pero los AR-15 disparaban balas a gran velocidad, y esta provoca un amplio abanico de daños: hace estallar los huesos y destroza los órganos. Las balas probablemente habían destrozado el corazón de Joe. Matt se tragó una oleada de náuseas.

—Joe te apuntó con su arma sabiendo exactamente lo que iba a pasar —dijo Bree, hablando en voz baja—. Te obligó a dispararle. Fue un suicidio a manos de la policía, o casi policía.

—Lo sé. —Matt había disparado al centro de la masa corporal, exactamente como había sido entrenado. Ojalá no se hubiese visto obligado a apretar el gatillo. No podía arrepentirse de haber detenido a Joe antes de que matara a otra persona, pero Matt tendría un recuerdo traumático más con el que vivir el resto de su vida—. Era un asesino. No sé por qué me importa.

—El hecho de que no quisieras que muriera no tiene nada que ver con lo que él era y sí con lo que tú eres —dijo Bree—. Eres un buen hombre, Matt Flynn.

CAPÍTULO 38

Después de que un policía estatal llegara y se hiciera cargo del cadáver de Joe, Bree volvió a la casa en obras, con las piernas de goma. Estaba congelada, por dentro y por fuera.

Matt caminaba a su lado.

—Es difícil creer que todo esto haya terminado.

Bajo la chaqueta, llevaba la ropa completamente mojada. Cada minuto, más o menos, sufría un ataque de escalofríos descontrolados. Los dientes le castañeteaban en la cabeza. Tenía sus emociones tan adormecidas como su cuerpo. Habían pasado demasiadas cosas esa noche como para procesarlas.

Dos ambulancias estaban aparcadas frente a la casa donde Joe había retenido a Christian y Alyssa como rehenes. Ya habían subido a Christian a la parte trasera de la primera ambulancia. El auxiliar que estaba a su lado tenía una expresión sombría, pero un solo vistazo bastó para tranquilizar a Bree al saber que Christian respiraba y su corazón latía. Eso era más de lo que había esperado apenas un rato antes. No perdió el tiempo con preguntas. El conductor de la ambulancia cerró las puertas traseras y se puso al volante. Las luces parpadearon y la sirena sonó mientras el vehículo se alejaba.

Lo vio desaparecer.

—¿Cuánto tiempo crees que ha estado sumergido bajo el agua?

Matt levantó una palma.

—No tengo ni idea. ¿Cinco minutos? Tal vez diez. He perdido la noción del tiempo.

—Yo también. —A Bree le había parecido una eternidad—. Aún podría morir.

Matt se acercó a ella, le apretó la mano con fuerza y luego la soltó.

Bree se acercó a la segunda ambulancia. Estaban subiendo a Rogers a la parte trasera. Tenía los ojos cerrados. Llevaba una máscara de oxígeno y de debajo de un montón de mantas salía una vía intravenosa.

Bree tocó el antebrazo de su ayudante.

—¿Cómo está? —le preguntó al auxiliar.

—Hemos controlado la hemorragia, pero ha perdido mucha sangre.

El auxiliar sujetó una correa sobre el cuerpo recubierto de mantas de Rogers.

A Bree también le preocupaba cómo podía estar emocionalmente, pero tendría que ocuparse de su estado de salud mental más tarde. Fue a buscar a Alyssa. Todos, excepto Joe, habían sobrevivido, y Bree estaba satisfecha con ese resultado.

Frente a la casa, Stella esposó a Alyssa y la metió en la parte trasera de su coche patrulla, imagen que deprimió a Bree.

—Está involucrada en la oleada de robos que terminaron en tres, casi cuatro asesinatos —dijo Matt, como si pudiera leer la mente de Bree.

—Lo sé. No es inocente.

—Tal vez Sara Harper se aprovechó de ella —sugirió Matt.

—Pero eso no es excusa para ocultarnos información. Alyssa sabía más de lo que quiso admitir desde el principio. Quería nuestra protección, pero no fue sincera con nosotros. Si lo hubiese sido, podría haber evitado el secuestro de Christian y toda esta pesadilla.

—Bree agitó una mano en el aire—. Así que, ¿por qué me importa siquiera lo que le pase?

—Es que es mucho más complicado que eso —dijo Matt—. Parafraseando lo que tú misma me has dicho, te importa porque así eres tú.

—Tal vez —dijo Bree. La palabra «complicado» ni siquiera empezaba a describir aquel caso—. La investigación de los robos pertenece a la policía de Scarlet Falls. Está fuera de mi jurisdicción, cosa que, probablemente, sea lo mejor. —Bree estaba demasiado involucrada en el aspecto emocional. Había visto el dolor de Luke en la pérdida de Alyssa por la muerte de su padre. Desde el principio, Bree había trazado paralelismos personales—. Me parece que no he sido del todo objetiva.

—Stella parece una buena policía. No la veo acusando a Alyssa de algo que no sea justo.

—No —convino Bree.

—Pero te sentirías mejor si tuviera un buen abogado que velara por sus intereses.

Bree resopló.

—Nunca me había pasado nada parecido.

—A veces hay que hacer lo correcto, no lo que se espera de uno.

—¿Conoces algún buen abogado? —preguntó Bree.

—Tiene gracia, porque la mejor abogada de la zona es precisamente la hermana de Stella, Morgan Dane.

—Qué curioso —señaló Bree—. Pero Alyssa no tiene dinero. No puede permitirse pagar a la mejor.

—Morgan Dane tiene fama de aceptar casos *pro bono*. Conozco a su marido. Veré si puedo contactar con Morgan de forma indirecta.

—Eso sería lo mejor. Un empleado del departamento del sheriff no puede interferir en un caso de otro departamento.

—Por supuesto que no —dijo Matt—. Y ahora, ¿puedo llevarte a Urgencias para que te den unos puntos en la cara?

Bree se tocó la mejilla y, cuando apartó los dedos, los tenía rojos. La sangre le resbalaba por la cara.

—Supongo. Además, me gustaría ir para ver cómo evolucionan Christian y Rogers. Todd puede encargarse de todo aquí.

Pero, pese a todo, se pasó media hora dando instrucciones antes de subirse al asiento del pasajero de su todoterreno. Normalmente, prefería conducir ella. Y sí, podría decirse que era una obsesa del control, pero esa noche se alegró de poder darle las llaves a Matt.

***

Una hora después, Bree estaba sentada en una camilla en la zona de triaje de Urgencias, con un diagnóstico de hipotermia leve. Pensaba que nunca más volvería a entrar en calor. La compresa fría en la mejilla no ayudaba. Estaba helada por dentro. El bajón de adrenalina la había dejado temblorosa, con una leve ansiedad que la hacía sentirse un poco mareada. Bajo la manta caliente, daba golpecitos en la camilla con el pie.

Alguien apartó la cortina y Bree se llevó un susto cuando una enfermera entró en su cubículo para tomarle las constantes vitales.

—¿Cómo se encuentra? —preguntó la enfermera.

—Estoy bien —dijo Bree—. ¿Dónde está el médico?

—Viene enseguida, sheriff. —La enfermera acompañó la respuesta de un suspiro.

Bree debía de haber hecho la misma pregunta al menos una docena de veces. Habría ido a buscarlo ella misma, si tuviera unos pantalones de recambio, pero no iba a ponerse de ninguna manera su uniforme frío y húmedo.

—¿Puede decirme si hay alguna novedad sobre el estado de Christian Crone? —le preguntó Bree.

—No, señora. Son las normas del hospital.

La enfermera se fue.

—Por supuesto.

—Toc toc —dijo Matt desde el otro lado de la cortina.

—Entra —dijo Bree.

Matt entró en la habitación y dejó una bolsa de lona en el extremo de la camilla. Había pasado por la comisaría a recoger un uniforme seco para Bree.

—¿Cómo tienes la cara?

—No duele mucho. —Bree buscó indicios de conmoción en los ojos de su amigo. Dos meses antes, ella misma había matado a un hombre. El hecho de que se lo hubiera merecido no lo había hecho más fácil. Matt también sufriría por lo que Joe le había obligado a hacer.

—¿Estás bien? — preguntó.

—Lo estaré —contestó él—. Con el tiempo.

Irónicamente, que no negara que iba a resultarle difícil era tranquilizador.

—¿Has llamado a Dana? —le preguntó él.

—Sí. Por suerte, los niños han estado durmiendo durante todos los avances informativos de última hora y debería llegar a casa a tiempo para desayunar.

Bree cogió la bolsa y empujó a Matt al otro lado de la cortina para ponerse el uniforme seco. Se enfundó los pies en unos calcetines de lana. Sus botas estaban debajo de la silla de plástico de la esquina. Metió los pies en ellas, luego puso la bolsa de plástico con la ropa mojada en la bolsa de lona y echó dentro el chaleco antibalas, en la parte superior. Después de atarse el cinturón reglamentario y el arma en la cintura, abrió la cortina.

—Todavía te tienen que coser la cara. —Matt se acercó—. ¿Adónde vas?

—No lo sé. —Pero Bree sentía que tenía que seguir moviéndose, como si estarse quieta implicase dejarse llevar por su estado nervioso.

Matt volvió a cerrar la cortina y la abrazó.

—¿Qué estás haciendo? —Bree se puso rígida.

—Tú dame un minuto, anda. Estamos solos.

Bree se inclinó hacia él. Al principio, percibió el abrazo con complacencia, entregándose a un momento de vulnerabilidad, pero poco a poco parte de la tensión fue disipándose de sus músculos y el contacto físico se convirtió en algo que Bree no supo identificar. Algo que nunca había experimentado. Él le apaciguaba el pulso y le calmaba los nervios. Cerró los ojos y respiró el aroma del humo, del agua del lago y del sudor que desprendía su cuerpo. Ambos podrían haber muerto esa noche, pero estaban vivos. Su contacto físico era la afirmación de su supervivencia, aunque ese no era el único objetivo de aquel abrazo.

Aunque estaba demasiado cansada para analizarlo. Por ahora, solo iba a experimentarlo. Fuera lo que fuese, cuando él la soltó al cabo de un minuto, Bree se sentía diez veces mejor que antes.

Él dio un paso atrás.

—Gracias.

—Creo que debería ser yo la que te diera las gracias. —La ansiedad tras la inyección de adrenalina que se había apoderado de ella se había calmado.

Se oyó el ruido de unos pasos acercándose en el pasillo. Matt abrió la cortina y Bree vio al médico dirigirse hacia ella.

—He llamado a un cirujano plástico para que le dé unos los puntos en la cara —dijo, examinando la herida.

—¿Cuánto tiempo va a tardar? —preguntó Bree.

El médico consultó la hora en un reloj de pared.

—Estará aquí dentro de una hora.

—De acuerdo. —Podían llamarla superficial, pero Bree no quería ir por ahí con una cicatriz enorme en la cara. Además, no iba a salir del hospital hasta que Rogers estuviera fuera de peligro—.

Ahora vuelvo. Tengo que ir a ver cómo está mi ayudante, que está ingresado aquí mismo, al final del pasillo. Va a entrar en quirófano.

El médico revisó su historial.

—Su temperatura corporal sigue siendo baja.

—Me beberé una taza de café bien caliente —prometió.

El médico asintió.

—Hágalo.

—Gracias.

Bree se detuvo en el otro extremo del mismo pasillo de Urgencias, donde estaban atendiendo a Christian por asfixia e hipotermia. Al otro lado de un cubículo con cortinas, una pareja de mediana edad se abrazaba sentada en sendas sillas de plástico.

—¡Sheriff! —La mujer alargó las manos hacia Bree y la envolvió en un abrazo—. Soy la madre de Christian.

Bree no oyó cuál era su nombre de pila.

El padre de Christian fue el siguiente, y le dio un abrazo de oso.

—No sabemos cómo darle las gracias.

Bree le devolvió el intenso abrazo y luego se separó de él.

—De nada. Cuiden de él.

Su madre se limpió las lágrimas de las mejillas.

—Lo haremos, descuide.

—¿Se pondrá bien? —preguntó Bree.

—Se lo van a quedar uno o dos días más por si surgen complicaciones, pero está despierto y consciente —dijo—. Estamos muy agradecidos.

—Buena suerte —les deseó Bree—. Tendremos que tomar declaración a Christian en algún momento, pero podemos esperar hasta que se sienta con fuerzas.

Sus padres la abrazaron de nuevo antes de dejarla marchar.

Bree recorrió el pasillo y vio al ayudante Oscar de pie junto a una habitación con las paredes de cristal, en la sección de Traumatología. Bree vio a Rogers a través del cristal, tumbado en la cama. Llevaba vías intravenosas en ambos brazos y un monitor cardíaco emitía un pitido con un ritmo constante. Bree se apresuró a entrar en la habitación.

Matt apoyó la espalda contra la pared, junto a Oscar.

—Te esperaré aquí fuera.

Bree se acercó a la cama.

Rogers abrió los ojos. Estaban inyectados en sangre y su piel era de un blanco cadavérico.

—¿Cómo tienes la pierna? —preguntó.

—Es una herida limpia. —Rogers frunció el ceño—. Pero es probable que esté de baja unos meses.

—No me preocupa tu recuperación física. —Bree había escuchado el informe del médico cuando llegó a Urgencias.

Rogers se sonrojó.

—Siento lo que ha pasado.

—No tenemos que hablar de esto ahora si no quieres.

—Sí quiero —dijo, elevando el tono de voz.

—De acuerdo.

—Me quedé petrificado. Me entró el pánico. Si Matt no hubiera estado allí, podrías haber muerto por mi culpa. —Rogers giró la cara hacia otro lado.

Bree acercó una silla de plástico a un lado de la cama de forma que, al sentarse, quedó a la altura de sus ojos.

—¿Viste a aquel perro yendo directo hacia mí en casa de Joe Marcus?

Rogers frunció el ceño.

—Estaba en mi coche. Vi al perro, pero no lo que pasó con él.

—Me quedé paralizada porque me dan miedo los perros.

Rogers volvió la cabeza de golpe hacia ella; le había sorprendido confesando aquello.

Bree continuó hablando.

—Sufrí malos tratos de niña. Estoy intentando superarlo, pero todavía no lo he conseguido. Matt tuvo que intervenir y asumir el control de la situación.

Rogers la miró a los ojos.

—Está claro que tengo un problema importante y tengo que trabajármelo —dijo Bree—. ¿Cuánto tiempo llevas tú luchando con el tuyo?

Rogers fijó la mirada en la sábana doblada a la altura de su cintura.

—Desde el tiroteo.

—¿Qué tiroteo? —preguntó la sheriff.

No había participado en la detención del tirador activo al que Bree y Matt habían abatido en enero.

—Cuando disparé a Matt Flynn y a Brody.

Rogers levantó una mano y se tapó los ojos.

—Eso fue hace más de tres años.

Rogers apartó la mano y permaneció con los ojos cerrados durante unos segundos. Cuando los abrió, su expresión era sombría.

—Básicamente, he podido contenerlo hasta enero, cuando volví a ver a Matt.

—¿Y desde entonces ha ido empeorando? —Bree había visto cómo su nivel de estrés aumentaba en las tres semanas que habían transcurrido desde su nombramiento como sheriff.

—Sí. —Tragó saliva—. Lo sé. Lo dejé pasar. Pensé… —Respiró profundamente—. Pensé que debía superarlo yo solo, que admitir que se me hacía una montaña era una debilidad imperdonable. Ahora me parece estúpido.

—En absoluto. Yo dejé que mi trauma se cronificara durante treinta años, así que lo entiendo. ¿Quieres ayuda? —Bree no lo dio por sentado, ni le dijo que no volvería a trabajar hasta que un psiquiatra le diera el visto bueno.

Roger bajó la voz hasta hablar en un susurro áspero.

—Sí. No sé si alguna vez lo superaré.

—Recibirás ayuda, y ya veremos cómo va. —Le señaló la pierna, envuelta en vendas bajo la sábana—. Vas a tener tiempo.

—Sí, supongo que sí. —Lanzó un prolongado suspiro impregnado de dolor—. Necesito hablar con Matt.

—Saldrás del quirófano dentro de un par de horas —le informó Bree.

—No. —Rogers la agarró del brazo—. Necesito hablar con él ahora. Necesito decirle algo, por si…

—Rogers…, Jim. —Bree le apretó la mano—. Todo va a ir bien.

—Por favor.

—Está bien, le diré que entre. ¿Puedes no decir nada de lo del perro? Preferiría que no fuese circulando por ahí.

Rogers levantó un dedo y dibujó una cruz sobre su corazón.

—No se lo diré a nadie.

—Gracias.

Bree sacó la cabeza de la habitación y llamó a Matt. Él se asomó por la puerta.

—Rogers quiere hablar contigo —le dijo.

Capítulo 39

Matt entró en la habitación de Rogers con cierta aprensión. El ayudante tenía muy mal aspecto, rodeado de tubos y cables y con la piel macilenta.

—Quédate tú también, sheriff. Por favor.

Rogers se lamió los labios agrietados. Hablaba con voz ronca. Iba a entrar en el quirófano, así que no podía beber agua.

Matt se acercó al lado de la cama.

—Esto puede esperar a mañana. Ahora mismo tienes muy mala cara.

Rogers respondió con un pequeño movimiento de cabeza.

—Por si acaso. Quiero que lo sepas: no fue intencionado. Cuando os disparé a ti y a Brody. Estaba oscuro y el sheriff me dijo que estabas en el otro lado del edificio. Pensé que eras uno de los traficantes de drogas.

Matt abrió la boca para responder.

—Déjame soltarte todo esto y sacármelo de dentro antes de que me quede sin aire. —Rogers levantó una mano débil—. No voy a presumir de conocer las intenciones del sheriff. Solo puedo hablar de las mías, y lo siento. Nunca sabrás cuánto.

—Gracias por decírmelo. —Matt le tocó el hombro—. Creo que sí lo sé.

Rogers cerró los ojos. Su cuerpo se relajó, como si acabara de quitarse un enorme peso de encima.

—Volveré más tarde para ver cómo estás —dijo Bree.

Matt y Bree volvieron al pasillo. Matt se sentía más ligero, casi como si hubiera hecho él la confesión en lugar de Rogers.

—¿Le crees? —preguntó Bree—. Sé que te preocupaba que el sheriff te hubiese puesto en su punto de mira.

—Sí. Le creo. —Matt y Rogers habían sufrido a manos del viejo sheriff. Tal vez ahora Matt podría dejar atrás su pasado. Esperaba que Rogers pudiera hacer lo mismo.

—Yo también.

Volvieron a la zona de triaje de Urgencias. El cirujano plástico utilizó cinco puntos diminutos para cerrar la herida en la mejilla de Bree y cubrió el corte con un pequeño vendaje. Luego, ella y Matt buscaron la sala de espera de cirugía y tomaron café hasta que Rogers salió de la operación. Una vez que estuvo satisfecha con la recuperación de su ayudante, Bree estuvo lista para irse a casa.

Eran las cuatro de la mañana cuando se dirigieron a la salida. El resplandor de las luces de las cámaras la recibió en la puerta de cristal de la sala de urgencias.

—¿Quieres salir a escondidas por otro sitio? —le propuso Matt.

—No. Esto forma parte de mi cometido.

Empujó las puertas.

Matt se hizo a un lado y la dejó hacer su trabajo. Hizo una breve declaración sobre el estado físico de su ayudante, el estado de la víctima rescatada y la desgraciada muerte del sospechoso. Lo hizo sin grandes aspavientos y atribuyendo el mérito a sus ayudantes y a la policía de Scarlet Falls, pero el cansancio de sus ojos y el vendaje de su mejilla eran prueba fehaciente de su propia implicación.

Era una sheriff de la hostia.

Cuando un periodista le hizo una pregunta, Bree levantó la mano.

—Para las preguntas tendrán que esperar hasta que haya tenido tiempo de consultar con los investigadores.

Se excusó. La multitud de periodistas se dispersó mientras ella se dirigía a su vehículo.

Matt se subió al asiento del copiloto y Bree condujo hasta la comisaría, donde lo dejó junto a su todoterreno.

Matt acercó la mano al tirador de la puerta.

—Buenas noches.

—Más bien «buenos días». —Bree se inclinó hacia él y le tomó la mano entre las suyas—. Gracias por cubrirme las espaldas.

Matt le apretó los dedos.

—De nada.

Ella siguió sujetándole la mano durante unos segundos. La conexión que formaban sus dos manos unidas era más intensa que cualquier otra que Matt hubiese experimentado jamás.

—Duerme un poco, anda.

Bree lo soltó.

Matt echó de menos el contacto físico inmediatamente.

—¿Te vas a casa?

Bree miró el reloj del salpicadero.

—Primero escribiré algunas notas. Tengo algo de tiempo antes de que los niños se despierten. Quiero anotar algunos de los detalles mientras aún los tengo frescos. También necesitaré que prestes declaración, pero puedo esperar hasta que hayas descansado.

—Te veré más tarde, entonces.

Matt también tenía algo que hacer antes, mientras aún quedase una hora de oscuridad.

Condujo su Suburban hasta Grey Lake y aparcó a poco menos de un kilómetro de la casa de Joe Marcus. Luego se bajó, se llenó los bolsillos con las galletas especiales de Brody, cogió una correa extra y se adentró en el bosque. Siguió un sendero de caza paralelo al lago hasta llegar a la parte trasera de la propiedad de Earl Harper. Varios vehículos policiales y una unidad forense estaban aparcados en la casa de Joe Marcus, al lado. Seguramente el perro había pasado toda la noche ladrando. Con un poco de suerte, a esas horas Earl ya no le haría ningún caso.

Pero el enorme perro no ladró cuando Matt apareció sigilosamente de entre los árboles. En vez de eso, Rufus se puso a gemir.

—Chis… —Matt le lanzó un puñado de galletas.

Rufus recorrió varias veces el máximo espacio que le permitía la longitud de su cadena, luego bajó la cabeza, se acercó a las galletas y, hambriento, las engulló.

Matt le lanzó otro puñado y se acercó unos pasos.

—¿Te acuerdas de mí, campeón? No voy a hacerte daño.

Rufus siguió comiendo mientras Matt se acercaba a él y le frotaba las orejas. El collar del perro estaba suelto. Matt se lo quitó y lo dejó caer en el barro. A continuación, pasó la correa por el interior de su propia asa para formar un lazo y lo deslizó sobre la cabeza del perro. Le dio de comer las galletas con la mano y se lo llevó. Matt regresó a su todoterreno y colocó al perro en el asiento trasero. Mientras se marchaba de allí, extendió el brazo por encima del asiento y empezó a rascar la cabeza del perro. Luego marcó el número de su hermana, sin dejar de hablarle al animal mientras sonaba el teléfono.

—Tu vida acaba de cambiar, amigo mío.

Eran casi las seis de la mañana cuando Matt llegó a su propia casa. Su hermana estaba en la perrera, dando de comer a los animales. Levantó la cabeza y se echó la coleta del pelo por encima del hombro.

—He visto las noticias. ¿Estás bien?

—Sí.

Lo abrazó y luego miró a Rufus.

—¿Es el perro?

—Sí. Va a costarle un poco volver a confiar en la gente.

—¿De dónde lo has sacado?

—Digamos que es un perro callejero rural —dijo Matt—. Pero sería mejor que lo enviaras a una casa de acogida que estuviera fuera de la ciudad y que no colgases su foto en internet.

Cady arqueó una ceja.

Matt le dio una palmadita en el hombro.

—Te voy a decir una cosa: no preguntes de dónde ha salido y yo no preguntaré adónde lo vas a enviar. Confía en mí.

—Vale. —Cady terminó de dar de comer a los perros y cogió la correa de Rufus. El animal le olisqueó la mano y se inclinó para que lo rascase—. ¿Tiene nombre?

—No. Es un perro callejero rural, ¿recuerdas?

Rufus iba a tener una nueva vida. Se merecía un nuevo nombre.

Cady puso los ojos en blanco.

—Si lleva un microchip…

—No lo lleva. —Matt visualizó el patio cubierto de barro en el que había estado atado con la cadena—. Dudo que haya ido alguna vez al veterinario.

Matt vio a Cady cargar al perro en un cajón de la parte trasera de su furgoneta.

Cerró la puerta trasera.

—No he dado de comer a Brody ni a Greta todavía.

—Yo me encargaré de ellos.

Matt todavía estaba demasiado agitado tras los acontecimientos del día como para irse dormir.

—¿No te parece que Greta es un amor? ¿No piensas que nuestra preciosa perra negra no tendría que acabar en una casa de acogida? —sugirió Cady con voz esperanzada—. No hay mucha gente capaz de lidiar con una perra joven como ella.

Matt negó con la cabeza.

—Tengo una idea. Deja que le dé un par de vueltas y luego te la cuento, ¿de acuerdo?

—Está bien. —Cady le dio un beso en la mejilla—. Duerme un poco. Tienes muy mala cara.

—Yo también te quiero.

Matt entró en la casa, preparado para que Greta saliera como un animal salvaje en cuanto la dejara salir de la jaula. Sin embargo, la perra lo recibió en la cocina. La jaula estaba abierta. Matt se acarició la barba. Había descubierto cómo abrir la puerta de metal. Aquella perra era increíble.

La vida se iba a poner interesante. Brody no parecía tan entusiasmado.

—¿Cómo has hecho eso? —le preguntó Matt a la perra.

Greta meneó la cola.

—Eres demasiado lista —dijo.

Matt dio de comer a ambos perros y los sacó al patio. Cuando volvieron dentro, cerró la puerta del dormitorio para tener a los perros encerrados con él. Luego se duchó y se tumbó en la cama, cayendo derrotado. Greta le sorprendió acurrucándose en el suelo y cerrando los ojos.

Señaló a Brody, estirado junto a la cama.

—Tú te encargas de vigilarla.

Brody gimió.

Matt esperaba que Greta no se comiera el dormitorio entero mientras él estaba durmiendo, pero estaba demasiado cansado para que eso le preocupara.

Capítulo 40

Bree entró en la comisaría de Scarlet Falls esa misma tarde. Ya había pasado por el hospital: si no mostraba signos de complicaciones, a Christian le darían el alta esa misma noche. La operación de Rogers había ido bien. Permanecería en el hospital un par de días más, pero el pronóstico era bueno. Su voluntad de abordar su más que probable trastorno de estrés postraumático era el primer paso hacia la recuperación emocional.

Se detuvo en la recepción y preguntó por la inspectora Dane. Stella apareció al cabo de un momento, con un aspecto tan desastrado como el de Bree.

Frunciendo el ceño, Stella acompañó a Bree a la sala de interrogatorios.

—De la noche a la mañana, Alyssa ha contratado, como por arte de magia, a la mejor abogada de la zona.

—¿Y quién es? —preguntó Bree.

—Mi hermana, Morgan. —Stella observó la cara de Bree—. No la habrás llamado tú, ¿verdad?

—No. —Bree ni siquiera pestañeó. Técnicamente, eso no era mentira.

Stella se volvió.

—He pensado que lo mejor será que tú y yo llevemos a cabo el interrogatorio, ya que somos las que estamos más familiarizadas con el caso.

—Vale.

Entraron en la sala. Alyssa estaba sentada en una silla, cabizbaja y con los hombros encorvados. Una mujer se levantó de la silla de al lado. Era alta y tenía el pelo largo y negro y los ojos azules. Llevaba un traje bien ajustado, una blusa de seda y tacones.

Le tendió la mano a Bree.

—Soy Morgan Dane. Representaré a la señora Vincent.

El parecido familiar entre Morgan y Stella era evidente, pero Stella vestía más bien como Bree, sin joyas ni rastro de maquillaje, con un corte de pelo sencillo y ropa cómoda y funcional. Morgan era la clase de mujer que hacía que a Bree le dieran ganas de haber nacido con el gusto suficiente para saber cómo combinar los accesorios. Hasta llevaba perlas, y perlas de verdad, además.

Stella y Bree ocuparon el lado opuesto de la mesa. Stella anunció el nombre de todos para la grabación, luego le leyó a Alyssa sus derechos y le hizo firmar un formulario estándar. A continuación comenzó el interrogatorio.

—Alyssa, me gustaría empezar preguntándote cómo conociste a Joe Marcus.

Morgan se inclinó hacia delante.

—Antes de que mi clienta responda a cualquiera de sus preguntas, vamos a aclarar su situación. —La abogada consultó una libreta—. En este momento, no tienen ninguna prueba física que relacione a mi clienta con ninguno de los robos. Tampoco está implicada de ningún modo en los asesinatos de Sara Harper, Brian O'Neil o Eli Whitney. De hecho, mi clienta estuvo a punto de ser víctima de un asesinato.

—Antes de morir, Joe Marcus declaró que Alyssa era cómplice de los robos cometidos por Sara Harper —explicó Stella—. Está en el informe de la sheriff Taggert, así como la confesión de su clienta.

Morgan levantó la vista de sus notas.

—¿La única prueba que tienen para vincular a mi clienta con una posible acusación de robo es la palabra de un asesino en serie muerto?

Permanecieron tres segundos en silencio.

Morgan continuó.

—En el informe de la sheriff, Alyssa admitió haber cometido algunos errores, e incluso esa declaración podría atribuirse a que intentó aplacar a Joe Marcus para seguir con vida. Mi clienta no confesó ningún delito. Las huellas dactilares de Sara Harper estaban en las joyas recuperadas, no las de la señora Vincent.

—Tenemos vídeos que muestran que el vehículo de su clienta fue utilizado durante los robos —dijo Stella.

Morgan hojeó unos papeles.

—En uno de los interrogatorios de la sheriff Taggert, mi clienta ya explicó que Sara Harper utilizó el vehículo sin permiso —respondió, mostrando una copia de las notas de Bree.

Marge había enviado un mensaje de texto a Bree a primera hora de la mañana para informarle de que la abogada de la defensa había solicitado una copia de sus notas. Bree no estaba obligada a entregarlas, ya que Alyssa no había sido acusada formalmente, pero no veía ninguna razón para no darle sus informes. Todavía tenía que completar y cerrar su investigación sobre los asesinatos, pero con Joe Marcus muerto, no había ningún juicio en el horizonte.

—¿Mientras dormía? —preguntó Stella con incredulidad.

Morgan contestó con gesto impasible.

—Eso es lo que suponemos.

Lo cual era la forma en clave que tenían los abogados de decir: «¿Acaso puedes demostrar lo contrario?».

Bree se recostó hacia atrás. Morgan había resumido bastante bien la situación. Por más que todos supieran que Alyssa estaba implicada en los robos, no podían demostrarlo. Quizá surgieran pruebas más adelante, pero eso en ese momento no importaba.

«Morgan ha estado ocupada esta mañana».

Bree estaba impresionada. Morgan Dane era una abogada increíblemente buena, que defendía a su clienta con la ley en la mano y sin necesidad de recurrir a subterfugios. A Bree le inquietaba la acusación de Alyssa en el caso de robo de Stella, pero no había tenido tiempo de evaluar a fondo las pruebas, o la falta de ellas. Morgan, en cambio, las había diseccionado con la precisión del bisturí de un cirujano.

Morgan apiló sus papeles.

—Quiero solicitar que pongan en libertad a mi clienta de manera inmediata. También solicitamos que se le devuelva su vehículo y todas sus cosas. ¿Cuándo cree que podría ocurrir eso, sheriff?

—Eso depende de la inspectora Dane —dijo Bree—. En cuanto a los casos de asesinato, los técnicos han terminado con el 4Runner y la mochila de Alyssa. Su monedero fue hallado en el bolso de Sara Harper, que forma parte de la investigación del robo.

Morgan miró a su hermana arqueando una ceja.

—Bien —resopló Stella.

—Excelente. —Morgan metió sus notas en su maletín.

—No hemos terminado —dijo Bree—. La señora Vincent aún puede ser acusada de allanamiento de morada por entrar y alojarse en el camping sin permiso.

Morgan se sentó.

—Pero eso es un delito menor.

—Sin embargo, sigue siendo punible con hasta un año de prisión. —Bree sabía que aquello era una cabronada, pero Alyssa tenía información que nadie más podía proporcionarles.

—¿Qué quiere, sheriff? —preguntó Morgan.

—Respuestas —dijo Bree—. Las familias de las víctimas merecen saber qué pasó.

Morgan hizo una pausa de unos segundos.

—Mi clienta solo responderá a las preguntas a cambio de la inmunidad de todos los cargos. De lo contrario, invocará su derecho a guardar silencio según la quinta enmienda.

—De acuerdo —dijo Bree. La acusación de allanamiento de morada era poco convincente de todos modos. No había habido daños en la propiedad; la sentencia habitual era una multa y servicios a la comunidad, y las cuatro lo sabían. Ya se ocuparía del fiscal más tarde, pero dudaba que quisiera enturbiar una investigación muy complicada sobre un asesino en serie acusando de un delito menor a la única testigo. Además, era el caso de Bree y, sin la colaboración de esta, sería imposible que la acusación se sostuviera.

—Está bien. —Stella lanzó las manos al aire con gesto de frustración.

Bree se volvió hacia Alyssa.

—Dinos cómo conociste a Joe Marcus.

Alyssa tragó saliva.

—No lo conocí en persona hasta que me obligó a subir a su coche después de prender fuego al motel, pero Harper me había hablado de él. Dijo que era su antiguo compañero. Ella no quería trabajar más con él porque se estaba volviendo totalmente loco. Dijo que quería matar a unos chicos porque se habían burlado de él.

—¿Y te dijo cómo se convirtió en su compañero? —preguntó Bree.

Alyssa asintió.

—Ellos ya se conocían de antes. Él era fontanero. A veces, cuando estaba trabajando, se quedaba solo en una casa y se ponía a mirarlo todo en busca de objetos de valor. Nada cuyo rastro pudiese seguirse fácilmente, solo cosas pequeñas y fáciles de robar, como joyas y dinero en efectivo. —Respiró hondo—. Joe hacía listas de casas en las que creía que sería fácil entrar, las que no tenían alarma y cosas así. Anotaba dónde se guardaban los objetos de valor y otros datos que ayudaban a Harper a entrar y salir rápidamente. Harper tenía que esperar tres meses antes de asaltar las casas, pero un par de veces entró antes de tiempo.

—Pero ella no quería seguir trabajando con él —recordó Bree.

—No. Y él no se lo tomó muy bien. —Alyssa respiró profundamente—. Cuando le vi disparar el arma, no sabía con seguridad que era él, pero supuse que tenía que serlo.

—Pero ¿no lo viste con claridad? —preguntó Bree.

Alyssa se cogió un mechón de pelo y empezó a mordisquear la punta.

—Sí.

—Lo reconociste en el pasillo de Walmart —dijo Bree.

—Sí. —La voz de Alyssa era casi inaudible.

Bree había tenido razón sobre el incidente. No le cabía duda de que había sido una prueba de Joe para ver si Alyssa podía identificarlo. Ella había fallado la prueba y él había decidido que tenía que morir.

—¿Qué casas ayudaste a Sara Harper a robar? —preguntó Stella.

Morgan interrumpió.

—Necesitaré que el acuerdo de inmunidad conste por escrito y que lo firme el fiscal antes de dejar que mi clienta responda a esa pregunta.

Alyssa puso la mano sobre la mesa.

—Mira, sé que me equivoqué, pero estaba en la calle, deprimida, y luego me arrepentí. No soy una mala persona.

—Lo que importa es lo que hagas de ahora en adelante —dijo Bree.

Una mala persona habría huido en lugar de ayudar a Rogers. Alyssa se había quedado, aunque esa decisión había hecho que la detuviesen.

Alyssa abrió mucho los ojos.

—No volverá a ser algo tan estúpido como eso. He aprendido la lección.

Bree empujó su silla hacia atrás.

—¿Eso es todo? —Alyssa alternó la mirada entre Morgan, Bree y Stella.

—Eso es todo. —Morgan sonrió—. Eres libre de irte.

—¿Tienes algún sitio donde dormir? —le preguntó Bree a Alyssa.

—Sí. Marge ha llamado al dueño del camping. Me ha ofrecido trabajar cuidando del camping durante los próximos dos meses. Si lo hago bien, hablaremos de un contrato a tiempo completo.

—Eso es genial. —Bree sintió un alivio inmenso. La chica había robado también, sí, pero estaba desesperada y había sido hábilmente manipulada por Sara Harper. Bree no podía excusar su comportamiento delictivo, pero Alyssa había hecho lo correcto en el momento clave. Nadie es perfecto. Ir a la cárcel no mejoraría sus posibilidades de convertirse en una ciudadana ejemplar, pero con un poco de ayuda sí podría conseguirlo.

Bree fue de vuelta a la comisaría. Acababa de sentarse en la silla de su despacho cuando Todd llamó a la puerta.

—Entra —le dijo ella—. ¿Has dormido algo?

Su jefe adjunto estiró el cuello.

—Me fui a casa un par de horas.

—Bien. —Bree había desayunado con los niños y había echado una siesta de un par o tres horas antes de volver al trabajo—. ¿En qué punto estamos para concluir nuestra investigación?

Todd suspiró.

—Balística ha comprobado que el arma de Joe Marcus encaja con la munición empleada para matar a Brian O'Neil.

—Bien —dijo Bree—. La forense aún no ha completado las autopsias de Sara Harper ni de Eli Whitney, pero he hablado brevemente con la doctora Jones sobre la ausencia de sangre en el hielo detrás de las cabañas. No quiere comprometerse, por supuesto, pero a partir de un examen externo tiene la teoría de que las balas que mataron a Sara le alcanzaron el hígado. La mayor parte de la hemorragia habría sido interna.

—Eso tiene sentido —dijo Todd—. Los técnicos de la policía científica aún están procesando la casa de Joe, pero su ordenador era una mina de oro. Llevaba un diario *online*, empezando en el instituto, donde queda patente que era víctima de acoso escolar. Era un marginado social desde que se graduó. Sus mensajes pasaron de la soledad y el aislamiento a la ira durante los dos años siguientes. Todos en la empresa de fontanería pensaban que era un tipo raro. No tenía amigos. Mencionaba a Sara en varias entradas y le dolía que ella no se interesara por él. Cuando los cuatro compañeros de piso se metieron con él, escribió sobre la rabia que sentía, describiendo con todo lujo de detalles cómo quería matarlos. Además, tenía una carpeta en el ordenador llena de fotos de Sara Harper, desde el instituto. Estaba obsesionado con ella, claramente, pero ella no tenía ningún interés en él. La única razón por la que la ayudó con su plan de robo fue porque quería complacerla.

—Y ella lo utilizó.

—Parece que sí —coincidió Todd—. Estaba convencido de que Sara se había acostado con Eli Whitney y Brian O'Neil.

—Tal vez lo hizo. Había fotos de ella con Eli y Brian —dijo Bree—. La empresa de Joe realizaba regularmente el mantenimiento de la casa en la que vivían Eli, Brian, Christian y Dustin. Joe ya había trabajado en la casa de la madre de Brian. Así que es probable que fuera él quien puso a Brian en el punto de mira de Sara. Esta se fijó en Eli y Brian, pero es probable que empezara a pasar de Eli cuando se dio cuenta de que su familia no tenía dinero.

—Sí —convino Todd—. Según su diario, Joe ya estaba celoso cuando fue a revisar el calentador de agua. Eli y sus compañeros se metieron con él, y eso lo llevó al límite.

—Al menos no hay duda de que tenemos a nuestro hombre.

—Ninguna duda —dijo Todd y salió del despacho.

Marge asomó la cabeza.

—Hay un tal Earl Harper en el vestíbulo que quiere verte. Insiste en hablar solo contigo.

Bree suspiró. No podía negarse. Su hija había sido asesinada. Era un capullo, pero también era una víctima.

—De acuerdo. Dile que pase.

Un minuto después, Marge hizo entrar a Earl.

—Siéntese. —Bree señaló las sillas que estaban frente a su escritorio.

—No quiero sentarme. —Earl apoyó los puños en el escritorio y se la quedó mirando fijamente, con su enfado más que palpable en la sala.

—¿En qué puedo ayudarle?

—¿Habéis matado a Joe Marcus? —preguntó Earl.

—Le disparó un agente del departamento del sheriff —dijo Bree. Ella no había dado el nombre de Matt.

Earl enderezó el cuerpo y se cruzó de brazos.

—Alguien me ha robado el perro.

El brusco cambio de tema confundió a Bree.

—¿Qué?

—Mi perro. Alguien me lo ha robado. —Una vena palpitaba en la sien de Earl.

El recuerdo del perro a punto de embestir contra ella le puso la carne de gallina y la invadió una leve oleada de náuseas. Se la tragó. Earl Harper era la última persona que quería que viera su debilidad.

—¿Quiere poner una denuncia?

—Tal vez. —El hombre entrecerró los ojos. Había visto su reacción.

«Mierda».

A Bree no le gustaba nada que estuviera al tanto de su fobia.

—¿El perro tiene microchip?

—No. —Tensó la mandíbula—. ¿Te lo has llevado tú?

—¿Por qué iba a hacer eso?

El hombre no contestó. Pero claro, ¿qué iba a decir?: ¿«Porque lo dejé suelto para que te mordiera»?

—No me he acercado a su perro —dijo Bree—. ¿Tiene su historial del veterinario? ¿Documentación? ¿Fotos?

—No. Sabía que no me ayudarías.

—Señor Harper. Puede rellenar una denuncia y uno de mis ayudantes lo investigará, pero sería útil tener la documentación y fotos del perro. —Bree se puso de pie—. Lamento mucho la muerte de su hija.

Earl se puso muy rojo.

—Habría estado muy bien que alguien se hubiera dado cuenta de que Marcus era un asesino antes de que matara a Sara.

Salió furioso de su despacho.

Marge entró.

—¿Qué le pasa?

Bree se lo explicó.

—Sospecho que no sabe cómo asimilar la muerte de su hija y necesita algún lugar hacia el que canalizar su ira.

Bree tuvo un mal presentimiento: aquella no iba a ser la última vez que vería a Earl encendido de rabia.

—¿Quién crees que le robó el perro? —Marge miró fijamente a Bree.

Ambas lo sabían.

Matt.

Bree se puso de pie.

—Me voy a casa.

Capítulo 41

Bree dejó el papeleo a medio completar y llegó a casa a tiempo para cenar con su familia. Aparcó junto al antiguo Bronco de su hermano. Deseando cambiarse y ponerse ropa limpia antes de ver a los suyos, entró por la puerta principal, la que menos utilizaban. Bree se dirigió al dormitorio y se puso unos vaqueros y un jersey.

No quería ser la sheriff esa noche. Solo quería estar con su familia.

Bree se reunió con Dana en la cocina, que olía a ajo y limón. Vader se encaramó a la encimera para ver a Dana cocinando. Por la ventana trasera, Bree vio a Kayla cepillando a su poni, Calabaza, bajo la luz del sol. Adam estaba encaramado en lo alto de la valla, con un bloc de dibujo en el regazo. Ladybug dormía la siesta en la hierba, a los pies de Adam. La puerta del establo estaba abierta. El día había ido mejorando hasta superar los cero grados centígrados, y el sol menguante brillaba sobre la hierba.

—¿Dónde está Luke? —Bree se dirigió a la nevera.

—En el establo. —Dana estaba junto a los fogones, removiendo algo en una cazuela—. Estaban todos muy revolucionados, así que los he mandado fuera, incluido a tu hermano.

Riéndose, Bree abrió una lata de agua con gas.

—¿Qué estás haciendo?

—*Piccata* de pollo con guarnición de *penne*. Hay tiramisú de postre.

—¿Todo casero? —Bree examinó la nevera. Hacía días que no probaba comida de verdad.

—Por supuesto que es casero. Mi abuela italiana se levantaría de su tumba y me pegaría con un cucharón de madera si sirviera comida precocinada. —Dana sacudió la cabeza—. Matt ha llamado y se ha autoinvitado a cenar.

—¿Matt te ha llamado? —preguntó Bree con voz suspicaz.

Dana encogió un hombro.

Bree comprobó su teléfono. Matt no la había llamado. La última vez que había hablado directamente con Dana, Bree había acabado con una perra en casa a la que preferiría no haber adoptado.

—¿Qué está tramando?

—No lo ha dicho. —Dana hizo una pausa para mirar a Bree—. Pensé que tal vez solo quería verte.

Un rubor enrojeció el rostro de Bree.

Dana negó con la cabeza.

—Iba a invitarle de todas formas. Es un buen hombre.

—Lo sé.

Dana levantó la vista, con cara de sorpresa.

—Entonces, ¿por qué no vas detrás de ese buen hombre?

—¿Porque soy una idiota? —Bree bebió un sorbo de agua—. Estaba ofuscada con lo de sacar tiempo para una relación, pero eso es ridículo. Matt encaja perfectamente en la familia. A los niños les cae muy bien. A mí me cae muy bien.

Pensó en el momento que habían compartido en el hospital y supo que cabía la posibilidad de que le cayera algo más que muy bien.

Dana dio unos golpes con la cuchara en el borde de la cazuela.

—Me alegro de que por fin hayas entrado en razón.

—Pero acabo de contratar a Matt como investigador. —Bree frunció el ceño—. No sé si eso complica las cosas.

Dana le quitó importancia.

—Es un contrato con un civil.

—El dinero pasa de la oficina del sheriff a Matt. No parece muy ético si mantengo una relación sentimental con él. ¿Qué pensará la gente?

—A la mierda la gente —dijo Dana.

Bree se atragantó con su agua.

—¿Qué?

—¿Desde cuándo te importa lo que piense la gente? —Dana señaló a Bree con la cuchara de madera.

—Desde que me convertí en una funcionaria electa, a la que en realidad ni siquiera eligió nadie. —Bree tosió y se limpió el agua de la barbilla.

—Eso no significa que no puedas tener una vida. Que salgas o no con uno de tus investigadores no va a ser razón para que la gente deje de apoyarte. Además, tienes como tres años hasta que termine tu actual mandato. Yo no me preocuparía por unas elecciones todavía. Tu predecesor era muy corrupto, y muy popular. La gente verá lo que quiere ver. De momento, estás siendo una sheriff magnífica. No te preocupes por nada más. Solo haz el trabajo lo mejor que puedas. Sé justa. Sé honrada. En resumen, sé tú misma.

—Necesito este trabajo.

—Necesitas un trabajo. —Dana soltó la cuchara, se acercó a la tabla de cortar y empezó a cortar el pan—. Si no te reeligen dentro de tres años, encontrarás otro. O Adam te firmará un cheque muy generoso. Joder, si además tengo mi pensión… Tú y los niños nunca pasaréis hambre.

—Me gusta ser independiente.

—Te gusta controlarlo todo. —Dana hizo una pausa para mirarla a los ojos—. Pero eso no es posible, y te volverás loca intentándolo.

Probablemente Dana tenía razón. Fuera, la puerta de un coche se cerró de golpe.

Dana miró por la ventana y sonrió.

—Hablando del rey de Roma... Se ha afeitado. No sé cómo me gusta más.

Bree tampoco podía decidirse.

Dana lanzó un silbido de admiración.

—Está guapo de cualquiera de las maneras.

Bree estuvo de acuerdo.

Matt sacó a Brody del coche y lo dejó en el suelo con delicadeza. El perro se dirigió hacia la casa. Caminaba con paso rígido, pero parecía estar mejor. Ladybug se levantó y saludó a Brody moviendo la cola y arqueando el cuello con picardía femenina. Era una coqueta.

Bree sabía perfectamente cómo se sentía su perra.

—Creo que tu perra está coladita por Brody —se rio Dana.

Matt se fue al establo mientras Brody y Ladybug se olfateaban. Bree se relajó y puso la mesa. Cuando la cena estuvo lista, los llamó a todos. La cena con su familia —y con Matt— era justo el reconstituyente que necesitaba. Adam le mostró el boceto que había hecho de su hermana. Luke y Matt hablaron del último videojuego. Kayla charlaba sin parar. El ambiente era ruidoso, caótico y perfecto.

Después de la cena, Adam se fue a casa, los niños se fueron a hacer los deberes y Dana limpió la cocina.

—Iré a echar un vistazo al establo antes de cerrarlo. —Bree se puso el abrigo y las botas.

—Yo te ayudo.

Matt la siguió fuera. Caminaron en silencio hasta el establo. La noche era fría y clara, y el cielo negro estaba tachonado de estrellas.

El establo olía al calor de los animales y a paja fresca. Bree comprobó el nivel del agua en los cubos y echó el heno.

Dentro de la cuadra de Calabaza, miró a Matt por encima de la grupa del poni.

—Tú no sabrás por casualidad dónde está el perro de Earl Harper, ¿verdad?

—No tengo ni idea de dónde está el perro de Earl Harper —respondió Matt. Su gesto inexpresivo le recordó a Bree la forma en que ella misma había respondido a la pregunta de Stella sobre si había llamado a Morgan Dane.

No estaba mintiendo, pero Bree presentía que sabía algo. Matt se había interpuesto entre ella y el perro de Earl. Se había arriesgado a que el animal le mordiera para que no la mordiera a ella, probablemente porque tampoco quería que Todd disparara al perro. Earl se había arriesgado a que dispararan a su perro. No merecía tener un animal.

Lo dejó estar.

—No importa. No quiero saberlo.

Matt se apoyó en la puerta.

—Esta noche antes de la cena he hablado con Luke.

—Gracias. ¿Qué te ha parecido?

—Lo está pasando mal, pero no quiere que te preocupes. Se ve a sí mismo como al hombre de la casa. Quiere ayudarte a llevar la carga, no añadirte más preocupaciones aún.

—Es solo un niño.

—Pero es que ese es el tema: no lo es.

Matt se movió hacia atrás para que Bree pudiera salir de la cuadra del poni.

—Tienes razón. —Bree lo había estado enfocando mal: Luke estaba a punto de convertirse en un hombre hecho y derecho—. ¿Qué crees que debo hacer?

—Ahora mismo quiere sentirse útil. Deja que se encargue del trabajo pesado en la granja. Pídele su ayuda. Contribuir al bienestar de la familia le hace sentirse parte de ella. Necesita que lo necesiten, si eso tiene sentido.

—Sí, lo tiene. —Bree se metió en la cuadra de Cowboy para ajustarle la manta al caballo—. Tendré que ser paciente.

—Intenta no preocuparte. Yo seguiré hablando con él.

—Gracias. Necesitaba un hombre con quien hablar, y yo no puedo desempeñar ese papel. —Bree dio una palmadita al caballo y salió del establo—. Adam se esfuerza mucho, pero no sabe interpretar a la gente.

—Para mí es un placer ayudaros. —Matt cerró la puerta para ella—. Tengo una propuesta para ti.

Bree se volvió.

—Quieres un perro policía, ¿no?

—Para el departamento, sí.

—Tengo una pastor alemán muy joven en casa. Necesita unos cuatro meses más para madurar antes de empezar a entrenar, pero creo que sería una excelente perra policía. Tiene la energía, la confianza y la inteligencia.

—No hay presupuesto para un perro policía; tendré que recaudar los fondos. Me llevará unos meses.

—Esta perra es de acogida. Sería gratis. Solo se necesitaría dinero para el entrenamiento y el equipo, y estoy seguro de que Cady ayudaría con eso. A ella se le da de maravilla recaudar fondos. A la gente le gustan los perros. Hay muchas personas generosas.

—¿Y crees que esta perra hará bien el trabajo? Porque prefiero invertir en el animal adecuado que recortar gastos. —Bree no le veía ningún sentido a ahorrar unos pocos dólares para acabar con un perro policía que no diese la talla.

—Sí, lo creo. Lo tiene todo: se parece mucho a Brody cuando empecé a trabajar con él.

Bree lo interrumpió.

—Cuando se trata de todo lo relacionado con los perros, confío en tu criterio.

—Confías en mí. —Matt sonrió y la hizo retroceder hasta que la tuvo contra la pared.

—Pues sí.

Su puso serio de repente.

—La última vez que intenté besarte, me cortaste.

—¿De verdad? —Bree apoyó las palmas de las manos en su pecho.

—De verdad. —Él apretó su cuerpo robusto contra el de ella—. Fue un duro golpe para mi frágil ego masculino.

Ella resopló y le acarició los pectorales.

—No hay nada frágil en ti ni en tu ego.

—¿Por qué de repente me han dado ganas de sacar bola?

Bree se rio.

—Siento haberte cortado.

Lo sentía de verdad. Mucho. En ese momento, no se le ocurría nada que pudiese desear más que besarlo.

Matt se inclinó hacia ella y Bree percibió su aliento cálido en la mejilla.

—Entonces, ¿me estás diciendo que si intento besarte ahora, dejarás que lo haga?

Bree echó la cabeza hacia atrás y le miró. Sus ojos azules se habían oscurecido. Su mirada intensa era como una caricia. Bree encogió los dedos de los pies. Si iba a renunciar a parte del férreo control que ella misma imponía sobre su vida, más le valía disfrutar, ya de paso, de todo el trayecto.

—Yo diría que sí.

Matt bajó la cabeza unos centímetros y se detuvo.

—Pero también tienes que prometerme que vamos a pasar tiempo juntos cuando no estemos junto a un cadáver.

—Trato hecho.

AGRADECIMIENTOS

Verdaderamente, se necesita a todo un equipo para publicar un libro. Como siempre, todo mi agradecimiento va para mi agente, Jill Marsal, por diez años de apoyo inquebrantable y sus grandes consejos. Estoy agradecida a todo el equipo de Montlake, en especial a mi editora jefe, Anh Schluep, y a mi responsable de *editing*, Charlotte Herscher. Un agradecimiento especial a Rayna Vause y a Kendra Elliot por su ayuda con varios detalles técnicos, su apoyo moral y sus consejos para mejorar algunos aspectos de la trama.